방과 후

방과 후

히가시노 게이고 지음

양윤옥 옮김

소미미디어
Somy Media

목차

제1장

1

9월 10일 화요일, 방과 후.

머리 위에서 덜그럭하는 소리가 났다. 반사적으로 고개를 들었더니 3층 창문에서 거무스레한 뭔가가 떨어지고 있었다. 정확히 내 머리 위쪽이었다. 허겁지겁 옆으로 피했다. 검은 물체는 방금 내가 서 있었던 지점에 떨어져 파삭 으스러졌다.

그것은 제라늄 화분이었다.

방과 후, 교실 건물 옆을 지나가던 때의 일이다. 어디선가 피아노 소리가 흘러나왔다. 나는 잠시 그 살색 화분을 멍하니 바라보고 있었다. 한동안 무슨 일이 일어났는지 이해하지 못한 상태였다. 퍼뜩 정신을 차린 것은 겨드랑이에 솟은 땀이 주르륵 팔을 타고 흘렀을 때였다.

다음 순간, 나는 내달리고 있었다. 교실 건물로 뛰어들어 전속력으로 계단을 올라갔다.

숨을 헉헉거리며 3층 복도에 섰다. 심장이 거칠게 쿵쾅거린 것은 뛰었기 때문이 아니었다. 공포감이 그제야 최고조에 달했기 때문이다. 그 일격을 정통으로 맞았다면……. 제라늄 꽃의 빨간색이 퍼뜩 머릿속에 떠올랐다.

그 창문 위치로 추정해본다면 어느 교실일까. 내 발은 과학 실험실 앞에서 멈췄다. 안에서 진한 약 냄새를 풍기는 공기가 새어 나왔다. 얼핏 쳐다보니 문이 5센티미터쯤 열려 있었다.

나는 그 문을 힘껏 열어젖혔다. 동시에 기분 좋은 미풍이 다가왔다. 맞은편 창문이 활짝 열려서 하얀 커튼이 하늘하늘 흔들리고 있었다.

다시 복도를 뛰어갔다. 화분이 떨어지고 내가 여기에 올라오기까지 얼마나 걸렸는지는 알 수 없었다. 하지만 복도 양쪽으로 늘어선 교실의 어딘가에 화분을 아래로 던진 자가 숨어 있을 것이다.

교실 건물은 중간에서 L자형으로 구부러진다. 그 구부러진 모퉁이를 지났을 때, 나는 발을 멈췄다. 2학년 C반이라는 팻말이 걸린 교실에서 이야기소리가 들렸던 것이다. 나는 망설일 것도 없이 드르륵 문을 열었다.

그 교실에 있는 사람은 다섯 명의 학생이었다. 창가 쪽에 모여

앉아 뭔가 글을 쓰는 것 같았다. 아이들은 갑작스러운 침입자에 놀라 일제히 이쪽을 돌아보았다.

나는 뭔가 말을 하지 않을 수 없게 되었다.

"너희들, 뭐 하고 있어?"

그러자 가장 앞쪽에 있던 학생이 대답했다.

"문예부 시집을 만들고 있는데요."

또릿또릿한 말투였다. 방해하지 말라는 뜻이다.

"누군가 여기에 온 사람 없었어?"

다섯 명의 여학생이 서로 마주 본 뒤에 똑같이 고개를 저었다.

"복도를 지나간 사람도 없었고?"

그녀들은 다시 서로를 마주 보았다. "없었지?"라고 작은 소리로 묻는 것이 귀에 들어왔다. 이윽고 조금 전의 학생이 대표로 나서 듯이 말했다. "그런 거, 우리는 모르겠는데요."

"……응, 고맙다."

나는 교실 안을 둘러본 뒤에 문을 닫았다.

그때쯤에야 마침내 피아노 소리가 다시 귀에 들어왔다. 그러고 보니 아까부터 계속 들렸던 것 같다. 클래식 같은 건 잘 알지 못하지만 그래도 자주 들어본 곡이었다. 아마 상당한 실력일 거라는 짐작도 들었다.

복도의 가장 안쪽이 음악실이다. 소리는 거기서 흘러나오는 것이다. 나는 교실 문을 하나하나 열어보면서 사람이 있는지 없는지 확인했다. 그리고 마지막에 남은 곳이 그 음악실이었다.

거칠게 문을 열었다. 온화한 물의 흐름을 흐트러뜨리고 아름다운 구축물을 깨부수는 듯한 잡음이었다. 피아노 소리는 마치 숨을 죽인 것처럼 뚝 멈췄다.

피아노를 치던 아이가 겁에 질린 듯 고개를 돌려 내 얼굴을 보고 있었다. 낯이 익었다. 2학년 A반 학생이다. 유독 하얀 피부가 인상적이지만, 지금은 약간 새파래져 있다. 나도 모르게 "엇, 미안해"라는 말이 흘러나왔다.

"여기, 누군가 오지 않았어?"

실내를 둘러보면서 물었다. 긴 의자가 세 줄로 늘어서 있었다. 창문 옆에 오래된 오르간이 두 개, 벽에는 음악계에 공적을 남긴 유명한 음악가들의 초상화가 걸렸다. 숨을 만한 곳은 없겠다고 판단했다.

그 학생은 말없이 고개를 저었다. 학생이 치고 있는 것은 그랜드 피아노다. 상당히 오래된 피아노라고 들었다.

"그래……."

나는 그 아이의 뒤를 지나 창가로 다가갔다. 교정에서 운동부 학생들이 달리기를 하는 모습이 보였다.

건물 계단은 이 음악실을 나가 바로 왼쪽에도 있다. 아마도 범인은 그쪽으로 도망친 것이리라. 그럴 만큼의 시간 여유는 충분히 있었을 것이다. 문제는 그게 누구냐는 것인데…….

나는 피아노를 치던 아이가 지그시 이쪽을 쳐다보는 것을 깨달았다. 불안한 표정이었다. 애써 웃는 얼굴을 지으며 말했다.

"피아노, 계속 쳐볼래? 잠깐 듣고 싶으니까."

그녀는 그제야 표정을 누그러뜨리고 흘끗 악보에 시선을 던진 뒤에 부드럽게 손가락을 움직였다. 조용하게 고조되는 음률……. 그렇지, 쇼팽이다. 나 같은 사람도 알고 있는 유명한 곡이다.

창밖을 바라보며 쇼팽을 듣는, 생각지도 못한 우아한 시간이었다. 하지만 내 기분은 환해지지 않았다. 마음은 여전히 우울할 뿐이었다.

내가 교사가 된 것은 5년 전이다. 딱히 교육에 흥미가 있었던 것도 아니고 이 직업을 동경했던 것도 아니다. 한 마디로 말하면 '어쩌다 보니'라는 게 적합한 표현일 것이다.

고향의 국립대 공학부 정보공학과를 졸업한 나는 모 가전제품 회사에 취직했다. 본사가 우리 지역에 있다는 것이 선택의 이유 중 하나였지만, 내가 배속된 곳은 엉뚱하게도 신슈 쪽의 연구소였다. 하지만 업무 내용은 광통신 시스템 개발설계여서 그럭저럭 내가 희망하던 일이라고 할 수 있었다. 나는 그 연구소에서 3년 동안 근무했다.

변화의 계기가 찾아온 것은 4년째 되던 해였다. 도호쿠 지역에 새 공장이 들어서고 광통신 시스템 개발 연구원 대부분이 그쪽으로 옮겨가게 된 것이다. 물론 나도 마찬가지였다. 나는 망설였다. 도호쿠 지역은 너무 멀다는 이미지를 갖고 있었다. 산 속에서 평생을 보내게 될지도 모른다는 선배 사원의 농담인지 진담인지 알 수 없는 말도 은근히 으스스했다.

이직을 생각해보았다. 다른 기업에 재취업을 할까 아니면 공무원이 될까. 하지만 어떤 길도 그리 쉽게 열릴 것 같지 않았다. 일찌감치 포기하고 도호쿠로 가는 수밖에 없는가. 그렇게 마음먹은 참에 내게 교사가 될 것을 권한 것은 어머니였다. 나는 대학 재학 중에 수학 교사 자격증을 땄지만, 그것을 써먹지도 않고 묵혀두는 건 아깝다는 것이었다. 물론 어머니 입장에서는 아들을 도호쿠 같은 먼 곳에 보내고 싶지 않았던 것뿐이겠지만, 실제로 교사는 급여 면에서도 그 무렵의 수입에 비해 결코 나쁜 직업이 아니었다.

하지만 교원 임용시험은 그리 간단히 합격할 수 있는 게 아니다. 나의 그런 염려에 대해 어머니는 사립학교라면 어떻게든 될 거라고 말했다. 돌아가신 아버지가 사학협회에 나름대로 연줄이 있었던 모양이다.

딱히 하고 싶은 일은 아니지만 싫다고 할 정도는 아니다, 라는 것이 교사라는 직업에 대해 내가 갖고 있던 이미지였다. 나이 든 어머니가 일껏 추천해주는데 그걸 딱 잘라 거절하면서까지 꼭 하고 싶은 다른 일이 있는 것도 아니었다. 결국 나는 어머니의 말을 따르기로 했다. 일단 2, 3년 정도만 해볼까, 하는 가벼운 마음이었던 것이다.

정식으로 임명장이 도착한 것은 그다음 해 3월이었다.

사립 세이카 여자고등학교, 나의 두 번째 직장이다.

이 학교는 S역에서 5분 거리, 주택단지와 밭으로 둘러싸인 기묘한 환경이다. 학생 수는 한 학년이 8개 학급 각 45명씩 360명이다. 20여 년의 전통을 자랑하고, 제법 괜찮은 대학 진학률을 유지하고 있어서 현 내의 여고 중에서 명문학교로 손꼽힌다. 실제로 내가 세이카 여고 교사가 되었다고 지인들에게 말했더니 하나같이 "좋은 학교로 정해졌네"라고 축하해주었다.

회사에 사표를 내고 나는 그해 4월부터 당장 교단에 서게 되었다. 첫 수업은 그야말로 생생하게 기억이 난다. 분명 1학년 학급이었다. 나도 이 학교에 처음 왔다, 신입생 여러분과 똑같은 처지다, 라고 자기소개를 했었다.

첫 수업을 마쳤을 때, 나는 벌써 교사라는 직업에 대해 자신감을 잃고 있었다. 딱히 실수를 한 것도 아니고 학생들을 통솔하기가 어려웠던 것도 아니다. 다만 여학생들의 시선을 견뎌내기가 너무 힘들었던 것이다.

나는 나 자신이 남들에게 주목받을 만한 인간이라고는 생각하지 않는다. 어느 쪽인가 하면 오히려 남들 뒤에 숨어 있는 편이다. 하지만 학교 교사는 그럴 수 없다. 학생들은 내가 내뱉는 말 한 마디 한 마디에 반응하고 일거수일투족을 주목한다. 수업 시간 내내 백 개 가까운 눈이 나를 감시하는 것 같은 느낌이었다.

학생들의 시선에 익숙해지기 시작한 것은 2년 전쯤부터다. 신경이 무뎌진 게 아니다. 학생들이 교사에게 거의 아무런 관심도 없다는 것을 깨달았기 때문이다.

하지만 여전히 여학생들의 속마음은 전혀 이해가 되지 않았다.

아무튼 날이면 날마다 놀라운 일의 연속이었다. 어른인가 싶으면 의외로 어린애 같고, 그런가 하면 어른 뺨칠 만큼의 문제를 일으키기도 하고, 단 한 번도 그녀들의 행동을 예측할 수 있었던 적이 없다. 그것은 교사 생활 1년차에도 5년차에도 거의 달라지지 않았다.

학생들뿐만이 아니라 학교 교사라는 인종도 전혀 다른 직종을 거쳐온 나에게는 특이한 생물로 보이는 경우가 적지 않았다. 학생의 기강을 바로잡겠다고 별 의미도 없이 아득바득 용을 쓰거나 눈빛까지 홱 달라져 옷차림이며 머리며 화장을 단속하는 것이 나로서는 도무지 이해가 되지 않았다.

학교라는 곳은 알 수 없는 일이 너무 많다, 라는 것이 지난 5년 동안 내가 갖게 된 느낌이다.

하지만 요즘 들어 한 가지만은 확실하게 알게 되었다.

그것은 내 주위에 나를 죽이려고 하는 인간이 존재한다는 것이었다.

내가 그 살의를 눈치챈 것은 사흘 전 아침이다. 장소는 S역 플랫폼이었다. 만원 전철에서 밀려나와 인파에 휩쓸리듯이 플랫폼 가장자리를 걸어가고 있을 때, 갑자기 누군가 나를 밀쳤다. 갑작스러운 일이어서 나는 균형을 잃고 선로 쪽으로 두세 걸음 비틀거렸다. 가까스로 몸을 바로세웠을 때는 하마터면 선로로 떨어질 뻔한 참이었다. 남은 거리가 10센티미터도 안 되었다.

위험하잖아, 대체 누구야?

그렇게 생각한 순간, 전율이 온몸을 훑고 갔다. 자칫 떨어질 뻔한 선로로 급행열차가 번개처럼 통과해갔던 것이다.

마음이 바짝 얼어붙는 것 같았다.

나는 확신했다. 누군가 고의로 밀쳤던 것이다. 타이밍을 재고 내가 방심하기를 기다려서…….

하지만 대체 누가? 안타깝게도 그 인파 속에서 범인을 찾아낸다는 것은 이미 불가능한 일이었다.

두 번째로 살의를 감지한 것은 어제였다. 수영부 연습이 없는 날이어서 나는 혼자서 학교 풀장에서 수영을 하고 있었다. 원래 수영은 좋아하는 편이다.

50미터를 세 번쯤 왕복한 뒤에 풀장을 나왔다. 양궁부 쪽의 코치를 해줘야 했기 때문에 너무 지치지 않도록 한 것이다.

뜨겁게 달궈진 풀장 가에서 정리체조를 한 뒤에 샤워를 했다. 9월로 접어들었지만 여전히 날마다 늦더위가 이어졌다. 샤워기의 물줄기가 더할 수 없이 상쾌했다.

그것을 알아본 것은 샤워를 끝내고 수도꼭지를 잠갔을 때였다. 그것은 내 발밑에서 1미터쯤의 거리에 떨어져 있었다. 아니, 발목까지 물이 차 있었으니까 침수된 상태였다고 해야 할까. 처음에는 주먹만한 크기의 흰색 작은 상자처럼 보였다. 얼굴을 가까이 대고 관찰해보았다. 그리고 그 순간, 나는 미친 듯이 샤워실을 뛰쳐나와야 했다.

그것은 100볼트의 가정용 연장 코드 끝 부분이었다. 흰색 작은 상자로 보였던 것은 테이블 탭이다. 그리고 코드의 또다른 한쪽은 탈의실 콘센트에 연결되어 있었다.

풀장에 들어가기 전에는 물론 그런 건 없었다. 그렇다면 내가 수영을 하는 사이에 누군가 설치해뒀다는 얘기다. 대체 무엇 때문에? 답은 명백하다. 감전사를 노렸던 게 틀림없다.

그런데도 나는 어떻게 무사했던 것인가. 혹시나 싶어서 누전차단기 쪽으로 가서 살펴보았다. 그러자 예상대로 브레이커가 떨어져 있었다. 물속에서 전류가 지나치게 흐르면서 브레이커의 용량을 초과한 것이다. 하지만 만일 좀 더 용량이 큰 브레이커였다면……. 나는 오싹 한기를 느꼈다.

그리고 세 번째가 조금 전의 제라늄 화분이다.

지금까지 나는 세 번이나 운 좋게 살아남았다. 하지만 언제까지고 이런 행운이 이어질 리는 없다. 머지않아 범인은 작심하고 좀 더 과감한 방법으로 나올 것이다. 그 전에 내가 먼저 범인의 정체를 알아내지 않으면 안 된다.

용의자는 학교라는 이름의 집단, 정체를 알 수 없는 인간들의 집단이다.

2

9월 11일 수요일.

1교시는 3학년 C반, 대학 진학반이다. 2학기가 시작되면서 들썩 들썩 떠들어대는 곳은 취업반, 조금쯤 열심히 수업을 듣기 시작한 곳은 진학반이다.

교실 문을 열자 소란스럽게 의자를 끄는 소리가 나고 몇 초 뒤에는 전원이 자리에 앉았다.

"차렷!"

반장의 구령 소리에 하얀 블라우스 차림의 학생들이 일제히 일어섰다. 인사를 하고 모두 자리에 앉으면 다시 한바탕 교실 안이 시끌시끌해진다.

나는 곧바로 교과서를 펼쳤다. 교사들 중에는 수업 시작 전에 잡담을 하는 사람도 있는 모양이지만 나는 그런 건 도저히 흉내도 낼 수 없다. 정해진 순서대로 말하는 것도 힘든데 어떻게 쓸데없는 얘기까지 할 수 있을까. 수십 명의 시선을 한 몸에 받으며 이야기하는 게 고통스럽지 않다는 것은 일종의 재능이라고 생각한다.

"52쪽부터."

무덤덤한 목소리로 말했다. 학생들도 이제 내가 어떤 교사인지 감을 잡았는지, 아무 기대도 하지 않는 기색이다. 수학 수업에 관한 것 외에는 일절 어떤 얘기도 하지 않는다는 것 때문에 나한테 '머신'이라는 별명이 붙여진 것도 잘 알고 있다. '티칭 머신'의 줄임말이라는 모양이다.

왼손에 교과서를, 오른손에 분필을 들고 수업을 시작했다. 삼각함수, 미분, 적분…… 아이들의 몇 퍼센트쯤이나 내 수업을 알아듣는지 심히 미심쩍다. 내 말에 고개를 끄덕이고 쉴 새 없이 필기를 한다고 해서 반드시 이해했다고는 할 수 없다. 시험을 볼 때마다 매번 배신감을 느끼게 되는 것이다.

수업이 3분의 1쯤 지났을 때였다. 교실 뒤쪽의 문이 갑작스럽게 열렸다. 아이들이 일제히 그쪽을 돌아보았다. 나도 분필을 든 손을 멈추고 쳐다보았다.

교실에 들어선 사람은 다카하라 요코였다. 그녀는 모두의 시선을 받으며 천천히 걸음을 옮겼다. 눈은 왼편 끝의 가장 안쪽에 있는 자신의 책상으로 향한 채였다. 물론 내 쪽 따위 돌아보지도 않았다. 정적 속에 요코의 발소리가 울렸다.

"다음은 부정적분의 치환적분법인데……."

요코가 자리에 앉는 것을 지켜보고 나는 다시 수업을 시작했다. 공기가 팽팽하게 긴장된 것이 느껴졌다.

요코는 사흘간의 정학처분을 받았을 터였다. 담배를 피우다 걸렸다, 라는 얘기였지만 자세한 것까지는 알지 못했다. 다만 오늘이 정학 후 첫 등교일이라는 것은 3학년 C반 담임인 하세 선생에게서 들었다. 그리고 1교시를 시작하기 전에 그 하세 선생이 내게 말했다.

"아까 출석을 불렀는데 다카하라 요코가 안 왔더라고요. 또 무단결석을 할 모양인데, 혹시 지각해서 선생님 수업 중간에 들어오면 따끔하게 얘기 좀 해주세요."

"아이들 혼내는 데는 영 소질이 없는데요." 나는 속마음을 그대로 말했다.

"그런 말씀 마시고, 부탁드릴게요. 선생님은 다카하라 요코가 2학년 때 담임이었잖아요."

"그건 그렇지만……."

"그러니까 꼭 한마디 해주세요."

"……알았습니다."

대답은 그렇게 했지만 나는 하세와의 약속을 지킬 마음이 전혀 없었다. 물론 내 입으로 말했던 것처럼 학생을 혼내는 데 소질이 없다는 이유도 있었다. 하지만 그보다 실은 다카하라 요코라는 학생을 대하기가 영 껄끄러운 것이다.

요코가 작년에 내가 담임을 맡았던 2학년 B반 학생이라는 건 사실이다. 하지만 그때는 요즘처럼 문제아였던 것은 아니다. 단지 정신적으로나 육체적으로나 조금 '앞서간' 학생이기는 했다.

올해 3월, 종업식이 끝난 뒤였다.

'2학년 B반 교실로 와주세요.'

퇴근하려고 내 책상에 돌아온 나는 가방 위에서 그렇게 적힌 종이쪽지를 발견했다. 이름은 적혀 있지 않았지만 상당히 잘 쓴 글씨였다. 누가 무슨 일로 불러내는지 전혀 짐작도 못 한 채 나는 인적 없는 복도를 지나 교실 문을 열었다.

기다리고 있던 사람은 요코였다. 그녀는 교탁에 몸을 기댄 자세로 이쪽을 쳐다보고 있었다.

"요코, 너였어? 나를 불러낸 게?"

내가 묻자 그녀는 무표정인 채로 고개를 끄덕였다.

"무슨 일이지? 수학 성적에 뭔가 불만이라도 있으신가?"

나는 그다지 익숙하지도 않은 농담을 했다. 하지만 요코는 내 말은 싸악 무시해버리고 말했다.

"선생님에게 부탁할 게 있어요."

오른손에 든 하얀 물건을 내밀었다. 봉투였다.

"뭐야, 편지?"

"아니에요. 안을 보세요."

그 말에 봉투 안을 들여다봤더니 기차표인 듯한 것이 들어 있었다. 꺼내 보니 3월 25일 9시 출발 특급열차의 승차권이었다. 도착지는 나가노라고 적혀 있었다.

"신슈에 갈 건데, 선생님이 함께 가주시면 좋겠어요."

"신슈? 그밖에 또 누가 가지?"

"아무도. 둘이서만."

별일도 아닌 것처럼 가벼운 투로 요코는 대답했다. 하지만 그 얼굴 표정은 이쪽이 흠칫할 만큼 진지했다.

"놀랐잖아."

나는 일부러 과장스러운 표정을 지어보였다.

"왜 하필 나야?"

"글쎄요, 나도 모르겠네요."

"게다가 왜 갑자기 신슈야?"

"그냥 어쩐지 가고 싶어서요. 그보다, 가실 거죠?"

이미 결정된 일이라는 듯한 요코의 말투에 나는 고개를 저었다.

"왜요?"

그녀는 뜻밖이라는 듯이 물었다.

"특정한 학생과 그런 일은 하지 않는 게 우리 학교 규칙이야."

"특정한 여자와는?"

"뭐?" 나는 당황해서 요코의 얼굴을 바라보았다.

"아니, 됐어요. 아무튼 나는 3월 25일에 M역에서 기다릴 거예요."

"안 돼, 나는 못 가."

"오셔야 해요. 기다릴 거니까."

요코는 내 대답도 듣지 않고 성큼성큼 걸음을 옮겼다. 그리고 교실 입구에서 뒤를 돌아보았다.

"안 오시면 평생 원망할 거예요."

그런 말을 던지고 휙 복도로 뛰쳐나갔다. 나는 기차표가 담긴 봉투를 손에 든 채 멍하니 교단에 서 있었다.

3월 25일이 될 때까지 나는 몹시 망설였다. 물론 요코와 여행을 떠날 생각 따위는 애초에 없었다. 망설였던 것은 그날 어떻게 해야 하느냐는 것 때문이었다. 완전히 무시하고, 혼자 멀거니 기다리다가 돌아가게 할 것인가, 아니면 일단 역에 나가서 설득할 것인가. 하지만 요코의 성격을 감안해보면 그날 순순히 말을 들어줄 것 같지 않았다. 그래서 결국 역에 나가지 않기로 했다. 한 시간쯤 기다리다 보면 제풀에 지쳐 포기하고 집에 돌아갈 거라고 느긋하게 생각했던 것이다.

역시나 그날은 마음이 편치 않았다. 아침부터 시계만 쳐다보고 있었다. 시계바늘이 9시를 지났을 때는 왜 그런지 큰 한숨이 흘러 나오기도 했다. 어지간히도 긴 하루였다.

그날 밤 8시 경, 전화벨이 울렸다. 수화기를 든 것은 나였다.

"네, 마에시마입니다."

"……."

전화 너머의 기척으로 요코라고 직감했다.

"요코냐?"

"……."

"여태까지 기다렸어?"

요코는 침묵하고 있었다. 하고 싶은 말은 많지만 입술을 깨물며 꾹 참고 있는 표정이 저절로 머릿속에 떠올랐다.

"별일 아니라면 이만 전화 끊는다?"

그래도 대답이 없어서 나는 수화기를 내려놓았다. 뭔가 묵직한 것이 마음속에 가라앉았다.

봄방학이 끝나고 아이들이 3학년으로 올라간 뒤에도 나는 한동 안 요코와 마주치지 않도록 조심조심했다. 복도에서 마주칠 듯하 면 재빨리 되돌아서고 수업 중에도 최대한 시선을 던지지 않도록 했던 것이다. 요즘에는 그렇게까지 신경질적으로 피하지는 않지 만, 내가 요코를 껄끄러워하는 데는 그런 이유가 있었던 것이다.

게다가 또 한 가지, 요코가 옷차림이며 평소 생활태도로 문제아 취급을 당하기 시작한 게 그 무렵부터라는 것도 실은 마음에 걸려 있었다.

나는 결국 지각에 대해 한 마디도 주의를 주지 않은 채 수업을 마쳤다. 어쩌다 지각하는 학생이 있어도 한 번도 나무란 적이 없기 때문에 다른 아이들도 이상하게 생각하지는 않는 것 같았다.

교무실에 돌아와 하세에게 그런 얘기를 했더니 그는 눈썹을 여덟팔자로 늘어뜨리고 "허참, 그러면 안 되는데"라고 떨떠름한 얼굴이었다.

"정학 후 첫날에 지각이라니, 학교를 무시하는 것도 아니고. 이럴 때 따끔하게 혼내지 않으면……. 아무튼 알았어요. 내가 점심 시간에 불러서 얘기해야겠네."

하세는 콧등에 맺힌 땀을 닦으며 말했다. 나보다 두세 살 많은 정도지만 겉모습은 좀 더 나이가 들어 보인다. 새치머리인데다 뚱뚱하게 살이 쪘기 때문일 것이다. 그때 옆자리에 있던 무라하시가 말을 건넸다.

"다카하라 요코가 학교에 나왔다고요?"

그는 항상 뭔가 속뜻이 있는 것처럼 말하곤 한다. 영 마음에 안 드는 타입이다. 내가 고개를 끄덕였더니 그는 "에휴, 정신 빠진 놈"이라고 툭 내뱉었다.

"대체 뭐하려고 학교에 다니는지 모르겠어. 이곳은 자기 같은 해충이 올 자리가 아니라는 걸 모르는 모양이지? 애초에 3일 정학이라는 게 너무 약했어요. 일주일, 아니, 한 달은 필요한데. 하긴 그래봤자 인간이 달라질 리도 없지만."

금테안경을 코 위로 슬쩍 밀어 올리며 툭툭 내뱉는다. 해충, 진드기, 쓰레기……. 나는 딱히 정의파도 뭣도 아니지만 무라하시가 학생들을 그런 식으로 말할 때마다 매번 마음이 불쾌했다.

"2학년 때는 그렇게 나쁜 애가 아니었는데."

"가끔 있어요, 중요한 시기에 엇나가는 애들이. 일종의 도피죠. 부모도 문제야, 애를 제대로 감독하지 않으니까 그렇지. 아버지는 뭐하는 사람이에요?"

"아마 K제과의 임원이었지요?"

나는 확인하듯이 하세 쪽을 돌아보았다. 그도 "예, 맞아요"라고 고개를 끄덕였다. 그러자 무라하시는 얼굴을 찌푸리면서 뻔하다는 듯이 말했다.

"흔한 케이스네. 아버지가 바쁘다는 핑계로 딸 교육에는 전혀 관심도 없고, 그 대신 용돈은 듬뿍듬뿍 주겠죠. 가장 추락하기 쉬운 환경이에요."

"그런 건가……."

무라하시는 학생지도부 부장이다. 그런 그가 훤하다는 얼굴로 줄줄 늘어놓는 바람에 나와 하세는 그저 맞장구를 쳐줄 수밖에 없었다.

하지만 요코의 아버지가 회사 일로 몹시 바쁜 사람이라는 건 사실일 것이다. 내 기억으로는, 어머니가 3년 전쯤 돌아가셨고 집안 일은 가정부에게 맡겼는데 거의 그 가정부와 단둘이서 사는 것 같다고 요코가 직접 내비친 적이 있는 것이다. 단지 그 말을 할 때 요코의 얼굴에는 전혀 어두운 그늘이 없었다. 마음속으로는 힘들었는지도 모르지만, 그 표정은 명랑한 쪽이었던 것으로 기억하고 있다.

"그나저나 어머니는 대체 뭘 한답니까?"

무라하시가 물어보자 하세가 대답했다. 하세는 요코의 어머니가 사망한 원인까지 알고 있었다. 위암이라고 했다.

"어머니가 없어요? 이건 뭐, 틀려먹었네. 구제할 방법이 없어요."

무라하시가 연신 고개를 내저으며 일어섰을 때, 수업 종이 울렸다. 2교시다. 나와 하세도 각자 책상으로 돌아가 교재를 챙겨들고 교무실을 나섰다.

하세와 복도를 걸어가면서 두런두런 말을 주고받았다.

"아무튼 너무 엄격하다니까, 무라하시 선생은."

"학생지도부니까요." 나는 적당히 맞장구를 쳤다.

"그래도 좀……. 실은 요코가 담배 피우다 걸린 거 말인데, 화장실에서 뻐끔뻐끔 피웠던 모양인데 그걸 적발한 게 무라하시 선생이에요."

"무라하시 선생이?"

처음 듣는 얘기였다. 그래서 요코를 심하게 비난했구나.

"3일 정학처분을 결정했을 때도 무라하시 선생만 강력하게 일주일을 주장했어요. 뭐, 최종적으로는 교장선생님 의견대로 정해졌지만."

"그랬군요."

"그야 요코가 문제아라는 건 분명하지만, 속내를 보면 딱한 면도 있어요. 이건 다른 학생에게서 들은 얘기인데 요코가 변하기 시작한 게 올 3월 말쯤부터라는 거예요."

"3월 말?"

나는 가슴이 덜컥했다. 그 '신슈 여행'을 함께 가자고 했던 무렵이다.

"마에시마 선생도 알겠지만, 요코네 집은 어머니 돌아가신 뒤로 계속 가정부가 입주로 집안일을 해줬거든요. 근데 올 3월에 그 아주머니가 일을 그만두고 다른 젊은 가사 도우미가 들어온 모양이에요. 그것뿐이라면 별일도 아니지만, 아무래도 요코 아버지가 무리하게 이전 가정부를 그만두게 하고 젊은 여자를 집에 들인 것 같더라고요. 그런 저간사정 때문에 아이가 점점 삐뚤어지는 게 아닌가, 나는 그렇게 짐작하고 있어요."

"……그렇습니까. 그런 일이 있었군요."

하세와 헤어진 뒤, 나는 요코의 승부욕 강한 얼굴을 머릿속에 떠올렸다. 순수하기 때문에 더더욱 절망했을 때는 그 반작용이 크게 나타난다. 나는 학생 지도에는 영 서툴지만, 그런 이유 때문에 어긋난 아이를 여러 명 알고 있다.

신슈 여행을 부탁했을 때의 일이 새삼 생각났다. 어쩌면 요코는 그런 가정환경의 변화를 괴로워하던 끝에 그 여행을 생각해냈던 게 아닐까. 물론 여행 중에 나한테 상담하고 뭔가 충고를 얻으려는 생각 따위는 아니었을 것이다. 그녀는 단지 자신의 속마음을 털어놓고 그것을 들어줄 사람을 원했는지도 모른다.

하지만 나는 응해줄 수 없었다. 아니, 애초에 응해줄 마음도 없이 냉정하게 외면했을 뿐이다.

우리 반 아이들이 3학년이 되고 첫 수업 때가 생각났다. 결국 마음에 걸려 요코 쪽을 보았을 때, 얼굴을 든 그녀와 눈이 마주쳐버렸다. 그때의 눈빛은 지금도 잊을 수 없다.

쿡 찌르는 듯한 눈빛이었던 것이다.

3

"무슨 일이에요? 어째 떨떠름한 표정이시네?"

3학년 교실 근처를 지나갈 때, 누군가 뒤쪽에서 말을 건넸다. 이런 식으로 말을 붙이는 학생이라면 뻔히 정해져 있다. 게이코 아니면 가나에다. 뒤를 돌아보니 예상대로 게이코가 다가오는 참이었다.

"어제 부부싸움이라도 하셨어요?"

"너는 기분이 좋아 보이는구나."

그러자 게이코는 목을 꾸욱 움츠렸다.

"아휴, 기분이 좋기는요, 지금 최악이에요. 이거, 도키타 선생님에게 혼났거든요."

자신의 머리칼을 손끝으로 집으면서 말했다. 여성스러운 웨이브가 꼬불꼬불 들어갔지만, 파마는 당연히 금지 사항이다.

"태어날 때부터 이렇다고 말했는데도 도키타 선생님은 도무지 믿어주지를 않는다니까요."

도키타 선생은 그쪽 반의 담임교사다. 역사를 가르치고 있다.

"당연하지. 1학년 때는 반듯한 단발머리였잖아."

"아무튼 그런 거에 너무 엄격하세요. 융통성이 없어요, 융통성이."

"화장은 이제 안 하는 것 같네?"

"그건 좀 그렇죠, 너무 눈에 띄니까."

여름방학 동안에 게이코는 화장을 하고 양궁부 연습에 참가했다. 햇볕에 그을린 피부에 오렌지색 립스틱이 아주 잘 어울린다나 어쨌다나 하는 소리를 했었다.

스기타 게이코, 3학년 B반, 양궁부 주장이다. 소녀티를 벗고 바야흐로 성인 여성으로 서서히 변신 중이다. 3학년쯤 되면 다들 부쩍 어른스러워지지만 그중에서도 특히 두드러져 보인다.

이 게이코도 어떻게 대해야 할지, 영 어렵기만 한 학생이다. 그 통합 합숙훈련 이후로 특히 그렇다. 나도 모르게 시선을 피하게 된다. 그런데 게이코 쪽은 무슨 생각을 하는지, 합숙훈련 때의 일에 대해 아무 말도 하지 않았다. 마치 아무 일도 없었던 것처럼 굴었다. 어쩌면 이 여학생에게는 그런 건 별일도 아닌 것인가.

"오늘은 연습에 나오실 거죠?"

게이코는 나무라는 듯한 눈초리로 나를 보았다. 요즘에 양궁부 연습을 거의 봐주지 않았다. 신변의 위험을 감지하고 방과 후에는 일찌감치 집에 가기로 했기 때문이지만, 게이코에게 그런 말을 할 수는 없었다.

"미안하지만 오늘도 내가 시간이 없네. 연습, 잘 부탁한다."

"아이 참, 요즘 1학년 애들이 자세가 흐트러지고 있는데. 그럼 내일은요?"

"내일은 나갈 수 있을 거야."

"꼭 나오셔야 해요."

그렇게 말하고 게이코는 빙글 몸을 돌려 걸음을 옮겼다. 그 뒷모습을 보고 있으려니 지난번 합숙훈련에서의 일은 역시 꿈이었나 하는 마음까지 들었다.

세이카 여고에는 12개의 운동부가 있다. 교육 방침에 따라 학교 측에서는 학생 모두에게 운동부에 가입할 것을 권장하고 있고 후원도 아끼지 않는다. 그 보람이 있었는지 농구부와 배구부를 선두로, 각 운동부마다 상당히 활발한 활동을 펼치고 있다. 각종 대회에서 높은 순위까지 올라가는 경우가 해마다 두세 팀은 있을 정도다. 그런데 그만큼 왕성한 활동을 펼치는데도 2년 전까지 운동부 합숙훈련이 금지되어 있었다. 한창때의 여학생들을 함부로 외박하게 할 수는 없다는 단순한 이유 때문이었지만, 이런 인습은 타파하기가 어려워서 해마다 합숙훈련 얘기가 나오는데도 한 번도 실현된 적이 없었다.

그래서 새롭게 나온 의견이 운동부의 통합 합숙훈련이었다. 각 팀마다 제멋대로 합숙하는 것이 바람직하지 않다면 운동부 전체가 모여서 합숙을 하면 어떻겠느냐는 것이었다. 이렇게 하면 행선

지나 숙소는 학교 측에서 정하면 되고, 인솔 교사가 많아지기 때문에 조직적인 감독도 가능하다. 단체로 움직이면 금전적인 부담도 줄어들 터였다. 물론 반대의견도 여전히 남아 있었지만, 작년에 드디어 제1회 통합 합숙훈련이 실현되었다. 나도 양궁부 지도교사로서 동행했고, 결과는 대성공이었다. 학생들의 평판도 아주 좋아서 당분간 계속해보자고 얘기가 되었다.

그리고 올 여름방학, 제2회 통합 합숙훈련에 들어갔다. 행선지는 지난번과 마찬가지로 현에서 운영하는 스포츠레저센터였다. 일주일 동안, 연습에 매진하는 하루하루가 이어졌다.

첫날의 일정표는, 우선 6시 30분 기상, 7시 조식, 8시부터 11시까지 연습, 12시부터 중식, 1시 30분부터 4시 30분까지 연습, 석식은 6시 30분, 그리고 10시 30분에는 소등하는 것으로 짜여졌다. 상당히 힘든 일정이지만, 각 팀별로 적절히 휴식시간을 가져도 좋다고 했고, 자유시간도 적지 않았기 때문에 학생들에게서 불평은 거의 나오지 않았다. 특히 석식에서 소등까지의 시간을 크게 기대하는 모양이었다. 평소 학교에서는 맛볼 수 없는 친밀감과 연대감을 서로에게서 느꼈을 터였다.

나는 책을 읽거나 텔레비전을 보면서 시간을 때우는 일이 많았지만, 연습 내용은 매일 저녁마다 빠짐없이 점검했다. 그리고 그건 사흘째 날 저녁이었던 것 같다.

합숙훈련 전반부의 일정이 끝났기 때문에 양궁부원들의 실력이며 앞으로의 방침을 점검하기 위해 나는 식당에서 데이터를 정리하고 있었다. 소등 후 30분 정도가 지났을 때였으니까 아마 11시쯤이었을 것이다. 백 명이 넘는 인원이 한번에 식사할 수 있는 대형 식당에는 아무도 없었다.

양궁은 성적이 분명하게 점수로 표시되는 스포츠다. 따라서 각자의 실력 향상도를 측정하는 데는 그날의 득점을 보는 것이 가장 손쉽고 빠르다. 그래서 지난 사흘 동안의 부원들의 득점을 그래프로 만들어보기로 했다. 다음 날에 그 그래프를 부원들에게 보여줄 생각이었다.

작업을 시작하고 한참 지났을 때, 문득 인기척을 느끼고 얼굴을 들었다. 테이블 건너편에 게이코가 서 있었다.

"열심히 하시네요."

그녀다운 건방진 말투였지만 그 목소리에는 왠지 평소의 장난스러운 느낌이 없었다.

"소등이야. 안 자냐?"

"아니, 그냥 좀……."

게이코는 내 옆에 와서 앉았다. 탱크톱에 조깅바지 차림은 약간 지나치게 자극적이었다.

"아, 득점 데이터 정리하시는 거네요."

노트를 들여다보며 그녀가 말했다.

"내 기록은……. 아, 이거구나. 약간 아쉽네. 요즘 연습한 것 중에 가장 컨디션이 안 좋은 거 같아요."

"균형이 무너진 거야, 타이밍은 좋은데. 좀 더 하다보면 나아질 거야."

"가나에도 히로코도 여전히 바닥을 헤매네, 자세는 깔끔한데."

"화살을 쏜다기보다 활에 떠밀리는 느낌이야. 한마디로 힘이 부족해."

"결국은 트레이닝인가……."

"바로 그거야."

거기서 대화는 끝났다는 생각으로 나는 다시 연필을 들고 노트를 마주했다. 하지만 게이코는 전혀 일어설 기미가 없었다. 옆에서 턱을 괸 채 노트에 시선을 떨구고 있었다.

"안 자냐?" 조금 전과 똑같은 말로 물어보았다. "잠이 부족하면 더위를 이겨내기 힘들어."

하지만 게이코는 내 말에는 대답하지 않고 자리에서 일어섰다.

"주스라도 마시죠."

가까운 자동판매기에서 캔 주스 두 개를 뽑아왔다. 그리고 조깅 바지 아래로 쭉 뻗은 맨다리를 대담하게 꼬고 의자에 앉았다. 나는 슬쩍 시선을 돌리면서 바지 뒷주머니에서 지갑을 꺼냈다.

"괜찮아요, 주스 한 개쯤은 제가 사드릴게요."

"그럴 수는 없지. 부모님에게 용돈 받는 처지인데."

나는 지갑에서 100엔 동전 두 개를 꺼내 게이코 앞에 내놓았다. 그녀는 흘끗 동전을 쳐다보더니 손을 내미는 대신, 전혀 다른 질문을 던졌다.

"저기요, 사모님이 걱정돼요?"

캔 주스의 뚜껑을 따고 한입 마시려던 나는 하마터면 뿜을 뻔했다.

"갑자기 무슨 소리야?"

"진지하게 묻는 거예요. 어때요?"

"어려운 질문이네."

"걱정되지는 않지만, 그리워요?"

"그렇지는 않지. 신혼인 것도 아니고."

"그립지는 않지만, 욱신욱신?"

"어허, 애가."

"솔직히 말해보세요. 그렇죠?"

"너, 술에 취했어? 어디서 술을 조달했지? 그러고 보니 어째 술 냄새가 나는데."

나는 게이코의 얼굴 쪽에 코를 대고 냄새를 맡는 척했다. 하지만 그녀는 웃으려고도 하지 않고 내 눈을 빤히 마주 보았다. 그 진지한 눈빛에 신경이 마비되는 것을 느끼고 나는 꼼짝도 할 수 없었다.

2, 3분인지 2, 3초인지, 우리는 서로를 마주 보고 있었다. 같잖은 표현을 해보자면, 그 순간 두 사람 사이의 시간이 정지한 듯한 느낌이었다.

게이코가 눈을 감은 것이 먼저인지, 내가 그녀의 어깨에 손을 얹은 것이 먼저인지, 잘 생각나지 않는다. 단지 둘 다 지극히 자연스럽게 얼굴을 맞대고 당연한 일처럼 입술을 맞댔다. 나는 스스로

도 이상할 만큼 침착했었다. 누군가 불쑥 식당에 들어오지나 않을
까 하고 귀를 기울였을 정도다. 그리고 게이코도 긴장은 하지 않
았던 것 같다. 그 증거로 그녀의 입술은 촉촉하게 젖어 있었다.

"이런 때, 내가 사과해야 하는 건가?"

게이코의 입술에서 물러선 뒤에도 그녀의 어깨에 손을 얹은 채
나는 물었다. 탱크톱의 맨살이 드러난 어깨는 내 손 안에서 점점
더 땀이 배어나는 것 같았다.

"왜 사과를 해요?" 게이코는 시선을 피하지 않고 되물었다. "나
쁜 일도 아닌데."

"이런 짓을 하다니, 내 마음속을 모르겠다."

"좋아하지도 않는데, 라는 말인가요?"

"아니……." 나는 말을 얼버무렸다.

"그럼 왜요?"

"암묵의 룰을 깬 것 같은 느낌이야."

"그렇지 않아요."

게이코는 강한 어조로 말했다. 여전히 내 눈을 빤히 들여다보고
있었다.

"지금까지 룰에 묶여 있다고 생각한 적도 없는데요, 뭘."

"세게 나오네."

나는 게이코의 어깨에서 손을 내리고 캔 주스를 단숨에 비웠다.
어느새 목이 바짝 말라 있었다.

그때 복도를 지나가는 발소리가 들려왔다. 슬리퍼를 질질 끄는

듯한 소리다. 이따금 소리가 겹쳐서 들려오는 것은 두 사람 이상이기 때문일 것이다.

나와 게이코가 떨어진 것과 식당 문이 열린 것은 거의 동시였다. 들어온 것은 두 명의 남자다.

"뭐야, 마에시마 선생이었어요?"

키가 큰 쪽의 남자가 말을 건넸다. 육상부 지도교사 다케이다. 또 한 사람은 무라하시였다. 무라하시는 운동부 지도교사는 아니지만, 합숙훈련의 총괄 감독으로 함께 왔다.

"게이코도 함께 있는 걸 보니까 연습 회의를 하던 중인 모양이네요. 수고가 많으십니다."

다케이는 내 앞에 펼쳐진 그래프며 노트를 보면서 말했다.

"순찰 중이에요?"

내가 묻자 "뭐, 그렇죠"라고 두 사람은 얼굴을 마주 보며 웃었다. 그리고 식당 안을 한바탕 둘러보더니 조금 전에 들어온 문으로 다시 나갔다.

게이코는 두 사람이 나간 문을 잠시 바라보고 있더니 이윽고 내 얼굴을 보았다.

"분위기가 깨져버렸네."

평소와 똑같이 웃는 얼굴을 보였다.

"그만 자야지."

"네."

게이코가 고개를 끄덕이고 자리에서 일어서서 나도 테이블 위

를 정리했다. 그리고 식당 앞에서 헤어질 때, 게이코는 내 귓가에
대고 말했다.

"다음에 또 봐요."

흠칫해서 나는 그녀의 얼굴을 마주 보았다. 하지만 그녀는 "선
생님, 안녕히 주무세요"라고 유난히 또렷한 어조로 인사를 건네고
나와는 반대방향으로 복도를 멀어져갔던 것이다.

다음 날 연습 때, 나는 게이코와 마주치는 것을 어쩐지 피하고
있었다. 양심에 찔리는 것도 있었다. 하지만 사실은 나잇값도 못
하고 수줍음을 느꼈던 것이다.

그런데 게이코의 나에 대한 태도는 전날까지와 하나도 다른 게
없었다.

"몸이 좀 안 좋아서 1학년 미야사카 에미가 결석했고, 그 밖에는
모두 나왔습니다."

출결 보고를 할 때만 묘하게 위엄 있는 말투를 쓰는 것도 똑같
았다.

"몸이 안 좋다니, 그러면 안 되는데? 감기에 걸렸나?"

"아이 참, 여학생이 몸이 안 좋다고 하면 딱 눈치를 채셔야죠."

빙긋이 의미심장한 웃음을 보이며 영악한 말을 날리는 것도 변
함이 없었다.

그 뒤로 게이코는 오늘까지 한 번도 그날 밤의 일에 대해서는 얘
기를 꺼내지 않았다. 신경을 쓰는 것은 내 쪽일 뿐인지도 모른다고
최근에는 생각하기 시작하고 있다. 별일도 아니다, 열 살 넘게 어

린 여자애의 "다음에 또 봐요"라는 말에 휘둘리고 있는 것이다.

나는 게이코의 얼굴을 머릿속에 떠올렸다. 영리한 아이처럼 보일 때가 있는가 하면 요염한 인상을 주기도 하는 얼굴이다. 정신 차려, 라고 나 자신을 나무라고 싶은 기분이었다.

4

4교시가 끝나고 점심시간이다. 신문을 보면서 아내가 싸준 도시락을 먹은 뒤에 커피 타임을 즐기고 있는데 교무실 문이 열리고 학생 한 명이 들어왔다. 다카하라 요코였다. 그녀는 실내를 스윽 둘러보더니 재빨리 하세의 자리를 발견하고 그쪽으로 갔다. 중간에 나와 시선이 마주쳤지만 아무 반응도 보이지 않았다.

하세는 그녀를 보자 얼굴을 찌푸리며 즉각 잔소리를 하기 시작했다. 그의 자리는 나보다 책상 네 개 정도 앞쪽이어서 얼굴 표정이 고스란히 보이고 대화도 띄엄띄엄 귀에 들어왔다. 신문을 들여다보는 척하면서 상황을 살펴보자 무표정하게 시선을 딴 군 요코의 옆얼굴이 눈에 들어왔다.

정학 기간이 끝난 날에 지각이라니 그러면 안 되잖아. 이제 담배는 안 피울 거지? 졸업도 얼마 안 남았는데, 유종의 미를 거둬야 할 거 아니냐.

하세의 잔소리는 학생을 지도한다기보다 애원하는 듯한 말투로 들렸다. 요코는 여전히 듣는지 마는지 아무 반응이 없었다. 고개를 끄덕이는 것조차 하지 않았다.

그녀의 옆얼굴을 보고 있는 사이에 어라, 하고 생각했다. 머리칼이 짧아진 것이다. 이전부터 머리가 그리 긴 편은 아니었지만 저렇게 짧지도 않았다. 전에는 약간 컬이 들어간 느낌이었는데 지금은 그게 전혀 없고 앞머리도 상당히 짧아졌다. 이미지 체인지라도 한 건가, 라고 생각했다.

내가 그쪽으로 정신을 뺏기고 있는 참에 갑자기 누군가 어깨를 툭 쳤다. 돌아보니 마쓰자키 교감이 누런 이를 드러내며 웃고 있었다.

"뭔가 재미있는 기사라도 있어?"

이런 식으로 끈적거리는 그의 말투가 싫었다. 용건을 말하기 전에 반드시 이런 알랑거리는 듯한 몇 마디를 늘어놓는다.

"뭐, 세상이야 여전히 똑같지요. 무슨 일이십니까?"

그다음 말을 재촉하자 마쓰자키는 신문기사에 시선을 던진 채맥 빠진 목소리를 냈다.

"응, 교장선생님 호출이야."

나는 신문을 마쓰자키에게 건네고 서둘러 교장실로 향했다.

교장실 문을 노크하자 네에, 라는 소리가 들려서 안으로 들어갔다. 구리하라 교장이 등을 돌리고 앉아 담배연기를 토해내는 것이 보였다. 벌써 몇 번이나 금연에 실패한 모양이다.

교장은 의자를 빙글 돌려 이쪽으로 향하더니 입을 열자마자 물었다.

"양궁부는 좀 어때? 올해는 전국대회 출전을 노려볼 만하지 않나?"

나지막하지만 우렁우렁한 목소리다. 예전에 럭비로 몸을 단련한 인물다운 데가 있었다.

"글쎄요, 될지 말지……."

"왜 그래, 기운이 없네?"

손가락 사이에 끼우고 있던 담배를 재떨이에 비벼 껐다. 그런가 싶더니 즉시 담뱃갑에서 한 개비를 뽑아냈다.

"자네, 양궁부 지도교사로 몇 년째지?"

"5년입니다."

"그렇다면 이제 슬슬 성과를 내야지."

"네, 노력하고 있습니다."

"노력만으로는 안 돼. 어떻게든 눈에 띄는 실적을 올려야 한다고. 양궁부가 있는 학교는 전국적으로 몇 군데 안 되니까 상위에 오르는 건 어렵지 않다고 말했던 건 자네잖아."

"그건 변함이 없습니다."

"그렇다면 한번 마음먹고 뛰어봐. 3학년에 스기타 게이코라고 했던가, 그 선수는 어때?"

"재능은 있습니다. 전국대회까지 올라갈 전망이 가장 높다고 할 수 있겠죠."

"좋아, 그 선수를 중점적으로 훈련시켜. 나머지는 그냥 적당히 해도 돼. 아니, 그렇게 싫은 얼굴 하지 말고. 물론 자네의 방침에

간섭하려는 건 아니야. 나름대로 성과를 내줬으면 하는 것뿐이지."

"열심히 하겠습니다."

나는 그렇게 말할 수밖에 없었다. 운동부를 육성해 전국적으로 유명세를 타고 덩달아 학교 이름도 떨친다는 방식에 그리 반발하는 마음은 없었다. 학교도 어차피 '경영'인 이상, 홍보에 힘을 기울이는 건 당연한 일인지도 모른다. 하지만 구리하라 교장처럼 노골적으로 얘기하는 것에는 아무래도 따라가기 힘든 마음이 들곤 했다.

"실은 자네를 부른 건 양궁부가 아니라 다른 일 때문이야."

교장의 표정 변화를 보고 나는 어라, 하고 생각했다. 얼굴 표정이 갑작스레 온화해졌던 것이다.

"일단 거기 좀 앉아."

옆의 응접세트를 가리키며 말했다. 내가 머뭇머뭇 자리를 잡자 구리하라 교장도 맞은편에 앉았다.

"할 얘기라는 건 다름이 아니라 다카카즈에 대한 거야. 다카카즈는 알고 있지?"

"예, 알고 있습니다."

교장의 아들이다. 딱 한 번 만난 적이 있다. 일류 국립대를 나와 이 지역 기업에서 엘리트코스를 달리고 있는 모양이지만, 정력적이라는 인상은 전혀 받지 못했다. 오히려 허약하고 소극적인 것 같았다. 물론 겉으로 드러난 인상과 실제가 반드시 일치하는 건 아니겠지만.

교장이 말을 이어갔다.

"다카카즈도 벌써 스물여덟 살이야. 이제 슬슬 결혼을 생각하고 있는데 좀체 괜찮은 사람을 찾을 수가 없네. 내가 보기에는 괜찮은 신붓감인데 본인이 사진을 보는 족족 고개를 젓는 상황이라서 말이야."

자기 낯짝도 좀 생각해야지, 라고 마음속으로 욕을 했다.

"그러다 이번에 점찍은 사람이 있는데⋯⋯. 누구일 것 같아?"

"글쎄요."

그게 누구든 나와는 상관없었다.

"아소 교코 선생이야."

"엇, 예에⋯⋯."

내 반응에 교장은 만족스러운 모양이었다.

"놀랐어?"

"놀랐습니다. 아소 선생이라면 나이가⋯⋯."

"스물여섯이야. 아무래도 똑똑한 아가씨가 좋을 것 같아서. 실은 다카카즈에게 사진을 보여줬더니 꽤 마음에 든 눈치야. 그래서 8월 여름방학 때 아소 선생이 일직을 서는 날에 슬쩍 얘기해봤는데 잠시 생각해보겠다고 하더라고. 다카카즈의 사진이며 이력서도 건네줬어."

"아, 예에. 그래서요?"

대화의 흐름을 타고 나도 모르게 그다음 얘기를 재촉하는 말이 튀어나왔다.

"문제는 거기서부터야. 그게 벌써 3주일 전인데 아직까지 아무 대답이 없어. 넌지시 운을 떼봐도 조금만 더 기다려달라고 얼버무리기만 하는 거야. 싫으면 싫다고 분명하게 말을 해주면 좋을 텐데, 아무래도 속내를 알 수가 없어서 난감해하고 있어. 그래서 자네를 부른 거야."

중간쯤부터 교장이 원하는 게 무엇인지 서서히 감이 잡혔다. 한마디로 아소 교코의 속마음을 확인해달라는 것이다. 내가 그렇게 말하자 교장은 만족스러운 듯 고개를 끄덕였다.

"역시 눈치가 빠르네. 바로 그거야. 근데 그것만으로는 어린애 심부름이지. 그 참에 아소 선생의 남자관계도 알아봐줬으면 좋겠어. 철저하게 말이지. 물론 나이가 스물여섯이나 됐으니까 그런 일도 한두 가지쯤은 있겠지. 나도 그리 완고한 사람은 아니야. 문제는 현재야."

"알겠습니다. 하지만 만일 아소 선생이 이 혼담에 별 뜻이 없다면 그런 것까지 알아볼 필요는 없겠지요?"

"가망성이 없다는 거야?"

교장이 불쾌한 듯한 목소리를 냈다.

"그럴 가능성도 있다는 얘기입니다."

"끄으응……. 뭐, 좋아. 그럴 경우에는 뭐가 마음에 안 드는지, 분명히 밝혀달라고 해줘. 원하는 건 가능한 한 들어줄 생각이니까."

"알겠습니다."

신랑감이 마음에 안 든다고 하면 어떻게 할 거냐, 라고 한번 물어보고 싶었다.

"교장선생님이 하실 말씀은 그것뿐입니까?"

나는 약간 정색하는 목소리를 내보았다.

"응, 나는 이제 끝났는데 자네도 뭔가 얘기할 게 있나?"

교장의 말투가 신중해졌다. 내 표정을 읽어낸 것이리라.

"누군가 또 저를 노렸습니다."

"뭐라고?"

"저를 노렸어요. 어제 교실 건물 옆을 지나가는데 위에서 화분
이 떨어졌습니다."

"……우연히 그런 거 아니야?"

그렇게 생각하고 싶은 것처럼 교장은 억지웃음을 지었다.

"우연한 일이 세 번씩이나 연달아 일어나겠습니까?"

플랫폼에서 떠밀린 것, 풀장에서 감전사할 뻔한 것은 교장에게
이미 말했었다.

"……그래서?"

뭐가 그래서냐고 쏘아붙이고 싶은 것을 꾹 참고 나는 조용한 어
조로 말했다.

"경찰에 신고할 생각입니다."

그러자 교장은 담배를 재떨이에 내려놓고 팔짱을 끼더니 어려
운 문제에 부닥친 것처럼 떨떠름한 얼굴로 눈을 꾹 감았다. 좋은
대답은 나오기 힘들겠구나, 하고 나는 직감했다. 아니나 다를까
교장이 말했다.

"아니, 조금만 기다려보자고."

나는 고개를 끄덕이지 않았다. 교장은 눈을 감은 채 입만 움직이고 있었다.

"이건 학생들이 저지르는 일종의 비행이야. 다른 학교, 특히 남고 같은 데서는 조직폭력배 비슷한 싸움이 일어나는 경우도 있어. 근데 그런 경우에도 경찰을 개입시키는 건 아무도 좋게 생각하지 않아. 이건 어디까지나 학생과 교사 간의 문제야."

여기서 교장이 눈을 번쩍 떴다. 어떻게든 살살 달래서 일을 무마하려는 눈빛이었다.

"아마 장난일 거야. 좀 심하게 장난을 친 거라고. 설마 자네를 죽일 마음이겠어? 그런 일에 괜히 심각해져서 경찰까지 불러들이면 나중에 웃음거리가 되기 십상이야."

"하지만 범인이 하는 짓은 실제로 심각하다고 생각할 수밖에 없습니다."

그러자 교장은 갑자기 험악한 표정으로 테이블을 타악 쳤다.

"자네는 제자들을 믿지 못하는 건가?"

나는 놀랐다. 이 사람의 입에서 그런 말이 튀어나올 줄은 생각도 못했다. 이런 자리가 아니었다면 아마 웃음이 터졌을 것이다. 그런 변명거리를 생각해낸 것 자체가 경이로웠다.

"이봐, 마에시마 선생."

다시 목소리가 온화해졌다. '당근과 채찍'을 실천하고 있는 건가.

"앞으로 딱 한 번이야. 한 번만 더 상황을 지켜보자고. 그 결과에 따라서는 나도 더 이상 말리지 않을게. 어때, 그러면 됐지?"

그 한 번이 나에게 치명상이 되면 어떻게 할 것인가. 하지만 나는 아무 말도 하지 않았다. 그의 제안을 받아들인 게 아니었다. 포기한 것이다.

"앞으로 딱 한 번입니다."

내가 다짐을 하자 교장은 살았다는 듯이 표정이 환해져서 학교 교육에 대해 늘어놓기 시작했다. 교사의 자세, 학생의 자세……. 그런 헛소리는 듣고 싶지도 않았다. 나는 "수업이 있어서 이만"이라고 말하고 자리에서 일어섰다. 문을 열고 나올 때, "아들녀석 일, 잘 부탁해"라는 목소리가 들렸다. 대답할 마음은 나지 않았다.

교장실을 나오자 오후 수업의 예비 종소리가 울렸다. 총총걸음으로 지나가는 학생들에 섞여서 나는 교무실로 돌아왔다.

구리하라 교장은 교장일 뿐만 아니라 세이카 여고의 이사장이다. 말 그대로 독재자다. 교장의 기분 여하에 따라 교사의 목 한둘쯤은 순식간에 날아가고 교육방침도 홱홱 바뀔 정도다. 다만 학생들의 평판은 반드시 나쁜 것만은 아니었다. "욕망에 대해 솔직하고 인간적인 냄새가 나는 점이 좋다"라고 예전에 게이코가 말했던 적이 있다.

실은 구리하라 교장은 돌아가신 아버지의 전우였다. 전쟁 끝난 직후의 혼란기에는 둘이서 그야말로 악착같이 온갖 편법을 동원해 부를 축적한 모양이었다. 그러다가 아버지는 사업 쪽으로, 구리하라 교장은 학교 쪽으로 길이 갈라졌지만, 성공한 것은 교장 쪽뿐이었다. 아버지는 나이 든 어머니와 약간의 빚을 남긴 채 세상을 떠났다. 지금은 세 살 위의 형님 부부가 본가에서 시계방을 운영하며 어머니를 모시고 있다.

나에게 교사가 될 것을 권하면서 어머니는 구리하라 교장에게 연락한 모양이었다. 그러자 단번에 세이카 여고 교사로 초빙한다는 답이 돌아왔다.

그런 속사정이 있었기 때문에 교장은 나를 가족처럼 허물없이 대하는 경향이 있었다. 또한 거꾸로, 업무 이외의 일로 내가 교장을 위해 움직여줘야 할 일도 당연히 많았다. 조금 전에 지시한 임무도 그런 일 중의 하나였다.

교무실에 들어서자 여학생의 카랑카랑한 목소리가 귀에 들어왔다. 무라하시와 학생 하나가 마주한 채 서 있었다.

"일단 교실로 돌아가. 얘기는 방과 후에 들을 테니까."

무라하시는 출입구를 가리키며 말했다. 목소리가 파르르 떨리고 있었다.

"그전에 분명하게 밝혀주십시오. 무라하시 선생님은 아무 잘못이 없다는 말씀이십니까?"

무라하시의 키는 나보다 약간 작은 정도니까 170센티미터가 조금 못 될 것이다. 그런데 마주 선 여학생은 그 무라하시와 거의 비슷할 만큼 키가 컸다. 어깨폭도 상당하다. 뒷모습만으로도 호죠 마사미라는 것을 알았다.

"나는 잘못된 일을 했다고 생각하지 않아."

무라하시는 정면으로 마사미를 쏘아보았다. 그녀도 분명 기가 센 그 눈빛으로 마주 노려봤을 게 틀림없다.

이윽고 마사미는 말했다.

"알겠습니다. 방과 후에 다시 오겠습니다."

무라하시에게 인사를 하고 마사미는 당당한 걸음걸이로 교무실을 나갔다. 나를 포함해 다른 교사들은 잠시 그 모습을 멀거니 바라보고 있었다.

"무슨 일이에요?"

5교시 준비를 하는 하세에게 물어보았다. 그는 슬쩍 무라하시 쪽을 살펴보더니 작은 소리로 말했다.

"수업 중에 무라하시 선생이 학생을 나무랐는데, 그때 '이 자식들'이라는 단어를 쓴 모양이에요. 호죠 마사미는 그걸 항의하러 왔어요. '자식들'이라는 말은 모욕적인 의미의 차별어 아니냐고."

"무슨 그런……."

"별일도 아니죠. 호죠도 그건 다 알고 있을 거예요. 반쯤은 고집 싸움 같은 거예요."

"그렇군요."

나는 고개를 끄덕이며 내 자리로 돌아왔다.

호죠 마사미, 3학년 A반 반장이다. 입학 때부터 지금까지 계속 전교 수석이어서 세이카 여고 설립 이래 최고의 재원이라는 말도 그리 과장이 아니다. 목표는 도쿄대학이라고 했지만, 실제로 합격한다면 그야말로 학교 설립 이래 최고의 성과다. 검도부 주장이기도 한데 현 내에서 손꼽히는 여학생 검도사로 알려져 있다. 남자로 태어났더라면 더 좋았을 것이라는 말을 들을 만큼 문무를 겸비한 실력자다.

그런 그녀가 올 3월부터 중뿔난 활동을 시작했다. 중뿔난, 이라고 했다가는 자칫 뭇매를 맞을지도 모른다. 호죠 마사미 식으로 말하자면 '오랜 인습에 사로잡혀 학생의 인권을 무시하는 획일화된 관리교육을 타파하기 위해 들고 일어섰다'라고 한다. 하지만 수업을 거부하거나 옷차림과 머리 스타일에 관한 규칙을 무시하는 것은 아니었다. 그런 짓을 해봤자 무의미하다는 것을 그녀는 잘 알고 있었다. 우선 1, 2학년을 결집해 옷차림 규제완화 검토회를 열고 그 결과를 학생회를 통해 학교 측에 주장했다. 1, 2학년을 동원한 것은 3학년은 이래저래 바쁜 시기인데다 어차피 금세 졸업이라는 생각에 그런 활동에 주력하기 힘들다고 생각했기 때문인 모양이었다. 조직적으로 활동하는 모임은 현재로서는 그 옷차림 검토회뿐이지만 앞으로 두발 모임 등도 만들려고 한다는 얘기였다.

호죠 마사미가 '암적 존재'라고 지칭하며 창끝을 겨눈 것이 학생지도부였다. 그중에서도 특히 학생들을 엄하게 억누르는 무라하시였다. 그가 3학년 A반 수업을 끝내고 돌아오면 마사미가 뒤따라와서 수업 중의 말투와 태도에 대해 날카롭게 항의하는 일이 여러 번 있었다.

그런 일 때문에 학교 측에서는 호죠 마사미를 상당한 문제아로 주시하고 있었다. 하지만 그녀의 행동을 막을 방법은 사실상 없었다. 마사미의 항의는 규칙에 준하는 정당한 방식이었기 때문이다. 그리고 항의 내용도 합당하다고 할 만한 의견이 대부분이었다. 게다가 성적까지 뛰어나다. 교사들 중에는 "호죠 마사미가 졸업할 때까지만 참으면 된다"라고 태연한 얼굴로 말하는 자까지 있었다.

"여기저기서 칭찬해주니까 쟤가 진짜로 잘난 줄 알고 저 짓거리를 하는 거예요."

무라하시가 자리에 앉으면서 누구에게랄 것도 없이 말했다. 분통이 터지는 모양이었다. 새 학기가 시작된 뒤에도 호죠 마사미의 활동은 전혀 그 기세가 떨어지지 않는 것 같았다.

5교시 수업종이 울렸다. 분주하게 의자를 밀며 일어서는 소리가 울렸다. 아소 교코가 자리에서 일어나는 모습을 확인하고 나도 일어섰다.

교무실을 나와 10미터쯤 걸어간 곳에서 그녀를 따라잡았다. 긴 머리를 쓸어 올리며 내 쪽을 흘끔 돌아보았다. 차가운 시선이었다. 무슨 볼일이냐는 듯한 눈빛이다.

"아까 교장선생님 호출을 받았는데⋯⋯."

분명하게 반응이 있었다. 그녀의 발길이 약간 슬로모션이 되었다.

"아소 선생이 어떤 생각인지 물어봐달라고 하던데요."

교장에게서 그 얘기를 들었을 때부터 이런 식으로 말할 생각이었다. 나는 완곡한 표현에 서툰 편이다.

계단 바로 앞에서 그녀는 멈췄다. 나도 함께 멈춰 섰다.

"마에시마 선생님에게 그런 얘기를 해야 되나요?"

침착하기 이를 데 없는 말투였다. 나는 천천히 고개를 저었다.

"교장에게 의사를 전달하기만 하면 되니까요. 아소 선생이 직접 하셔도 좋겠죠."

"그럼 그렇게 할게요."

그녀는 계단을 올라가기 시작했다. 처음부터 끝까지 나를 무시하고 있었다. 마음속에서 악의가 솟구쳤다. 계단을 올려다보며 슬쩍 말해보았다.

"아소 선생의 이력도 알아봐달라던데요. 어떤 이력인지는 아시죠?"

그녀의 발소리가 멈춘 순간, 나는 계단을 내려가기 시작했다. 당황한 듯한 침묵이 내 머리 위에 떨어지고 있었다.

5

오늘 6교시는 1학년 A반. 내 담당은 대부분이 3학년 수업이지만, 유일하게 이 반만 1학년이다. 이 아이들은 2학기에 접어들자 드디어 고교생활에도 익숙해지고 조금쯤 차분해진 것 같다. 아직 솜털 보송보송한 중학생 같은 어린애들이 재잘재잘 떠들어대면 신경이 당해내지를 못한다.

"자, 그러면 다음 연습문제를 앞으로 나와서 풀어볼까."

내가 말하자마자 아이들이 목을 움츠렸다. 대부분의 학생들이 수학은 이미 포기한 상태였다.

"1번 문제는 야마모토 유카, 2번 문제는 미야사카 에미. 나와서 풀어봐."

학급 명단표를 들여다보며 지명하자 야마모토 유카가 잔뜩 겁이 난 얼굴로 일어섰다. 동시에 안도의 한숨이 사방에서 흘러나왔다. 한심한 이야기지만, 우리도 고교 시절에 똑같은 행동을 했었던 게 생각났다.

미야사카 에미는 무표정하게 칠판으로 향했다. 에미는 성적이 우수한 편이다. 예상대로 왼손에 교과서를 들고 오른손으로 분필을 잡더니 답을 쓱쓱 써내려갔다. 그 나이 대의 여학생이 좋아할 만한 동글동글한 글씨였다. 그리고 답도 정답이었다.

나는 에미의 왼쪽 팔에 신경이 쓰였다. 아직도 흰 붕대를 감고 있다. 에미도 양궁부원인데 이번 여름 합숙훈련 중에 왼쪽 손목을 삐었다, **라고 나중에야 들었다.** 그때 당시에 다쳤다는 것을 알지 못한 건 나한테 혼이 날까봐 생리 중이라고 둘러대고 양궁 연습을 쉬었기 때문이다. 그만큼 소심한 데가 있는 여학생이다.

"왼쪽 손목은 괜찮아?"

문제를 풀고 자리로 돌아가는 에미에게 작게 물었더니 그녀도 모기 우는 듯한 소리로 "네"라고 대답했다.

이어서 칠판에 적힌 정답에 대해 설명하려고 했을 때였다. 뱃속까지 우르릉 울리는 듯한 엔진소리가 들렸다. 이쪽 교실 건물은 바깥벽에 바짝 붙어 있어서 옆의 도로를 달리는 차량의 소음이 항상 들려오곤 한다. 하지만 방금 난 소리는 그런 것이 아니었다. 게다가 지나갔어야 할 소리가 계속 한 자리에서 울리고 있었다.

창문 밖을 내다보니 오토바이 세 대가 도로 위를 빙빙 돌고 있었다. 화려한 색깔의 셔츠를 입고 풀페이스 헬멧을 쓴 젊은 애들이 무질서하게 오토바이 튜닝 머플러에 부릉부릉 공회전을 넣고 있었다. 지금까지 본 적도 없는 녀석들이다.

"폭주족인가?"

"관종이야, 관종."

"으, 짜증나."

창가 자리의 학생들이 저마다 한마디씩 했다. 이 교실은 2층이라서 도로가 잘 보인다. 다른 학생들도 엉거주춤 일어나 목을 빼고 내다보려고 하고 있었다. 수업 분위기가 완전히 흐트러져버렸다.

어떻든 칠판 앞으로 돌아와 다시 수업을 해보려고 했다. 하지만 아이들은 여전히 창밖이 궁금한 모양이었다.

"저거 봐, 손을 흔드는 바보도 있어."

아이들이 또 한눈을 팔고 있었다. 나는 주의를 주려고 했다. 그때 누군가 말했다.

"앗, 드디어 선생님 출동!"

그 말에 나도 모르게 바깥을 내다보았다. 남자 둘이 오토바이를 탄 녀석들 쪽으로 다가가는 것이 보였다. 뒷모습으로 누군지 알 수 있었다. 무라하시와 오다 선생이다. 둘 다 양동이를 들고 있었다. 처음에는 뭔가 주의를 주는 것 같았지만 녀석들은 전혀 떠날 기미가 없었다. 그러자 두 명의 교사는 들고 있던 양동이의 물을 오토바이를 향해 홱 뿌렸다. 한 대가 흠뻑 젖어버렸다. 게다가 체육교사 오다가 그 오토바이에 탄 젊은 애를 붙잡으려고 뛰어가자 놈들은 뭔지 알아들을 수 없는 험한 소리를 내뱉으며 마침내 물러갔다.

"와아, 해치웠어."

"학생지도부는 역시 대단하네."

교실 안에서 환성이 터졌다. 더욱더 수업하기가 어려워졌다. 결국 칠판에 적힌 답의 설명을 끝낸 것은 6교시가 끝나기 직전이었다.

교무실로 돌아갔더니 무라하시를 중심으로 몇몇 교사들이 둥그렇게 모여 있었다. 무슨 영웅이라도 된 듯한 기분인 모양이다.

"멋지게 쫓아내시던데요."

옆자리라는 것도 있어서 인사 차 말해주었다. 무라하시는 신이 나 있었다.

"이게 다른 학교에서도 자주 쓰는 방법이거든요. 다행히 효과가 있었어요."

"다시는 안 오면 좋겠는데 말이에요."

호리라는 중년 여교사가 말했다. 그러자 무라하시의 얼굴도 약간 심각해졌다.

"대체 어떤 놈들인지 모르겠어요. 쓰레기 같은 놈들이라는 건 틀림이 없지만."

"우리 학교 학생하고 아는 사이인지도 모르죠."

내가 말했더니 주위의 두세 명이 "에이, 설마"하고 웃었다.

하지만 무라하시는 엄격한 표정으로 고개를 가로저었다.

"아니, 충분히 그럴 수 있어요." 그리고 뒤를 이어 말했다. "혹시라도 그렇다면 그런 학생은 즉시 퇴학시켜야 합니다."

특유의 냉정한 말투였다.

오늘도 학교가 끝나자마자 곧장 퇴근하기로 했다. 무엇보다 어제 화분이 떨어진 일이 아직도 머릿속에 달라붙어 있었다. 학교 밖이라고 반드시 안전하다고는 할 수 없지만, 그래도 교내에서 어물거리는 것보다는 나을 것이다. 하지만 그 바람에 내리 3일 동안 양궁부 연습을 봐주지 못했다. 하지만 내일은 어차피 참석해야 한다.

내가 퇴근할 준비를 하는 것을 보고 아소 교코가 옆으로 다가왔지만 일부러 무시하기로 했다. 그녀 입장에서는 이번 혼담이 재벌가에 들어갈 기회니까 아까 했던 내 말이 분명 마음에 걸렸을 것이다.

하나둘 하교하는 학생들 틈에 섞여 교문을 나섰다. 하루가 드디어 끝났다, 라고 느끼는 순간이다. 오늘은 특히 심신이 피곤한 것 같다. 그만큼 이런저런 일이 있었다는 뜻인가.

학교 정문에서 S역까지는 도보로 5분 거리다. 감색 스커트에 하얀 블라우스 차림의 학생들이 삼삼오오 걸어간다. 나는 중간쯤까지 아이들과 함께 갔지만, 스포츠용품점에 들러야 할 일이 생각나 옆길로 빠졌다.

주택단지를 지나 차량 통행이 잦은 국도변을 따라가면 스포츠용품점이 나온다. 현 내에 몇 군데밖에 안 되는, 양궁용품을 취급하는 곳이다.

"세이카 여고 양궁부는 실력이 좀 늘었습니까?"

가게 주인이 내 얼굴을 보자마자 말했다. 처음 이 학교에 부임했을 때부터 알고 지낸 사이다. 나이는 나보다 서너 살 많을 것이다. 예전에 하키를 했다더니 역시 키는 작지만 탄탄하게 균형 잡힌 몸집이다.

"생각만큼 실력이 늘지 않네요. 코치가 안 좋은 탓인지."

나는 쓴웃음을 지어보였다.

"스기타 게이코는 어때요? 상당히 좋아졌다고 하던데."

교장과 똑같은 말을 한다. 일단 게이코의 이름만은 꽤 알려진 모양이다.

"그럭저럭 괜찮은데 앞으로 얼마나 갈지……. 딱 일 년만 더 하면 좋을 텐데요."

"아차, 스기타 게이코가 3학년이었지요? 그러면 이번이 마지막 기회겠네요."

"그렇죠."

그런 얘기를 주고받으면서 양궁용품을 구입한 뒤에 가게를 나왔다. 시계를 확인해보니 20분쯤 지나 있었다.

9월의 늦더위에 넥타이를 느슨하게 풀면서 온 길을 되돌아갔다. 트럭이 달리면서 부옇게 말아올린 먼지가 땀에 젖은 몸에 엉겨드는 것 같아 더욱더 무덥게 느껴졌다.

모퉁이 길에 접어든 참에 나는 발을 멈췄다. 도로 가에 서 있는 오토바이가 눈에 들어왔기 때문이다. 아니, 정확히 말하면 오토바이에 걸터앉은 남자의 얼굴이 낯설지 않았기 때문이었다. 노란 셔츠와 빨간 헬멧. 틀림없었다. 아까 낮에 한바탕 소란을 일으킨 3인조 중의 한 명이다. 게다가 그 남자 옆에 서서 이야기를 하고 있는 건 우리 학교 학생이다. 나는 그 학생을 찬찬히 살펴보았다. 이미지 체인지를 한 쇼트커트가 인상에 남아 있었다.

다카하라 요코였다.

내가 쳐다보는 것을 이윽고 그쪽에서도 눈치챈 모양이었다. 요코는 잠깐 놀란 표정을 보였지만 곧바로 무시하듯이 등을 돌려버렸다.

학교 밖에서 학생에게 주의를 주거나 뭔가 지시를 내리는 건 그리 좋아하지 않는다. 하지만 이런 상황에서 모른척하고 넘어갈 수는 없었다. 나는 천천히 그쪽으로 걸어갔다. 요코는 여전히 반대쪽을 향하고 있고 오토바이의 젊은 남자는 헬멧 안쪽에서 나를 노려보는 것 같았다.

"저 친구, 아는 사람이냐?"

나는 요코의 등에 대고 말했다. 하지만 반응은 없었다. 그 대신 젊은 남자 쪽에서 "이 사람, 누구?"라고 요코에게 물었다. 의외로 나이 어린 목소리였다. 이쪽도 고등학생인가. 요코가 등을 돌린 채 툭 내뱉었다.

"우리 학교 선생님."

그 말을 듣고 헬멧 안의 얼굴빛이 달라지는 것 같았다.

"뭐야, 선생이야? 낮의 그 새끼들하고 한 패잖아."

'낮의 그 새끼들'이라는 건 무라시와 오다 선생을 가리키는 것이리라. 상당한 앙심을 품었는지 미움이 가득 담긴 말투였다.

"그렇게 수준 떨어지는 말을 하면 어떡해. 나까지 같은 부류라고 생각할 거 아냐."

요코가 나무라듯이 그 젊은 남자에게 말했다. 늘쩍지근한 목소리였다. 그 말에 젊은 남자는 금세 기가 죽었는지 "아니, 그래도……"라고 말끝이 애매하게 헬멧 속으로 사라졌다.

"아무튼 이제 그만 가봐. 무슨 얘기인지 알았으니까."

"그럼 생각 좀 해볼 거지?"

"알았어, 생각해볼게."

무슨 일인지 알 수 없는 대화를 나눈 뒤, 남자는 땅이 부르릉 울릴 만큼 엔진소리를 냈다. 그리고 내 쪽을 돌아보며 고함을 쳤다.

"낮의 그 선생에게 두고 보자고 전해주쇼!"

그는 필요 이상의 소음과 배기가스를 흩뿌리며 달려가버렸다.

나는 요코에게 조금 전과 똑같은 질문을 했다.

"아는 사람이야?"

그러자 그녀는 오토바이가 달려간 곳을 응시하면서 대답했다.

"오토바이 친구예요. 머릿속에 든 건 별로 없지만."

"오토바이 친구라니, 요코 네가 오토바이를 탄다고?"

나는 깜짝 놀라서 물었다. 물론 오토바이는 교칙으로 금지되어 있다. 하지만 그녀는 태연히 말했다.

"타죠. 이번 여름에 면허를 땄고, 멍청한 아빠한테 사달라고 해서 신나게 타고 다녀요."

내던지는 듯한 말투였다. 입가에 웃음까지 짓고 있었다.

"수준 떨어지는 말은 싫다고 하지 않았어?"

내 말에 그녀의 입가가 다시 팽팽해졌다. 그리고 이번에는 차갑게 내뱉었다.

"뭐, 상관없어요, 무라하시 선생한테 일러바치시든지."

"일러바치지는 않을 거야. 하지만 혹시라도 눈에 띄면 퇴학감이야."

"그것도 좋죠. 이 근처에서 자주 타고 다니니까 머지않아 들키겠네요."

자포자기하는 그 태도에 나는 곤혹스러웠다. 결국 하고 싶지 않은 말을 내뱉고 말았다.

"졸업할 때까지만 참아. 얼마 안 남았잖아. 졸업한 뒤에 실컷 타면 되지. 아, 그때는 나도 좀 태워줘라. 진짜 상쾌할 것 같은데."

하지만 요코의 표정은 달라지지 않았다. 그러기는커녕 내 얼굴을 쓰윽 노려보면서 말했다.

"그런 말, 선생님한테는 전혀 안 어울리거든요?"

"요코……."

"됐어요, 그냥 내버려두세요."

그렇게 말하더니 그녀는 빠른 걸음으로 걸어갔다. 그리고 몇 미터쯤 앞에서 멈춰 서더니 내 쪽을 돌아보았다.

"내가 어떻게 되건 말건 관심도 없으면서."

그 순간, 마음이 털썩 무거워졌다. 그 무게 때문에 다리가 움직이지 않았다. 요코가 뛰어가는 모습을 멍하니 바라보기만 했다.

'어떻게 되건 말건 관심도 없으면서.'

그 말이 몇 번이고 머릿속에 떠올랐다가 사라졌다.

어느새 저녁 해가 저물어가고 있었다.

제2장

1

9월 12일 목요일 6교시, 3학년 B반 교실.

미분 적분은 고교 수학의 마지막 난관이다. 이 부분을 뛰어넘지 못하고서는 대학 입시 때 수학을 무기로 삼는 것은 불가능하다. 하지만 내 수업 방식에 뭔가 문제가 있는 것인지, 여태까지 한 번도 미적분 시험에서 반 평균이 50점을 넘은 적이 없다.

칠판에 그 난해한 수식을 쓰면서 이따금 아이들 쪽을 돌아봤지만 여전히 공허한 표정만 줄줄이 이어졌다. 1학년이나 2학년이라면 "왜 이런 어려운 걸 배워야 하나요?"라든가 "수학은 살아가는 데 아무 도움도 안 되는데요"라는 반항적인 반응을 보이기도 하지만, 3학년쯤 되면 그런 무의미한 의문은 가질 필요도 없는 모양이다. "네에, 마음대로 진도를 **빼시지요**"라는 듯한 얼굴들을 하고 있다. 마침내 깨달음에 이르렀다고나 할까.

아이들의 얼굴을 바라보는 사이에 왼편 끝줄, 앞에서 네 번째 자리의 게이코에게로 시선이 갔다. 게이코는 턱을 괴고 창밖 풍경을 보고 있었다. 운동장의 다른 반 체육 수업을 지켜보는 것인지, 아니면 그 너머의 집들을 바라보는 것인지는 알 수 없었다. 어느 쪽이든 게이코의 그런 멍한 모습은 별로 본 적이 없다. 내 수업 시간에는 그래도 착실하게 들어주는 편이었기 때문이다.

오늘 공부한 것을 정리하고 있는 참에 수업 끝을 알리는 종소리가 울렸다. 아이들의 얼굴이 그 즉시 환하게 생기를 되찾았다. 나는 결코 수업시간을 넘기지 않는다는 주의를 갖고 있다. "오늘은 여기까지"라고 교과서를 탁 덮었다. "차렷, 경례!"라는 반장의 목소리도 힘차게 울렸다.

교실을 나와 몇 걸음 갔을 때, 게이코가 뒤에서 따라왔다.

"선생님, 오늘은 나오실 거죠?"

어제와는 달리 다그치는 말투였다.

"응, 그럴 거야."

"그럴 거라니, 확실한 게 아니고요?"

"아, 아니야, 확실해."

"약속하셨어요?"

다짐까지 받은 뒤에 게이코는 다시 빠른 걸음으로 교실로 돌아갔다. 창문 너머로 그 모습을 지켜봤더니 게이코는 가나에에게 다가가 뭔가 얘기를 하고 있었다. 가나에는 양궁부 부주장이니까 아마 연습에 대해 상의하는 모양이다.

교무실에 들어서자 옆자리의 무라하시가 후지모토라는 젊은 교사를 붙잡고 뭔가 열을 내며 말하고 있었다. 무심코 들어보니 아무래도 조금 전 쪽지 시험의 결과가 형편없다고 화를 내고 있는 것 같았다.

무라하시는 번번이 그런 불평을 늘어놓는다. 자칫하면 나도 그런 얘기를 마냥 들어주는 역할을 떠맡게 되곤 했다. 불평하는 내용도 다양했다. 아이들의 수준이 떨어진다, 교장이 말귀를 못 알아듣는다, 월급이 적다, 등등 한이 없다. 하지만 매번 똑같이 등장하는 레퍼토리는 자신이 여고 교사가 된 것을 후회한다는 말이었다.

무라하시는 이 지역 국립대 이학부 대학원을 나왔다. 담당 교과는 나하고 같은 수학이다. 나이는 나보다 두 살 많고, 나와는 달리 대학원을 졸업하고 곧바로 교단에 섰으니까 경력은 오래되었다. 하지만 교직생활 동안 그는 몇 번이나 대학에 다시 돌아가려고 했다. 원래 수학과 교수를 목표로 했었는데 뜻대로 되지 않아 고교 교사로 주저앉았기 때문에 그 꿈을 버리기가 쉽지 않았다는 얘기였다. 하지만 그의 야망은 번번이 실패로 끝나고 이제는 대학에 돌아갈 생각은 접어버린 모양이었다.

언젠가 나한테 이런 얘기를 한 적이 있었다. 수학 교사들끼리 모인 술자리였던 것 같다.

"나는요, 애들이 수학을 이해하는 건 바라지도 않아요."

무라하시는 적잖이 취한 상태였다. 술 냄새를 풍풍 풍기는 입김이 귀에 훅 끼쳤다.

"그야 처음 교단에 섰던 시절에는 나도 의욕이 넘쳤죠. 어떻게든 이 어려운 수학이라는 것을 아이들에게 가르쳐보려고 했다고요. 근데요, 이게 전혀 안 먹혀요. 내가 아무리 찬찬히 설명을 해줘도 십 분의 일도 이해를 못해. 아니, 그보다 이해하려고 하지도 않아. 애초에 내 말을 하나도 안 듣는 거야. 나는 그게 의욕의 문제라고 생각했어요. 아이들의 의욕을 불러일으키기만 하면 해결된다고 생각한 거야. 근데요, 그게 어처구니없는 바보짓이었어요."

"의욕의 문제가 아니었어요?"

"아니죠, 아니에요, 전혀 아닙니다. 걔들 머리는 어차피 그 정도였던 거예요. 고교 수학을 받아들일 만큼의 메모리 용량이 없어. 이해하려고 해도 못해. 걔네들 입장에서 내 수업은 외국인 교사의 강의를 듣는 것하고 똑같아요. 그러니 당연히 전투 의식조차 희박해지는 거죠. 생각해보면 걔들도 참 딱하다니까요. 도무지 알아들을 수도 없는 소리를 50분 동안 가만히 앉아서 들어야 하잖아요."

"하지만 잘하는 아이들도 있잖아요. 내가 아는 것만 해도 두세 명은 우수한 편인데."

"어쩌다 몇 명이 그렇죠. 나머지 최소 3분의 2는 쓰레기예요. 아니, 애초에 수학을 이해할 만한 머리가 없어요. 나는요, 고등학교

2학년 때부터 모든 과목을 선택제로 하는 게 좋다고 생각해요. 닭에게 하늘을 날아보라고 해봤자 안 되는 얘기잖아요. 그나마 스스로 수학을 선택할 만한 실력과 의욕이 있는 사람만 철저히 가르친다, 그거면 되는 거예요. 애초에 머리가 안 따라주는 애들에게 우리의 고상한 수학을 가르친다는 것 자체가 수학의 가치를 떨어뜨리는 일이죠. 안 그래요?"

"예에……."

나는 쓴웃음을 지으며 술잔을 입에 옮겼다. 나는 수학이 고상한 학문이라고는 생각하지 않았다. 무라하시처럼 교육제도를 고민해본 적도 없었다. 수학 강의는 단순히 돈을 버는 수단이라고 생각했기 때문이다.

무라하시는 금테안경을 밀어 올리면서 다시 말을 이어갔다.

"애초에 여고 교사가 된 것부터가 실수였어요. 아무리 커리어우먼 시대니 뭐니 하지만, 여학생은 대부분 결혼하면 가정으로 들어가잖아요. 앞으로 대기업에 취직해 남자를 능가하는 실력을 쌓아 출세해보자고 생각하는 학생이 이 학교에 대체 몇 명이나 있겠느냐고요. 거의 대부분이 적당히 놀면서 다닐 만한 전문대나 여대에 들어가고, 적당히 사무직 여직원으로 일하다가 좋은 남자 만나서 일찌감치 결혼하자는 생각이죠. 뻔해요. 그런 애들에게는 고등학교도 놀이터일 뿐이에요. 그런 애들을 상대로 열심히 학문을 가르쳐야 하다니……. 대체 내가 뭣 때문에 대학원까지 다녔는지……. 생각하면 할수록 인생이 따분해지네요."

중간쯤부터 그의 얘기는 열기를 더해가다가 마지막에는 세상 시름을 달래려는 듯 술을 쭈우욱 들이켰다. 평소에도 불평불만이 많았지만 그날처럼 흐트러진 모습을 보인 적은 별로 없었다.

"쪽지 시험 하나에도 투덜투덜 질색을 하는 애들이 중간고사나 기말고사를 대비해 공부를 할 리가 있겠느냐고. 진짜 어이가 없어서 화낼 기분도 안 난다니까."

무라하시는 정확히 7대 3으로 가른 머리를 신중하게 쓸어 올려가면서 후지모토를 상대로 이야기를 멈출 기미가 없었다. 나까지 붙들리기 전에 얼른 운동복을 챙겨들고 교무실을 나왔다.

옷은 항상 체육관 뒤의 교사용 탈의실에 가서 갈아입는다. 콘크리트 벽돌을 쌓아올린 5평 정도의 창고 건물이다. 실내 한복판에는 외벽과 똑같은 벽돌로 남성용과 여성용을 구분하는 격벽이 있었다. 원래는 창고였던 것을 개조했다고 들었는데, 그래서 그런지 여성용 탈의실의 출입구는 창고 뒤쪽으로 돌아가야 하는 기묘한 구조였다. 아마 그쪽 출입구는 원래 창문이었을 것이다.

교사용이라고는 해도 체육교사에게는 따로 전용 탈의실이 있어서 이쪽은 체육교사 이외의 운동부 지도교사만 이용한다. 게다가 운동부 연습에 참가하는 지도교사는 숫자가 적어서 결국 이쪽 탈의실은 남녀 교사를 합해 몇 명 정도만 드나들 뿐이다. 연습 날짜에 따라서는 나 혼자만 찾을 때도 적지 않았다.

옷을 갈아입고 있는데 후지모토가 뒤따라 들어와 한숨 섞인 웃음을 지었다. 그는 테니스부 지도교사다. 오늘은 나와 후지모토만

이 남성용 탈의실을 이용할 터였다.

"무라하시 선생님은 일단 얘기를 시작하면 끝이 안 나서 진짜 난감해요."

"그걸로 스트레스를 푸는 거야."

"건강하지 않은 방법이네요. 운동으로 발산시키시면 좋을 텐데."

"인텔리잖아."

"히스테리 아닌가요?"

후지모토의 농담에 나는 웃으면서 탈의실을 나왔다.

양궁장은 교실 건물을 따라 운동장 가를 빙 돌아간 곳에 자리잡고 있다. 평소에는 건물 뒤를 지나서 갔지만, 며칠 전의 화분 사건도 있어서 역시나 그쪽 길은 피하기로 했다.

세이카 여고에 양궁부가 생긴 것은 정확히 10년 전이다. 원래 궁도부 지도교사였던 선생님이 그 연습의 일환으로 시작한 것이 계기였다고 한다. 궁도처럼 딱딱하지도 않고 게임적인 요소가 강한 양궁이 오히려 요즘 애들에게 인기가 있어서 2, 3년 만에 정식 운동부로 승격했다는 얘기였다. 그 이후로 컬러풀한 유니폼과 우아한 동작, 게다가 테니스나 농구처럼 하드한 것도 아니라는 점이 매력적이었는지 해마다 신입부원이 몰려들었다. 이제는 운동부 중에서도 다섯 손가락 안에 꼽힐 만큼 규모가 커졌다.

나는 부임하자마자 양궁부 지도교사를 맡으라는 지시를 받았다. 대학에서 4년 동안 양궁부에서 활동했던 실적을 평가해준 결정이었지만, 나도 다시 한 번 활을 잡고 싶었던 참이라서 그야말로 안성맞춤의 자리였다.

내가 지도교사가 된 뒤로 그럭저럭 틀이 잡히기 시작해 공식전에도 출전할 수 있게 되었다. 전적은 아직 시원찮지만 게이코나 가나에처럼 재능이 뛰어난 학생도 있어서 머지않아 두각을 나타낼 거라고 기대하고 있다.

양궁장에 도착했을 때, 부원들은 준비운동을 마치고 둥그렇게 모여 서 있는 참이었다. 주장 게이코가 뭔가 지시를 하고 있었다. 오늘의 연습 과정을 알려주는 모양이었다.

둥그런 울타리가 풀리자 부원들은 곧바로 50미터 라인에서부터 화살을 쏘기 시작했다. 아무래도 평소에 하던 대로 연습하는 것 같았다.

"드디어 나오셨네요."

게이코가 내 옆으로 걸어왔다.

"그동안 땡땡이친 만큼, 오늘은 찬찬히 코치해주셔야 돼요."

"땡땡이친 거 아닌데?"

"에이, 거짓말."

"정말이야. 그보다 어때, 다들 컨디션은 괜찮아?"

"뭔가 2프로 부족한 상태라고나 할까요."

게이코는 과장스럽게 얼굴을 찡그리며 말했다.

"이대로 가다가는 올해도 기대하기 어려울 것 같아요."

한 달 뒤에 참가할 현 대회의 개인 선수권 얘기였다. 거기서 우수한 성적을 거둔 사람이 현 대표로 전국대회에 출전할 수 있다.

하지만 우리 세이카 여고는 아직까지 실력 부족으로 양궁부 결성 이래 아무도 그 쾌거를 이루지 못했다. 게다가 하나같이 검토해볼 것도 없는 성적이어서 전국대회로의 여정이 험난하다는 것을 실감해야 했다.

"그렇게 말하는 게이코 너는 어떻지? 이번이 마지막 기회인데."

어제 교장과 나눈 대화, 그리고 스포츠용품점 주인과의 잡담이 생각났다.

"저도 어떻게든 잘하고 싶죠."

변함없이 조숙한 말투로 대꾸한 뒤, 게이코는 50미터 슈팅라인으로 돌아갔다. 예선까지는 하프라운드 연습만 할 모양이다.

양궁 종목에는 올라운드와 하프라운드가 있다. 올라운드라는 것은 남자의 경우에는 90미터, 70미터, 50미터, 30미터, 여자의 경우에는 70미터, 60미터, 50미터, 30미터를 각 36발, 도합 144발을 발사해 그 총득점을 경쟁하는 것이고, 하프라운드는 남녀 모두 50미터, 30미터를 각 36발, 도합 72발의 득점으로 경쟁하는 것이다. 과녁의 구성은 중심에 10점 원이 있고, 그 주위가 9점 범위, 다시 그 주위가 8점 범위라는 식으로 커져서 마지막으로 1점까지 있다. 즉 올라운드의 경우 1440점, 하프라운드의 경우는 720점이 만점이다.

전국대회는 올라운드로 치러지지만, 현 대회는 하프라운드다. 출전하는 인원이 많아서 올라운드로는 시간이 너무 길게 걸리기 때문이다. 따라서 우리 학교 양궁부원은 우선 현 대회를 목표로

50미터와 30미터의 연습을 철저히 하고 있다.

나란히 화살을 날리는 부원들 뒤쪽에 서서 나는 한 사람 한 사람의 발사 자세, 향상도 등을 점검해나갔다. 힘차게 쏘는 자세, 아담하게 정리된 자세, 남자 같은 자세, 여자 같은 자세, 아이들에게 모두 똑같은 방법을 가르치고 지도해왔는데 어느새 제각각의 개성이며 습관이 만들어져버렸다. 그것도 나름대로 좋은 일이지만 그 개성이며 습관이 바람직한 방향으로 작용하는 예가 적다는 것이 우리 양궁부원들의 특징이기도 하다.

기술적인 면에서도 힘차다는 점에서도 역시 게이코가 가장 안정적으로 보였다. 부주장 가나에도 제법 실력이 늘었지만 전국대회 출전은 아직 좀 어려울 것 같다.

1학년도 다들 엇비슷한 정도였다. 그냥 덮어놓고 화살을 쏘고 있을 뿐이다. 생각해가면서 화살을 날린다는 건 한참 먼 얘기일 것이다.

그중에서 미야사카 에미가 유난히 발사까지 오래 걸리는 게 눈에 띄었다. 화살을 끼우고 세트업을 하는 단계까지는 좋은데 막상 릴리스*가 안 되는 것이다. 겨냥에 들어가자마자 몸이 떨리는 것이 멀리서도 보였다.

"왜 그래, 무서워?"

말을 건네자 에미는 놀랐는지 얼굴을 들었다. 숨을 턱 멈추는

---

*Release. 활을 쏘는 동작 중 가장 어렵고 중요한 순간으로, 손가락을 현에서 떼는 것, 즉 발사 동작을 말한다.

것을 알 수 있었다. 이윽고 그 숨을 토해내더니 에미는 말했다.

"마지막의 마지막 순간에 자꾸 망설여져요."

아하, 하고 나는 이해했다. 이건 누구라도 경험하는 일이다.

"기껏해야 양궁일 뿐이야. 고민할 거 없어. 겁이 나면 눈을 감고 쏴도 괜찮아."

그러자 그녀는 네, 라고 작은 소리로 대답하고 천천히 활을 당겼다. 에이밍*, 풀 드로**에 이어서 그녀는 눈을 감고 릴리스했다.

화살은 과녁의 중심에서 한참 벗어난 곳에 꽂혔다.

"응, 잘했어."

내가 말하자 에미는 표정이 굳은 채로 고개를 끄덕였다.

50미터와 30미터의 발사를 마친 뒤, 10분 휴식하기로 했다. 나는 게이코에게로 다가갔다.

"부원들의 실력 향상은 뭐, 그럭저럭 괜찮은 정도야."

"여전히 시원찮지요?"

게이코는 맥 빠진 듯한 표정을 보였다.

"아니, 예상보다는 좋은 편이야. 실망할 건 없어."

"저는 어때요?"

"응, 괜찮았어. 합숙훈련 때보다 많이 좋아졌으니까."

내가 대답하자 곁에 있던 가나에가 놀리듯이 말했다.

---

*Aiming. 활을 당겨 정확히 겨냥하는 동작.
**Full draw. 겨냥이 정해진 뒤, 움직임을 멈춘 상태로 몇 초간 유지하는 동작. 발사 준비가 끝난 상태를 말한다.

"게이코는 선생님이 주신 부적 덕분에 컨디션이 좋은 거예요."

"부적?"

"가나에, 쓸데없는 소리 하지 마."

"뭐지? 나는 그런 거 준 기억이 없는데?"

"별거 아니에요. 이거 얘기하는 거예요."

게이코는 퀴버*에서 화살 하나를 뽑아냈다. 퀴버란 허리에 차는 화살집을 말한다.

그녀가 보여준 것은 블랙 샤프트에 검은 깃이 달린 거무죽죽한 화살이었다. 눈에 익은 물건, 이라기보다 바로 얼마 전까지 내가 애용하던 화살이다.

양궁 선수들은 저마다 자신의 화살을 갖고 있다. 길이, 두께, 휘어지는 정도, 깃의 각도 등, 자신의 발사법이나 체력에 맞춰 선택하는 것이다. 그뿐만 아니라 화살의 색깔, 깃의 모양과 색깔, 그리고 크레스트** 무늬를 자신의 취향에 따라 다양하게 조합한다. 두 명 이상이 형태나 디자인이 완전히 똑같은 화살을 갖고 있는 경우는 거의 없다고 해도 무방하다.

얼마 전 나는 지금까지 사용해온 화살이 어지간히 흠집이 나고 닳아버려서 새 화살을 구입했다. 그 참에 게이코가 낡은 화살 하나를 갖고 싶다고 하길래 건네준 것이다. 양궁 선수들 사이에서는 자신의 화살 이외에 전혀 다른 화살 하나를 액세서리 삼아 갖고

---

*Quiver. 화살을 넣어두는 화살집. 주로 가죽제품인 경우가 많다.
**자신의 화살과 다른 사람의 화살을 식별할 수 있도록 화살대에 붙이는 표시.

다니는 것이 몇 년 전쯤부터 유행이었다. 그 화살을 마스코트 화살이라고 한다.

"오호, 내 화살 덕분에 컨디션이 좋아진 거였어?"

"그냥 우연히 그런 거죠. 뭐, 살짝 영험이 있는 것 같긴 해요."

게이코는 마스코트 화살을 다시 퀴버에 넣었다. 그녀의 화살은 길이가 23인치, 내 화살은 28.5인치다. 딱 한 개지만 불쑥 튀어나오게 길었다.

"와아, 좋겠다. 나도 영험 있는 화살 하나만 주세요."

가나에가 몹시 부럽다는 눈빛으로 말했다.

"그래, 좋지. 부실에 갖다 뒀으니까 원하는 걸로 가져가."

10분 휴식이라고 했었지만 15분 정도로 연장한 뒤에야 다시 연습에 들어갔다. 손목시계를 보니 5시 15분을 가리키고 있었다.

웨이트트레이닝과 유연체조와 달리기, 라는 게 그다음 훈련 메뉴였다. 오랜만에 마지막까지 함께 뛰어봤지만 4백 미터 트랙 다섯 바퀴를 돌고나니 역시 숨이 찼다. 중간에 테니스부와 한 덩어리가 되었다. 그래서 지도교사 후지모토와 나란히 뛰었는데 그는 테니스 부원들을 진두지휘하면서 달리는 식이었다.

"웬일이세요, 마에시마 선생님이 달리기를 다 하시고?"

뛰면서 던진 말이라는 게 믿어지지 않는 목소리였다. 헉헉거리는 잡음이 거의 없었다.

"가끔은 나도 좀 뛰어야지……. 근데 역시 힘드네, 힘들어……."

나는 숨이 턱까지 찼다.

"자, 그럼 먼저 갑니다."

앞서서 씽씽 달려가는 후지모토의 뒷모습을 마치 별종의 생물인 것처럼 바라볼 수밖에 없었다.

달리기를 끝내고 발사장으로 돌아오면 곧바로 정리체조. 그런 다음에 둥그렇게 둘러서서 각자의 득점을 발표하고 주장과 부주장부터 반성할 점을 얘기한다. 기본에 충실하자, 라는 것이 게이코의 말이었다. 그녀답지 않게 지극히 평범한 지시였다. 하긴 날이면 날마다 센스 넘치는 멘트를 날려줄 수는 없겠지만.

예정된 연습이 모두 끝난 뒤에 손목시계를 보니 6시가 조금 지난 시각이었다. 요즘 해가 좀 짧아졌는데도 아직은 충분히 환하다. 건너편 쪽에 테니스코트가 보였지만, 테니스부는 우리 보다 항상 연습 시간이 더 길다.

"오늘 수고하셨습니다."

탈의실로 돌아가는데 게이코가 급히 쫓아와 말을 건넸다. 허리춤에 퀴버를 매단 채 인사를 하려고 달려온 것이다.

"나야 뭐, 별로 해준 것도 없는데."

"그냥 옆에 있어주시기만 해도 좋아요."

그 말에 나는 가슴이 덜컥했다. 조금 전까지의 명랑함은 자취를 감추고 묘하게 진지함이 담긴 말이었다.

"그런가?"

나는 일부러 환한 목소리를 냈다.

잠깐 연습에 대한 얘기를 해줬지만 게이코는 어딘가 건성으로 들고 있었다. 그러다가 결국 둘이 나란히 탈의실 앞까지 와버렸다.

"내일도 나오실 거죠?"

"응, 가능하면 참석할게."

내 대답에 불만스러운 표정을 지은 뒤에 게이코는 빙글 되돌아갔다. 아직 날이 환하니까 좀 더 연습을 하려는지도 모른다. 그녀의 걸음에 맞춰 퀴버 안의 화살이 덜걱거리는 소리를 들으면서 나는 탈의실 문에 손을 얹었다.

그 순간, 뭔가 이상하다고 생각했다.

문이 드르륵 열려야 하는데 꿈쩍도 하지 않는다. 조금 힘을 줘봤지만 전혀 변화가 없었다.

"왜 그러세요?"

내가 문 앞에서 어물거리는 것을 봤는지 게이코가 다시 돌아왔다.

"문이 안 열려. 뭔가 걸린 것 같은데?"

"어라, 이상하네요."

게이코도 고개를 갸웃거리며 탈의실 뒤편으로 돌아갔다. 나는 몇 번이나 문을 두드리고 번쩍 들어올리기도 해봤지만 여전히 문은 움직이지 않았다. 이윽고 게이코가 급하게 돌아와서 말했다.

"선생님, 문에 빗장이 걸려 있어요. 저기 뒤쪽 환기구에서 보여요."

"빗장?"

왜 그런 것을 대놨을까, 라고 생각하면서 나는 게이코를 따라 뒤쪽으로 돌아갔다.

환기구는 사방 30센티미터쯤의 작은 창문이다. 위에 경첩이 달려 있어서 바깥쪽으로 30도 각도쯤까지 열렸다. 나는 게이코가 알려준 대로 그 안을 들여다보았다. 어슴푸레해서 시선을 집중하지 않으면 알 수 없었지만, 분명 문 안쪽에 비스듬히 빗장 막대가 걸려 있었다.

"진짜네? 대체 누가 저런 것을 대놨지?"

환기구에서 얼굴을 떼면서 나는 말했다. 그러자 게이코는 내 얼굴을 빤히 바라보며 중얼거렸다.

"누구냐니, 안에 있는 사람이 걸었겠죠."

"안에 있는 사람?"

근데 왜, 라고 다시 물어보려다가 나는 말을 멈추고 엇, 하고 작게 부르짖었다. 게이코의 말은 당연한 것이었다. 빗장 막대는 안에서가 아니면 걸어놓을 수 없다.

여성용 탈의실 출입구에는 자물쇠가 채워져 있었다. 우리는 다시 앞쪽으로 돌아가 문을 두드리기 시작했다.

"안에 누구 있어요?"

큰 소리로 불러봤지만 대답이 없었다. 나와 게이코는 서로를 마주 보았다. 뭔가 불길한 예감이 들었다.

"문을 부수는 수밖에 없겠다."

내 말에 게이코도 고개를 끄덕였다. 둘이서 몸을 던져 힘껏 문을 밀치기 시작했다. 대여섯 번을 밀쳤을 때, 위에서 빠지직 소리가 나더니 문짝이 안으로 넘어갔다. 파앙 하는 소리와 함께 먼지

가 피어올랐다. 우리도 균형을 잃고 비틀거리는 바람에 게이코의
퀴버에서 화살이 튀어나왔다.

"선생님, 저기 누군가⋯⋯."

게이코의 말에 나는 탈의실 구석을 보았다. 회색 양복차림의 남
자가 그곳에 쓰러져 있었다. 환기구 바로 아래쪽이라서 조금 전에
는 보이지 않았던 것이다.

그 회색 양복이 눈에 익었다.

"게이코, 전화⋯⋯."

나는 마른침을 삼키며 말했다. 게이코는 내 팔을 붙잡고 있었다.

"전화라니, 어디로요?"

"병원에 해야지. 아니, 경찰에 해야 되나?"

"죽었어요?"

"아마도."

그러자 게이코는 내 팔을 뿌리치고 문 밖으로 뛰어나갔다. 하지
만 몇 초 만에 되돌아오더니 창백해진 표정으로 물었다.

"누, 누구예요?"

나는 입이 바짝 말라서 혀로 핥은 뒤에 대답했다.

"무라하시 선생이야⋯⋯."

게이코는 눈이 둥그레지더니 아무 말 없이 다시 뛰쳐나갔다.

하교 시각이 한참 지났는데도 아직 교내에 남아 있는 학생들이 많았다. 스피커로 빨리 귀가하라고 안내방송을 해도 전혀 자리를 뜰 기미가 없다. 탈의실 근처로 아이들이 우세두세 몰려나와 지켜보고 있다.

게이코가 경찰에 전화하러 간 사이에 나는 탈의실의 부서진 문 앞에 서 있었다. 물론 다시 안을 들여다볼 용기가 나지 않아 몸은 바깥쪽을 향하고 있었다. 잠시 뒤에 후지모토가 싱글벙글 웃는 얼굴로 나타났다. 운동으로 땀을 흘렸더니 아주 상쾌하다, 라는 말을 했던 것 같은데 정확하게 기억나지 않는다. 아니, 그런 말 따위는 전혀 내 귀에 들어오지 않았다.

나는 더듬더듬 후지모토에게 사건 경위를 얘기했다. 한 번에 제대로 설명하지 못해서 두세 번 똑같은 말을 되풀이했다. 그래도 의아한 표정인 그에게 나는 탈의실 안쪽을 가리켰다.

미처 소리가 되지 않은 비명을 후지모토는 내뱉었다. 손가락 끝이 파르르 떨리는 것도 보였다. 이상하게도 그의 경악하는 표정을 바라보는 사이에 나는 마음이 조금 침착해지는 것 같았다.

후지모토를 그 자리에 남겨두고 나는 교장과 교감에게 연락하러 달려갔다. 그게 지금부터 약 30분 전의 일이다.

눈앞에서 수사원들이 활기차게 돌아다니고 있다. 이 작은 건물에서 뭘 저렇게 조사할 게 있나, 하는 생각이 들 만큼 탈의실 안을 구석구석 꼼꼼히 살펴보고 있었다. 이따금 그들은 말을 주고받았다. 이쪽에는 들리지 않을 만큼 작은 소리였다. 주위에서 지켜보는 우리에게는 그런 대화 장면 하나하나가 의미심장하게 느껴져서 그때마다 바짝 긴장해서 귀를 기울였다.

이윽고 수사원 한 명이 이쪽으로 다가왔다. 나이는 서른대여섯 살쯤일까. 키가 크고 강인한 체격을 가진 사람이었다.

내 옆에는 게이코와 후지모토, 그리고 호리 선생이 와 있었다. 호리는 국어를 담당하는 중년 여교사로, 농구부 지도교사이기도 하다. 그녀는 여성용 탈의실을 드나드는 몇 명 안 되는 교사 중의 한 사람이다. 호리의 말에 따르면, 오늘 여성용 탈의실을 이용한 사람은 그녀 한 명뿐이었다.

"잠깐 여러분께 물어볼 게 있습니다."

그 형사가 말했다. 말투는 온화하지만 날카로운 눈빛에 경계심이 가득했다. 영리한 개를 연상시키는 눈빛이었다.

진술조사는 학교의 내객용 응접실에서 하기로 했다. 나와 게이코, 후지모토와 호리, 모두 네 명이었지만, 한 명 한 명 차례대로 들어가 진술하는 모양이었다. 가장 먼저 지명을 받은 것은 나였다. 최초 발견자니까 당연한 일인지도 모른다.

응접실에 들어가 나는 조금 전의 형사와 마주하듯이 소파에 앉았다. 그 형사는 오타니, 라고 자신의 이름을 밝혔다. 그 옆에 또한 명, 젊은 형사가 기록을 담당하고 있었지만 그쪽은 이름을 밝히지 않았다.

"발견한 것이 몇 시쯤이었습니까?"

그것이 첫 번째 질문이었다. 오타니 형사는 탐색하는 눈빛으로 이쪽을 지켜보았다. 그 뒤로 수없이 이 형사와 얼굴을 마주하게 되리라고는 그때는 미처 생각하지 못했었다.

"운동부 연습이 끝난 뒤였으니까 6시 반쯤이었어요."

"오, 어떤 운동부죠?"

"양궁부인데요."

대체 그게 무슨 관계가 있는가, 라고 생각하면서 나는 대답했다.

"그렇군요. 나도 예전에 궁도를 했던 적이 있는데……. 뭐, 그건 됐고요. 발견 당시의 상황을 가능한 한 상세하게 얘기해주시겠습니까?"

나는 양궁부 연습을 마친 뒤에 사체를 발견하고 여기저기 연락하기까지의 과정을 나름대로 정확하게 얘기했다. 특히 탈의실 문에 빗장이 걸렸던 것에 대해서는 아주 상세한 부분까지 설명할 수 있었던 것 같다.

오타니는 내 얘기를 다 듣고는 팔짱을 낀 채 지그시 생각에 잠겼다. 이윽고 그가 입을 열었다.

"문을 세게 밀어봤는데도 열리지 않았던 건가요?"

"그야 뭐, 힘껏 밀어보고 두들겨보고, 다 했지요."

"그런데도 꿈쩍도 하지 않아서 몸으로 밀쳤다는 것이군요."

"그렇습니다."

형사는 수첩에 뭔가 써넣었다. 얼굴빛이 잔뜩 흐려졌다. 그 얼굴 그대로 다시 나를 보면서 물었다.

"무라하시 선생도 탈의실을 자주 이용했던가요?"

"아니, 전혀 이용한 적이 없죠. 그 탈의실은 운동부 지도교사들이 옷을 갈아입는 곳인데 무라하시 선생은 운동부 담당이 아니었으니까요."

"그럼 평소에 탈의실을 전혀 이용하지 않는 무라하시 선생이 오늘에 한해서 탈의실에 들어갔다는 거잖아요. 이건 대체 어떻게 된 걸까요? 마에시마 선생은 뭔가 짐작가는 게 없습니까?"

"저도 그게 정말 이상하더라고요."

솔직하게 내가 느낀 대로 말했다.

이어서 오타니는 최근에 무라하시의 모습에서 달라진 점이나 눈에 띄는 점은 없었느냐고 물었다. 나는 무라하시가 자부심 강한 성격이었다는 것, 학생지도부장으로서 엄격한 태도를 보였다는 것 등을 별 지장이 없는 선에서 얘기해주었다.

"제가 보기에는 최근에 딱히 달라진 점은 없었습니다."

끝으로 그렇게 이야기를 마무리했다. 오타니는 적잖이 아쉽다는 표정이었지만, 처음부터 별로 기대도 하지 않았는지 "그렇습니까"라고 고개를 끄덕였다.

"그런데 이건 사건과는 본질적으로 관계가 없는 얘기일 수도 있는데요." 그는 그렇게 전제를 하고 화제를 바꾸었다.

"우리가 탈의실을 살펴봤는데, 몇 가지 의문점이 있었어요. 그걸 좀 물어볼까 합니다. 아니, 별거 아니고요, 아주 사소한 거예요."

오타니는 옆의 젊은 형사에게서 하얀 메모지를 한 장 받아들더니 그것을 내 눈앞에 놓았다. 그리고 탈의실의 배치도인 듯한 직사각형을 쓱쓱 그렸다.

"우리가 도착했을 때, 현장은 이런 상태였어요. 아, 여기 이 빗장은 이미 내려와 있었지만."

나는 도면을 들여다보면서 고개를 끄덕였다.

"여기서 질문인데요, 여성용 탈의실에는 자물쇠가 채워져 있던데 남성용 탈의실 쪽은 어떻습니까? 원래 자물쇠를 채우지 않기로 했던 건가요?"

이건 나도 후지모토도 대답하기 어려운 질문이었다. 단순히 우리가 문단속에 소홀했던 것뿐이었기 때문이다.

"일단 자물쇠를 채우는 걸로 정해져 있었는데……."

나는 웅얼웅얼 말끝을 흐리는 대답을 했다.

"일단 정해져 있었다, 라는 건 무슨 말씀이시죠?"

"문단속을 하는 게 습관이 되지를 않아서……. 일일이 관리실에 가서 열쇠를 받아오고 나중에 다시 돌려주고 하는 게 영 번거로웠거든요. 하지만 지금까지 도난을 당한 적은 없습니다."

내가 생각해도 점점 변명하는 듯한 말이 되고 말았다.

"그렇군요. 그래서 무라하시 선생도 자유롭게 드나들 수 있었겠군요."

오타니는 가벼운 투로 말했지만, 사건의 원인 중 하나가 탈의실의 소홀한 문단속 때문이라고 은근히 나무라는 것 같아서 나도 모

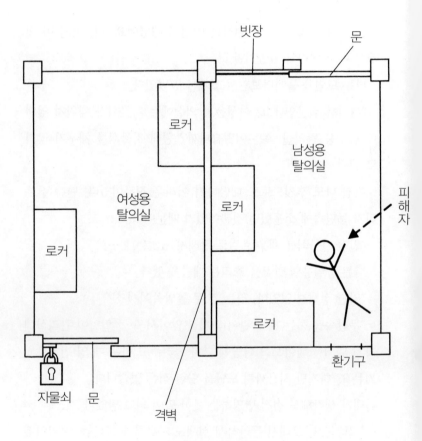

(탈의실 배치도)

르게 목이 움츠러들었다.

"하지만 남성용 탈의실 쪽을 잠그지 않으면 아무리 여성용 쪽에서 문단속을 잘해도 의미가 없겠지요?"

맞는 말이었다. 탈의실 한가운데의 격벽으로 남성 측과 여성 측이 나뉜다는 것은 전에 얘기했었지만, 그 격벽이 바닥에서 천장까지 가로막은 게 아니라 환기를 위해 천장에서 50센티미터쯤은 비워둔 것이다. 즉 마음만 먹는다면 격벽을 타넘고 남성용 쪽에서 여성용 쪽으로 침입하는 것도 얼마든지 가능하다.

"실은 전부터 남성용 출입구도 문단속을 해달라고 여 선생님들이 몇 번 얘기했었는데 어쩌다 보니 실천을 못해서……. 이번 일을 계기로 꼭 명심하도록 하겠습니다."

생각지 못한 대목에서 나는 조신한 목소리를 내지 않으면 안 되었다.

"그나저나 빗장 막대 말인데요, 그건 원래부터 거기에 있었습니까?"

"아뇨." 나는 고개를 저었다. "처음 본 물건이에요."

"그렇다면 누군가 갖고 들어왔다는 얘기군요."

그 말에 나도 모르게 오타니의 얼굴을 빤히 쳐다보았다.

'누군가'라니, 이건 무슨 말일까. 무라하시가 아니라면 대체 누가 가져왔다는 것인가. 하지만 오타니는 특별한 언급을 했다는 기색도 없이 태연한 얼굴이었다. 그가 "아, 그렇지"하고 뭔가 생각난 것처럼 얼굴을 들었다.

"갑자기 화제를 바꿔서 미안한데요, 무라하시 선생이 아직 미혼이었다면서요?"

"⋯⋯네, 그렇습니다."

"누군가 마음에 둔 사람이라도 있었던가요? 혹시 아시는 거 없어요?"

이런 얘기를 물어볼 때의 버릇인 것이리라, 오타니는 은근슬쩍 눈치를 보는 웃음을 지었다. 그 표정에 불쾌감이 느껴져서 나는 일부러 딱딱한 표정으로 대꾸했다.

"글쎄요, 그런 얘기는 들은 적이 없습니다."

"가볍게 사귀는 여자친구는?"

"모르겠습니다."

"⋯⋯흠, 그렇군요."

어느샌가 살살거리는 웃음은 사라지고 없었다. 그 대신 이해하기 힘들다는 눈빛으로 나를 쳐다보았다. 당신이 거짓말을 하는 건 아니겠지만 무라하시에게 여자가 없었다는 건 믿기 어렵다, 라는 눈빛이었다.

"그런데 무라하시 선생의 사망 원인은 뭡니까?"

잠시 대화가 끊긴 틈을 타 이번에는 내가 질문을 해보았다. 오타니는 허를 찔린 듯한 표정을 지었지만, 곧바로 "청산가리 중독입니다"라고 짧게 대답했다. 나는 그 대답에 말문이 턱 막히고 말았다. 너무도 일반적인 독극물의 이름이었기 때문이다.

형사가 말을 이어갔다.

"사체 근처에 종이컵이 떨어져 있었어요. 식당 자판기에서 파는 주스용 컵이라는데, 우리는 그 안에 청산가리를 탔을 것으로 예상하고 있습니다."

"……자살한 거예요?"

나는 아까부터 꼭 묻고 싶었던 것을 드디어 입 밖에 냈다. 오타니의 표정이 단박에 팽팽해졌다.

"그것도 유력한 가설 중의 하나겠지요. 하지만 현 단계에서는 어떤 단언도 할 수 없습니다. 물론 나도 자살이었으면 좋겠다고 생각하고 있어요."

그 말투로 짐작해보면 이 형사는 타살이라고 보고 있다…….

나는 직감적으로 그렇게 생각했다. 어떤 근거로 타살이라고 생각하는지는 지금 이 자리에서 물어봐도 대답해주지 않을 터였다.

오타니의 마지막 질문은 최근에 뭔가 평소와 다른 일은 없었느냐는 것이었다.

"무라하시 선생과는 관계가 없는 일이라도 괜찮습니다."

나는 누군가 나를 노리고 있다는 얘기를 이 형사에게 해야 하나 말아야 하나 망설였다. 사실 무라하시의 사체를 처음 목도했을 때, 가장 먼저 내 머릿속에 떠오른 것은 그가 나 대신 죽은 게 아닐까, 라는 끔찍한 생각이었던 것이다.

내 목숨도 노리고 있습니다…….

그런 말이 목구멍까지 올라왔다. 하지만 사냥개를 연상시키는 오타니의 눈을 마주한 순간, 나는 그 말을 꿀꺽 삼켜버렸다. 그야말로 냄새를 잘 맡을 듯한 이 형사가 내 주위를 킁킁거리며 훑고 다니는 것만은 가능하면 피하고 싶었다. 게다가 교장과의 약속도 있었다.

"뭔가 생각나면 연락드리겠습니다."

결국 나는 그렇게만 말했다.

형사에게서 풀려나 응접실을 나서자 왠지 큰 한숨이 흘러나왔다. 어깨가 몹시 결리는 듯한 느낌이었다. 역시 긴장했었는지도 모른다.

후지모토와 호리, 게이코는 옆 교실에서 대기하고 있었다. 내가 모습을 드러내자 세 사람이 똑같이 안도하면서 맞아주었다.

"꽤 오래 걸렸네요. 어떤 것을 물어봤어요?"

게이코가 걱정스러운 듯이 말했다. 어느새 교복으로 갈아입은 모습이었다.

"이것저것 물어봤어. 있는 그대로 대답하는 수밖에 없어."

뭔가 더 물어보려던 세 사람의 얼굴이 바짝 굳었다. 조금 전에 오타니 옆에서 기록을 하고 있던 젊은 형사가 내 뒤에서 나타난 것이다.

"스기타 게이코라고 했지? 잠깐 들어갈까?"

게이코는 불안한 듯 나를 돌아보았다. 말없이 고개를 끄덕여주자 그녀도 살짝 고개를 숙이더니 "네"라고 똑똑한 목소리로 형사에게 대답했다.

게이코가 응접실에 들어가 있는 동안, 나는 후지모토와 호리에

게 진술조사 내용을 대강 들려주었다. 내 얘기를 듣는 사이에 두 사람 다 불안한 얼굴빛이 차츰 사라지는 것 같았다. 아무래도 자신들에게 귀찮은 일이 떨어지지는 않겠다고 안심한 모양이었다.

이윽고 게이코가 돌아왔다. 그녀도 표정도 조금 누그러든 것 같았다. 이어서 후지모토가, 그리고 호리가 차례로 불려갔다.

호리가 나온 것은 8시가 넘어서였다. 오늘은 이걸로 일단 조사를 끝낸다고 해서 우리는 나란히 귀가하기로 했다. 걸음을 옮기면서 듣게 된 세 사람의 진술조사 내용을 정리하면 다음과 같다.

게이코는 사체 발견 때 나와 함께 있었지만, 그때의 상황에 대한 진술은 내 이야기와 거의 일치했다. 한 가지 다른 점은, 그녀는 경찰에 연락하는 중요한 역할을 했었다는 것이다.

후지모토는 마지막으로 탈의실을 이용한 사람이라서 불려간 모양이었다. 형사의 질문은 주로 그가 탈의실에서 옷을 갈아입었을 때와 나중에 사체를 발견했을 때, 그 사이에 탈의실 내부의 모습에서 달라진 점은 없었느냐는 것이었다. 후지모토는 '그런 건 미처 살펴보지 못했다'고 대답했다.

호리에게 던진 질문의 대부분은 여성용 탈의실 출입구의 문단속에 관한 것이었다. 몇 시쯤에 자물쇠를 열고 안에 들어갔는가. 몇 시쯤에 다시 자물쇠를 채우고 나왔는가. 그리고 열쇠는 어디에 보관하고 있는가. 대략 그런 것이었다. 호리는 '방과 후에 곧장 관리실에 가서 열쇠를 받아 3시 45분쯤에 자물쇠를 열고 탈의실에 들어갔다. 옷을 갈아입고 나와서 4시경에 다시 자물쇠를 채웠다.

열쇠는 계속 내가 갖고 있었다'고 대답했다. 물론 그사이에 따로 드나든 사람도 없었고, 남성용 탈의실 쪽에서 딱히 들려온 소리도 없었다고 했다. 후지모토가 탈의실을 나왔던 것이 3시 반쯤이라고 했으니까 그녀의 진술에는 아무 문제도 없을 터였다.

그리고 호리는 여성용 탈의실의 로커 일부가 축축하게 젖어 있었다는 것도 증언했다. 입구 근처의 로커였는데, 그 점에 관해서는 경찰에서도 이미 파악한 것 같았다는 얘기였다.

세 사람 모두에게 그밖에도 두 가지 공통된 질문이 있었다. 첫 번째는, 무라하시의 죽음에 대해 뭔가 짐작가는 것이 없느냐는 것, 그리고 두 번째는 무라하시에게 사귀는 여자가 있었느냐는 것이었다. 세 사람 모두 '짐작가는 게 없다. 사귀는 여자가 있었는지도 알지 못한다'라고 대답했다. 나는 오타니 형사가 왜 그렇게 '사귀는 여자'에 대해 집착하는지 아무래도 이해가 되지 않았다.

"형사들이 일반적으로 쓰는 수사 기법인 모양이죠."

가볍게 지나가는 투로 후지모토는 말했다.

"흠, 그럴지도 모르겠네. 하지만 너무 그런 쪽으로만 집착하는 것 같더라고."

내 말에 아무도 대답하지 않았다. 넷이서 입을 꾹 다문 채 교문을 향해 걸어갔다. 주위에 둘러서서 구경하던 학생들의 모습도 어느새 사라지고 없었다.

호리가 불쑥 혼잣말처럼 중얼거렸다.

"그 형사, 혹시 무라하시 선생이 살해됐다고 생각하는 건가……."

나도 모르게 발을 멈추고 호리의 옆얼굴을 보았다. 덩달아 게이코와 후지모토도 발을 멈췄다.

"왜요?"

"그냥 어쩐지 그런 느낌이 들었어요."

"앗, 그렇다면?" 옆에서 후지모토가 이런 분위기에 어울리지 않게 큰 목소리를 냈다. "밀실살인이라는 얘기가 되잖아요? 와아, 이거 진짜 드라마틱하네요."

과장스러운 말투였다. 하지만 살인의 가능성에 대해 진지하게 생각해볼 마음이 나지 않는 건 나도 마찬가지였다.

정문 앞에서 후지모토와 호리는 먼저 떠났다. 두 사람은 자전거 출퇴근인 것이다. 나는 게이코와 얼굴을 마주 보며 후우 깊은 한숨을 내쉬고 천천히 걸음을 옮겼다.

"뭔가 꿈을 꾸고 있는 것 같아요."

걸어가면서 게이코가 중얼거렸다. 역시나 그 목소리에도 힘이 없었다.

"나도 그래. 실제로 일어난 일이라는 게 도저히 믿어지지 않아."

"역시 자살일까요?"

"글쎄……."

애매하게 고개를 갸웃거리면서도 나는 그건 아닐 거라고 생각했다. 무라하시는 자살할 타입이 아니다. 어느 쪽인가 하면, 오히려 남을 밟고서라도 생에 집착할 타입이다. 그렇다면 남는 것은 타살밖에 없다.

조금 전에 후지모토가 '밀실'이라고 말했던 게 생각났다. 분명 탈의실은 밀실 상태였다. 하지만 추리소설 작가들이 다양한 '밀실 살인'을 창작해낸 것처럼 이번 사건에도 어딘가에 트릭이 감춰져 있는 건 아닐까. 그러고 보니 오타니 형사도 밀실에 대해서는 어딘가 여유 있는 태도를 보였던 것 같다.

"분명히 빗장 막대가 걸려 있었지요?"

"분명히 걸려 있었지. 그건 게이코 너도 봤잖아."

"그렇긴 한데⋯⋯."

게이코는 다시 생각에 잠긴 눈빛이 되었다.

이윽고 우리는 역에 도착했다. 게이코는 나와는 반대 방향의 전철을 타야 한다. 개표구를 지난 참에서 우리는 갈라졌다.

전철 안의 손잡이를 붙잡고 차창 밖으로 흘러가는 밤풍경을 바라보면서 나는 다시 무라하시의 죽음에 대해 생각했다. 바로 조금 전까지 내 곁에서 독설을 내뱉던 사람이 이제는 이 세상에 없다. 인간의 일생이 원래 그런 거라고 해버리면 그걸로 끝이겠지만, 너무도 어이없는 종말이라서 뭔가 삶의 여운 한 조각도 느낄 새가 없었다.

그나저나 무라하시는 어째서 탈의실에서 죽었을까. 설령 자살이었다고 쳐도 탈의실은 그가 죽을 장소로 선택할 만한 곳이 아니다. 타살이라고 한다면 어떨까. 범인에게는 탈의실이라는 장소가 범행을 저지르기에 적합한 곳이었을까. 혹은 탈의실이 아니면 안 될 사정이 있었던 것일까.

그런 생각들이 머릿속을 어지럽게 오고 가는 사이에 전철은 역에 도착했다. 나는 힘없는 걸음으로 플랫폼에 내려섰다. 내가 몹시 지쳤다는 것을 무거운 다리를 통해 새삼 깨달았다.

역에서 집까지는 도보로 10분쯤 걸린다. 이 동네로 이사하면서 입주한 맨션으로, 거실과 부엌에 작은 방 두 칸뿐이지만, 아이가 없어서 그리 좁게 느껴지지는 않았다.

무거운 걸음으로 맨션 계단을 올라가 현관 벨을 눌렀다. 귀가 시간이 이렇게 늦어진 것도 꽤 오랜만이었다.

체인과 잠금장치가 풀리는 소리가 나고 문이 열렸다.

"어서 와."

아내 유미코가 항상 건네주는 귀가 인사였다. 방 안쪽에서 텔레비전 소리가 들렸다.

옷을 갈아입고 늦은 저녁식사를 마주하자 마음이 조금 차분해졌다. 나는 오늘 사건에 대해 유미코에게 이야기해주었다. 그녀는 놀라서 젓가락을 멈췄다.

"자살한 거야?"

"글쎄. 자세한 건 아직 모르겠어."

"내일 신문을 보면 어떻게 된 건지 알겠네."

"그렇겠지."

대답은 했지만 나는 마음속에서 글쎄 그럴까, 라고 생각했다. 경찰도 아직 자살인지 타살인지 판단을 내리지 못한 게 아닐까.

오타니 형사의 날카로운 눈빛이 머릿속에 떠올랐다.

"가족들이 얼마나 힘드실까."

"응, 갑작스러운 일이니까 몹시 힘드시겠지. 미혼이었던 게 그나마 다행이라고 해야 하나."

유미코에게 누군가 내 목숨도 노리고 있다는 것을 얘기해버릴까, 하고 퍼뜩 생각했다. 하지만 역시 말할 수 없었다. 그녀를 화들짝 놀라게 할 뿐, 하나도 좋을 게 없는 얘기다.

그날 밤은 좀처럼 잠을 이룰 수 없었다. 무라하시의 사체가 눈앞에 어른거린 것 때문만은 아니었다. 그의 죽음의 의미를 생각하면 밤이 깊어갈수록 눈이 말똥말똥해지는 것이었다.

과연 무라하시는 살해된 것인가.

살해되었다고 한다면 범인은 대체 누구인가.

그 범인은 내 목숨을 노리는 사람과 동일인일까. 만일 동일인이라고 한다면 그 동기는 무엇인가.

옆에서는 유미코가 고른 숨소리를 내며 자고 있었다. 만난 적도 없는 남편 동료의 죽음 따위, 그녀에게는 신문 3면에 실리는 기삿거리에 지나지 않는 것이리라.

유미코와는 전에 다니던 회사에서 만났다. 화장기도 없고 말수도 적은 수수한 아가씨였다. 그녀와 동기로 입사한 여사원들이 젊은 남자 사원과 테니스니 드라이브니 매일같이 놀러 다니는 데 비해 그녀는 상사 이외의 남자 사원과는 거의 말을 섞지 않았다. 나도 그녀가 커피를 가져다줄 때나 겨우 한두 마디 나눈 정도였다.

"유미코 씨는 완전 폭탄이야. 불러도 나오지도 않고, 나와봤자 분위기만 깨진다니까."

나중에는 다들 그런 식으로 투덜거렸다. 그녀는 젊은 사원들끼리의 모임에도 전혀 참석하지 않게 되었다.

그런 상황이었기 때문에 어느 날 퇴근하는 길에 내가 커피라도 한잔하자고 말을 건넸을 때도 분명 거절할 거라고 생각했다. 하지만 그녀는 고개를 끄덕였다. 망설임 없이 즉각 응해준 것도 내심 놀라웠다.

카페에서의 그 첫 데이트 때는 거의 대화라고 할 만한 것도 없었다. 내가 이따금 말을 하면 그녀가 고개를 끄덕여주는 정도였다. 그녀 쪽에서 먼저 꺼낸 말은 한 마디도 없었다. 하지만 나는 이런 시간을 함께 보낼 여자를 나 자신이 원하고 있다는 것을 깨달았다. 그냥 조용히, 마음이 편안해지는 시간을.

그때부터 둘이서 교제 비슷한 것을 시작했다. 서로 마주 보는 시간을 갖는 것뿐인 교제였지만, 나름대로 서로를 이해할 수 있었던 시기였다고 생각한다. 언젠가 내가 물어본 적이 있었다.

"처음에 커피 한잔하자고 말했을 때, 왜 따라와줬어?"

그녀는 잠시 생각해본 뒤에 대답했다.

"당신이 나한테 말을 걸어준 것과 똑같은 이유인 것 같아."

눈에 띄지 않는 사람들끼리 서로 끌리는 게 있었는지도 모른다.

내가 회사를 그만두고 교사가 된 뒤에도 우리 둘의 교제는 이어졌다. 유미코는 나에게만 말수가 약간 많아진 것을 빼고는, 처음

만났을 때 그대로 거의 변함이 없었다. 3년 전에 조촐하게 결혼식을 올렸다.

지난 3년 동안 나름대로 별 탈 없이 무난한 생활을 보낼 수 있었다고 생각한다. 하지만 사실은 딱 한 번 위기가 닥친 적이 있었다. 결혼하고 반년밖에 안 된 무렵에 그녀가 임신을 했을 때였다.

"지울 거지?"

눈을 반짝이며 기쁜 소식을 전해준 그녀에게 나는 별 생각도 없이 툭 내뱉었다. 순간적으로 내 말의 의미를 이해하지 못한 것처럼 그녀의 얼굴은 웃는 표정 그대로 멈춰버렸다.

"아직은 아이를 키울 형편이 아니잖아. 그래서 항상 조심했었는데 이번에는 왜 실패했는지 모르겠다."

시들한 내 말투가 슬펐는지 아니면 '실패'라는 말에 상처를 입었는지 확실하지는 않지만, 그녀는 한 줄기 굵은 눈물을 흘렸다.

"요즘 생리일이 들쑥날쑥했으니까……. 그래도 모처럼 생긴 아기인데……."

'아기'라는 말에서 느껴지는 소중함 때문에 나는 더욱더 신경질적으로 나가고 말았다.

"안 되는 건 안 돼. 아이는 잘 키울 자신이 있을 때 낳아야지. 지금은 너무 일러."

그날 그녀는 밤새 흐느껴 울었다. 그리고 다음 날 둘이서 병원에 갔다. 의사가 설득에 나섰지만, 아직은 작은 생명을 책임지기 어렵다는 내 뜻은 달라지지 않았다.

생활 형편이 어렵다는 것이 대외적인 이유였지만, 실은 아빠가 되는 게 너무 부담스럽다, 라는 것이 그때의 내 솔직한 심정이었다. 한 인간이 탄생하고 그 인격 형성이 '나'에 의해 큰 영향을 받게 된다. 그런 생각을 할 때마다 아빠가 되는 것에 대해 강한 두려움을 느꼈던 것이다.

그 일로 우리 둘 사이에 분명한 변화가 생겼다는 것을 인정할 수밖에 없다. 그녀는 걸핏하면 눈물을 보였고 나는 그때마다 부루퉁한 태도로 일관했다. 그 뒤로도 1, 2년쯤 그녀는 부엌에 서서 멍하니 생각에 잠겨있는 일이 많았다. 최근에야 겨우 명랑함을 되찾은 것 같지만, 그 일에 관해서는 아직도 나를 용서하지 않았는지도 모른다. 그리고 나 역시 용서받지 못하는 게 당연하다고 생각하고 있다.

그런 아내에게 또다시 쓸데없는 마음고생을 하게 할 수는 없다. 그게 지금의 내 심경이었다.

온갖 생각이 뒤엉키는 가운데, 꾸벅꾸벅 잠들기 시작한 것은 새벽 2시 반이 넘어서였다. 하지만 악몽에 시달리느라 머릿속은 쉬지 못했다. 하얀 손에 쫓기는 꿈이었다. 그게 누구의 손인지, 자세히 보려고 하면 할수록 영상이 흐릿해져갔다.

3

9월 13일.

"어머, 오늘 13일의 금요일이야."

아침에 출근하는 참에 유미코가 달력을 보면서 말했다. 나도 흠
칫해서 달력을 보았다.

"진짜네? 오늘은 일찌감치 집에 들어오는 게 낫겠다."

내 말이 지나치게 진지했기 때문이리라. 유미코는 뭔가 의아하
다는 표정이었다.

학교에 가는 전철 안에서 손잡이를 붙잡고 만원 승객들 틈에 끼
어 있는데 등 뒤쪽에서 "무라하시가……"라고 수군거리는 소리가
들렸다. 승객들로 앞뒤가 꽉 막힌 꼴이라 겨우 고개만 돌려서 살
펴봤더니 익숙한 교복이 눈에 들어왔다.

우리 학교 학생 세 명이다. 그중 한 명은 아는 아이였다. 분명 2학
년 학생이다. 내 얼굴을 알 테지만 이쪽을 눈치챈 기색은 없었다.

아이들의 수다는 점차 소리가 커져갔다.

"솔직히 말해서 속이 후련하지 않아?"

"아니, 별로. 그런 사람, 애초부터 무시했으니까."

"진짜? 나는 무라하시 때문에 교복 치마를 세 번이나 수선했
잖아."

"그건 네가 요령이 없어서 그런 거지."

"칫, 그런가?"

"애, 이제 그 느물느물한 눈빛을 안 봐도 되는 거, 너무 좋은 거 아냐?"

"응, 그렇지?"

"겉으로는 이지적인 척하면서 실제로는 엉큼했었잖아."

"그래, 맞아. **하고 싶다,** 라는 게 뻔히 다 보였는데 뭘. 아니, 우리 ㅇㅇ선배가 약간 베이글녀잖아. 수업 중에 어찌나 흘끔거리는지, 교과서로 싸악 가려버렸대. 그랬더니 허둥지둥 눈을 돌리더라는 거야."

"으, 드러워."

세 명의 여학생은 주위의 시선도 아랑곳하지 않고 요란하게 웃어댔다.

전철이 역에 도착하자 나는 그 아이들을 뒤따라 내렸다. 흘끗 쳐다본 아이들의 옆얼굴은 깜짝 놀랄 만큼 천진했다. 죽은 사람이 나였다면 과연 어떤 말들을 했을까. 그 천진함이 두려워졌다.

어제 저녁의 사건에 대해서는 짤막하게나마 오늘 아침 신문에 실려 있었다.

'여고 교사가 자살?'

그런 제목이 붙어 있었다. 물음표가 달린 걸 보면 아직 경찰도 결론을 내리지 못한 모양이었다. 기사 내용은 간단한 상황만 설명했을 뿐, 그리 크게 다루지는 않았다. 밀실에 대한 것도 물론 언급되지 않았다. 늘 일어나는 흔한 사건, 이라는 인상을 그 신문기사에서 받았다.

학교에 가면 이래저래 질문이 쏟아질 거라고 생각하니 왠지 마음이 무거웠다. 덩달아 발걸음까지 묵직하게 느려졌다.

교무실 문을 열자 후지모토가 몇몇 교사들 앞에서 소곤소곤 얘기하는 모습이 눈에 들어왔다. 들어주는 역할은 하세와 호리 선생인가. 아소 교코까지 와 있는 것이 어쩐지 마음에 걸렸다.

후지모토는 내가 자리에 앉는 것을 보더니 재빨리 내게로 다가왔다.

"어제 수고 많으셨습니다."

그가 작은 소리로 인사를 건넸다. 평소의 환한 웃음은 보이지 않았지만 어제의 심각함도 사라지고 없었다.

"그 형사, 오타니라고 했던 그 형사, 또 왔어요."

"오타니 형사가?"

"네, 아까 관리실 쪽에서 얼핏 본 것뿐이지만 틀림없이 어제 그 형사였어요."

"그렇군……."

관리실에 무슨 볼일인가. 하지만 굳이 생각해볼 것도 없이 오타니가 노리는 게 무엇인지 짐작이 갔다. 여자 탈의실의 자물쇠에 대한 탐문수사를 하는 것이다. 그 명민한 형사는 즉각 밀실의 벽을 깨보려고 하는 모양이다. 그리고 그건 경찰 측이 타살설 쪽으로 기울었다는 것을 의미한다.

수업이 시작되기 전에 마쓰자키 교감의 당부사항이 있었다. 변함없이 장황하고 지리멸렬한 말투였다. 내용을 요약하면, 어제의 사건에 대해서는 전적으로 경찰에 맡기기로 했다, 언론에 대한 대응은 교장과 교감 자신이 할 테니 다른 사람들은 결코 쓸데없는 말을 하지 않도록 각별히 주의하라, 그리고 학생들이 크게 동요하고 있겠지만 교사답게 의연한 태도를 취해주기 바란다, 라는 것이었다.

직원조회가 끝나고 담임교사들은 즉각 교실로 향했다. 1교시 전 조회를 하기 위해서였다. 나는 올해는 담임을 맡지 않았지만 그들과 함께 교무실을 나왔다. 그러자 내가 나가기를 기다리기라도 한 것처럼 아소 교코가 자리에서 일어서는 모습이 시야 끝에 잡혔다. 문을 닫으면서 언뜻 돌아보니 그녀는 후지모토에게 다가가 뭔가 말을 건네고 있었다. 그 심각한 표정으로 봐서 어제의 사건에 대한 얘기라고 나는 직감적으로 생각했다.

일찌감치 교무실을 나선 것은 잠깐 들를 곳이 있었기 때문이다. 관리실이다. 오타니 형사가 뭘 수사했는지 알아보고 싶었다.

관리실에서는 '반 아저씨'가 풀을 베러 나갈 준비를 하는 참이었다. 밀짚모자를 쓰고 허리에 수건을 찬 모습이 재미있을 만큼 잘 어울린다.

"안녕하세요? 오늘도 덥네요."

인사를 건네자 반 아저씨는 햇볕에 그을린 얼굴을 환하게 풀었다.

"응, 덥네."

대답을 하면서 콧등의 땀을 수건으로 닦았다.

반 아저씨는 십여 년 동안 이 학교 주변을 관리해주고 있는 분이다. '반도'라는 본명이 있었지만 그걸 아는 학생은 거의 없을 것이다. 본인이 밝힌 나이는 마흔아홉이지만 얼굴에 새겨진 주름의 깊이로 추정해보면 사실은 환갑이 가까운 나이일 것이다.

"어제 저녁 일로 놀라셨지요?"

"응, 정말 그런 일은 난생 처음이었어. 일을 오래하다 보니 별일을 다 겪네. 아, 그러고 보니 마에시마 선생이 처음 발견했다면서?"

"그렇습니다. 형사가 이러니저러니 캐물어서 힘들었어요."

나는 자연스럽게 그쪽으로 화제를 돌렸다. 그러자 반 아저씨는 의외로 쉽게 넘어왔다.

"아침에 형사가 나한테도 찾아왔었어."

나는 깜짝 놀란 표정을 지었다.

"저런, 뭘 또 알아보러 왔을까요?"

"별 거 아니야. 열쇠를 어디에 보관하느냐고 묻더라고. 무단으로 아무나 열쇠를 가져갈 수 있느냐는 거야. 그래서 그게 내 할 일이다, 철저히 관리하고 있다, 라고 대답했지."

반 아저씨의 성실함은 정평이 나 있을 정도다. 열쇠 관리만 해도 그렇다. 관리실 안쪽에 열쇠 보관 선반이 있지만, 그곳도 자물쇠로 단단히 잠가두고 그 열쇠는 반 아저씨가 항상 갖고 다닌다. 탈의실 등의 열쇠를 빌리러 가면 반출 노트에 이름을 기입하고 그 이름과 본인이 일치한다는 것을 그가 직접 확인하고 나서야 비로소 열쇠를 내주는 엄중한 절차를 거쳐야 한다.

"그거 말고 다른 질문은 없었어요?"

"응, 여벌열쇠에 대해서 캐묻더라고."

"여벌열쇠?"

되묻는 순간에 아하, 하고 짐작이 갔다.

"탈의실 자물쇠에 다른 여벌열쇠가 있느냐는 거야."

"그래서요?"

"그야 여벌열쇠가 있긴 하지. 안 그러면 열쇠를 분실했을 때 난 감하잖아. 그런 얘기를 했더니만 형사가 그 여벌열쇠는 어디에 보관하느냐고 또 시시콜콜 묻는데, 역시 끈질기더라고, 형사는."

반 아저씨는 헌 신문지를 집어다 부채 대신 얼굴에 부쳤다. 바깥일로 종일 땀을 흘리는 반 아저씨는 여름철에는 항상 러닝셔츠 한 장 차림이다.

"그래서 뭐라고 대답하셨어요?"

"합당한 장소에 보관 중이라고 해줬지. 보관 장소도 밝혀야 하느냐고 물었더니 그 형사, 절대 갖고 나오지 못한다는 보증이 있다면 말하지 않아도 된다면서 실실 웃더라고. 아주 여간내기가 아니야, 그 형사."

정말 여간내기가 아니라고 나는 생각했다.

"그래서 질문은 그걸로 끝났어요?"

"아냐, 탈의실 열쇠를 가져간 사람의 이름도 물어봤어. 노트에 적힌 걸 조사해갔는데 호리 선생하고 야마시타 선생, 딱 둘밖에 없어. 그건 뭐, 굳이 조사하고 말 것도 없었지."

호리와 야마시타, 여성용 탈의실을 이용한 여교사들이다.

"형사가 물어본 건 그것뿐이야. 역시 마에시마 선생도 이래저래 궁금한 모양이지?"

"아뇨, 그런 건 아니고……."

내가 너무 꼬치꼬치 물었기 때문이리라. 반 아저씨는 약간 미심쩍어하는 눈치였다. 공연히 이상한 지레짐작이라도 하면 큰일이다.

"제가 첫 발견자였으니까요. 경찰이 어떤 식으로 수사하는지 알고 싶었을 뿐이에요."

그렇게 둘러대고 서둘러 돌아왔다.

1교시는 3학년 B반. 평소에는 신문 따위 읽지 않던 아이들도 어제의 사건 기사는 다 알고 있는 모양이었다. 아니면 게이코에게서 얘기를 들었는지도 모른다. 내가 이번 사건에 대해 언급해주기를 기다리는 기색이 고스란히 느껴졌다. 하지만 나는 평소보다 더 수업에 집중하기로 했다. 무라하시의 죽음을 소재로 잡담을 할 생각은 전혀 없었다.

수업 틈틈이 게이코 쪽을 살펴보았다. 어제저녁에 헤어질 때는 얼굴빛이 창백했는데 오늘 아침에는 그 정도는 아니었다. 다만 얼굴은 이쪽을 향하고 있지만 시선은 칠판 너머 어딘가 먼 곳을 응시하는 것 같아서 아무래도 걱정스러웠다.

내 수업이 언제 탈선할지 목을 빼고 기다리는 아이들에게 연습 문제를 잔뜩 내준 뒤에 나는 창가에 서서 운동장 쪽을 내다보았다. 질서정연하게 체육수업을 하고 있었다. 아이들 앞에서 하이점 프의 시범을 보여주는 사람은 다케이였다. 그는 체육대학을 갓 졸업한 신입 교사이자 현역 창던지기 선수다. 학생들 사이에 인기가 있어서 '그리스'라는 별명으로 통한다. 창던지기를 할 때의 팽팽히 당겨진 표정이며 울룩불룩한 근육이 그리스 조각상 같다는 데서 붙여진 별명이라고 한다.

체육수업에서 교실 쪽으로 시선을 돌리려고 했을 때였다. 시야 귀퉁이에 낯익은 남자의 모습이 잡혔다. 큼직한 몸집에 탄탄한 경계 태세를 갖춘 듯한 걸음걸이, 오타니 형사였다.

오타니는 옆 건물 뒤쪽 방향으로 가고 있었다. 그쪽에 문제의 탈의실이 있는 것이다.

밀실 깨기에 도전해볼 생각이구나, 라고 나는 짐작했다.

오타니는 반 아저씨에게 열쇠의 관리에 대해 꼬치꼬치 물었다. 즉 기본적으로는, 호리가 채운 자물쇠를 범인이 어떤 방법으로든 열었고 그걸 다시 잠가두고 갔다고 생각하는 것이다. 그게 어떤 방법이었는지, 그것까지는 아직 확실하게 알지 못하는지도 모르지만.

"선생님……."

문득 가까이에 앉은 학생이 나를 부르는 소리가 들렸다. 칠판의 연습문제 풀이가 벌써 끝이 나 있었다. 내가 창밖을 보며 멍하니 서 있는 것을 보다 못해 말을 건넨 모양이었다.

"아, 그럼 설명을 해볼까."

나는 겸연쩍어서 일부러 큰 소리로 말하고 교단으로 올라갔다. 사실 머릿속은 전혀 변환이 되어 있지 않았다.

오타니가 새삼 탈의실에서 뭘 조사하는 걸까. 그쪽이 몹시 마음에 걸렸기 때문이다.

수업이 끝나자 내 발은 저절로 탈의실 쪽으로 향했다. 내 눈으로 다시 한 번 현장을 봐두고 싶었다.

탈의실에는 아무도 없었다. 주위를 로프로 둘러쳤고 '출입금지'라는 알림 스티커가 붙어 있었다. 나는 남성용 탈의실 입구 쪽에서 안을 들여다보았다. 먼지가 뿌옇고 땀 냄새가 물씬 풍기는 것은 이전과 똑같다. 실내에는 무라하시가 쓰러진 형태를 본뜬 하얀 선이 그려져 있었다. 대략적인 형태일 뿐이지만 팔의 위치가 눈에 들어오자 처음 발견했을 때의 충격이 되살아나는 것 같았다.

나는 여성용 탈의실 입구 쪽으로 돌아갔다. 문고리에 꽂혀 있어야 할 자물쇠가 없었다. 아마 경찰이 가져간 것이리라.

이 문에 범인이 뭔가 속임수 장치를 했던 건 아닐까. 나는 문짝을 여닫아보고 들어 올려보기도 했다. 하지만 의외로 튼튼한 그 문짝에는 별다른 특이점이 없는 것 같았다.

"속임수 장치는 없을 걸요?"

갑자기 뒤쪽에서 누군가 말을 건넸다. 뱃속을 울리는 듯한 목소리다. 못된 장난질을 치다 들킨 어린애처럼 나도 모르게 목을 움츠렸다.

"우리도 상당히 조사해봤거든요, 무능한 나름대로."

오타니는 문에 손을 짚으면서 말했다.

"남성용 탈의실 문은 안쪽에서 빗장이 걸려 있었지요? 그리고 여성용 탈의실 쪽은 자물쇠가 잠겨 있었어요. 그렇다면 범인은 대체 어떻게 안에 들어가고 나왔는가. 그야말로 미스터리예요, 아주 흥미롭죠. 하긴 이런 일에 재미있어하면 안 되겠지만."

오타니가 웃음을 보였다. 놀랍게도 그의 눈도 재미있다는 듯 웃고 있었다. 어디까지가 진심인지 알 수 없는 사람이다.

"범인? 그렇다면 역시 자살이 아니라 타살인가요?"

내가 묻자 그는 웃는 표정 그대로 대답했다.

"타살이죠. 일단 그건 틀림없어요."

강한 자신감이 담긴 말투여서 나는 이렇게 물어보았다.

"뭔가 알아낸 거예요?"

그러자 오타니가 대답했다.

"무라하시 선생이 자살할 동기가 눈에 띄지 않는다, 자살한다고 해도 이런 장소를 선택할 이유가 없다, 설령 여기서 자살했다고 쳐도 굳이 밀실로 만들 필요가 없었다. 즉 이것도 저것도 죄다 아니라는 게 첫 번째 근거예요."

조금 전에도 생각했었지만 이 사람은 어디까지 본심인지 정말 알 수가 없다.

"그럼 두 번째 근거는요?"

"저기 저거."

오타니는 탈의실 안을 가리켰다. 정확하게는 남녀 칸을 구분한 격벽을 가리킨 것이었다.

"저 위를 누군가 타고 넘어간 흔적이 있었어요. 그 위가 온통 먼지투성이인데 한 부분만 스쳐간 것처럼 먼지가 없었죠. 범인이 격벽을 타고 남성용 탈의실에서 여성용 쪽으로 넘어간 것으로 우리는 추정하고 있어요."

"그렇군요. 하지만 왜 그런 짓을 했을까요?"

"탈출하기 위해서겠죠."

오타니는 대수롭지 않다는 듯이 말했다.

"즉 범인은 여성용 출입구의 자물쇠를 열고 침입한 뒤 남성용 탈의실로 건너와 무라하시 선생과 마주했다. 그리고 빈틈을 노려 독극물 음료를 권해서 살해하고 남성 측 출입구에 대놓은 다음에 다시 격벽을 타고 여성 측으로 넘어왔다. 그렇게 탈출하면서 여성 측 출입문의 자물쇠는 원래대로 잠가뒀다. 정리하자면 그런 흐름이죠."

오타니의 설명을 들으면서 그 하나하나의 행동을 머릿속에 그려보았다. 분명 불가능한 일은 아닌 것 같았다. 하지만 문제는 자물쇠를 어떻게 열었느냐는 것이다.

"맞아요, 나도 그것 때문에 지금 고민 중입니다."

오타니가 말했지만 그 표정은 전혀 고민하는 것처럼 보이지 않았다.

"그때 열쇠는 호리 선생이 갖고 있었어요. 그렇다면 여벌열쇠

쪽을 생각해봐야겠죠? 우선 범인이 직접 여벌열쇠를 만든 경우인데 그러려면 원본 열쇠가 필요해요. 그래서 그 열쇠를 관리실에서 반출하는 게 가능한지 조사해봤는데…….”

여기서 오타니는 뭔가 생각난 것처럼 씁쓸하게 웃으면서 머리를 긁적였다.

“반도 씨라는 분이 무단 반출은 절대로 있을 수 없다고 고개를 젓더군요.”

아까 반 아저씨가 말했던 그대로라고 나는 마음속에서 고개를 끄덕였다.

“자물쇠로 여벌열쇠를 만드는 건 안 되나요?”

“가능한 경우도 있어요. 밀랍 같은 것을 자물쇠 구멍에 부어서 만든다더군요. 하지만 이번 것은 그게 안 되는 자물쇠예요. 뭐, 자물쇠 구조에 대한 자세한 설명은 생략해도 되겠죠?”

오타니는 호주머니에서 담배를 꺼내 한 개비 입에 물었지만 얼른 다시 집어넣었다. 학교 안이라는 게 생각난 모양이다.

“그다음에 알아본 것이 관리실에 보관 중인 여벌열쇠였는데, 그것도 무단 반출은 안 된다고 반도 씨가 단언을 하더군요. 자, 그렇다면 남은 방법은 지금까지 열쇠를 가져갔던 사람들을 의심해보는 수밖에 없겠죠. 하지만 우리가 수사해본 바로는 호리 선생과 야마시타 선생 두 분 이외에는 없었어요. 게다가 그 자물쇠는 이번 2학기 시작하면서 새것으로 교체했다고 하니까 범인이 미리감치 여벌열쇠를 만들어둘 수도 없는 상황이었죠.”

"그럼 호리 선생과 야마시타 선생이 의심스럽다는 겁니까?"

내가 묻자 오타니는 급히 손을 내저었다.

"아뇨, 천만에요. 아무리 그래도 그런 어설픈 추리는 안 하죠. 지금 우리는 그 두 분 선생님이 열쇠를 반출한 뒤 다른 누군가에게 건넨 적이 있는지 알아보는 중이에요. 한편으로는 인근 열쇠가게에 대해서도 탐문수사를 하고 있죠."

오타니의 얼굴 표정은 여전히 자신만만했다. 그래서 나는 언뜻 생각난 것을 말해보았다.

"하지만 그렇게 여성용 탈의실의 자물쇠에만 매달려도 괜찮을까요? 이를테면 범인이 남성용 탈의실 쪽으로 탈출했을 수도 있잖아요."

그러자 오타니는 어떤 표정 변화도 내보이지 않고, 그러면서도 눈빛만은 날카롭게 번뜩이면서 말했다.

"그럼 그 빗장 막대를 문 바깥쪽에서 걸었다는 얘기인데요?"

"안 될까요?"

"그건 안 되죠."

"이를테면 빗장 막대에 끈을 묶어두고 나중에 문 틈새로 잡아당긴다든가……."

내가 말을 끝내기도 전에 오타니는 고개를 저었다.

"고전 추리소설에나 나올 법한 방법이군요. 하지만 그건 불가능해요. 빗장 막대에 묶은 끈을 어떻게 밖으로 꺼내지요? 그리고 그 빗장 막대는 평범한 각목이었는데 끈을 묶었던 흔적 같은 건 어디

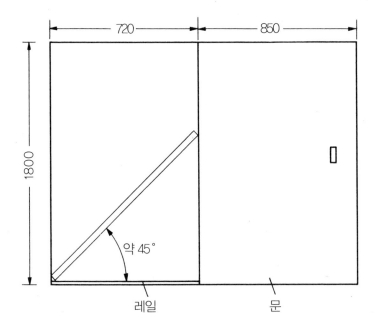

720　850

1800

약 45°

레일　문

에도 없었어요. 게다가 **그 길이**의 막대를 끼우려면 안쪽에서도 상당히 힘이 필요합니다. 바깥쪽에서 끈이나 철사 등으로 원격 조작을 한다는 건 도저히 불가능해요."

"그 길이의 막대라는 건 무슨 말이지요? 길이와 뭔가 관계가 있어요?"

"관계가 아주 많죠. 필요 이상으로 긴 막대라면 빗장을 대도 금세 밀려버려요. 필요 최저한의 길이일 때 가장 짱짱하게 버텨주고, 빗장을 끼울 때도 힘이 들지 않죠. 이번 막대는 약 45도 각도로 문짝을 버티는 식이었으니까 빗장을 끼울 때 상당히 강한 힘이 필요했을 거예요. 사실 막대 끝부분과 문짝에 그것을 증명하듯이 긁힌 자국이 있었어요."

"그렇군요……."

경찰은 수사 전문가다. 이런 정도는 일찌감치 파악했을 것이다.

"지문을 통해 어떻게든 수수께끼를 풀어볼 수는 없을까요?"

텔레비전의 형사 드라마를 떠올리며 물어보았다. 하지만 오타니는 이번에도 고개를 저었다.

"자물쇠에는 호리 선생의 지문밖에 없었어요. 문짝에는 아주 다양한 지문이 있었지만 최근에 찍힌 것은 마에시마 선생, 후지모토 선생의 지문 정도였죠. 그리고 여성용 탈의실 문에서도 호리 선생과 야마시타 선생, 두 분의 지문만 채취됐어요. 빗장은 헌 각목이라서 지문 검출이 불가능하다는 보고를 받았고."

"그렇다면 범인이 지문을 일부러 닦아냈을까요?"

"아마 장갑을 꼈겠죠. 아니면 손끝에 풀을 발라 바짝 굳혔거나. 범인도 필사적이라서 대부분 그런 정도의 조심은 하게 마련이에요."

"그 종이컵도 수사했겠지요?"

"와아, 웬만한 기자보다 질문을 더 잘하시네."

오타니의 입가에 장난스러운 웃음이 새겨졌다.

"물론 그 종이컵도 청산 독극물도 목격자도 죄다 수사 중이에요. 솔직히 아직 단서는 잡지 못했지만 뭐, 이제 시작이죠. 다만 한 가지……."

그는 거기서 의미심장하게 잠시 말을 끊고 뜸을 들였다.

"실은 어제 감식과에서 여기 탈의실 뒤쪽에서 이상한 물건을 발견했어요. 사건과 관계가 있는지 없는지는 아직 모르겠지만, 상당히 마음에 걸리더군요."

그는 양복 안주머니에서 명함 정도 크기의 흑백 사진을 꺼내 보여주었다. 사진에는 지름 3밀리미터쯤의 작은 고리를 꿴 듯한 싸구려 체인이 찍혀 있었다.

"거의 실물 크기의 사진이니까 5, 6센티미터짜리 체인이에요. 흙은 좀 묻었지만 때가 탄 것도 아니고 녹슨 것도 아니어서 바로 최근에 땅바닥에 떨어진 것으로 보입니다."

"범인이 떨어뜨렸을까요?"

"그럴 가능성이 크겠죠. 아, 혹시 이 체인, 본 적이 있습니까?"

나는 고개를 가로저었다. 오타니는 다시 사진을 챙겨 넣으면서 이것에 관한 수사도 이미 시작했다고 말했다. 그리고 이렇게 덧붙였다.

"그리고 또 한 가지, 피해자의 양복 호주머니에서도 묘한 것이 발견됐어요."

"묘한 것이라니요?"

"이거." 오타니는 엄지와 검지로 동그라미를 만들어 보였다. 빙글빙글 웃는 얼굴이었다. "고무제품, 남자들이 쓰는 것이죠."

"엇, 설마……."

정말로 '설마 그럴 리가'라는 게 내 느낌이었다. 무라시의 이미지와는 도무지 맞지 않는 물건이었기 때문이다.

"무라하시 선생도 남자니까요. 어떻든 주머니에 콘돔을 넣고 다녔다면 역시 사귀는 여자가 있었을 것이라는 판단에 따라 어제 여러분들께 그런 쪽으로 질문을 했었어요. 하지만 하나같이 짐작 가는 게 없다고 대답하더군요. 하긴 이런 쪽에 매달려봤자 사건의 핵심에 가닿을 수 있을지 어떨지 잘 모르겠지만."

"그래도 사귀는 여자가 있었다는 쪽은 계속 수사를 하시겠군요."

"뭐, 그렇죠. 다만 그 콘돔에서는 어떤 지문도 검출되지 않았어요. 그게 좀 마음에 걸리더군요."

그렇게 말하는 오타니의 얼굴 표정은 진지했지만 왠지 떨떠름한 것처럼 보였다.

4

경찰의 본격적인 수사는 점심시간이 지난 뒤부터 시작되었다. 오타니가 학생지도부에 진술조사를 신청한 것이다. 나는 그가 노리는 게 무엇인지 알 것 같았다. 무라하시가 학생들에게 몹시 엄격한 교사였던 만큼 그에게 원망을 품은 경우가 적지 않을 터였다. 오타니는 그런 학생들을 알아보려는 것이다. 그리고 그 명단을 바탕으로 철저히 수사해볼 작정일 것이다.

경찰로서는 어쩌면 당연한 수사법일 것이다. 하지만 그럴 경우, 학교 측이 특정 학생들의 이름을 대주는 꼴이 된다.

학생지도부에서는 형사에게 어떻게 말해야 할까, 그게 문제구나, 라고 생각하면서 차를 마시고 있는데 마쓰자키 교감이 다가와 교장의 호출이라고 전해주었다. 마쓰자키는 원래부터 마른 편이었지만 오늘은 어깨가 축 처져서 한층 더 여윈 것처럼 보였다.

교장실에 갔더니 구리하라 교장이 꽁초가 가득한 재떨이를 마주하고 팔짱을 낀 채 눈을 꾸욱 감고 있었다. 깊은 명상에라도 빠진 것처럼 보였다.

"이것 참……." 교장은 천천히 눈을 뜨더니 내 얼굴을 빤히 쳐다보았다. "상황이 영 좋지를 않아."

"생활지도부의 진술조사 말씀이십니까?"

내가 묻자 교장은 슬쩍 고개를 끄덕였다.

"그 형사들, 무라시시 선생이 살해됐다고 판단한 것 같아. 대체 무슨 근거로 그러는지 모르겠단 말이야."

답답하다는 듯한 말투였다. 교내에서 살인사건이 일어났다고 하면 학교의 신뢰도는 바닥에 떨어진다. 교장의 입장에서는 학교 안을 샅샅이 훑고 다니는 형사들이 그야말로 지긋지긋할 터였다.

나는 조금 전에 오타니와 나눈 대화 내용을 떠올려가며 타살설의 근거를 들려주었다. 하지만 뜻밖에도 교장은 탐탁지 않다는 반응이었다.

"뭐야, 겨우 그런 거였어? 그렇다면 아직 자살일 가능성도 있다는 얘기잖아."

"물론 그렇습니다만……."

"그럼 그렇지. 이번 일은 자살이 틀림없어. 경찰에서는 동기가 없다고 하지만, 무라하시 선생이 의외로 신경질적인 데가 있어서 교육에 대해 이래저래 고민이 많았다잖아."

교장은 스스로를 납득시키듯이 말했다. 그리고 뭔가 생각난 것처럼 불안한 표정으로 나를 쳐다보며 물었다.

"아, 근데 그 얘기, 누군가 자네를 노리는 것 같다는 그 얘기 말인데, 그건 아직 형사한테는 말 안 했지?"

"예, 아직 안 했습니다."

"그래, 그건 조금 더 상황을 지켜본 다음에 하자고. 지금 이 상황에 그런 얘기까지 했다가는 저 형사들, 얼씨구 좋다 하고 무라하시 선생의 죽음과 한데 엮으려고 할 거라고. 그렇게 되면 일이 점점 더 복잡해져."

하지만 반드시 관계가 없다는 보증도 없는 것이다. 구리하라 교장은 그럴 가능성에 대해서는 전혀 생각도 안 하는 기색이었다. 아니, 생각하기를 회피하고 있다고나 해야 할까.

"내가 할 얘기는 그것뿐이야. 아, 또 뭔가 알아내면 나한테 얘기해줘."

"알겠습니다."

나는 교장실 문을 열고 밖으로 한 걸음을 내디뎠다. 하지만 거기서 뒤를 돌아보며 말했다.

"저어, 아소 선생에 관한 것은……."

그러자 교장은 오른손을 얼굴 앞에서 휘휘 내저었다.

"아니, 그 얘기는 됐어. 지금 이 판국에, 아들 녀석 결혼 얘기를 할 기분이 아니야."

"그럼 이만 가보겠습니다."

나는 교장실을 나왔다.

교무실로 돌아와 5교시 준비를 하려는데 후지모토가 쪼르르 내 자리로 달려왔다. 괜찮은 친구인데 호기심이 지나치게 강하다는 게 문제다.

"교장선생님하고 무슨 얘기를 하셨어요? 이번 사건에 대한 거였죠?"

"그런 거 아니야. 자네, 어지간히 궁금한 모양이네."

"그야 궁금하죠. 내 주위에서 이런 사건이 일어난 건 처음인데요."

그 속편한 모습이 부럽기까지 할 정도였다.

하지만 그의 얼굴을 보면서 문득 생각나는 게 있었다. 일단 주위를 살펴본 뒤에 나는 목소리를 낮췄다.

"오늘 아침에 아소 선생이 자네한테 뭔가 물어보는 것 같던데?"

"아소 선생이? 아하, 1교시 시작하기 전에요? 아니, 이번 사건에 대해 뭔가 좀 이상한 것을 물어보더라고요. 근데 좀 시시한 얘기였어요."

"뭘 물어봤는데?"

나는 다시 주위를 살펴보았다. 아소 교코의 모습은 없었다.

"아니, 그게요, 무라하시 선생의 소지품을 누군가 훔쳐가지 않았느냐고 하더라고요. 나는 그런 얘기는 못 들었다고 대답하긴 했지만, 아무리 그래도 절도범이라는 설은 말이 안 되겠죠?"

후지모토가 동의를 청하는 투로 말하길래 나는 "그건 좀 그렇지"라고 대답해두었다. 하지만 대체 무엇 때문에 그녀는 그런 질문을 했을까. 그 점에 대해 물어보자 후지모토는 고개를 갸웃거릴 뿐이었다.

"글쎄요, 아소 선생은 도둑놈이 한 짓이라고 생각하시는 거 같던데요?"

후지모토가 돌아가자 그때를 기다렸다는 듯이 이번에는 호리 선생이 내 옆으로 다가왔다. 조금 전에 내가 했던 것처럼 조심스럽게 주위를 살피더니 소곤거리는 목소리로 물었다.

"뭔가 새로운 정보라도 들어왔어요?"

호기심을 그대로 드러내는 중년 여교사의 태도에 어쩐지 불쾌해져서 나는 뭔 뜬금없는 소리냐는 투로 대꾸했다.

"아뇨, 그런 거 없는데요."

그러자 그녀가 다시 물었다.

"형사들이 무라하시 선생에게 여자가 있었다고 보는 것 같던데, 그런 쪽으로 뭔가 들은 얘기 없어요?"

"글쎄요, 그건 확실한 근거가 있어서 하는 얘기는 아닌 모양이에요."

"그래요? 하지만……." 호리는 다시금 목소리를 낮췄다. "실은 내가 좀 아는 게 있거든요."

"예?" 나는 그녀의 얼굴을 마주 보았다. "알다니, 뭘요?"

"지난번에 졸업생 동창회가 있었는데, 그때 들은 얘기예요. 무라하시 선생이 젊은 여자하고 T시의, 어디라더라, 이상한 여관이 많은 곳이라고 했는데……."

"러브호텔 말입니까?"

"네, 맞아요, 러브호텔. 그 앞을 지나가는 것을 졸업생 한 명이 봤다는 거예요."

"그럴 리가……. 정말이에요?"

만일 사실이라면 역시 무라하시에게는 사귀는 여자가 있었다는 얘기가 된다. 나는 가슴이 수런거리는 것을 느꼈다.

"그리고 함께 있던 여자 말인데요."

"네."

나도 모르게 호리의 이야기에 빨려들었다. 어느새 고개를 길게 빼고 귀를 기울이고 있었다.

"그 졸업생 얘기로는, 이름은 잘 모르지만 분명 우리 학교 여선생이었다는 거예요. 그래서 나이며 생김새 등을 물어봤는데 그게 아무래도……."

그녀는 옆쪽을 흘끗 돌아보았다. 그 시선은 아소 교코의 책상을 향하고 있었다.

"저, 정말요?"

"틀림없어요. 그 정도 나이라면 딱 한 사람뿐이잖아요."

"왜 형사에게 얘기하지 않으셨어요?"

그러자 호리는 얼굴을 찌푸리면서 대답했다.

"아니, 우연히 함께 걸어간 것뿐인지도 모르잖아요. 게다가 둘이 정말로 사귀는 사이라면 진즉에 소문이 났을 거고, 아소 선생도 자신이라고 밝혔겠죠. 어쨌든 이런 문제는 제삼자가 떠들 만한 얘기는 아니잖아요. 하지만 그게 이번 사건에 중요한 의미가 있는 일이라면 형사에게 말을 해야 할 것 같기도 하고……. 실은 그래서 그런 판단을 좀 내려줬으면 하고 마에시마 선생님에게 이렇게 말씀드리는 거예요."

"네, 그러셨군요."

한마디로 자신의 발언이 지나치게 주목을 받아 이래저래 번거로운 일에 휘말리고 싶지는 않다는 뜻이었다.

그나저나 무라하시와 아소 교코라니, 이건 정말로 뜻밖의 조합이었다.

그러는 참에 장본인인 아소 교코가 교무실에 들어오는 바람에 대화는 거기서 끊겼다. 나는 5교시 시작종이 울릴 때까지 그녀의 하얗고 단정한 옆얼굴을 나도 모르게 흘끔흘끔 쳐다보았다. 분명 그런 기척을 그녀 쪽에서도 감지했을 터였다. 그런데도 내 쪽을 한 번도 돌아보지 않는 것이 오히려 더 부자연스럽게 느껴졌다.

아소 교코가 처음 이 학교에 나타난 것은 3년 전이다. 키가 크고 감색 정장이 잘 어울리는 아가씨여서 그야말로 대학을 갓 졸업했다는 분위기가 흘렀다.

얌전한 아가씨구나, 라는 게 내가 받은 첫인상이었다. 실제로 말수가 적고 그 나이대 여성 특유의 화려함도 없어서 나쁜만 아니라 다른 사람들도 그렇게 생각했을 것이다. 하지만 우리가 본 것은 겉모습일 뿐이었다. 그녀는 예상을 훌쩍 뛰어넘는 위험한 여자였다. 좋게 말하자면, 매우 자유분방한 여성이라고나 할까.

내가 아소 교코의 본모습을 알게 된 것은 그녀가 부임하고 일 년쯤 지났을 즈음이었다. 아마 봄철 교직원 워크숍 때였을 것이다. 이즈 온천가에서 1박2일, 이라는 흔해빠진 코스였다.

그래도 별다른 불만은 나오지 않았다. 대부분 여행 자체보다 밤 시간에 기대를 걸었기 때문이다. 파티로 한껏 흥이 오른 뒤에 각자 자유시간을 갖는다. 2차를 가는 사람도 있고 밤거리로 사라지는 사람도 있었다. 여관방에서 야동을 즐기는 사람도 있었다.

나는 아소 교코의 청을 받았다. 파티 때 옆자리에 앉았던 그녀가 귀엣말을 건넸던 것이다.

"파티 끝나고 잠깐 시간 좀 내주실래요?"

기분이 나쁘지는 않았다. 하지만 나는 한 가지 조건을 달았다. 동료인 K교사도 데려가자고 제안한 것이다. K가 아소에게 호감을 품고 있다는 것을 알고 있었기 때문이다. 내성적인 그가 혼자 끙끙 앓는 것을 해결해주자는 마음에 어울리지도 않게 자진해서 중매 역할을 떠맡고 나선 것이다.

그녀는 흔쾌히 응해주었다. 그래서 셋이서 호텔에서 몇 백 미터 거리의 스낵바까지 술을 마시러 갔다. 호텔 근처는 아는 얼굴들을 마주칠 것 같아 싫다고 그녀가 말했던 것이다.

스낵바에서 그녀는 곧잘 얘기를 했다. K와 나도 기분이 좋아져서 내내 재미있는 대화가 이어졌다.

한 시간쯤 지났을 때였나, 나는 먼저 일어나기로 했다. 물론 두 사람만의 자리를 마련해주려는 작전이었다. 아무리 내성적인 K라도 내 작전을 눈치챘을 테니까 이런 좋은 기회를 놓칠 리 없다고 생각했다.

K가 호텔로 돌아온 것은 자정이 가까운 시각이었다. 소리 나지 않게 살금살금 내 옆의 이불 속으로 들어왔지만, 그가 상당히 흥분하고 있다는 것은 그 숨소리만 들어도 알 수 있었다. 그리고 아니나 다를까, 다음 날 돌아오는 버스 안에서 그의 보고를 듣게 되었다.

"뜻밖의 진전이 있었어."

약간 자랑스럽게, 그리고 약간 수줍어하면서 그는 얘기를 시작했다. 그에 의하면 전날 밤 두 사람은 스낵바를 나온 뒤, 인적 없는 국립공원 길을 산책한 모양이었다. 이윽고 그녀가 좀 피곤하다고 해서 두 사람은 옆길로 빠져 풀숲에 자리를 잡았다.

"그게, 분위기도 좋았고 술기운도 좀 있었으니까……."

K는 변명을 하는 것처럼 목소리가 가늘어졌다. 그리고 혼잣말을 중얼거리는 느낌으로 이렇게 고백했던 것이다.

"잘하면 끝까지 갈 뻔했어."

그것뿐이라면 나는 K의 용기와 아소 교코의 뜻밖의 대담함에 혀를 내두르고 끝났을 텐데, 그야말로 깜짝 놀란 것은 그 여행 뒤였다.

K가 그녀에게 청혼을 한 것이다. 순수한 친구였으니 당연히 그렇게 해야 한다고 생각했을 것이다. 하지만 그녀는 거절했다. 그것도 완곡한 것이 아니었다. 우리 집에 찾아와 홧술을 들이켠 K의 말을 빌리자면, "차갑게 비웃으면서 거절했다"는 것이다.

"그냥 하룻밤 장난이었대. 그런 걸 진심으로 받아들이면 곤란하다고, 아주 민폐라는 듯한 얼굴을 하더라."

"그래도 조금쯤은 자네에게 호감을 가졌기 때문인 거 아닌가?"

내 말에 그는 술잔을 든 손을 멈췄다. 그리고 몹시도 서글픈 눈빛을 던지며 말했다.

"누구라도 상관없었대. 사실은 이미 결혼한 자네가 안성맞춤의 상대였는데, 나라도 상관없다고 생각했다는 거야."

그래서 그녀는 처음에 나를 청했던 것이다.

결국 K는 집안사정이라는 이유를 달아 학교를 사직했다. 고향으로 돌아가는 그를 역까지 배웅하러 나갔을 때, 그는 기차 창 너머로 말했다.

"그녀는 불쌍한 여자야."

그 이후로 나는 아소 교코를 좋게 볼 수가 없었다. 친구 대신 증오감마저 느꼈을 정도다. 그런 기분이 그쪽에 전해지지 않았을 리가 없다. 나와 그녀는 웬만해서는 말을 주고받지 않게 되었다.

그런 그녀가 교장의 아들과 결혼할지도 모른다. 그리고 교장은 나에게 그녀의 남자관계를 알아보라고 한다. 이런 어처구니없는 얘기도 없을 것이다. 그녀가 재벌가에 시집을 가느냐 마느냐는 내 손에 달린 것이다.

아, 잠깐……

갑자기 내 머릿속에 한 가지 생각이 번쩍 떠올랐다.

제3장

1

'13일의 금요일'의 수업은 그럭저럭 무사히 끝이 났다. 사실은 곧바로 집에 가고 싶었지만, 게이코와 약속한 것도 있고 현 대회도 코앞에 다가온 참이라 양궁부 연습은 땡땡이치기가 힘들었다.

문제의 탈의실은 아직도 사용 금지였다. 그러잖아도 당분간 들어가고 싶지 않은 장소였기 때문에 나는 체육교사용 탈의실을 빌려 쓰기로 미리 얘기해두었다.

그쪽에서 옷을 갈아입고 있는데 다케이가 땀에 흠뻑 젖은 모습으로 들어왔다. 그는 울룩불룩한 근육에 흐르는 땀을 닦으며 러닝셔츠에서 운동복으로 갈아입었다.

"오늘 일정은 끝났어?"

내가 물었다. 다케이는 체육교사이자 육상부 지도교사를 맡고 있다. 평소에는 러닝셔츠와 반바지 차림으로 해가 질 때까지 트랙을 뛰어다니곤 했다.

"아뇨, 지금부터 미팅이 있어요. 가을 시합 일정과 체육제에 대해 상의하려고."

"체육제?"

그러고 보니 곧 체육제다. 이런저런 일들이 너무 많아서 웬만한 학교 행사는 깜빡깜빡하게 된다.

"체육제의 하이라이트로 각 운동부의 공연이 있잖아요. 그것에 대한 회의예요."

"아참, 그렇지. 올해 공연 주제는 어떤 걸로 정해졌지?"

나도 듣기는 했는데 기억에 남아 있지 않았다. 분명 작년에는 '재미있는 패션쇼'라는 주제였다.

"올해는 가장행렬을 하기로 했잖아요. 운동부 지도교사들까지 분장을 하라고 해서 큰일이에요."

대체 누가 그런 엉뚱한 제안을 했을까.

"그래서 그쪽 육상부는 뭘 하기로 했어?"

그러자 그는 머리를 긁적이며 대답했다.

"완전 코미디예요. 거지 떼 분장을 하겠다는 거예요. 얼굴에 진흙을 바르고 넝마를 입고 휘적휘적 걷는 모습이 히피 선구자 같아서 현대적이래요."

"그럼 다케이 선생도 거지 분장을?"

"그거야 뭐, 당연하죠. 나한테는 거지 왕초를 맡으래요. 다른 거지보다 좀 더 지저분하게 칠하는 것뿐이라고는 하던데."

"어이쿠, 저런……."

'딱하다'라는 말은 웃음과 함께 꿀꺽 삼켰다. 하지만 우리 양궁부는 대체 어떤 걸 할 예정인지 나도 은근히 걱정스러웠다. 게이코에게서 아직 아무 얘기도 듣지 못했다.

양궁장에 도착해 게이코에게 물어보니 그녀는 시원시원한 어조로 대답했다.

"우린 서커스예요."

"서커스?"

"서커스단 분장을 하는 거예요. 맹수 조련사라든가 마술사라든가."

"오, 그럼 나는 뭘 하면 되지? 설마 사자탈을 쓰라는 건 아니지?"

"그것도 괜찮은데요? 하지만 그보다 더 좋은 거예요. 피에로."

"피에로?"

얼굴을 허옇게 칠하고 코는 새빨갛게 하는 건가. 아무래도 다케이를 비웃을 처지가 아닌 것 같다.

"그것도 그냥 피에로가 아니에요. 술병을 손에 든 술주정뱅이 피에로."

"술주정뱅이까지?"

아이들의 감성을 따라가는 건 불가능하다고 진즉에 포기했었지만, 다케이 얘기도 그렇고, 새삼 다시 깨달은 느낌이었다.

양궁부 연습은 예정된 시간에 정확히 시작되었다. 다만 발사에 들어가기 전에 우선 게이코의 지시로 전원이 이인일조로 팀을 나눴다. 1학년은 되도록 2,3학년 선배와 한 팀이 되라는 조건을 **빼**고는 대부분 자신들이 원하는 대로 짝이 만들어졌다.

이런 이인일조 팀이 무엇을 위한 것인지는 게이코에게서 미리 설명을 들었다. 한마디로, 한 달 뒤로 다가온 현 대회를 대비한 특별훈련 팀이었다.

"지금까지 자신의 득점은 자신이 직접 계산했잖아요. 하지만 그러다 보니까 아무래도 마음이 해이해져요. 한심한 성적이 나와도 남이 알지 못하니까 괜찮다거나, 이를테면 화살이 10점과 9점의 경계선에 꽂혔을 때 자기도 모르게 높은 쪽 점수로 계산해버리죠. 그래서 앞으로는 이인일조로 각자 짝꿍이 점수를 계산해주기로 했어요. 분명 연습에 좀 더 진지하게 임할 거예요. 그리고 서로의 자세를 점검해줄 수도 있죠. 시합에 익숙하지 않은 1학년은 선배들이 맨투맨으로 지도해줄 수도 있고."

게이코는 기막힌 안을 생각해냈다는 듯이 눈빛을 반짝이며 열변을 토했다. 나는 '승부는 항상 혼자서'라고 생각하는 편이라서 전면적으로 찬성한 것은 아니지만, 부원들의 자주성을 최우선으로 존중한다는 뜻에서 굳이 반대하지는 않았다.

각 팀별로 즉각 연습에 들어갔다. 게이코의 짝은 1학년 미야사카 에미였다. 에미는 여름방학 합숙훈련 때 다친 왼쪽 손목에 아직 붕대가 감겨 있었다. 그런 가운데서도 가까스로 현 대회에는 출전할 수 있을 만큼 실력이 향상되고 있었다. 과녁에 대한 공포심도 없어진 것 같았다.

일단 현 대회에 참가해 상위에 오른 선수가 전국대회에 출전할 수 있다. 열심히 화살을 날리는 부원들을 뒤에서 지켜보다 보면 모두 다 대회에 보내주고 싶지만, 전체적으로 실력이 한참 못 미친다는 것도 차츰 깨닫게 된다.

"얼굴빛이 안 좋으신데요?"

내가 선물해준 마스코트 화살을 만지작거리며 게이코가 내 쪽으로 다가왔다.

"나도 나름대로 기대하고 있거든. 어때, 비장한 각오가 얼굴에 드러나지?"

"선생님이 비장해져봤자 아무 소용없어요. 그보다 선생님도 가끔은 화살 좀 날려보세요. 모범을 보여주셔야죠."

그리고 보니 요즘 거의 활을 잡지 않았다. 그럴 기분이 아니었던 것이다. 하지만 이런 때일수록 기분 전환이 필요한지도 모른다.

"좋아, 오랜만에 예술적인 폼을 좀 보여줄까."

나는 부실에 가서 내 활을 가져왔다.

50미터 라인에 서자 부원들이 일제히 발사를 멈추고 이쪽을 주목했다. 과녁을 노리는 것만으로도 심장 박동이 빨라지는 성격인데 아이들의 시선을 온몸으로 받으며 쏴야 하다니, 이건 보통 압박감이 아니다.

"혹시 실수해도 웃으면 안 된다?"

허세를 부리듯이 던져본 농담도 살짝 혀가 꼬였다.

조준기를 과녁에 맞추고 천천히 당겨서 겨냥을 좁혀간다. 왼편 어깨가 살짝 올라가는 것은 학생 때부터 생긴 나쁜 습관이다. 표적의 중심이 잡히면 한껏 등의 근육을 긴장시킨다. 궁도에서 말하는 '회(會)'의 상태다. 화살이 일정한 곳까지 당겨지면 클리커라는 금속판이 떨어지면서 달칵하는 소리를 낸다. 이 소리와 함께 궁사는 릴리스를 하게 된다.

모두가 지켜보는 가운데 화살은 공기를 가르며 과녁을 향해 날았다. 따악 하는 소리와 함께 화살은 과녁 중심의 노란 부분에 그림자를 떨궜다. 골드, 이른바 금빛 표적이라고 불리는 부분이다.

"나이스 슈팅!"

갈채가 터져 나왔다. 덕분에 나는 단숨에 마음이 편안해져서 나머지 다섯 개도 실수하는 일 없이 해냈다. 계산해보니 10, 9, 9, 8, 8, 7의 51점이었다. 오랜만에 쏴본 것 치고는 제법 괜찮은 성적이다.

"긴장해도 실수하지 않는 비법, 우리한테도 가르쳐주세요."

게이코가 말했다. 다른 부원들도 흥미진진한 눈빛으로 나를 보고 있었다.

"비법 따위는 없어. 예전에 아시아대회에서 우승한 스에다라는 선수는 '겨냥해서 쏘면 화살은 그곳으로밖에는 가지 않는다'라고 했었지만, 그런 말은 달인이 된 뒤에나 할 수 있는 얘기지."

학생시절에 들은 이야기였다. 나는 마지막까지 그런 영역에는 접근도 못했지만, 지금 내 말을 듣는 부원들도 실감이 나지 않는다는 얼굴을 하고 있었다.

"다만 이런 말은 할 수 있겠지. 우리처럼 평범한 사람들이 승부에 나설 때는 뭔가 **의지할 것**이 꼭 필요해. 하지만 시합은 혼자 하는 것이라서 아무에게도 기댈 수 없어. 그렇다면 무엇에 의지해야 하느냐. 그건 내가 노력했다, 라는 사실밖에 없는 것 같아. 놀고 싶을 때도 꾹 참고 열심히 연습했으니까 틀림없이 좋은 결과가 나온다, 라고 스스로를 믿는 거야."

"나도 믿을 수 있을까……."

2학년 한 명이 혼잣말처럼 중얼거렸다. 그러자 그 부원 쪽을 향해 가나에가 말했다.

"믿을 수 있을 때까지 연습을 해야지."

그리고 가나에는 동의를 청하듯이 내 쪽을 보았다.

"그렇지, 바로 그런 얘기야. 눈을 감고 여태까지 열심히 노력해온 날들을 떠올려보면 자신감이 솟아날 거야."

내가 말을 마치자 부원들이 한 목소리로 "감사합니다!"라고 고개를 숙였다. 교실에서 수업하는 것보다는 마음이 편하지만 그래도 겨드랑이 밑이 땀으로 축축해졌다.

그날의 연습은 그 뒤에도 계속 이인일조로 이루어졌다. 같은 2학년끼리 한 팀이 된 경우는 금세 친해져서 효과가 없을 것 같았지만, 게이코는 이인일조 연습이 꽤 만족스러웠는지 마무리 모임에서 부원들에게 앞으로도 이 방식대로 진행하자고 말했다.

연습을 끝내고 체육교사용 탈의실에서 옷을 갈아입은 나는 정문 근처에서 게이코를 기다렸다. 아마 가나에와 함께 나올 거라고 생각했는데 뜻밖에도 미야사카 에미와 나란히 걸어왔다. 아무래도 평소에도 이인일조로 움직일 생각인 모양이다.

"와아, 감동! 우리를 기다리신 거예요?"

게이코는 과장스러운 표정으로 말했다. 하지만 에미 쪽은 약간 마뜩찮은 표정인 것이 마음에 걸렸다.

"응, 잠깐 할 얘기가 있어서."

나는 두 사람과 보조를 맞춰 걸음을 옮겼다.

우선 이인일조 연습에 대한 얘기부터 꺼냈다. 주장 게이코의 계획을 확인하는 정도의 대화였다. 부원들의 자주성을 존중한다는 게 원칙이기 때문에 나로서는 어떤 결정이든 주장의 뜻에 따르겠다, 라고 미리 준비해둔 말로 그 얘기는 끝을 냈다.

"이건 다른 얘기지만, 게이코, 너희 반의 부담임이 아소 선생이었지?"

자연스럽게 화제를 바꿔봤는데 과연 잘 됐을까. 다행히 게이코는 의아해하는 일 없이 고개를 끄덕여주었다.

"네, 맞아요."

"대화는 자주 하는 편인가?"

"네, 자주 하죠. 같은 여자들끼리니까요."

"이성에 대한 것도?"

내가 말하자 게이코는 걸음을 옮기면서 푸훗 웃음을 터뜨렸다.

"이성은 무슨? 그냥 남자 얘기라고 하세요. 물론 남자 얘기도 하죠, 가끔씩. 주로 아소 선생님의 대학 때 얘기예요. 이건 비밀인데, 상당히 즐기셨던 모양이에요. 물론 플라토닉 러브였지만."

정말 그럴까, 라고 나는 마음속으로 중얼거렸다.

"지금 누군가 사귀는 사람은 없나? 그런 얘기는 못 들었어?"

"사귀는 사람? 글쎄요……."

게이코는 고개를 갸우뚱했다. 그 옆얼굴이 너무 진지해서 나는 아차 싶었다.

"그런 사람은 없는 것 같던데? 근데 왜 그런 걸 물어보세요?"

"아니, 실은 아소 선생에게 중매를 해볼까 하고."

나는 입에서 나오는 대로 둘러댔다. 그러자 게이코는 갑자기 신이 난 듯이 말했다.

"우와, 좋은 일이네! 하지만 그런 거라면 아소 선생님에게 직접 물어보시면 되잖아요."

"그건 그렇지. 하지만 직접 물어보기가 좀 거북해서."

나는 적당히 얼버무렸다. 역시 게이코에게 물어보는 건 별 의미가 없구나, 라고 후회했다. 아소 교코처럼 영악한 여자가 학생들을 상대로 자신의 사생활을 털어놓았을 리 없다.

조금 전에 나는 한 가지 가설을 세웠다. 호리 선생이 졸업생에게서 들었다는 이야기, 즉 무라하시와 아소 교코가 러브호텔 거리를 나란히 걸어갔다는 이야기가 발단이 되었다.

나는 그 졸업생에게서 좀 더 자세한 얘기를 들어보자는 생각으로 호리 선생에게 연락처를 물어보았다. 하지만 규슈 쪽 대학에 다니는 친구여서 쉽게 연락이 될 것 같지 않았다. 그래서 별수 없이 가설이라는 형태로 추리를 해본 것이다.

　그 가설은 아소 교코와 무라하시가 특별한 관계였다고 치는 것이다. 이런 가정은 엉뚱한 생각일까? 서른이 넘어서도 아직 독신이던 무라하시, 그리고 스물여섯 살의 아소. 나는 충분히 가능성이 있다고 생각했다. 다만 두 사람의 속마음, 특히 아소 교코 쪽에서 진심이었는지 어떤지는 심히 의심스럽다. 분명 그녀 쪽은 단순히 잠깐 즐기는 정도로 생각했을 것이다.

　자, 그렇게 두 사람이 심상치 않은 관계였다고 한다면 어떻게 될까. 약간 비약하는 것인지도 모르지만, 그럴 경우에는 아소에게 무라하시를 살해할 만한 동기가 생겨난다. 그리고 이 점이 아주 중요한 것인데, 그녀에게는 나도 없애버려야 할 존재가 된다.

　아소는 이번 여름방학 때 구리하라 교장에게서 아들과의 결혼 제의를 받았다. 구리하라 가는 학교 사업을 중심으로 번창해온 재벌가다. 아소의 입장에서는 당장이라도 승낙하고 싶었을 게 틀림없다. 하지만 그녀는 대답을 미뤘다. 상대를 애타게 한다는 의미도 있었을 것이다. 하지만 가장 큰 이유는 신변을 깨끗이 정리할 시간이 필요했던 것이 아닐까. 즉 자신의 남성편력을 알고 있는 자들의 입을 틀어막을 시간이 필요했던 것이다. 그리고 그 첫 번째 대상이 아마 나였을 것이다. 나는 K와 아소 사이의 일을 알고 있는 유일한 사람이다. 그녀 입장에서는 몹시 거치적거리는 존재다. 하지만 나는 여러 번의 위기에도 다행히 살아남았고, 오히려 눈에 보이지 않는 살인자를 바짝 경계하게 되었다. 그러자 그녀는 두 번째 타깃부터 넘어뜨리기로 했다.

그게 바로 무라하시였던 게 아닐까.

지난번에 후지모토가 들려준 얘기로 짐작해보면, 아소 교코는 이 사건에 강한 관심을 갖고 있었다. 내가 아는 한, 그녀는 이런 일에 관심을 보일 여자가 아니다. 나는 내 가설에 차츰 확신을 갖기 시작했다.

"선생님, 어제 그 사건 말인데요……."

역이 가까워진 참에 게이코는 내 마음속을 읽기라도 한 것처럼 그 얘기를 꺼냈다.

"다들 자살한 거 아니냐고 수군거리던데, 실제로는 어떤 거예요?"

자신도 발견자였기 때문일까, 게이코의 목소리는 나지막하게 가라앉았다.

"다들 수군거린다고? 어디서 그런 정보가 들어왔지?"

"후지모토 선생님이 얘기했나 봐요. A반 친구가 그러더라고요."

후지모토의 태평한 얼굴이 머릿속에 떠올랐다. 고민 같은 건 안 하는 사람이라는 게 부러울 따름이다.

"나는 자세한 건 모르겠어. 하지만 경찰이 자살로 결론을 내린 게 아니라는 것만은 확실해."

"그렇구나……. 그럼 그 밀실 수수께끼는 풀린 모양이네요?"

게이코는 묵직해 보이는 가방을 다른 손으로 바꿔 들면서 무심한 척 말했지만, 이런 의문이 즉각 튀어나오는 걸 보면 그녀도 사건 현장의 불가사의한 상황에 대해 줄곧 생각을 해본 모양이었다.

"아, 그 밀실? 경찰에서는 여벌열쇠를 사용했다고 생각하는 것 같아, 관리실의 반 아저씨에게 이것저것 캐물었다는 걸 보면."

"여벌열쇠……."

"하지만 범인이 여벌열쇠를 만들 기회가 있었는지 어떤지는 수사 중인 모양이야."

게이코는 뭔가 고민에 빠진 것 같았다. 학생을 상대로 내가 쓸데없이 말이 많았구나, 하고 후회했다.

역에 도착해 개표구를 건너가자 항상 그렇듯이 우리는 좌우로 갈라졌다. 미야사카 에미도 게이코와 같은 방향인 모양이었다. 에미는 헤어지는 참에 "안녕히 가세요"라고 작은 소리로 인사를 건넸다. 오늘 처음으로 이 아이의 목소리를 들은 것 같다.

플랫폼으로 내려가자 나는 진행방향을 향해 맨 끝까지 걸어갔다. 환승하기에 가장 편리한 지점이기 때문이다. 페인트칠이 벗겨진 긴 벤치는 전철을 기다릴 때마다 내가 항상 정해놓고 앉는 자리다. 그 벤치의 오른편 끝에 앉았다.

맞은편 플랫폼에서 게이코와 에미가 나란히 서서 대화하는 모습이 보였다. 게이코는 가방을 흔들흔들 흔들면서 에미의 얼굴을 들여다보며 이야기하고 있었다. 에미 쪽은 내내 고개를 떨군 채 어쩌다 한 번씩 드문드문 대꾸하는 정도였다. 무슨 얘기를 하는 건가, 하고 생각하는 사이에 그쪽 전철이 들어왔다. 차가 떠날 때, 게이코가 창유리 너머로 손을 흔드는 것이 보였다. 나도 살짝 손을 흔들어주었다.

오토바이 소리가 들려온 것은 그 직후였다. 반사적으로 소리 나는 쪽으로 시선을 던지자 선로 옆길에 오토바이 두 대가 멈춰 서는 것이 보였다. 혹시나 싶어서 시선을 집중해보니 예상대로 그중 한 대는 지난번에 요코와 이야기를 나누던 남학생의 오토바이였다. 그 빨간 헬멧도 기억이 났다. 문제는 또 한 대 쪽이다. 언젠가 학교 옆에 몰려왔던 불량배 일행은 아닌 것 같다. 검은 헬멧에 검은 라이더 슈트로 온통 거무스레하다. 몸매로 봐서 남자가 아니다…….

다카하라 요코, 라고 나는 확신했다. 그러고 보니 이 근처에서 자주 탄다고 했었다. 그나저나 선로 옆길을 달리다니, 눈에 띄려고 작정이라도 한 것인가. 자포자기한 듯한 요코의 표정이 머릿속에 떠올랐다.

두 사람은 길가에서 잠시 이야기를 나누더니 이윽고 요코 쪽이 먼저 출발했다. 이번 여름에 면허를 땄다고 했지만, 꽤 상당한 실력이었다. 눈 깜짝할 사이에 시야에서 사라졌다.

곧바로 빨간 헬멧의 남학생도 출발했다. 여전히 뱃속이 우르르 울릴 만큼 요란한 배기음을 퍼뜨렸다. 내 주위에 있던 사람들도 얼굴을 찌푸렸다.

그때였다. 적잖이 신경에 거슬리는 광경이 눈에 들어왔다. 빨간 헬멧의 남학생 뒤를 쫓아가듯이 하얀 세단이 스윽 지나간 것이다. 우연인지도 모른다. 하지만 그 차의 속도나 지나가는 타이밍이 내 게는 뭔가 의미심장하게 생각되었다.

불길한 예감이 들었다.

2

예감이 적중한 것은 다음 날인 9월 14일 토요일, 3교시가 끝났 을 때였다. 수업을 마치고 교무실로 돌아오자 마쓰자키 교감이 하 세와 마주 선 채 뭔가 이야기를 하고 있었다. 둘 다 팔짱을 끼고 아주 심각한 모습이었다. 나는 슬쩍 옆을 지나가려고 했는데 마쓰 자키가 불러 세웠다.

"아, 마에시마 선생, 잠깐만."

"무슨 일 있습니까?"

나는 두 사람의 얼굴을 번갈아 보았다. 그리 기분 좋은 표정들 이 아니었다.

마쓰자키는 머뭇머뭇 망설이는 기색으로 입을 열었다.

"실은 오늘도 형사가 왔는데……."

"네."

나도 알고 있었다. 정문 옆 주차장에 낯익은 회색 차량이 서 있 었기 때문이다. 오타니 형사는 항상 그 차로 나타났다.

"조금 문젯거리가 될 수 있는 일을 해달라네?"

"……어떤 건데요?"

"학생 한 명에게 진술조사를 하겠다는 거야. 게다가 교사의 입회도 없이."

나도 모르게 하세 쪽을 보았다.

"어떤 학생인데요?"

그러자 하세는 조심스럽게 주위를 살펴본 뒤에 작은 소리로 말했다.

"다카하라 요코예요."

나도 모르게 한숨이 터져 나왔다. 역시, 하고 마음속으로 중얼거렸다.

"형사가 왜 요코를?"

마쓰자키는 헤싱헤싱한 머리칼을 쓸어 넘기며 말했다.

"어제 학생지도부 진술조사 때 그 학생 이름이 나온 모양이야. 어떤 얘기였는지는 나도 잘 모르겠지만."

짐작은 갔다. 무라하시 선생에게 반감을 가진 사람이 있었느냐, 라는 뜻의 질문이 형사 쪽에서 나왔을 것이다. 학생지도부에서는 불가피하게 학생 몇 명의 명단을 제시했을 터였다. 그리고 요코의 이름도 그 안에 끼어 있었다는 얘기다.

"그래서 저한테 어떤 것을……."

나는 마쓰자키 쪽을 보며 말했다.

"우리도 기본적으로는 경찰 수사에 협조할 생각이야. 하지만 학생이 취조를 받았다고 하게 되면 그건 학교의 신뢰가 걸린 일이지. 게다가 요코 학생이 의심을 받는다는 것을 알면 마음에 큰 상처를 입을 수도 있잖아."

"네, 그렇죠."

나는 고개를 끄덕였다. 학교의 신뢰 문제를 먼저 거론한 점은 적잖이 거슬렸다.

"그래서 어떤 방식으로 조사를 진행할지 교장선생님과 상의해봤는데 우선 형사 쪽의 의향을 정확히 알아보라고 지시하셔서……. 그런 다음에 학생을 형사와 만나게 해줄지 말지 판단하자는 거야."

"그렇군요."

"문제는 누가 형사를 만나느냐는 건데……. 나는 우선 요코의 담임인 하세 선생에게 얘기를 했는데……."

"아뇨, 제가 나서서 될 일이 아닌 것 같아요."

마쓰자키의 어물거리는 말을 끊고 하세가 끼어들었다.

"제가 사건 내용을 정확히 알고 있는 것도 아니고, 요코의 담임이라지만 이제 겨우 2학기가 시작된 참이라 그 아이의 성격도 미처 파악하지 못한 상태예요."

열을 내어 말하고 있었다. 무슨 얘기를 하고 싶은 건지 충분히 예상할 수 있었다.

"그래서 제가 마에시마 선생님을 추천했어요. 마에시마 선생님이라면 최초 발견자이기도 하니까 이번 사건과 나름대로 관계가 있잖아요. 그리고 요코가 2학년 때 담임도 하셨어요. 제 생각에는 그야말로 적임자예요."

내가 예상한 대로였다. 마쓰자키도 옆에서 내 눈치를 보는 듯한 얼굴로 물었다.

"어때?"

평소 같으면 "아뇨, 저는 좀"이라고 얼버무리며 거절했을 것이다. 여기서 이런 일을 받아들이면 앞으로도 경찰과의 중계자 역할은 모조리 나한테 떠넘길 게 틀림없었기 때문이다. 하지만 이번 사건은 내 문제와도 깊은 관련이 있다. 마쓰자키와 하세가 생각하는 것 이상으로 나는 이번 사건의 '당사자'인지도 모르는 것이다.

나는 고개를 끄덕였다. 마쓰자키와 하세는 몇 번이나 고맙다고 말했지만, 크게 안도하는 표정을 감추지는 못했다.

4교시는 자습으로 해두고 나는 응접실로 향했다. 뭔가 중대한 임무가 내게 떨어진 것 같았지만, 오히려 머릿속에서는 자습이라는 소식에 아이들이 기뻐 날뛰겠다는 둥의 엉뚱한 생각들만 오고 갔다.

응접실 문을 열고 얼굴을 내밀자 오타니가 어라, 하는 표정으로 나를 보았다. 다카하라 요코가 나타날 거라고 생각했었기 때문일 것이다. 나는 우선 교장을 비롯한 학교 측의 의견을 전달하고, 경찰 측의 조사 목적을 알고 싶다고 말했다. 오타니는 웬일로 양복 차림에 넥타이까지 단정히 매고 있었지만 내 얘기를 듣는 태도에는 여느 때처럼 아무래도 진지함이 느껴지지 않았다.

"무슨 말씀이신지 잘 알겠습니다."

얘기를 다 듣고 난 뒤에 오타니는 양복 안주머니에서 흰 종이 한 장을 꺼냈다.

"이건 어제 학생지도부의 오다 선생이 주신 자료예요. 최근 3년 동안 퇴학이나 정학 처분을 받은 학생들의 명단을 뽑아주신 것이죠."

"블랙리스트인 셈이군요."

나는 명단을 살펴보았다. 19명의 이름이 줄줄이 적혀 있었다. 반절쯤은 졸업한 학생의 이름이었다.

"어디까지나 참고자료일 뿐이에요. 솔직히 이런 방법까지 동원하고 싶지는 않았거든요."

그렇다고 이런 자료를 무시하고 넘어간다면 형사로서는 실격일 것이다. 반론도 동의도 할 수 없어서 나는 입을 다물었다.

"그야 우리도 일반적인 방법으로 해결하고 싶죠. 피해자의 행적을 조사하고 목격자를 찾아내고 하는 방법으로. 근데 아무리 샅샅이 뒤져봐도 도통 단서가 나오질 않아요. 용의자는 틀림없이 이 학교 안에 있을 텐데 말이에요. 정말 답답할 노릇입니다."

오타니는 전에 없이 초조해하는 기색이었다. 수사가 답보상태에 빠져서 답답한 마음과 어서 빨리 다카하라 요코의 진술을 듣고 싶은 마음이 반반으로 뒤섞인 심정일 것이다.

"여자 쪽을 알아보기로 한 것은 어떻게 됐습니까?"

나는 어제 그가 해준 말을 떠올리면서 물어보았다.

"무라하시 선생과 교제하던 여자가 있는지 찾아보겠다고 하셨는데.”

하지만 오타니는 “아, 그거요?”라고 가볍게 내뱉은 뒤에 말을
이었다.

“물론 알아봤죠. 아니, 지금 이 순간에도 동료들이 여기저기 뛰
어다니는 중이에요. 무라하시 선생 주위의 여자들을 다 찾아다니
고 있으니까요. 하지만 아직까지 의심스러운 여자는 떠오르지 않
고 있어요.”

“혹시 여선생님들 쪽도 알아봤습니까?”

말을 하고 나서야 너무 노골적인 언급이었다고 후회했다. 역
시나 오타니는 엇 하고 눈이 번쩍 뜨인 것처럼 내 얼굴을 쳐다보
았다.

“뭔가 짚이는 게 있어요?”

“아뇨, 아닙니다, 그런 건 없어요. 그냥 교사들끼리 결혼하는 경
우가 많으니까 해본 말이에요.”

구차한 변명이었다. 하지만 아소 교코에 관한 것은 아직 가설의
영역을 벗어나지 못하는 나만의 생각이라서 섣불리 입 밖에 낼 수
없었다.

“그래요? 뭐, 젊은 여선생이라야 몇 분 안 되지만, 일단 어제 다
조사했어요. 그런데 다들 아니라고 부정하더군요.”

“거짓말을 했을 수도 있잖아요?”

“당연히 그럴 가능성도 있죠. 하지만 그 분들은 이번 사건과는
무관해요.”

"그건 무슨 말씀이신지……."

"범행 추정 시각의 알리바이가 다들 확실하게 나왔거든요. 단골 커피점에 갔었던 분도 있고, 영어회화 동아리에서 아이들을 지도하던 분도 있었죠. 다른 분들도 모두 증인이 있었습니다."

그렇구나…….

아소 교코가 영어회화 동아리의 지도교사였다는 것을 깜빡했다. 꽤 활발하게 활동하는 동아리여서 하교시각까지 꼬박 영어 공부를 한다고 들은 적이 있다. 그렇게 되면 아소는 범행이 불가능하다. 내가 세운 가설은 일찌감치 무너져버린 셈이다.

오타니가 말을 이어갔다.

"무라하시 선생의 여자관계에 대해서는 앞으로도 계속 수사할 겁니다. 하지만 그쪽에만 매달렸다가는 자칫 방향을 잃을 우려가 있어요. 좀 더 다양한 가능성에 눈을 돌려야죠."

"그래서 다카하라 요코를 주목하게 된 건가요?"

나는 은근히 비꼬는 뜻으로 물어봤는데 오타니는 별반 신경쓰는 기색도 없이 대답했다.

"다카하라 요코는 가장 최근에 정학처분을 받은 학생이었어요. 게다가 담배 피우는 현장을 무라하시 선생이 잡아내는 바람에 그런 처분을 받았다던데요."

"그야 그렇지만 기껏해야 그런 정도의 일로 설마……."

그러자 오타니는 뜻밖이라는 얼굴로 나를 보았다. 그러고는 지난번처럼 입가에 의미를 알 수 없는 웃음을 보였다.

"마에시마 선생은 아직 모르시는 모양이네. 다카하라 요코가 담배 피우는 현장을 잡아낸 뒤에 무라하시 선생이 일종의 **체벌**을 가했다던데."

"체벌을?"

처음 듣는 얘기였다. 애초에 교육방침으로 체벌은 금지되어 있다.

"이걸 싹뚝."

오타니는 기름 낀 자신의 머리칼을 손끝으로 잡으며 말했다.

"양호실로 데려가 여학생의 자존심인 머리를 싹뚝싹뚝 잘랐다는 거예요. 다카하라 요코가, 정학 처분보다 그게 더 억울하다, 진짜 죽이고 싶다, 라고 분개했다고 하더군요."

나도 모르게 입속에서 헉 하고 부르짖었다. 얘기를 듣고 보니 정학 기간이 끝나고 요코가 처음 등교한 날에 쇼트커트로 나타났던 게 생각났다. 그건 이미지 체인지 따위가 아니었다. 무라하시의 손에 의해 잘려나갔던 것이다.

그렇기는 하지만 이 형사는 언제 어디서 그런 정보까지 얻어냈을까. 말투로 봐서는 요코의 친구들을 통해 알아낸 것이겠지만 나조차도 까맣게 몰랐던 일을 불과 며칠 사이에 알아내다니. 새삼이 형사가 무시무시하게 보였다.

"하지만 그것만으로는……."

"아니, 그것뿐만이 아니에요."

오타니는 소파에 몸을 척 기대더니 담배를 한 개비 입에 물었다.

"가와무라 요이치라고, 혹시 아십니까?"

"가와무라 요이치?"

오타니의 입이 움직일 때마다 따라서 오르내리는 담배를 바라보며 나는 고개를 저었다.

"다카하라 요코의 친구예요. 오토바이 친구."

"아……."

어제 역 플랫폼에서 본 광경이 되살아났다. 요코와 남학생, 그리고 하얀 세단…….

오타니는 내 반응을 즐기듯이 담배에 불을 붙이고 잠시 틈을 두었다.

"가와무라는 인근 수리공장 사장의 아들인데 날마다 학교도 안 가고 빈둥거리는 녀석이에요. 다카하라 요코를 알게 된 게 오토바이 가게에서였다는군요. 어느 쪽이 먼저 말을 걸었는지는 모르겠지만."

"그래도 우리 학교 학생이고 내 제자인데, 무슨 근거로 그렇게 함부로 얘기하는 겁니까."

강하게 항의할 생각이었는데 나 스스로도 느껴질 만큼 기운 빠진 목소리가 나오고 말았다.

그러자 오타니는 소파에 기대고 있던 몸을 세우고 거무스레한 얼굴을 쓱 내밀었다.

"그 수리공장에 청산가리가 있었어요."

"그, 그게……."

어떻다는 거냐, 라는 말은 차마 내뱉지 못했다.

"물론 독극물 관리법에 따라 엄중하게 보관하고 있었죠. 하지만 가와무라가 소량을 훔쳐내는 것쯤은 간단한 일이에요."

"요코가 그걸 부탁이라도 했다는 건가요?"

"아니, 어디까지나 정황상 그렇다는 얘기죠. 나는 일반적인 사실을 말했을 뿐입니다. 그것이 이번 사건과 관계가 있는지 없는지는 앞으로 차차 판단할 일이고."

오타니가 담배 연기를 후욱 뿜어냈다.

"어때요, 다카하라 요코의 진술조사, 동의해주시겠지요?"

나는 오타니의 얼굴을 보았다. 날카로운 눈, 사냥개의 눈빛이었다.

"그 아이에게 뭘 물어볼 건데요?"

그 말은 형사의 요구를 받아들인다는 뜻이기도 했다. 오타니의 눈초리가 약간 부드러워졌다.

"알리바이를 확인해봐야죠. 그리고 두세 가지, 물어볼 게 있어요."

"알리바이……."

실제로 입 밖에 내고 보니 갑작스럽게 실감이 몰려왔다. 설마 실제 형사에게서 직접 이런 말을 듣게 될 줄은 상상도 못했다. 그렇다, 이건 꿈이 아니다.

"조건이 두 가지가 있습니다."

나는 말했다. 이제야 겨우 제대로 된 목소리가 나왔다.

"첫 번째, 나를 입회하게 해주시죠. 물론 일절 말참견 없이 옆에 앉아있기만 할 겁니다. 두 번째, 요코가 오토바이를 탄다는 것은 당분간 학교 측에는 비밀로 해주십쇼. 요코의 범행으로 결론이 난다면 그때는 어쩔 수 없지만……."

오타니는 내 말을 듣는지 마는지, 자신이 토해낸 담배연기의 행방만 멀뚱멀뚱 쳐다보고 있었다. 하지만 한참 뒤에야 드디어 입을 열었다.

"나는 마에시마 선생이 아주 냉정한 분인 줄 알았는데."

"예?"라고 되묻는 나에게 그는 말했다.

"뭐, 좋아요. 그 조건, 받아들이죠."

교무실로 돌아온 나는 마쓰자키와 하세에게 사정을 대강 들려준 뒤에 그들과 함께 교장실로 갔다. 근심스러운 표정으로 내 이야기를 듣고 있던 구리하라 교장도 마지막에는 혼잣말처럼 중얼거렸다.

"허참, 어쩔 수가 없네."

4교시 수업 중이었지만 하세는 다카하라 요코를 데리러 갔다. 그가 어떤 이유를 둘러댈지, 생각만 해도 마음이 무거워졌다.

5분쯤 지나서 하세의 뒤를 따라 요코가 교무실에 들어왔다. 가늘게 뜬 눈을 한사코 바닥으로 향하고 입술은 굳게 닫혀 있었다. 나와 마쓰자키 앞에서도 무표정한 그대로였다.

하세에게서 요코를 떠맡다시피 하는 모양새로 나는 교무실을 나와 응접실로 향했다. 그녀는 2미터쯤 뒤에서 따라왔다. 응접실 앞에서 잠깐 말을 건넸다.

"걱정할 거 없어. 솔직하게 있는 그대로 얘기하면 되니까."

하지만 요코는 고개조차 끄덕이지 않았다.

오타니와 마주한 뒤에도 싸늘한 표정은 변함이 없었다. 등을 꼿꼿이 세우고 상대의 가슴팍쯤을 노려보고 있었다. 하지만 오타니도 그런 반응을 미리 각오했는지, 흔들림없이 예정대로 질문을 해 나갔다.

"그저께 학교 끝난 뒤에 어디에 갔었는지 나한테 얘기 좀 해 줄래?"

별일 아닌 것처럼 오타니는 가볍게 질문을 던졌다. 요코는 그와는 대조적으로 무거운 어조로 답했다. 옆에 앉은 내 쪽은 한 번도 돌아보지 않았다.

요코의 진술에 의하면, 그저께는 학교에서 곧장 집으로 돌아갔다고 한다.

"집에 도착한 게 몇 시쯤이었지?"

"4시쯤이었을 거예요."

요코의 집은 S역에서 전철로 네 번째 역 근처다. 수업과 학급회의가 끝난 게 3시 반쯤이었으니까 집 도착이 4시라는 건 시간적으로 합당한 얘기였다.

"누군가 함께 간 사람은 없었어? 친구라든가."

"나 혼자였어요."

오타니는 그녀의 동선을 증명해줄 사람이 있는지 없는지를 확인하는 것 같았다. 전철 안에서 누군가 아는 사람을 만났는가? 역에서는? 집 앞에서는? 꼬치꼬치 물은 끝에 드디어 요코의 입에서 증인 두 명의 이름이 나왔다. 옆집에 사는 노부부인 모양이었다. 집에 도착했을 때, 서로 인사를 했다는 얘기였다.

"집에 도착했고, 그다음에는?"

"내 방에 있었어요."

"계속?"

"네."

"거짓말을 하네?"

흠칫 놀라서 나는 고개를 들었다. 동시에 요코의 얼굴빛이 확 변한 것을 알았다. 오타니 쪽은 표정에 변화가 없었다. 지금까지와 완전히 똑같은 어조로 말을 이어갔다.

"5시쯤에 학교 안에서 너를 봤다는 사람이 있었어. 모 운동부 부원 중 한 사람이야. 틀림없이 너였다고 증언했어. 문제는 너를 목격한 장소인데…… 바로 그 탈의실 근처였어."

나는 아연했다. 이런 이야기는 조금 전에 내게 해주지 않았었다. 아마 오타니는 이걸 '비장의 카드'로 쓸 생각이었던 모양이다. 그나저나 그런 목격자가 있었다니…….

"어때, 일단 집에 돌아갔다가 다시 학교에 왔던 거지?"

오타니의 말투는 부드러웠다. 어떻게든 대답하기 편한 분위기를 만들려고 하는 것이다. 하지만 눈은 결코 온화하지 않았다. 사

148

냥개의 눈, 형사의 눈이었다. 나는 요코를 보았다. 커다란 눈이 테이블 위의 한 점을 응시하고 있었다. 온몸이 인형처럼 바짝 굳었다. 이윽고 입술이 달싹거리기 시작했다.

"……집에 갔다가 교실에 깜빡 잊고 온 게 생각나서 학교에 왔었어요."

"깜빡 잊고 온 것? 그게 뭐지?"

"학생수첩. 책상 속에……."

요코의 목소리가 가늘게 흐트러졌다. 하지만 나로서는 도와줄 방법이 없었다. 그저 가만히 지켜보고 있을 뿐이었다. 오타니 쪽은 더욱 공격적으로 나왔다.

"학생수첩? 그건 굳이 찾아가지 않아도 되잖아?"

이제 몇 걸음이면 사냥감이 내 수중에 들어온다, 라고 오타니는 생각했을 것이다. 하지만 여기서 요코는 정신이 돌아온 듯 새삼 자세를 바로잡았다. 그리고 천천히 말했다.

"학생수첩 속에 오토바이 운전면허증이 끼워져 있었어요. 그거 들킬까봐 얼른 가져가려고 학교에 다시 왔던 거예요."

이게 만일 순간적으로 지어낸 거짓말이라면 요코의 빠른 두뇌 회전에 혀를 내두를 수밖에 없을 것이다. 집에 돌아갔다가 다시 학교에 왔던 것을 왜 숨겼느냐는 의문에도 충분히 답이 될 수 있는 훌륭한 진술이었다.

오타니도 한순간 할 말을 잃은 모습이었다. 하지만 곧바로 공격의 화살을 바꿨다.

"그렇군, 오토바이는 교칙 위반이니까. 자, 그러면 탈의실 근처에 있었던 이유를 설명해볼까?"

"탈의실은…… 그냥 옆을 지나간 것뿐이에요."

"옆을 지나갔을 뿐이다? 뭐, 좋아. 그래서 그다음에는?"

"집에 갔어요."

"몇 시쯤 출발해서 몇 시쯤 도착했지?"

"학교에서 나간 건 5시 넘어서였어요. 5시 반쯤에 집에 도착했을 거예요."

"그걸 증명해줄 수 있는 사람은?"

"……없어요."

즉 요코에게는 확실한 알리바이가 없다는 얘기가 된다. 오타니는 자신의 예상이 맞아떨어졌다고 생각했는지 만족스러운 얼굴로 수첩에 뭔가 적어 넣고 있었다.

그 뒤의 질문은 거의 가와무라 요이치에 관한 것이었다. 어떻게 알게 되었는가. 자주 만나는 편인가. 가와무라의 집에는 가본 적이 있었는가. 대략 그런 내용이었다. 청산 독극물을 훔쳐냈을 가능성에 대해 탐색해보는 게 틀림없었다.

요코는, 가와무라 요이치와 별로 친한 사이가 아니다. 최근에 우연히 알게 되어 적당히 만나고 있는 것뿐이다, 라고 말했다. 하지만 오타니는 대수롭지 않다는 듯 고개만 끄덕였다. 신뢰하지 않는 거라고 나는 생각했다.

"얘기해줘서 고맙다. 수사에 큰 도움이 됐어."

오타니는 유난히 정중하게 고개를 숙이더니 그대로 얼굴만 내쪽으로 돌렸다. 이제 끝났다, 라는 눈빛이었다. 나는 요코의 뒤를 이어 자리에서 일어섰다.

"아, 잠깐."

요코가 문 손잡이에 손을 얹었을 때, 오타니가 카랑한 목소리를 냈다. 요코가 흠칫 돌아보자 입가에 웃음을 띤 채로 물었다.

"무라하시 선생이 사망했는데, 기분이 어때?"

그런 갑작스러운 질문에 대답할 수 있을 리 없다. 요코가 머뭇머뭇 입을 달싹거리자 오타니는 다시 말했다.

"아냐, 됐어. 그냥 잠깐 물어본 것뿐이야."

어지간히 좀 하라고 나는 고함을 치고 싶었다.

응접실을 나서자 요코는 아무 말 없이 자신의 교실로 돌아갔다. 그 뒷모습이 나에게도 항의를 하는 것 같아서 결국 나도 말을 건네지 못했다.

교장실로 가서 교장과 마쓰자키, 하세에게 진술조사의 내용을 전했다. 요코가 오토바이 타는 남학생을 만나고 있다는 것은 말했지만, 직접 탄다는 것까지는 밝히지 않았다. 세 사람 모두 그것까지는 미처 상상도 못하는 것 같았다.

"알리바이가 애매한 거네요?"

한숨을 섞어 하세가 말했다.

"그건 확실한 사람이 오히려 적지 않겠어요?"

나는 진심으로 말했던 것인데 단순한 위로의 말로 들렸는지, 아무도 고개를 끄덕이지 않았다.

"어쨌거나 진행 상황을 지켜보는 수밖에 없겠네."

잠시 침묵이 이어진 뒤에 교장이 말했지만, 그게 결국 오늘의 결론이었다.

마쓰자키와 하세가 나간 뒤에도 나는 교장의 지시로 그 자리에 남았다. 교장이 일단 앉아, 라고 소파를 권했다.

"어떻게 생각해?"

구리하라 교장은 재떨이를 자기 앞으로 끌어당기면서 물었다.

"어떻게, 라니요?"

"다카하라 요코가 범인일까?"

"글쎄요, 모르겠습니다."

"자네도 누군가 노리고 있다고 했잖아. 혹시 그 여학생에게 미움을 샀던 일은 없었어?"

"없다고 단언하기는 어렵습니다."

"하긴 뭐, 교사니까."

교장은 알아들었다는 듯이 몇 번이나 고개를 끄덕이더니 담배에 불을 붙였다.

"지난번 그 얘기는 경찰 쪽에 말했어?"

"아뇨, 최근 며칠 동안은 별일이 없었어요. 그래서 좀 더 상황을 지켜보려고 합니다."

"그래, 그건 그냥 지레짐작이었을 수도 있으니까."

"꼭 그렇지는 않습니다만……."

말끝을 흐리면서 만일 내가 경찰에 그 얘기를 하겠다고 주장하면 교장이 어떤 반응을 보일지 상상해보았다. 아마도 이렇게 저렇게 어르고 달래면서 필사적으로 내 입을 막으려고 할 것이다. 현재까지는 '살인사건일 가능성이 있는 사건'일 뿐이던 것이 갑작스럽게 훨씬 더 큰일이 되어버리기 때문이다.

교장실을 나온 무렵에는 학급회의도 끝나고 하교하는 학생들이 눈에 띄기 시작했다. 기분은 그리 좋지 않았지만 이런 날에 일찌감치 집에 가봤자 별 볼일도 없다 싶어서 양궁부 연습에 가보기로 했다. 원래 토요일에는 참석하지 않는 게 내가 정한 원칙이었지만.

도시락을 미처 준비하지 못해 학교 밖으로 나가기로 했다. 역 앞에 가면 음식점이 많다.

교문을 나와 50미터쯤 걸어갔을 때였다. 왼편 옆길에서 스윽 사람 그림자가 나타났다. 짙은 선글라스가 먼저 눈에 들어왔다. 그는 내 옆으로 오더니 목소리를 낮춰 말했다.

"잠깐 따라오시죠, 요코가 보자고 하니까."

오토바이 타는 녀석들 중 한 명이었다.

볼일이 있다면 그쪽에서 오든지, 라고 말하고 싶었지만 길가에서 실랑이를 하는 것도 볼썽사나울 것 같아서 일단 따라가기로 했다. 도중에 "네가 가와무라 요이치냐?"라고 물었더니 그는 잠깐 멈춰 섰지만 뒤돌아보지 않고 다시 걸음을 옮겼다. 얼굴은 헬멧에 가려진 모습밖에는 본 적이 없지만 그 목소리는 희미하게 기억이 났던 것이다.

통학로에서 옆길로 빠져 100미터쯤 가자 사방 10미터 정도의 공터가 나왔다. 옆에서는 동네 공장답게 절삭기며 프레스기 소리가 시끄럽게 들려왔다. 이 공터는 그 공장의 폐자재를 모아두는 곳인 것 같았다.

오토바이 세 대가 충실한 말처럼 나란히 서 있는 게 보였다. 그 옆에서 남학생 두 명이 폐자재가 담긴 목제 팰릿에 걸터앉아 담배를 피우고 있었다.

"모셔왔다."

가와무라의 말을 신호로 두 사람이 스윽 일어섰다. 한 명은 머리를 빨갛게 염색했고 또 한 명은 눈썹이 없었다. 둘 다 나와 비슷한 정도의 키였다.

"다카하라 요코는 어디 있지?"

나는 주위를 둘러보며 말했지만 그리 놀라지는 않았다. 요코가 이런 식으로 나를 호출할 리는 없었기 때문이다. 이 불량배 녀석들이 나한테 무슨 볼일이 있는지 궁금해서 따라온 것뿐이다.

"요코는 안 와."

그렇게 말하더니 가와무라는 내 멱살을 움켜잡았다. 그는 나보다 10센티미터쯤이나 키가 작았다. 아래에서 밀쳐 올린 듯한 모양새가 되었다.

"당신, 너무 치사한 거 아냐?"

"무슨 소리야?"

옹색한 자세로 나는 대답했다. 빨간 머리의 젊은 놈이 내 오른편, 눈썹을 민 녀석이 왼편으로 포위하는 게 시야에 들어왔다.

"모르는 척하시기는. 그 선생 죽인 게 요코라고 경찰에 일러바쳤잖아."

"내가 아니야."

"거짓말하지 마!"

가와무라의 손이 내 멱살을 밀쳤다. 그 순간 오른쪽 다리를 거는 바람에 나는 네 발로 기듯이 엎어졌다. 이어서 왼쪽 옆구리에 들어온 강한 펀치에 뒤로 벌러덩 넘어갔다. 충격으로 일순 숨이 턱 막혔다.

"경찰이 나한테도 찾아왔었어. 당신 말고는 나를 아는 놈이 없잖아!"

"그건……."

그건 아니라고 말하려고 했지만 눈썹을 민 녀석에게 명치를 걷어차여서 소리가 나오지 않았다. 배를 움켜잡고 엎드린 참에 가와무라가 라이더 부츠의 뒤꿈치로 내 뒷머리를 밟았다.

"애초에 왜 요코가 범인이야? 사건만 터지면 죄다 우리한테 덮어씌우는 거야?"

"대답해, 이 새끼야!"

눈썹을 민 녀석과 빨간 머리가 동시에 내 머리며 옆구리를 걷어차며 소리를 질렀다. 공장의 기계음과 그들의 목소리가 뒤섞인 채 내 머릿속을 덮쳐서 지이잉 이명이 울렸다.

그때 희미하게 여자 목소리가 들렸다. 뭐라고 했는지는 알 수 없었다. 하지만 그 목소리에 놈들은 공격을 멈췄다.

"요코……."

가와무라의 말에 나는 고개를 들었다. 다카하라 요코가 씩씩거리는 얼굴로 다가오는 게 보였다.

"대체 뭐하는 거야? 누가 이런 짓을 해달라고 했어?"

"그래도 이 새끼가 너를 경찰에 찔렀잖아."

"……아니, 내가 아니야."

온몸의 통증을 견디며 나는 일어섰다. 목덜미가 묵직하고 평형 감각이 이상해졌다.

"경찰에서 요코를 미행했었어. 그러다가 오토바이 친구들 쪽을 알아낸 거야."

"엉터리로 둘러대지 말라고!"

"사실이야. 어제 너하고 요코가 S역 선로 옆에 있었지? 그 뒤를 하얀 세단이 따라붙는 걸 내가 봤어."

가와무라와 요코는 서로를 마주 보았다. 내 말이 사실이라는 것을 알아차린 모양이었다.

"그래도 당신이 경찰에 요코 얘기를 했으니까 그자들도 뒤를 밟은 거 아니야?"

"아니, 내 얘기를 형사에게 알려준 건 학생지도부야. 이 선생님은 관계없어."

가와무라는 말문이 막힌 모습이었다. 선글라스를 쓰고 있었지만 낭패한 기색이 생생히 느껴졌다.

"뭐야, 요이치, 얘기가 다르잖아."

눈썹을 민 녀석이 말했다. 빨간 머리가 재미없다는 듯 돌멩이를 툭툭 차고 있었다. 둘 다 내 쪽을 쳐다보려 하지 않았다.

"너희도 그렇게 쉽게 끼어들지 말아줘. 부탁할 게 있으면 내가 직접 얘기할 테니까."

요코의 말에 눈썹을 민 녀석과 빨간 머리는 머쓱한 표정을 짓더니 각자 오토바이를 타고 사라졌다. 요란한 배기음이 상처에 스미는 것 같았다.

"요이치, 너도 가봐. 그다음은 내 문제니까."

"야, 그래도……."

"자꾸 말 시킬래?"

요코의 일갈에 가와무라는 포기한 듯 한숨을 내쉬고 자신의 오토바이로 다가갔다. 그리고 화풀이라도 하듯이 액셀을 부릉부릉 올리더니 나와 요코 사이를 뚫고 내달렸다.

공장의 폐자재 더미 사이에 나와 요코만 덜렁 남겨졌다.

"어떻게 알고 왔어? 저 녀석들, 너한테 비밀로 하고 나를 여기로 데려온 것 같은데."

목덜미를 문지르며 나는 물었다. 걷어차인 곳이 아직도 얼얼했다.

"역 앞을 지나가다가 언뜻 들었어요, 마에시마 선생님이 불량배들에게 끌려갔다고. 틀림없이 여기일 거라고 생각했어요. 요이치

패들이 항상 여기서 놀았으니까."

요코는 여전히 내 쪽은 쳐다보지 않고 말을 이어갔다.

"내 친구들이 한 짓에 대해서는 사과할게요. 죄송해요."

"그건 됐어. 그보다 언제까지 저런 애들과 어울릴 생각이야? 하루빨리 정리하는 게 좋아."

그러자 요코는 그런 설교는 듣고 싶지 않다는 듯 고개를 휘휘 저었다.

"상관 마세요. 선생님과는 관계없는 일이잖아요?"

그리고는 언젠가 그랬던 것처럼 뛰어가버렸다. 그리고 언젠가 그랬던 것처럼 나는 그저 그 뒷모습을 멀거니 지켜보고 있었다.

3

9월 17일 화요일은 아침부터 비가 내렸다. 우산을 들고 걸어가는 건 성가신 일이지만, 그날은 오히려 그 우산 밑이 고마웠다. 남들에게 내 얼굴을 들키지 않을 수 있기 때문이다. 전철 안에서는 내내 고개를 푹 숙이고 있었다.

"앗, 어떻게 된 거예요, 그 얼굴?"

교무실에서 가장 먼저 마주친 게 하필 후지모토였다. 원래부터 목소리가 큰 사람이라 주위에 있던 사람들이 일제히 내 쪽을 돌아보았다.

"어제 자전거를 타다가 넘어졌어. 죽을 뻔했네."

나는 광대뼈 근처에 붙인 반창고를 누르며 말했다. 토요일 사건의 후유증이다. 어제가 마침 '경로(敬老)의 날*'이었기 때문에 며칠 사이에 그나마 얼굴의 붓기가 많이 빠진 편이었다.

후지모토는 미심쩍은 표정을 지었지만 "아이구, 조심하셔야죠"라고 말했을 뿐 더 이상 캐묻지 않았다.

한 주가 시작되는 날의 1교시는 학급자치회 시간이다. 담임을 맡지 않은 나에게는 빈 시간인 셈이다. 상처의 통증에 얼굴을 찌푸리며 다음 수업 준비를 시작했다. 아니, 시작하는 척했다. 머릿속으로는 무라하시 살해 사건에 대해 추리하고 있었던 것이다.

오타니 형사는 학생들 중에 범인이 있다고 생각하는 것 같았다. 그 첫 번째 타깃이 다카하라 요코였다. 아닌 게 아니라 요코는 죽이고 싶을 만큼 무라하시를 미워했는지도 모른다. 청산 독극물을 입수할 곳도 있었다. 알리바이도 확실하지 않고, 무엇보다 탈의실 근처에서 요코를 봤다는 목격자가 나온 것은 상당히 유력한 정황 증거다. 오타니가 밀실 수수께끼를 풀고, 그것이 요코와 어떤 식으로든 연결된다면 그 즉시 중요 참고인, 아니, 용의자가 될 것이다.

나로서는 긴가민가하다는 것이 솔직한 느낌이었다. 요코에게는 그런 일을 해치울 듯한 비장감도 있고, 동시에 도저히 그런 짓은 못할 듯한 순진함도 있었다. 성격과 범죄 가능성을 연결 짓는 것

---

*일본의 국경일. 9월 셋째 주 월요일이다.

은 한참 빗나간 짓인지도 모르지만⋯⋯.

가능성을 말한다면 나는 아소 교코 쪽이 더 높다고 생각했다. 다만 무라하시와 그녀가 특별한 사이였는지 어떤지 확실하지 않고, 아소는 알리바이도 명확하다. 오타니 형사는 처음부터 아소는 제외해놓고 생각하는 것 같았다.

그런 식으로 머릿속이 복잡했기 때문에 교무실 문이 갑작스럽게 드르륵 열렸을 때는 나도 모르게 흠칫 놀랐다. 그쪽을 쳐다보니 학생이 교무실 안을 둘러보고 있었다. 3학년 A반의 호죠 마사미였다. 누군가를 찾고 있는 기색이었지만, 나와 눈이 마주치자 곧장 내 쪽으로 다가왔다.

"누구 찾고 있나?"

1교시 학급회의는 아직 끝나지 않았을 텐데, 라고 생각하면서 나는 말을 건넸다.

"아뇨, 마에시마 선생님께 볼일이 있어서 왔습니다."

나이에 어울리지 않는 나지막한 목소리였다. 하지만 쨍하게 울린다. 나는 우선 그 목소리에 적잖이 압도되었다.

"나한테?"

"실은 며칠 전 사건의 처리에 대해 도저히 받아들일 수 없는 점이 있어서 담임이신 모리야마 선생님께 여쭤봤더니 그 일은 마에시마 선생님이 가장 잘 알고 계신다고 하셔서 모리야마 선생님께 허락을 받고 이렇게 찾아왔습니다."

호죠 마사미는 긴 문장을 통째로 암기한 것처럼 줄줄줄 말했다.

그 말투만 보면 영락없는 군대식이다. 그녀가 검도부 주장이라는 게 새삼 생각났다.

그나저나 다른 교사들은 나한테 이 사건의 뒤처리를 모조리 밀어붙일 심산인 모양이다. 하긴 이렇게 될 수밖에 없는 속사정도 있었지만.

"내가 모두 다 알고 있는 건 아니지만 대답할 수 있는 범위 안에서라면, 좋아, 어떤 점을 받아들일 수 없다는 거지?"

나는 옆의 의자를 권하며 말했다. 하지만 그녀는 앉으려고 하지 않고 불쑥 입을 열었다.

"토요일 방과 후에 형사 분께서 학교에 찾아오신 것을 목격한 바 있습니다."

이런 말솜씨는 다른 학생들은 흉내도 못 낼 거라고 내심 감탄했다.

"응, 분명 그날 형사가 왔었지. 근데 그게 무슨 문제라도?"

"다카하라 요코에 대한 취조가 있었다고 들었습니다."

"아니, 취조가 아니라 잠깐 진술조사를 한 거였어."

내가 정정해주었지만 그녀는 그런 말은 못 들은 것처럼 강한 어조로 재우쳐 물었다.

"우리 학교 측에서 요코가 수상하다고 얘기해준 겁니까?"

"수상하다고 얘기한 게 아니야. 경찰 쪽에서 예전에 퇴학이나 정학처분을 받은 학생의 목록을 알려달라는 요청이 들어와서 그 자료를 보여준 것뿐이야. 그 일은 생활지도부의 오다 선생님이 나보다 더 잘 아실 거야."

"그러시다면 그 점에 대해서는 나중에 오다 선생님께 여쭤보도록 하겠습니다."

"응, 그래."

그녀의 기백에 나는 완전히 쩔쩔매고 있었다.

"마에시마 선생님께서 요코의 진술조사에 입회하셨다고 들었습니다만, 그 형사는 요코를 의심할 만한 물적 증거라도 제시했습니까?"

"아니, 그런 건 없었어."

"그렇다면 그런 증거도 확인하지 않은 채 형사와 요코의 만남을 승낙해주신 것이네요?"

그녀가 도전적으로 나오는 이유를 알 것 같았다. 나는 대답했다.

"그날 형사와 만나게 할 것이냐 말 것이냐 하는 문제로 우리도 몹시 망설였어. 하지만 형사가 세운 추리가 일단 합당한 얘기였고, 단순히 알리바이를 확인하는 것뿐이라고 했기 때문에 만나게 해주기로 결정했던 거야."

"알리바이가 확실하지 않았다는 것입니까?"

"……응, 잘 아는구나."

"그 정도는 저도 상상할 수 있습니다. 그보다 토요일 방과 후에 형사가 교내를 배회했던 것을 알고 계십니까?"

그때쯤에 나는 오토바이 불량배들에게 에워싸여 있었다. 나는 "아니, 모르겠는데"라고 고개를 저었다.

"배구부와 농구부 연습장에도 들렀다고 합니다. 게다가 다카하라 요코에게 교직원의 여성용 탈의실 열쇠를 빌려준 적은 없느냐고 묻고 다녔다는 얘기를 들었습니다."

예상대로 오타니는 밀실 수수께끼를 푸는 것이 결정타라고 생각한 모양이다. 만일 요코가 열쇠를 빌려간 적이 있었다면 여벌열쇠도 만들 수 있었다는 뜻이다.

"그래서 그 탐문수사의 결과는 어떻게 나왔지?"

나는 가슴이 술렁거리는 것을 느끼면서 물었다.

"열쇠를 빌려준 적이 없다, 라는 것이 지도교사나 부원들의 증언이었어요. 저는 배구부에 친구가 있어서 그쪽을 통해 얘기를 들었습니다만……."

"응, 그렇구나."

일단 안도했다, 라는 것이 솔직한 심경이었다. 그런데 눈앞에 서 있는 마사미의 표정은 여전히 환하지 않았다. 아니, 그보다 매우 음울한 표정이었다. 왜 그러느냐는 듯이 올려보자 그녀는 그 확실한 말투로, 하지만 감정을 꾸욱 억누른 목소리로 말했다.

"형사의 그런 행동 때문에 아이들이 요코를 바라보는 시선이 달라져버렸어요. 마치 범죄자를 바라보는 듯한 시선이 됐습니다. 앞으로 요코에 대한 의심이 풀리더라도 그녀를 바라보는 모두의 시선을 바꾸는 것은 매우 어렵겠지요. 그래서 저는 그 점을 항의하려는 거예요. 학교 측에서는 왜 형사의 부당한 행동을 막아주지 않았는지, 왜 안이하게 요코를 형사와 만나게 해주었는지, 왜 퇴학 및 정학처분을 받은 자들의 정보를 공개했는지, 묻지 않을 수 없습니다. 학생들을 신뢰한다는 기본 전제가 무너진 것을 저는 심히 유감스럽게 생각합니다."

마사미의 말 한 마디 한 마디가 날카로운 바늘처럼 내 마음을 찔렀다. 뭔가 변명을 하자고 생각했지만 어떤 말도 볼썽사나운 하소연이 될 것 같아서 나는 입을 꾹 다물었다.

"일단 저의 의견을 전해드리고 싶었습니다."

마사미는 정중히 인사를 건네더니 빙글 몸을 돌려 출구 쪽으로 두세 걸음 걸어갔다. 하지만 도중에 멈춰 서서 웬일로 뺨이 불그레해진 채 말했다.

"요코는 중학교 때부터 저와 가장 친한 친구였어요. 제가 반드시 그 친구의 무죄를 입증할 거예요."

1교시의 끝을 알리는 종소리를 들으면서 나는 그녀의 뒷모습을 멍하니 바라보았다.

"그런 일이 있었어요?"

게이코는 내 몸에 줄자를 대면서 말했다. 상당히 익숙한 손놀림이었다. 가장행렬용 피에로의 의상을 만들기 위해 치수를 재야 한다는 연락이 와서 점심시간에 양궁부 부실에 들른 참이었다.

"호죠 마사미에게 된통 혼이 났어. 하나하나 옳은 말이라는 건 틀림없지만."

"하지만 마사미가 요코와 친한 사이였다는 건 처음 듣는 얘기인데요.”

“집이 가까워서 중학교 때는 항상 함께 다녔던 모양이야. 요코가 조금 비뚤어진 뒤부터 서로 서먹서먹해진 것 같아.”

“마사미 쪽에서는 요코와의 우정을 내내 간직했었다는 얘기네요.”

게이코가 내 가슴 치수를 쟀다. 간질간질한 것을 꾹 참고 나는 허수아비 같은 모습으로 서 있었다.

“그나저나 피에로라는 건 대체 뭐냐? 나한테 어릿광대가 잘 어울린다는 뜻인가?”

체육제는 다음 주 일요일이다. 이제 슬슬 축제 분위기가 무르익어갈 시기지만, 이번에는 메인이벤트가 가장행렬이라는 것도 있어서 각 동아리마다 훨씬 더 공을 들이는 모양이었다.

“아이, 불평하지 마시고요. 정통한 소식통에 의하면 후지모토 선생님은 여장을 하신다던데요? 피에로와 여장, 어느 쪽이 더 좋을까요?”

“둘 다 싫은데.”

“보는 쪽에서는 피에로가 훨씬 더 좋죠.”

기묘한 격려를 해주면서 게이코는 치수 재기를 마쳤다.

“분장용 화장품도 우리가 준비할 테니까 선생님은 일단 당일 날에 늦지 않게 와주시기만 하면 돼요.”

“나는 아무것도 준비하지 않아도 돼?”

“네, 마음의 준비만 하고 오세요.”

게이코는 내 치수를 노트에 써넣으면서 가볍게 받아넘겼다.

양복 상의를 걸치고 부실을 나오려는데 마침 안에 들어오던 부원과 마주쳤다. 1학년 미야사카 에미였다. 손에 한 되들이 술병을 들고 있는 것을 보고 내가 말했다.

"뭐야, 대낮부터 술파티라도 할 생각이냐?"

에미는 대답 대신 희미하게 웃으면서 목을 움츠렸다. 그러자 부실 안에서 게이코의 목소리가 들렸다.

"피에로 소도구 중의 하나예요. 허리춤에 술병을 찬 주정뱅이 피에로라고 말했잖아요."

"그럼 내가 이걸 허리에 차야 해?"

"당연하죠. 왜요, 마음에 안 드세요?"

게이코가 옆으로 다가오더니 에미의 손에서 술병을 받아들고 들이켜는 시늉을 했다.

"엄청 재밌을 거예요, 틀림없이."

"재밌기는, 뭐가?"

나도 술병을 손에 들어보았다. '고시노칸바이*'라는 상표가 붙어 있었다. 니가타 현의 명주(名酒)다. 피에로 분장을 하고 이걸로 병나발을 부는 나 자신의 모습을 상상해보았다. 걸음도 비틀비틀 갈지자로 걸어야 할 것이다. 나도 모르게 게이코에게 말했다.

"나라는 거 모르게 분장을 아주 진하게 해줘."

---

*越乃寒梅. 니가타 현에서 생산되는 전통 청주로 전국적으로도 유명한 술이다.

그러자 게이코는 물론이죠, 라고 크게 고개를 끄덕였다.

4

9월 19일 목요일.

화요일과 수요일은 오랜만에 아무 일 없이 지나갔다. 형사들도 찾아오지 않았고, 교정에서는 체육제를 위한 마스코트 인형이 하나둘 만들어져서 세이카 여고는 일단 제 기능을 회복한 것 같았다.

무라하시가 담당했던 수업에 대한 배분도 끝났다. 나는 3학년 A반의 수업을 맡게 되어서 이전보다 일정이 빡빡해졌지만 어쩔 수 없는 일이었다. 생활지도부는 오다가 부장으로 취임했다.

무라하시의 부재에 대한 반응은 학생도 교사도 거의 비슷한 정도로 벌써 무덤덤해져 있었다. 불과 일주일 만에 한 사람의 존재가 완전히 말소된 것이다. 새삼 나 자신의 존재가치를 다시 생각해보게 하는 일이었다.

하지만 단 한 사람, 무라하시의 사망 후에 크게 달라진 인물이 있다는 것을 나는 눈치채고 있었다. 그런 시선이었기 때문에 더 그렇게 보였는지도 모르지만, 그 변화는 명백한 것이었다.

아소 교코다.

교무실의 자기 자리에 멍하니 앉아 있는 일이 많았다. 게다가 이따금 자질구레한 실수를 하는 것도 눈에 띄었다. 수업을 깜빡

빠뜨릴 뻔하고 답안지를 어딘가에 잊어버리고, 그런 일들은 이전의 아소라면 결코 할 리가 없는 실수였다. 오만할 만큼 자신감이 넘치던 눈빛도 최근에는 뭔가 힘을 잃었다.

무라하시가 사망한 뒤부터 분명히 변했다. 역시 뭔가가 있다…….

나는 그렇게 확신했다. 하지만 무슨 일이 있었을지 추리를 해보면 도무지 맥락이 닿지 않는 것이었다.

가장 호의적인 추리라면, 그녀가 무라하시와 사랑하는 사이였고 그래서 그의 죽음에 큰 충격을 받았다는 것이다. 이 경우, 아소 교코가 얼마나 진심이었는지가 포인트가 된다. 하지만 그녀의 평소 성격을 감안하면 무라하시와의 결혼을 진지하게 고려했다고는 생각하기 어렵다. 특히 최근에는 구리하라 교장의 아들 다카카즈와 혼담이 오가던 중이었다. 오히려 무라하시가 사라져서 후련해하고 있는 게 아닐까.

그렇다면 다시 아소 교코가 범인이라는 설로 되돌아가게 된다. 나로서는 이쪽이 가장 이해가 잘 되는 정답이다. 하지만 그녀는 범인이 아니다. 완벽한 알리바이가 있기 때문에 의심해볼 도리가 없는 것이다.

앗, 잠깐, 하고 나는 책상에서 고개를 들어 그녀 쪽을 보았다. 여전히 시들한 얼굴로 시험지 채점을 하고 있었다.

공범이라는 설도 생각해볼 수 있지 않을까. 무라하시를 미워하던 자가 그밖에도 또 있었다고 한다면 그럴 가능성도 충분한 게 아닐까.

아니, 아니야, 하고 고개를 절레절레 흔들었다. 공범이라면 역시 아소 교코에게도 일정 부분 '역할'이 있어야 한다. 하지만 무라하시가 살해당할 때, 그녀는 지도교사로서 영어회화 동아리 활동에 참석했다. 혹시 그녀의 역할이 독극물을 입수하는 것과 무라하시를 탈의실로 불러내는 것뿐이었다면 주범의 입장에서는 지나치게 손해나는 거래가 된다.

즉 공범설이 성립하기 위해서는 아소 교코의 명령대로 움직여줄 인간이 필요하다. 그것이 내가 마침내 얻어낸 결론이었다.

하지만 그런 인간이 과연 존재할까. 안타깝게도 그 점에 관해서는 전혀 짐작가는 게 없는 것이다.

추리가 한계에 부딪혔을 때, 4교시 시작종이 울렸다. 아소 교코가 자리에서 일어서는 것을 계기로 나도 몸을 일으켰다.

이번 시간은 3학년 A반 수업이다. 무라하시에게서 인계받은 모양새가 되었지만, 그래도 첫 수업인 만큼 복도로 나설 때부터 적잖이 긴장했다. 역시 나는 교사에는 소질이 없구나, 라고 새삼 절실히 느꼈다.

시작종이 울린 직후여서 아직 교사가 오지 않았는지 3학년 B반과 C반 앞을 지나갈 때는 와글와글 떠드는 소리가 들려왔다. 대입이 코앞인데도 1, 2학년과 별반 차이가 없구나, 하고 쓴웃음을 지으며 복도 모퉁이를 돌아가자 그 즉시 조용해졌다. 3학년 A반 팻말이 걸려 있었다. 역시 진학반의 톱클래스다.

수업을 시작한 뒤에도 그런 느낌은 변함이 없었다. 이쪽의 설명에 대한 반응의 강도와 속도가 달랐다. 강하고 빠르다. 문제를 풀 때도 끈기 있게 매달리고, 흔들림이 없었다. 그것을 직접 내 눈으로 확인하고 보니 역시 교사로서 무라하시의 영향이 대단했다고 인정하지 않을 수 없었다.

다만 오늘 하루만 보자면, 호죠 마사미는 어쩐지 생기를 잃은 것 같았다. 내 설명을 듣고 있었지만 명백히 집중력이 떨어져서 약간 어려운 질문을 갑작스럽게 던져봤는데 그리 만족스럽지 않은 대답이 돌아왔다.

역시 무라하시 선생이 아니고서는 투지가 샘솟지 않는 건가. 나는 그런 생각이 들어 내심 섭섭했다. 하지만 그건 엄청난 착각이었다. 내가 그걸 알게 된 것은 수업이 후반에 접어들었을 무렵, 무심코 그녀의 노트에 시선을 떨구었을 때였다.

직사각형 도면이 눈에 들어왔다. 평소 같으면 그냥 지나쳤을 것이다. 하지만 나는 민감하게 그 도면의 의미를 눈치챘다.

그 탈의실의 배치도였다. 남성용과 여성용 탈의실의 양쪽 출입구 등도 그려져 있었다. 마사미는 수학 수업을 포기하고 밀실 수수께끼를 풀어보려고 했던 것이다. 그림 옆에는 자신만의 뜻을 담은 메모가 휘갈겨 쓴 글씨로 적혀 있었다. 그중에서도 '열쇠는 두 개'라는 메모를 보고 있을 때, 마사미는 내 시선을 느꼈는지 노트를 스윽 가려버렸다.

열쇠는 두 개…….

이건 무슨 뜻인가. 밀실 수수께끼를 푸는 중요한 포인트인가, 아니면 별 뜻 없는 메모일 뿐인가. 상대가 다름 아닌 호죠 마사미인 만큼 더욱더 마음에 걸렸다. 내 수업의 후반부는 그녀보다 더 집중력을 잃은 것이 되고 말았다.

점심시간에 도시락을 먹으면서도 나는 생각에 빠져 있었다. '열쇠는 두 개, 열쇠는 두 개'라고 수없이 되뇌었다. 자꾸만 젓가락이 멈춰서 다 먹는 데 평소보다 두 배쯤이나 시간이 걸렸다.

나중에 마사미에게 직접 물어보자. 점심식사를 끝냈을 때는 그렇게 마음먹고 있었다. 젊고 유연한 두뇌는 이따금 우리 어른들의 상상을 뛰어넘곤 한다.

그런데 그 예정은 틀어졌다. 여느 때처럼 식후에 신문을 보고 있는데 마쓰자키가 다가와 오타니 형사가 왔다고 알려준 것이다. 지금 바로 응접실에 가보라고 마쓰자키는 마치 당연한 일처럼 말했다.

"오늘은 무슨 일로 왔을까요?"

"글쎄."

마쓰자키는 이 일은 아예 알아볼 생각도 없는 기색이었다.

응접실로 갔더니 오타니는 창가에 서서 운동장을 내다보고 있었다. 그 뒷모습에 평소의 박력이 보이지 않아서 나는 어라, 하고 생각했다.

"아주 좋은데요, 이쪽 경치도?"

오타니는 소파에 앉으면서 그렇게 말했지만 얼굴 표정은 명백

히 풀이 죽어 있었다. 무슨 일에 저렇게 낙담을 했나, 하는 생각이
들 정도였다.

"뭔가 좀 알아냈습니까?"

재촉하듯이 내 쪽에서 먼저 말을 꺼내봤다. 아니나 다를까 오타
니의 얼굴에 쓴웃음이 떠올랐다.

"알아내긴 분명 알아냈는데……."

미적지근하게 말끝을 얼버무리더니 나를 보며 물었다.

"오늘, 다카하라 요코는 등교했어요?"

"예, 왔어요. 그 아이에게 또 물어볼 얘기가 있어요?"

"아뇨, 별일은 아니고요. 알리바이를 확인하려고 합니다."

"알리바이?" 나는 되물었다. "이상한 말씀을 하시네. 요코는 알
리바이가 없다고 했잖아요. 없는 알리바이를 어떻게 확인한다는
겁니까?"

그러자 오타니는 자신의 이마를 짚으면서 "이걸 어떻게 설명해
야 하나"라고 중얼거렸다.

"다카하라 요코는 4시경의 알리바이는 확인이 됐어요. 학교가
끝나자마자 집으로 갔고 이웃의 노부부와 인사를 나눴다고 했으
니까요. 그런데 수사 결과, 그 시간대가 매우 중요하다는 게 밝혀
졌습니다."

"4시경이 중요하다는 건가요?"

"아니, 그보다 학교 끝난 직후인데……."

오타니의 말투는 씁쓸해보였다. 아무래도 수사 결과가 그의 추

리와는 어긋나는 방향으로 나온 모양이다.

"아무튼 다카하라 요코를 잠깐 만나게 해주시죠. 자세한 건 그때 말씀드릴 테니까."

"알겠습니다."

오타니가 어떤 것을 알아냈는지 몹시 궁금했지만, 요코의 진술과 비교하면서 듣는 게 낫겠다 싶어서 나는 망설임 없이 자리에서 일어섰다.

교무실로 돌아와 하세에게 사정을 이야기하자 그는 불안한 기색이었다.

"그 형사, 요코가 범인이라는 확증을 잡은 거 아니에요?"

"아니, 그런 건 아닌 것 같아요."

나는 형사의 눈치를 보아하니 아무래도 정황이 크게 바뀐 것 같다고 알려주었다. 하지만 하세는 여전히 걱정스러운 모양이었다.

"일단 요코를 데려올게요."

그가 교무실을 나섰다.

나는 응접실로 돌아가 소파에 앉아서 요코가 오기를 기다리기로 했다. 오타니와 마주하고 있기가 거북할 것 같아 신문을 들고 갔지만, 그는 조금 전과 마찬가지로 창가에 서서 바깥의 학생들을 내다보고 있었다.

10분쯤 지났을까, 복도 쪽이 소란스러워졌다. 여학생과 남자의 목소리. 귀를 기울여 들어보니 남자 목소리는 하세인 것 같았다. 그렇다면 여학생 쪽은, 이라고 생각하는 순간 그쪽에서 거칠게 문을 두드렸다.

"네에."

내 대답이 끝나기도 전에 문이 벌컥 열렸다. 들어선 사람은 요코가 아니라 효죠 마사미였다. 그 뒤에 그녀를 제지하려는 듯한 모습으로 하세가 서 있고, 다시 그 뒤에 요코의 얼굴이 보였다.

"어떻게 된 거예요?"

나는 하세에게 물었다. 그가 "아니, 실은"이라고 대답하려고 했지만 마사미 쪽에서 먼저 입을 열었다.

"정식으로 항의하러 왔습니다."

그 목소리에 우리는 완전히 압도되어버렸다.

"항의라니, 무슨 소리지?"

내가 묻자 마사미는 큼직한 눈으로 쓰윽 오타니 쪽을 노려본 뒤에 말했다.

"제가 요코의 무죄를 입증하도록 하겠습니다."

단단히 마음먹은 듯한 말투였다. 얼굴은 발갛게 상기되어 있었다. 응접실 안이 단숨에 팽팽한 긴장감에 휩싸였다.

"오호, 아주 흥미로운데?"

오타니가 창가에서 이쪽으로 걸어와 소파에 털썩 앉으며 말했다.

"어디 한번 들어볼까. 어떻게 입증하겠다는 거지?"

여간내기가 아닌 마사미도 실제 형사 앞에서는 표정이 굳어졌다. 하지만 그래도 당당하게 기가 죽지 않는 모습이 역시 대단했다. 그녀는 또박또박 대답에 나섰다.

"밀실 수수께끼를 풀어드릴 거예요. 제 설명을 들으시면 요코가 무죄라는 것을 확실히 아시게 될 겁니다."

제4장

1

침묵이 실내를 지배하고 있었다. 이 자리에 동석한 이들의 귀에
는 운동장에서 뛰어다니는 학생들의 목소리만 간간이 들려왔다.
이마에 맺힌 땀이 주르륵 관자놀이를 타고 흘렀다. 덥지도 않은데
왜 땀이 나는 건가.

마사미는 내 얼굴을 응시한 채 정지하고 있었다. 아마 10초도
안 되겠지만 마치 몇 분이 흐른 것처럼 느껴졌다.

침묵의 벽을 깨고 마사미가 먼저 입을 열었다.

"밀실 수수께끼를 풀어드린다고요. 그래서 요코의 무죄를 증명
할 거예요."

한 마디 한 마디 곱씹듯이 그녀는 말했다. 마치 자신의 결심을 다시금 확인하는 것 같았다.

"아무튼……."

나는 가까스로 목소리를 냈다. 약간 갈라진 소리가 나와버렸다.

"아무튼 여기 와서 앉아. 그런 다음에 찬찬히 얘기를 해보자."

"그래, 이런 데서 소란스럽게 굴면 다른 학생들이 이상하게 생각할 거 아냐."

하세는 마사미의 등을 슬쩍 밀면서 안으로 함께 들어왔다. 이어서 요코가 그 뒤를 따라왔다.

요코가 응접실 문을 닫은 뒤에도 마사미는 자리에 앉으려 하지 않았다. 입술을 악문 채 부리부리한 눈으로 지그시 오타니 쪽을 노려보았다.

그 시선에 응하듯이 오타니가 말했다.

"밀실 트릭을 알아냈다는 얘기야?"

마사미는 시선을 돌리지 않고 천천히 고개를 끄덕였다.

"네가 왜 그런 것을 알아내지? 너도 이번 사건과 뭔가 관계가 있어?"

그러자 마사미는 요코 쪽을 흘끗 돌아보며 대답했다.

"요코의 무죄를 믿고 있기 때문이에요. 요코는 결코 살인을 저지를 친구가 아닙니다. 제가 밀실의 수수께끼를 해결하면 거기서 진상을 밝혀낼 수 있지 않을까, 아니, 밝혀내지는 못하더라도 요코의 혐의를 벗겨주는 계기는 될 수 있지 않을까……. 그래서 제가 열심히 고민해본 거예요, 밀실 트릭을."

요코는 말없이 고개를 숙이고 있었다. 어떤 표정인지, 내 쪽에서는 보이지 않았다.

다시 짧은 침묵이 우리를 휘감았다. 숨이 막힐 것 같다. 뭐든 말을 해보자고 생각했을 때, 후우 하고 바람 빠지는 듯한 소리가 났다. 오타니가 큰 한숨을 토해낸 것이다.

그는 어이없다는 듯이 웃으면서 나를 올려다보았다.

"와아, 마에시마 선생님, 이거 어쩌죠? 내가 그토록 고심했던 그 밀실의 문을 이 여학생이 벌써 열어젖힌 모양이네요. 이거야, 세금 도둑이라는 욕을 들어도 대꾸할 말이 없겠죠?"

그런 오타니에게 나는 어떤 표정을 지어야 할지 알 수 없었다. 그래서 마사미를 돌아보며 물었다.

"너, 정말로 알아냈어?"

그녀는 똑바로 내 눈을 마주 보았다.

"네, 알아냈어요. 지금 이 자리에서 설명해드릴 수도 있다니까요."

"……그래?"

나는 솔직히 어떻게 대처해야 할지 난감했다. 갑작스럽게 마사미가 끼어들면서 상황이 급변하려고 하는 것이다. 어쨌거나 일단 그녀의 설명을 들어보는 게 빠를 것 같았다.

"어때요, 한번 들어볼까요?"

나는 오타니를 돌아보았다. 그는 꼬고 있던 다리를 내렸다.

"안 들을 수가 없잖습니까."

웬일로 진지한 어조로 대답했다.

"근데 밀실 수수께끼에 대한 풀이는 현장에 가서 듣는 게 좋겠군요. 실제 상황에 맞는 말인지 아닌지 일목요연하게 드러날 테니까요."

자리에서 일어서는 오타니를 마사미는 긴장한 눈빛으로, 하지만 똑바로 쏘아보았다. 당황스러워하는 나나 하세와는 완전히 대조적인 태도였다.

건물을 나서자 어느새 해는 구름 뒤에 숨고 가느다란 빗방울이 떨어지고 있었다. 빗물에 젖어가는 잡초를 밟으며 우리는 말없이 체육관 뒤편으로 걸어갔다. 체육관 안에서는 학생의 구령에 맞춰 운동화가 바닥에 쓸리는 소리가 들려왔다. 간유리 창문이 닫혀 있어서 어떤 경기를 하는지는 알 수 없었다.

탈의실 앞에 도착하자 우리는 마사미를 중심으로 둥글게 원을 그리듯이 둘러섰다. 그 속에 호리 선생도 있었다. 마사미가 동석해주기를 원했기 때문이다.

마사미는 잠시 탈의실을 바라보다가 우리 쪽으로 돌아섰다.

"자아, 그럼 시작하겠습니다."

마치 연극이라도 하는 것 같은 말투였다.

"이 탈의실에 출입구는 두 군데가 있습니다. 남성용과 여성용 쪽입니다. 실내도 일단 둘로 나눠져 있지만, 여러분도 아시다시피 중간의 격벽은 얼마든지 타넘을 수 있기 때문에 실제로는 두 개의 경로가 있다고 할 수 있겠지요."

유창한 말솜씨였다. 아마 수없이 머릿속에서 되뇌어본 모양이다. 그리고 스스로 충분히 이해한 상태에서 이 자리에 도전한 것이다. 호죠 마사미는 그런 학생이다.

그런데 말입니다, 라고 그녀는 목소리를 약간 높이면서 남성용 탈의실 출입구를 가리켰다.

"남성용 쪽에는 문 안에 빗장이 걸려 있었어요. 따라서 범인이 이 문으로 탈출하는 건 불가능합니다. 즉 여성용 출입구 쪽으로 탈출했다고 생각할 수밖에 없겠지요. 하지만 그쪽에는 자물쇠가 채워져 있었습니다."

마사미는 설명을 이어가면서 뒤쪽으로 돌아가 여성용 탈의실 출입구 앞에 섰다. 우리도 천천히 그 뒤를 따라갔다. 상황을 모르는 사람이 이런 모습을 봤다면 몹시 기묘한 광경으로 비쳤을 것이다.

"이 자물쇠의 열쇠는 호리 선생님이 갖고 계셨습니다. 그러면 범인은 어떻게 이 자물쇠를 열었는가. 가능성이 가장 높은 것은 여벌열쇠라고 생각되지요? 그래서 형사님께 그 점에 관해 한 가지 여쭤보고 싶은데요."

그렇게 말하면서 마사미는 오타니 쪽을 보았다.

"여벌열쇠에 대해서는 형사님도 충분히 수사를 하셨을 텐데, 결과가 어떻게 나왔습니까?"

당돌한 지명에 오타니도 놀란 모양이었다. 하지만 곧바로 태세를 정비해 멋쩍은 쓴웃음을 지으면서 대답에 나섰다.

"안타깝게도 단서를 건지지 못했다고 말할 수밖에 없어. 범인이 여벌열쇠를 미리 만들어둘 만한 기회도 없었고, 시내의 열쇠가게에 일일이 문의해봤는데도 아무것도 나오지 않았으니까."

"네에, 그러실 겁니다."

마사미는 자신감 넘치는 대꾸를 하더니 다시 설명을 이어갔다.

"그렇다면 범인은 과연 어떻게 이 자물쇠를 열었는가. 저도 나름대로 열심히 생각해봤습니다. 수업 중에도 머릿속은 온통 그 문제뿐이었죠. 그렇게 고민해본 끝에 마침내 한 가지 결론에 이르렀습니다."

거기서 참석자들의 얼굴을 하나하나 둘러보았다. 그 몸짓을 보고 웅변대회에 출전했을 때의 마사미의 모습이 생각났다.

"결론은 이거예요. 자물쇠는 처음부터 잠겨 있지 않았습니다. 따라서 범인의 입장에서는 자물쇠를 열 필요가 없었습니다."

"아니, 그건 아니지."

내 옆에 서 있던 호리가 즉각 목소리를 높였다.

"내가 틀림없이 자물쇠를 잠갔어. 문단속은 거의 습관이 되었는데, 깜빡할 리가 없지."

"네, 호리 선생님은 틀림없이 자물쇠를 잠그셨어요. 하지만 실제로는 자물쇠는 잠겨 있지 않았습니다."

아니, 그게 무슨, 이라고 호리가 나서려는 것을 제지하고 내가 물었다.

"그게 무슨 말이지? 자물쇠에 뭔가 눈속임 장치라도 있었다는 건가?"

그러자 마사미는 고개를 저으면서 대답했다.

"그런 눈속임 장치가 있었다면 이미 경찰 쪽에서 수사해서 찾아 냈겠지요. 그런 장치 없이도 이 트릭을 실행할 수 있는 방법이 있 습니다."

마사미는 손에 든 종이봉투 안에서 자물쇠를 꺼냈다. 조금 전에 그녀가 관리실에서 정식으로 반출해온 것이다.

"이건 사건 때와 똑같은 타입의 자물쇠예요. 자아, 사건 날과 똑 같이 호리 선생님이 오시기 전에 이 자물쇠가 채워져 있었던 상황 을 재연해볼까요?"

그렇게 말하면서 마사미는 들고 있던 자물쇠를 문고리에 끼우 고 달칵 잠갔다.

"이때 남성용 탈의실 출입구는 당연히 자유롭게 드나들 수 있었 죠. 이윽고 호리 선생님이 열쇠를 들고 여성용 탈의실 앞에 도착 하셨습니다."

마사미는 열쇠를 호리에게 건넸다.

"제가 범인 역할을 하겠습니다. 범인은 호리 선생님께 들키지 않게 이쪽 탈의실 뒤편에 숨어 있었어요."

그렇게 말하고 마사미는 탈의실 모퉁이 뒤에 숨어서 얼굴만 살 짝 내밀었다.

"호리 선생님, 죄송하지만 그날 하셨던 대로 자물쇠를 열고 탈 의실 안으로 들어가주세요."

호리는 잠깐 망설이듯이 내 얼굴을 보았다.

"일단 하라는 대로 해주시는 게 좋겠어요."

내가 말하자 그제야 호리는 앞으로 나섰다.

우리가 지켜보는 가운데 그녀는 자물쇠에 열쇠를 꽂아 잠금을 풀었다. 자물쇠를 빼내고 문을 열더니 그녀는 문고리에 그 자물쇠를 걸어놓고 탈의실 안으로 들어갔다. 그러자 그것을 확인하고 마사미가 잽싸게 달려 나왔다. 마사미는 종이봉투에서 또 하나의 자물쇠를 꺼냈다. 그것은 호리가 문고리에 걸어둔 것과 똑같은 자물쇠였다. 나는 입 속에서 앗 하는 소리를 흘렸다. 어떤 트릭을 썼는지가 비로소 보였기 때문이다.

마사미는 문고리에 걸어둔 자물쇠를 빼고 그 대신 손에 든 자물쇠를 고리에 끼웠다. 그리고 탈의실 안쪽을 향해 말했다.

"호리 선생님, 이제 됐어요. 밖으로 나오셔서 자물쇠를 잠가주세요."

어리둥절한 얼굴로 호리가 문 앞으로 나왔다. 그리고 우리가 지켜보는 가운데 문을 닫고 그 자물쇠를 문고리에 끼워 달칵 잠갔다. 그것을 확인하고 마사미는 이쪽으로 몸을 돌렸다.

"자아, 이제 아시겠지요? 호리 선생님이 잠근 자물쇠는 진짜가 아니라 범인이 바꿔치기한 자물쇠였어요. 진짜 자물쇠는 열려진 채로 범인의 수중에 있었습니다."

호리는 뭐가 뭔지 모르겠다는 얼굴로 마사미에게 대체 무슨 얘기냐고 물었다. 마사미는 다시 한 번 천천히 설명해주었다.

마사미의 말을 듣고 난 호리는 "아하, 그렇구나"라고 감탄한 듯한 소리를 냈다.

"내가 자물쇠를 문고리에 걸어두는 버릇이 있는데, 범인이 그걸 이용했다는 얘기네."

잔뜩 기가 죽은 표정으로 호리가 말했다. 이번 일의 책임이 자신에게도 조금은 있다고 생각했기 때문일 것이다.

"그렇습니다. 즉 범인은 호리 선생님의 그런 버릇을 알고 있는 사람이라는 얘기가 되겠죠."

마사미는 상당히 자신 있는 말투였다.

"너는 선생님의 그런 버릇을 어떻게 알고 있었지?"

물어본 것은 오타니였다. 아마추어 탐정이 현직 형사를 앞서간 상황인데도 그의 목소리는 이상하게 태평하기만 했다.

마사미는 쓰윽 형사 쪽을 노려보았다. 그리고 입가에 미소까지 지으면서 느릿느릿 대답했다.

"아뇨, 저는 알지 못했습니다. 알게 된 건 바로 지금이지요. 하지만 분명 호리 선생님이 그런 버릇을 갖고 계실 거라고 확신했었어요. 그러지 않고서는 이 밀실 수수께끼는 절대로 풀리지 않으니까요."

"그렇군. 그야말로 귀신같은 통찰력이야."

놀랍다는 듯한 말을 내뱉은 뒤, 오타니는 질문을 던졌다.

"그런 다음에 범인은 어떻게 움직였을까?"

"그다음은 간단합니다."

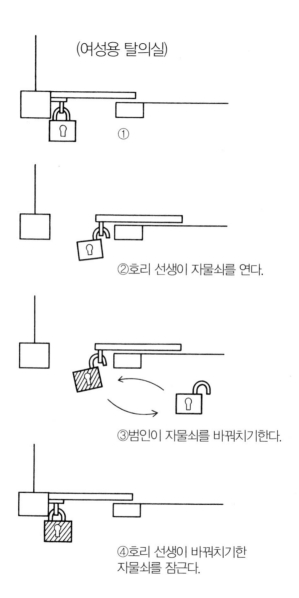

(여성용 탈의실)

①

②호리 선생이 자물쇠를 연다.

③범인이 자물쇠를 바꿔치기한다.

④호리 선생이 바꿔치기한
자물쇠를 잠근다.

마사미는 또 하나의 열쇠를 꺼내 문에 채워진 자물쇠를 열었다.

"이렇게 자물쇠를 열어놓고 남성용 탈의실에서 무라하시 선생님을 만났던 것이죠. 그리고 무라하시 선생님을 속여 독극물이 든 음료를 마시게 한 뒤, 그쪽 문에 빗장 막대를 걸어놓고 격벽을 타고 넘어와 여성용 출입구를 통해 탈출했습니다. 물론 그때는……."

그리고 마사미는 다시 다른 자물쇠를 꺼냈다.

"이렇게 원래 자물쇠를 채워뒀죠. 자아, 이렇게 하면 완벽한 밀실이 완성됩니다."

마사미는 어떠냐는 듯이 우리를 돌아보았다. 설명을 듣고 보니 단순한 트릭이었다. 하지만 나 같은 사람은 사흘 밤낮을 고민해도 아마 풀어내지 못했을 것이다.

"뭔가 궁금한 점은 없으십니까?"

그녀가 물었다. 그래서 나는 슬쩍 손을 들고 말했다.

"추리는 아주 훌륭해. 하지만 그게 진실이라는 증거가 있을까?"

"증거는 없습니다." 마사미는 태연히 대답했다. "하지만 아까도 말씀드렸던 대로 이것 말고는 문제의 정답은 없다고 생각합니다. 다른 답이 없는 이상, 이것을 정답이라고 생각하는 게 당연하지 않을까요?"

하지만, 이라고 나는 반론을 하려고 했다. 그것을 제지한 것은 뜻밖에도 오타니였다. 그가 옆에서 이렇게 말했던 것이다.

"증거는 없지만, 뒷받침할 만한 반증이 있어요."

나를 비롯해 마사미까지도 흠칫 놀라 오타니 쪽을 보았다. 그는 침착한 목소리로 얘기를 시작했다.

"호리 선생님은 그날 로커 일부가 젖어 있어서 쓸 수 없었다고 하셨지요?"

호리가 말없이 고개를 끄덕였다. 나도 그 이야기는 기억이 났다.

"로커 일부, 라는 건 출입구와 가까운 로커였어요. 그게 젖어 있어서 호리 선생님은 별수 없이 안쪽의 로커를 사용하셨는데, 실은 여기에 범인의 작전이 숨겨져 있었죠. 즉 범인의 입장에서는 호리 선생님이 출입구 근처의 로커를 사용하시는 것이, 아니, 호리 선생님이 출입구 근처에 계시는 것 자체가 매우 불리했던 거예요. 왠지 아십니까?"

오타니는 우리를 차례대로 둘러보았다. 영락없이 학생들의 반응을 기다리는 교사 같은 표정이었다.

"아, 알겠네요. 자물쇠를 바꿔치기하는 걸 들킬 수 있기 때문이에요."

역시 대답에 나선 것은 마사미였다. 그녀의 말을 듣고서야 우리도 아하, 하고 이해했다.

"그렇지, 바로 그거야. 그런 반증이 있기 때문에 나는 호죠 마사미 학생의 추리가 옳다고 생각해."

그런 오타니의 반응이 내게는 의외로 생각되었다. 분명 뭔가 반론을 할 거라고 예상했었기 때문이다.

"자아, 제 추리를 이해하셨다면." 마사미는 원래의 엄격한 표정으로 되돌아와 말했다. "요코의 알리바이를 인정해주시겠지요?"

"응, 당연히 그렇지."

오타니는 진지한 표정으로 대답했다. 하지만 나는 두 사람의 대화가 무슨 뜻인지 알아듣지 못했다. 밀실과 알리바이가 무슨 관계가 있다는 것인가, 그리고 왜 그게 '당연'한 일인가.

"범인에게는 학교가 끝난 직후의 알리바이가 없을 테니까요."

나를 포함해 아직도 상황을 이해하지 못한 사람들을 향해 마사미는 말했다.

"왜냐면 이 밀실 트릭을 실행하기 위해서는, 학교가 끝난 직후에 범인은 이 탈의실 근처에 숨어 호리 선생님이 오시기를 기다려야 하기 때문이죠. 그런데 요코는……."

마사미는 아까부터 줄곧 입을 꾹 다문 채 우리 뒤쪽에 서 있던 다카하라 요코를 보았다. 요코는 마치 자신과는 아무 관계도 없는 일인 것처럼 마사미의 얼굴만 지그시 바라보고 있었다.

"요코는 그날 학교가 끝나자마자 집에 갔습니다. 그리고 이웃집 할아버지 할머니와 인사를 나눴다고 했죠."

"네, 그렇습니다."

감정을 지그시 억누른 듯한 목소리가 오타니의 입에서 새어나왔다.

"따라서 요코 학생에게는 알리바이가 있어요. 하지만……."

그는 이번에는 마사미 쪽으로 엄격한 시선을 던지면서 말했다.

"그건 어디까지나 너의 추리가 옳을 경우에만 그렇다는 거야.

물론 나도 상당히 설득력 있는 추리라는 점은 인정해. 하지만 너는 이번 사건을 처음부터 단독범의 소행이라고 미리 정해놓고 추리를 했어."

"공범의 가능성도 있다는 거예요?"

나도 모르게 그런 질문이 튀어나왔다.

"반드시 없다고는 할 수 없겠지요. 물론 수사회의에서는 단독범이라는 설이 유력했어요. 아무리 친한 사이라도 살인을 거들어주는 일까지 하지는 않을 것이라는 것이죠. 하지만 그건 일반적인 상식의 범위 안에서 생각한 것일 뿐이에요. 다만⋯⋯."

오타니는 요코 쪽으로 얼굴을 향했다.

"지금까지 수사해본 바로는 요코 학생에게 그럴 만한 지인이 있다고는 생각되지 않아. 그런 의미에서는 내가 요코 학생에게 저지른 무례한 행동에 대해서는 깊이 사과하지 않을 수가 없겠지."

여전히 딱딱한 말투였지만 그의 눈빛에는 어느 정도 성의가 담긴 것처럼 보였다. 그리고 나는 확신했다. 오타니는 마사미의 설명을 듣기 전부터 이미 밀실 수수께끼의 답을 알고 있었던 것이다. 오늘은 그에 대한 반증 수사와 요코의 알리바이가 성립된다는 것을 확인하러 왔을 뿐이다. 그 증거로, 마사미의 수수께끼 풀이를 듣고서도 그는 놀라거나 동요하는 표정을 보이지 않았다. 오히려 '젖어 있던 로커'라는 반증을 즉석에서 내놓지 않았는가.

"문제는 누가 이 자물쇠를 바꿔치기했느냐는 것이야."

오타니는 덤덤한 목소리로 말했다. 그 자리에 함께 있던 이들

중 몇몇은 새로운 범인을 머릿속에 떠올렸을 게 틀림없다.

다카하라 요코는 여전히 아무 말이 없었다.

2

호죠 마사미가 밀실 트릭을 해명해준 그날, 학교가 끝나자마자 나는 퇴근하기로 했다. 양궁부 연습에 참석하지 않은 것이다. 이유가 있었다. 아마 지금쯤 학교 안에 그 일에 대해 이미 소문이 짜하게 퍼졌을 것이다. 양궁부 부원들도 내게서 좀 더 자세한 이야기를 들으려고 목을 길게 빼고 기다릴 터였다. 그게 몹시 성가시게 느껴졌다. 게다가 오늘부터는 체육제 준비 때문에 연습 시간을 단축한다는 연락이 있었다.

S역으로 가는 길에 나는 하교하는 학생 수가 평소보다 적다는 것을 알았다. 역시 체육제가 코앞에 닥쳐서 연습과 마스코트 제작을 위해 학교에 남아 있는 학생이 많은 모양이다.

S역에 도착해 늘 하던 대로 정기권을 찍고 개표구를 지나가려던 나는 무심코 차표 창구 쪽을 바라보다가 엇, 하고 놀랐다. 오타니의 모습이 눈에 들어왔기 때문이다. 그는 요금표를 올려다보며 자동 발매기 앞에 줄을 서 있었다.

그가 차표를 구입해 개표구를 지나오기를 기다렸다가 나는 말을 건넸다. 그는 손을 흔들면서 내게로 다가왔다.

"아까는 고마웠습니다. 지금 퇴근하는 길이에요?"

"네, 오늘은 좀 일찍 나왔죠. 오타니 씨도 여태 학교에 있었어요?"

"예, 그렇죠, 몇 가지 알아볼 게 있어서. 아니, 별거 아니에요."

오타니의 목소리는 침울하다고 할 정도는 아니었지만 평소의 활기는 보이지 않았다. 역시 용의자로 점찍고 예의 주시해왔던 다카하라 요코의 알리바이가 확인되는 바람에 맥이 빠졌는지도 모른다.

오타니는 나와 같은 플랫폼을 향해 걸어갔다. 행선지를 물어보니 중간까지 함께 갈 수 있는 곳이었다.

"그나저나 오늘은 깜짝 놀랐어요. 설마 학생이 수수께끼를 풀리라고는 생각도 못했으니까요."

플랫폼을 천천히 걸으면서 그는 말했다. 일부러 그러는 것처럼 머리까지 긁적였다. 나는 공치사는 사양한다는 뜻을 담아 이렇게 물어보았다.

"오타니 씨는 **언제** 그 트릭을 알아냈어요?"

내 말의 의도가 전달되었는지 그의 가무잡잡한 얼굴에서 억지웃음은 사라졌다. 하지만 더 이상 아무 말도 해주지 않았다. 우리는 둘 다 입을 다문 채 플랫폼 끝의 벤치에 앉았다.

이윽고 오타니가 말문을 열었다.

"지난번에 선생님에게 사진을 한 장 보여줬었죠? 탈의실 뒤편에 떨어진 작은 체인을 찍은 사진. 실은 그 물건의 정체를 조금 전에 알아냈어요."

"아하……"

그의 말을 듣고 나도 생각이 났다. 별로 마음에 담아두지 않았던 일이다.

"그래서 그게 뭐였어요?"

내가 물어보자 오타니는 뭔가 의미심장한 웃음을 보였다. 어딘가 머쓱한 표정이었다.

"이런 경우를 두고 등잔 밑이 어둡다고 하나요? 그 체인에 대해 알아낸 건 여벌열쇠 쪽을 추적하던 수사원이에요. 자물쇠를 구입하면 당연히 그 열쇠도 같이 따라오게 마련이죠. 그런데 한 자물쇠 제작사에서 그 열쇠에 작은 체인을 매달아 팔았던 모양이에요. 별 의미는 없는 물건이에요. 포장지 광고에 열쇠고리가 딸려 있다고 적힌 걸 보면 아마 그런 용도로 쓰라는 뜻이겠죠."

"그게 그 체인이었어요?"

오타니는 고개를 끄덕였다.

"문제는 자물쇠인데, 좀 더 알아보니까 그 탈의실에서 썼던 것과 똑같은 자물쇠라는 거예요. 그래서 우리도 추리를 하게 된 거죠. 누군가 똑같은 자물쇠를 준비했다. 그건 어째서인가. 자물쇠를 바꿔치기하기 위한 것이 아닌가. 그런 식으로 금세 결론이 나왔어요. 자물쇠와 열쇠를 통째로 바꿔버리면 그다음은 범인이 원하는 대로 할 수 있으니까. 하지만 대체 언제 어떻게 자물쇠를 바꿔치기했는가. 거기서부터 추리가 딱 막히는 거예요. 이건 자화자찬 같지만, 우리도 나름대로 고민을 많이 했어요. 그 덕분에 가까스로 자물쇠만이라면 바꿔치기할 기회가 충분히 있었다는 걸 알게 됐죠."

"호리 선생이 탈의실을 이용할 때, 라는 것이군요."

"그렇습니다. 물론 호리 선생이 열어둔 자물쇠를 어디에 어떻게 보관했느냐에 따라 이 추리가 허탕으로 끝날 수도 있었지만, 나도 호죠 마사미 학생과 마찬가지로 자신이 있었어요."

"영감이 번뜩인 거네요."

내 말에 오타니는 쓴웃음을 지었다.

"그렇게 멋있는 건 아니고요. 나도 나름대로 고민은 좀 했다는 얘기죠. 게다가 우리 쪽에는 손에 쥔 정보도 많았어요."

"정보요?"

그는 고개를 끄덕였다.

"이를테면 여성용 탈의실의 로커가 젖어 있었다는 정보. 거기에 감식과에서 자물쇠를 조사해본 결과도 있었죠. 그 탈의실만 해도 일단 전문가의 시선으로 살펴봤으니까요. 그런 정보에서 직접 밀실 수수께끼를 풀어낼 힌트를 얻지는 못하더라도 다양한 설의 소거법은 가능해요. 즉 범인의 행동이나 상황 등을 다양한 각도에서 좁혀나가면 대강의 윤곽은 잡히게 마련입니다."

그러고 보니 전에 내가 빗장을 바깥쪽에서 거는 방법도 있지 않겠느냐고 물었을 때, 오타니는 즉석에서 반론을 펼쳤다. 역시 경찰은 전문가라고 감탄했던 기억이 났다. 그 얘기를 했더니 오타니는 "아, 그거요?"라고 별일 아니라는 듯이 대답했다.

"빗장은 우리가 가장 먼저 수사를 했으니까요. 실은 그 이외에도 생각해볼 수 있는 밀실 트릭으로 수사본부 안에서도 상당히 여러 가지 설이 나왔었어요."

"엇, 그렇게나 많았어요?"

나도 꽤 깊이 고민해봤지만 단 한 가지 방법도 떠오르지 않았었다.

"물론 기상천외한 의견도 나왔지만, 제법 설득력이 있는 것도 많았어요. 우선 첫째는 자살설이었죠. 무라하시 선생은 스스로 밀실을 만들어놓고 음독자살을 했다는 것. 그리고 그걸 약간 비튼 것이 자살할 마음은 없었는데 독극물이 든 줄 모르고 주스를 마셨다는 설이었어요."

그건 나도 생각해본 설이었다. 하지만 무라하시가 왜 탈의실에 굳이 빗장까지 걸어놓고 그런 주스를 마셨는가, 하는 의문이 남는다.

"그렇죠. 무라하시 선생이 스스로 빗장을 걸었다는 설도 나왔지만 그 점에 관해서는 하나같이 물음표였어요. 범인의 지시를 받았기 때문에, 라는 건 역시 부자연스럽고 말이죠."

오타니가 잠시 입을 다물었을 때, 플랫폼에 전철이 도착한다는 안내방송이 들렸다. 우리는 일단 대화를 멈추고 벤치에서 일어섰다. 미끄러지듯이 전철이 들어왔다. 차에 오르자 마침맞게 두 개 나란한 빈 좌석이 눈에 들어왔다.

자리를 잡고 앉자 나는 주위를 살펴보며 낮은 목소리로 물었다.

"그밖에는 또 어떤 트릭들이 나왔어요?"

"역시 여벌열쇠예요. 그리고 기계적인 눈속임 장치였죠. 즉 그 빗장을 바깥쪽에서 거는 방법이에요. 문 틈새로 끈을 꺼내놓는다는 생각은 전에도 얘기가 나왔었지만, 그밖에 환기구를 이용해 뭔가 가능하지 않을까 하는 아이디어도 있었어요. 하지만 어떤 것도 그 정도 길이의 각목을 원격 조종하기는 어렵다는 게 결론이었어요."

빗장 막대의 길이가 필요 이상으로 길면 문에 끼울 때 상당히 큰 힘이 필요하다는 것은 지난번에 오타니가 직접 얘기해주었다.

"그런 식으로 소거해나가면 결국 어떤 방법으로든 여성용 출입구를 통해 들어갔다, 라고 생각할 수밖에 없어요. 한 가지 결론에 도달하기까지는 다양한 우여곡절이 필요하니까요. 그런 만큼 더더욱……."

거기까지 말하고 오타니는 문득 입을 다물었다. 그답지 않게 중간에 말을 끊은 것이다. 다른 때는 이쪽의 반응을 살펴보려고 일부러 뜸을 들이기도 했지만, 아무래도 이건 드문 일이었다.

"그런 만큼 더더욱, 어떻다는 겁니까?"

내가 물어보았다. 오타니는 여전히 망설이는 표정이었지만 이윽고 입을 열어주었다.

"아무래도 마음에 걸린단 말이에요. 호조 마사미가 그 트릭을 알아냈다는 것 자체가. 우연히 알아냈다고 하면 뭐, 그럴 수도 있겠지만……."

오타니가 무슨 말을 하는지 이해가 되었다. 그는 이번에는 호조 마사미를 의심하는 것이다. 아닌 게 아니라 진범이 경찰 수사에 혼란을 주기 위해 스스로 나서서 트릭을 해명한다는 것은 그야말로 있을 법한 이야기다. 역시 이 사람은 형사구나, 라고 내심 전율했다.

"뭐, 의심하려고 들면 한이 없기는 하죠."

오타니는 그 한마디로 이야기를 정리해버렸다.

"다만 호죠 마사미는 알리바이가 확실해요. 그날 방과 후에 검도 연습으로 내내 검도장에 있었다고 하니까요. 실은 조금 전까지 학교에서 그런 쪽을 알아보고 온 길이에요."

"그렇군요."

고개를 끄덕이면서, 이 사람은 수사 초기에는 분명 나도 의심했을 게 틀림없다고 생각했다. 내가 범인이고 게다가 게이코도 공범이라고 한다면, 밀실 트릭 따위는 애초에 존재하지 않기 때문이다. 하지만 오타니는 그런 기색은 전혀 드러내지 않았었다. 역시 여간내기가 아니다. 일찌감치 내 알리바이를 확인하고 범인이 아니라는 결론을 내렸을 것이다. 그날 나도 게이코도 양궁부 연습에 참가했다는 것은 모두가 알고 있기 때문이다.

"실은 나도 약간 마음에 걸리는 게 있어요."

팔짱을 끼고 눈을 감고 있던 오타니가 그 자세 그대로 물었다.

"뭔데요?"

"청산 독극물에 관한 것인데요, 혹시 입수 경로를 통해 범인을 밝혀낼 수는 없을까요? 요코의 경우에는 입수 경로를 수사했었잖아요."

이를테면 학생 부모의 직업을 샅샅이 조사해보는 방법도 있다. 청산 독극물을 입수하는 데는 역시 부모의 직업과 관련이 깊을 것이기 때문이다. 그런 얘기를 하자 오타니는 말했다.

"부모가 도금공장이나 수리공장을 하는 경우라면 학생이 청산가리를 훔쳐내는 건 쉬운 일이겠죠. 물론 그쪽으로도 수사 중이에요. 하지만 아직까지는 이렇다 할 연결고리가 발견되지 않는군요. 일단 내 개인적인 의견으로는 청산가리의 입수 경로를 통해 범인을 밝혀내는 건 좀 어려울 것 같아요."

"왜요?"

"이건 단순히 내 감(感)일 뿐이니까 단언은 못하겠지만, 이번 범인은 매우 냉철하게 다양한 것을 고려하는 타입인 것 같아요. 살인의 수단으로써 청산 독극물을 사용한 것은 상대의 저항을 무력화시킨다든가 즉시 사망한다는 이유도 있었겠지만, 그것을 통해 꼬리가 잡힐 일이 없다는 확신이 있었기 때문이라고 봐야겠죠. 즉 범인은 어떤 특이한 사정으로 그야말로 우연히 청산가리를 입수했을 거라고 짐작하고 있어요, 나는."

우연한 일은 수사를 통해 밝혀낼 방법이 없다, 라는 말이었다.

"하지만 밀실 트릭을 해명한 덕분에 범인의 정체가 상당히 좁혀졌다는 생각은 하고 있어. 아까 호죠 마사미도 말했지만, 그 트릭은 호리 선생이 자물쇠를 열 때의 버릇, 즉 열린 자물쇠를 문고리에 걸어두는 버릇을 알고 있어야 비로소 생각해낼 수 있는 것이니까요. 그렇다면 방과 후에 항상 학교에 남아 있는 학생, 구체적으로는 운동부 부원이 가장 미심쩍다는 얘기가 되겠죠."

내가 운동부 지도교사라는 것을 잘 알면서도 오타니는 마치 별일 아니라는 듯이 가벼운 투로 말했다. 하지만 오늘은 내 반응을 보면서 즐기는 듯한 애매한 여운은 없었다.

"그럼 내일부터는 운동부 부원으로 범위를 좁혀서 수사하는 건가요?"

"일단은 그래야죠. 그렇긴 한데……."

거기서 다시 오타니는 입을 다물었다. 더 이상은 정보를 발설할 수 없다, 라는 수사 원칙 때문에 입을 다문 것은 아니라고 느껴졌다. 어느 쪽인가 하면, 아직은 확실하게 입 밖에 내어 말하기 어려울 만큼 그의 생각이 내부에서 충분히 발효되지 않은 경우인 것 같았다. 그 증거로, 그는 중간 역에서 내릴 때까지 팔짱을 낀 채뭔가 깊은 생각에 잠겨 있었다.

3

9월 20일은 새벽부터 비가 내렸다.

그 빗소리가 잠을 깨웠는지 평소보다 10분 일찍 눈을 떴다. 이정도만 일찍 일어나도 정말 좋은데, 라는 유미코의 말을 들으며 아침식사를 했다.

조간신문을 펼쳐봤지만 그 사건에 관한 기사는 한 줄도 없었다.

당사자들에게는 큰 사건이라도 국외자(局外者)의 입장에서는 기껏해야 3면 기사의 하나일 뿐이다. 우선 우리 학교도 벌써 사건 이전의 상태로 빠르게 되돌아가고 있었다.

토스트를 덥석 베어 먹으면서 나는 신문을 덮었다.

"요즘 아르바이트 일은 어때, 좀 익숙해졌어?"

내가 묻자 유미코는 약간 자신 없는 기색으로 대답했다.

"뭐, 그럭저럭."

올봄부터 그녀는 근처 슈퍼마켓에 일을 나가고 있다. 집안 형편이 그리 어려운 것은 아니지만 집에 있어봤자 따분하다는 그녀의 희망에 따른 것이다. 슈퍼마켓의 계산대를 맡고 있다고 했다. 피곤하다고 집안일을 소홀히 하는 것도 없고, 오히려 최근에는 이전보다 얼굴빛이 좋아졌을 정도다.

다만 일을 시작한 뒤로 그녀의 옷이며 액세서리가 부쩍 늘어난 것을 나는 눈치채고 있었다. 경제적으로 여유가 생겼기 때문이겠지만 그녀의 성격상 그런 쪽으로는 관심이 없다고 생각했던 만큼 나로서는 뜻밖이었다.

하지만 눈에 띄게 사치를 하는 건 아니어서 나도 별 말 없이 지내고 있다.

"너무 무리하지 마. 돈벌이가 목적이 아니니까."

"알았어."

유미코가 작은 소리로 대답했다.

평소보다 한 타임 빠른 전철을 탔을 뿐인데 차 안이 놀랄 만큼 한산했다. 날마다 10분만 일찍 일어나면 이렇게 편하지만, 아침의 5분은 점심의 30분과도 맞먹는다.

S역에 도착하자 반대편 플랫폼에도 마침 전철이 들어와서 여고생들을 우르르 토해냈다. 그들과 역 출구에서 합류했을 때 누군가 내 등을 툭 쳤다.

"일찍 오셨네요? 웬일이래?"

누구인지 목소리만 듣고 금세 알았지만 일단 뒤를 돌아본 뒤에야 대답했다.

"게이코, 이번 차 타고 왔어? 아침에 일찍 일어나는구나."

그러고 보니 3년이 다 되도록 게이코를 아침 시간에 역에서 만난 적이 한 번도 없었다.

"일찍 일어나는 새가 벌레를 잡는다잖아요. 아참, 어제는 왜 연습에 안 오셨어요?"

주변에 있던 학생 서너 명이 돌아볼 만큼 강한 어조로 게이코는 즉각 추궁했다. 나는 다른 학생들의 시선을 의식하며 작게 대답했다.

"사정이 좀 있었어. 그보다 이번 사건에 대해 어제 뭔가 소문이 퍼지지 않았어?"

"소문? 저는 모르겠는데요. 어떤 소문요?"

게이코는 의아하다는 듯 미간을 좁혔다.

"여기서 얘기하기는 좀 그렇고……."

나는 게이코의 등을 밀며 개표구를 나왔다.

비는 계속 내리고 있었다. 여고생들의 알록달록한 우산이 줄지어 흘러갔다. 나와 게이코도 그 틈에 섞여 걸음을 옮겼다.

나는 게이코에게 어제 있었던 수수께끼 풀이에 대한 이야기를 해주었다. 이미 학생들 사이에 소문이 퍼졌을 거라고 생각했는데 그렇지도 않은 모양이다.

"진짜요? 그 밀실 트릭을 마사미가? 와아, 대단하다. 역시 전교 수석답네요."

게이코는 몇 번이나 감탄하면서 우산을 빙글빙글 돌렸다.

"그래서 형사도 그 추리를 인정해줬어요?"

"일단 인정은 받았지. 하지만 범인을 밝혀내지 못하고서는 미완성의 추리일 뿐이야."

"문제는 범인이 누구냐는 거네요."

"그렇지."

잠시 뒤 우리는 학교에 도착했다. 건물 안으로 들어가 교무실로 향하려는데 게이코가 문득 생각난 듯이 말했다. 체육제 준비를 해야 하니까 점심시간에 양궁부 부실로 오라는 것이었다. 아마도 가장행렬 때문일 것이다. 질렸다는 얼굴로 나는 대꾸했다.

"알았어, 알았어."

게이코는 찡긋 짓궂은 웃음을 날렸다.

교무실 분위기도 평소와 다름이 없었다. 정보통 후지모토가 나를 보고도 달려오지 않는다는 건 아직 호죠 마사미의 수수께끼 풀이 얘기가 퍼지지 않았다는 뜻이다.

내심 다행이라고 안도하면서 나는 자리에 앉았다. 책상서랍을 열고 볼펜을 꺼내 1교시 수업준비에 들어갔다. 빨간 펜이 필요해서 다시 한 번 서랍을 열다가 나는 손을 멈췄다.

그렇다, 어제는 서랍을 잠그지 않은 채 퇴근했다. 지난 일주일 동안은 퇴근 때마다 반드시 책상서랍을 잠갔었다. 신변의 위험을 느꼈기 때문이다. 정체 모를 범인이 혹시 독이 든 캔디를 서랍에 넣어둘 수도 있고 서랍을 열자마자 나이프가 튀어나오는 기묘한 장치를 해둘 수도 있다. 심리적으로 도저히 내 주변을 오픈해둘 수 없었던 것이다.

그런데 어제는 열쇠를 채우지 않았다. 어째서인가. 대답은 명백하다. 내가 이전만큼 신경질적이지는 않게 되었다는 것이다.

열흘 전쯤에 학교 건물 옆을 지나갈 때 머리 위에서 화분이 떨어졌다. 화분 파편과 흙덩이가 눈앞에서 팍삭 으스러지는 소리와 광경은 지금도 내 뇌리에 새겨져 있다. 막연한 불안이 뚜렷한 공포로 바뀐 순간이기도 했다. 그리고 그 공포는 무라하시가 독극물로 사망하면서 절정에 달했었다. 그다음 순서는 나 아닐까. 그런 불안감이 마음속을 온통 지배해서 평소의 나답지 않게 강한 관심과 의욕을 갖고 사건 해결에 뛰어들었다.

하지만 지난 2, 3일 동안 나는 무라하시 사건과 내 문제를 별개로 생각했다는 것을 인정해야만 할 것 같다. 오타니의 설명 등을 들어봐도 이 사건은 나와는 관련이 없었고, 화분이 떨어진 이후로는 나에게 또 다른 위험이 닥친 적이 없었기 때문이다.

모든 게 내 생각 탓이었는지도 모른다…….

이제는 그렇게 결론을 내려도 괜찮겠다는 마음이 들었다.

점심시간이 되자 나는 게이코와 약속한 대로 양궁부 부실로 향했다. 비는 여전히 잦아들 기미가 없었다. 우산을 들고 빗물에 바지자락을 흠뻑 적셔가면서 부실에 갔더니 게이코와 가나에, 미야사카 에미가 와 있었다.

"하늘에 구멍이 난 모양이죠?"

젖어버린 내 옷을 보고 게이코가 고소하다는 듯이 말했다.

"오늘은 양궁 연습은 못하겠는데?"

"체육회 준비에 집중할 수 있으니까 오히려 잘됐어요."

그렇게 대답한 것은 가나에였다. 왜냐고 물었더니 그녀는 게이코와 서로 마주 본 뒤에 말했다.

"날씨가 좋았으면 양궁 연습을 좀 더 하고 싶어서 체육제 준비는 하기 싫었을 테니까요."

"그래, 양궁 연습에 체육제 준비에, 다들 고생이 많다."

나는 부실 안을 둘러보며 아이들을 나름 격려했다. 빨간색과 파란색 천을 이어붙인 화려한 의상과 사자탈 인형들이 행거에 줄줄이 걸려 있었다. 문예부나 미술부 쪽은 예술제 등을 통해 마음껏 재능을 자랑할 수 있지만 운동부 쪽은 그 존재 가치를 어필할 기회가 그리 많지 않다. 그런 만큼 체육제에서 각 운동부가 경합하는 공연에 더욱더 열의를 보이게 되는지도 모른다.

하지만 양궁부는 시합을 앞두고 있다. 현 대회, 나아가 전국대회 출전이라는 목표가 있다. 어느 쪽도 포기할 수 없는데 시간은 너무 촉박하다. 가나에의 말은 그런 부원들의 솔직한 심정을 표현한 것이리라.

"뭐, 하루쯤은 연습을 쉬고 이런 일에 매달리는 것도 좋아요."

잠시 마음도 쉴 겸, 이라고 게이코가 덧붙였다. 그건 스스로를 다독이려는 말처럼 들렸다.

"그나저나 나는 왜 오라고 했어? 하긴 뭐, 피에로 분장 때문이겠지만."

"아참, 이러고 있을 때가 아니지. 에미, 저기 저 상자 좀 가져올래?"

게이코의 말에 미야사카 에미가 들고 온 것은 작은 골판지상자였다. 게이코가 상자 뚜껑을 홱 열었다. 안에 하얀 화장품 병과 립스틱 등이 들어 있었다. 하나하나 책상 위에 꺼내놓으면서 게이코가 말했다.

"메이크업 세트예요. 우선 이 파운데이션을 얼굴에 하얗게 바르세요. 목까지 다 바르는 게 좋아요. 그다음에 아이라이너로 눈에 십자를 그려야겠죠? 마무리는 립스틱. 입은 빨간색으로 최대한 크게, 여기 뺨까지 올라올 정도로. 아시겠죠? 마지막에는 코예요. 동그랗게 그려주고 그걸 빨갛게 메우기만 하면 돼요."

화장 얘기가 나오자 갑자기 말이 많아졌다. 게이코는 내 표정 따위는 무시하고 재잘재잘 설명을 이어갔다.

"아, 잠깐, 잠깐." 나는 게이코의 얼굴 앞에 손바닥을 내밀며 말했다. "내가 직접 화장을 해야 돼?"

크게 당황해서 다급하게 물어본 것이다. 그러자 게이코는 킥킥 웃으면서 내 어깨를 툭 쳤다.

"저도 도와드리고 싶은데요, 당일 날은 우리도 바빠서 그럴 경황이 없네요. 그러니까 지금 얼른 화장하는 법을 잘 배워두세요."

"선생님, 여기 이거. 파이팅!"

가나에가 손거울을 건네주며 말했다. 꼼꼼하게도 거울 한 귀퉁이에 피에로 그림까지 붙어 있었다. 그 그림대로 화장을 하라는 얘기인 모양이다.

"이것 참, 어쩔 수 없네. 그럼 한번 해볼까."

내가 말하자 게이코와 가나에는 손뼉을 쳐가며 신이 났다. 항상 조용한 미야사카 에미까지 킥킥거리며 웃고 있었다.

그로부터 10여 분, 나는 거울 앞에서 악전고투하고 있었다. 파운데이션을 바르는 것까지는 괜찮았는데 아이라이너와 립스틱이 영 그려지지 않았다. 얼굴이 얼룩덜룩 낙서판이 되는 것을 보다 못한 게이코가 손을 내밀었다.

"실제로 할 때는 잘하셔야 돼요?"

게이코는 익숙한 손놀림으로 피에로의 눈이며 입을 쓱쓱 그려나갔다. 지나치게 익숙한 것이 약간 마음에 걸릴 정도였다.

"아, 난 그거나 챙겨야겠다."

내 얼굴이 서서히 피에로가 되어가는 것을 지켜보던 가나에가 뭔가 생각난 듯 자리에서 일어섰다. 선반에서 내 양궁 도구 케이스를 꺼내오는 것이 거울에 비쳤다.

"지난번에 약속하셨죠, 마스코트 화살 하나 주신다고. 그거, 지금 가져가도 되지요?"

게이코는 케이스에서 검은 화살 하나를 꺼내더니 나를 향해 흔들어보였다. 나는 입이 빨갛게 칠해지는 참이어서 대답 대신 살짝 고개를 끄덕여주었다.

"자, 다 됐어요. 잘 어울리는데요?"

게이코는 만족스러운 듯 팔짱을 척 끼고 바라보았다. 거울 속의 내 얼굴은 카드의 조커처럼 으스스하게 변모해 있었다. 아무래도 싸구려 느낌을 풍풍 풍기는 빨간 립스틱이 원인인 것 같았다.

"그런 불평을 하실 때가 아니죠. 아무도 선생님인 줄 모르게 감쪽같이 칠해드렸는데."

게이코가 뾰로통해서 말했지만, 아닌 게 아니라 맞는 말이었다. 나조차도 거울 속의 얼굴이 내 얼굴이 아닌 것 같았다.

"피에로 옷 입고 모자까지 쓰면 훨씬 더 완벽해질 거예요. 그러면 창피하지도 않겠죠?"

"글쎄 어떨지 모르겠네. 아무튼 이제 됐으니까 이건 얼른 지우자. 지금 수업하러 가야 돼."

이 얼굴로 가서도 좋은데, 라고 중얼거리면서 게이코는 클렌징 크림을 내 얼굴에 처덕처덕 바르고 티슈페이퍼로 닦아내기 시작했다.

"이제 메이크업하는 방법은 아셨죠? 직접 하실 수 있죠?"

파운데이션을 지운 뒤에도 게이코는 다짐에 다짐을 했다.

"선생님, 화장을 못하면 맨얼굴로 나가야 하는 수가 있어요."

가나에는 내게서 빼앗아간 화살에 당장 흰색 매직으로 'KANAE'라는 영문 이름을 써넣으면서 말했다.

"뭐, 어떻게든 되겠지."

어째 불안하네, 라는 걱정을 등 뒤로 들으며 나는 부실을 나왔다. 비는 약간 잦아든 참이었다.

운동장이 진흙투성이여서 약간 돌아가는 길이지만 체육관 옆을 지나서 가기로 했다. 체육관 처마 밑에는 체육제를 위한 마스코트 인형이 만들다 만 상태로 놓여 있었다. 포스터칼라까지 칠해서 거의 완성 단계인 것도 있고 아직 뼈대에 신문지를 붙이는 단계인 것도 있었다. 2, 3년 전까지는 어떤 캐릭터의 인형인지 한눈에 척 알아봤는데 올해는 이것도 저것도 처음 보는 것들뿐이어서 역시 나이 차를 실감하지 않을 수 없었다.

처마 밑을 나설 때, 우산을 펴려다가 그 손을 멈췄다. 체육관 뒤편으로 학생 한 명의 모습이 보였기 때문이다. 나는 우산을 들고 천천히 그쪽으로 갔다. 그 학생은 꽃무늬우산을 어깨에 얹은 자세로 그곳에 가만히 서 있었다.

10미터쯤 다가갔을 때, 누구인지 알 수 있었다. 그와 동시에 그쪽에서도 인기척을 느꼈는지 확 돌아보았다. 눈이 마주치자 내 발이 주춤 멈춰버렸다.

"여기서 뭐 하고 있어?"

"……"

다카하라 요코는 대답하지 않았다. 나를 바라보는 눈빛은 뭔가 말하고 싶은 것 같았지만 그 입은 굴 딱지처럼 굳게 다물어져 있었다.

"탈의실을 보고 있었어?"

요코는 침묵하고 있었지만 그런 게 틀림없었다. 낡아빠진 탈의실은 비에 젖어 한층 퇴색해보였다.

"탈의실이 왜?"

다시 한 번 묻자 이번에는 반응이 있었다. 하지만 그것은 내 물음에 답하는 것이 아니라 눈을 숙이고 총총히 걸음을 떼는 것이었다. 내 존재가 전혀 눈에 들어오지도 않는 것처럼 옆을 스윽 지나쳐갔다.

"요코……."

부른 것이 아니었다. 입 속에서 중얼거린 것이다. 그녀는 한 번도 뒤돌아보지 않고 교실 건물 안으로 사라졌다.

9월 21일, 토요일의 방과 후.

나는 교무실 창문 너머로 운동장을 바라보고 있었다. 체육복 차림의 학생이 평소보다 훨씬 더 많았다. 임시로 그려놓은 2백 미터 트랙에서는 여러 팀이 나와서 배턴 터치를 연습하고 있었다. 육상부가 아니라는 것은 달리는 모습만 봐도 알 수 있다. 내일의 체육제를 대비해 일반 학생들이 릴레이 경주 연습을 하고 있는 것이다.

208

그 안에 게이코의 모습도 보였다. 4백 미터 릴레이에 나간다는 얘기를 했었다. 중학교 때 연식 테니스를 했었기 때문에 달리기에는 자신이 있을 것이다.

"마에시마 선생님, 내일 잘해주십쇼."

누군가 싶어서 돌아보니 운동복 차림의 다케이가 하얀 이를 내보이고 있었다.

"너무 기대하지 마. 나는 올림픽 정신으로 참가하는 데 의의를 두는 편이니까."

"아뇨, 아뇨, 기대가 큽니다."

내일 있을 경기에 대한 이야기였다. 교사 대항 릴레이라는 게 있어서 거기에 출전해달라고 다케이가 부탁했던 것이다.

"아참, 마에시마 선생님은 피에로라면서요?"

다케이가 웃음이 터지려는 것을 꾹 참는 듯한 얼굴로 말했다. 아주 신이 난 눈빛이었다.

"그걸 다케이 선생도 알아요? 미치겠네, 소문이 쫙 퍼진 모양이네."

"쫙 퍼졌죠. 내가 거지 역할인 것도 모르는 아이가 없을 정도예요. 후지모토 선생이 여장을 하고, 호리 선생님이 바니 걸이라는 건 비밀로 해두는 게 훨씬 더 재미있을 텐데, 어떻게 된 건지 벌써 다들 알고 있더라고요."

"누군가 실실 말을 흘리고 다니는 모양이네."

"제 생각에도 그래요. 이래서야 영 재미가 없죠."

다케이는 그때만 진지한 얼굴이 되어서 말했다.

그 뒤에 나는 양궁장 쪽으로 나갔다. 여기도 내일 체육제 준비로 바쁘게 돌아가고 있었다. 오늘은 아마 연습은 못할 것 같다고 아까 게이코도 말했었지만, 그 예상이 맞을 것 같다. 역시 학교행사가 최우선이다. 나도 그게 좋다고 생각했다.

양궁장 한 구석에 그 한 되들이 술병이 세워져 있는 게 눈에 들어왔다. 내일 내가 허리춤에 차야 할 소도구다. 넓은 양궁장 안에서도 묘하게 강한 존재감을 가진 것처럼 보였다.

"병 속은 깨끗이 씻었지?"

가까이에 있던 가나에에게 묻자 "물론이죠"라는 대답이 돌아왔다.

나는 하늘을 올려다보았다. 묵직하게 드리운 구름이 수상쩍지만, 유감스럽게도 내일은 날씨가 화창할 거라고 한다.

4

9월 22일 일요일.

찌무룩한 비가 그치고 여름을 떠올리게 하는 강한 햇살이 운동장에 쏟아졌다. 눈이 시릴 만큼 파란 하늘이 가득 펼쳐지고, 습기 없는 바람이 시원하게 불어온다. 체육제를 하기에는 최상의 날씨였다.

평소보다 30분 일찍 학교에 도착한 나는 체육교사용 탈의실에서 옷을 갈아입고 즉각 운동장으로 나갔다. 벌써부터 눈이 핑핑 돌 만큼 바쁘게 뛰어다니는 건 학생들이었다. 일주일에서 열흘에 걸쳐 자체 제작한 마스코트 인형을 화려한 무대로 옮기는 아이들도 있었다. 그중에는 3미터가 넘는 대형 인형도 있었다.

운동장 가에서는 응원 안무를 연습하는 팀들이 보였다. 응원은 2학년이 전담한다.

그 옆에서 달리기를 하는 아이들도 있었다. 릴레이경주의 배턴 터치 연습을 하는 모양이다. 사전 준비 삼아 조깅을 하는 아이들도 있었다. 이인삼각, 10인 함께 달리기 훈련에도 여념이 없는 모습이다.

"비가 그쳐서 다행이에요."

본부석에서 멍하니 트랙을 바라보고 있으려니 다케이가 다가왔다. 얼굴 가득 흡족해하는 웃음을 짓고 있었다. 이번 체육제를 가장 기다려온 사람은 이 젊은 체육교사인지도 모른다.

"그러게. 올가을에는 비가 잦아서 걱정이었는데."

"진짜 운이 좋았죠."

다케이는 하늘을 올려다보며 몇 번이나 고개를 끄덕였다.

운동장에서는 육상부 학생들이 흰 라인을 그리는 것으로 마지막 마무리 작업에 들어갔다. 준비운동을 하던 아이들도 서서히 제자리로 물러가기 시작한 모양이다.

8시 30분, 교사들은 일단 교무실에 집합했다. 마쓰자키 교감이 주의사항을 전달했다. 부상자가 없도록 한다, 들뜬 분위기에 학생들이 일탈하지 않도록 한다, 라는 두 가지 점에 특히 주의해서 학생 지도에 임해달라는 말이었다. 항상 똑같은 얘기다.

8시 50분, 시작종과 함께 안내방송이 흘러나왔다. 집합 5분 전이다. 입장문 쪽에 모이라는 지시였다. 우리도 교무실을 나섰다.

몇 분 뒤, 모래먼지를 피워 올리며 전교생 1,200명의 입장 행진이 시작되었다. 정렬 후에는 규칙대로 교장의 인사말이다. 스포츠맨십, 훈련의 성과, 팀워크……. 닳고 닳은 단어를 나열하는 듯한 연설에 교사인 나조차 졸음이 몰려왔다.

교장의 연설이 끝나자 다케이가 경기에 대한 설명에 들어갔다. 그는 이번 체육제의 심판위원장이다.

경기는 전교생을 여덟 개의 팀으로 나눠서 치르게 된다. 1, 2, 3학년의 A반, B반, C반이라는 식으로 3개 학년이 같은 반끼리 모여 한 팀으로 편성된다. 학년 간의 친목을 도모한다는 목적에 따라 이런 식의 편성 방법이 도입된 것이다. 따라서 응원도 마스코트 제작도 모두 이 팀 단위로 이루어진다.

경기 종목은 50프로가 릴레이경주, 단거리 달리기와 중거리 달리기, 30프로는 10인 함께 달리기, 이인삼각 줄넘기 같은 좀 더 재미있는 것, 그리고 나머지 20프로는 도움닫기 높이뛰기 등의 필드 경기와 창작댄스다. 총 경기 수는 20가지. 그것을 약 10분에서 15분 간격으로 진행해야 한다.

"……그런 식으로 프로그램이 상당히 촘촘하니까 집합시간을 정확히 지켜주세요. 그리고 입장과 퇴장은 최대한 신속하게 해주시기 바랍니다."

의욕이 넘치는 다케이의 설명에 이어서 준비체조가 시작되었
다. 1,200여 명의 학생들이 유연하게 몸을 움직이자 그 열기로 초
가을 바람까지 달궈지는 것 같은 느낌이었다.

체조를 끝내고 전교생이 2백 미터의 필드 트랙을 에워싸듯이 각
팀별로 진을 치자 즉시 안내방송이 나왔다.

"100미터 달리기 예선 출전자는 지금 즉시 입장문 앞으로 집합
해주시기 바랍니다."

방송 담당자는 체육제 실행위원 중의 한 명인 2학년 학생이다.
그 목소리에 드디어 본격적인 체육제가 시작되었다는 듯이 분위
기가 후끈 달아올랐다.

본부석의 구석 쪽 의자에 앉아 학생들의 모습을 보고 있으려니
테니스복을 입은 후지모토가 옆에 와서 앉았다.

"아이들 체육복 차림이 참 보기 좋네요."

그가 내뱉은 첫 마디가 그것이었다. 시선은 입장문 쪽에 박혀
있었다.

"테니스복도 좋잖아?"

"짧은 스커트? 그건 의외로 섹시한 맛이 없어요. 오히려 여기
체육복 바지가 더 낫죠."

앞에 앉아 있던 호리 선생이 돌아봤지만 후지모토는 아랑곳하
지 않았다. 새삼 그의 뻔뻔한 성격이 한심해졌다.

"그나저나 어떠세요? 술 취한 피에로를 연기하셔야 하는데."

100미터 달리기 예선에 출전하는 선수들이 입장하는 것을 눈으로 따라잡으면서 후지모토가 물었다. 나는 진한 한숨을 내쉬었다.

"아예 마음을 접었어. 말 그대로 얼굴에 철판을 깔고 나가는 수밖에 없지. 그보다 그쪽은 어때? 여장을 한다고 소문이 자자하던데."

"엇, 선생님이 그걸 어떻게 알아요? 이상하네, 어디서 새나갔지? 극비 사항이었는데."

"어디서든 새나가게 마련이지. 그쪽도 내가 피에로를 한다는 거 알고 있었잖아. 다케이 선생의 거지 역할도 애들이 흥미진진하게 기다리고 있던데."

"가장행렬의 재미가 팍 줄어드네요."

"다케이 선생도 똑같은 얘기를 하더라고."

그런 대화를 주고받는 사이에 호루라기 소리가 울리고 100미터 달리기의 첫 번째 조가 출발했다. 그러자 둑이 무너진 것처럼 환성이 끓어올랐다. 필드에서는 높이뛰기 1차 시기가 시작되었다. 힘차게 약동하는 젊은 학생들. 세이카 여고의 체육제가 드디어 본격적인 막이 올랐다.

10시 55분으로 예정된 400미터 릴레이경주 예선에서부터 나는 입장문의 정리를 담당하기로 했다. 점호를 하고 학생들을 정렬시켰다. 뒤쪽에 게이코의 모습이 보였다. 눈이 마주치자 그녀는 빙긋이 웃었다. 나도 살짝 입 끝을 올려 응해주었다.

"선생님은 뭔가 안 나가세요?"

차례를 기다리는 동안 게이코가 내 옆에 다가와 물었다. 아까는 후지모토를 나무랐지만, 역시 체육복 바지 아래로 길게 드러난 다리가 눈에 스몄다. 합숙훈련 날 밤의 일이 순간적으로 되살아났다.

"교직원 대항 릴레이에만 나가면 돼. 그리고 피에로."

게이코의 허벅지에서 시선을 돌리면서 나는 대답했다.

"아, 그거 말인데요, 상의할 게 있으니까 점심 먹고 양궁부 부실로 오세요."

"부실? 응, 알았어."

"꼭 오셔야 해요, 잊어버리지 말고."

게이코가 그렇게 다짐을 했을 때, 400미터 릴레이를 시작한다는 안내방송이 흘러나왔다. 그러자 게이코도 줄을 선 아이들 틈으로 급히 돌아갔다.

선수 입장문을 통과할 때, 나는 "잘해라"라고 격려해주었다. 게이코를 포함해 주위의 아이들이 나를 보며 네, 라고 힘차게 대답했다.

게이코의 조는 두 번째 팀으로 출전했다. 한 학년이 8학급이라서 4팀씩 두 번에 나눠서 예선을 치르게 된다. 4팀 중 상위에 오른 2팀이 결승에 진출할 수 있는 것이다.

게이코는 앵커였다. 앞 주자에게서 배턴을 받았을 때 이미 2위였는데 그녀는 그 등수를 지켜냈다. 골인한 뒤에 빨간 배턴을 이쪽을 향해 흔드는 것이 보였다.

12시 15분, 교직원 대항 릴레이. 나는 후지모토의 젊음을 실감해야 했다. 그가 전력으로 질주하는 데는 당해낼 재간이 없었다.

"수고하셨습니다."

본부석으로 돌아오자 다케이가 웃으면서 맞아주었다. 그는 경기에는 나가지 않는다.

"나야 들러리로 후지모토 선생을 더욱 빛나게 해드리고 왔지."

"아뇨, 상당히 잘 뛰시던데요. 아직은 건재한 게 보였어요."

그는 한바탕 칭찬을 늘어놓은 뒤 "아, 그런데요"라고 목소리를 낮췄다.

"할 얘기가 있는데, 잠깐 저쪽으로 가실까요?"

"응? 아, 예에."

나는 어리둥절한 채 고개를 끄덕였다.

경기장을 빙 돌아가면서 나는 다케이의 얘기를 들었다. 트랙에서는 400미터 릴레이의 결승전이 펼쳐지고 있었다. 게이코도 출전했을 터였다.

이야기를 다 듣고 나는 놀라서 다케이의 햇볕에 그을린 얼굴을 쳐다보았다.

"정말이야?"

"그럼요."

그는 못된 장난거리를 생각해낸 개구쟁이처럼 웃고 있었다.

"한판 놀아봐야죠, 일 년에 한 번뿐인 행사니까요. 재밌잖아요."

"그래도……."

"별로예요?"

"아니, 나쁘지 않은 거 같긴 한데."

"그럼……."

"근데 잘 되려나?"

"잘 되게 해야죠. 저한테 맡겨주세요."

다케이의 열의에 찬 말에 나도 모르게 쓴웃음을 지었다. 그의 울룩불룩한 근육은 물론이고 방금 그가 제안한 얘기에서도 싱싱한 젊음이 느껴졌다. 그 젊음에 함께하고 싶어서 나는 대답했다.

"좋아, 한번 해봅시다."

400미터 릴레이 결승에서 게이코 팀은 결국 2위로 끝난 모양이다. 분하다고 동동 뛰는 선수들 사이에서 게이코만 웃고 있었다. 나는 게이코를 향해 가볍게 오른손을 흔들어주었다.

점심식사 시간이다. 교무실에서 다들 여느 때처럼 도시락을 먹었다. 운동복 차림인 것 외에는 평일과 똑같았지만 교사들도 어쩐지 들뜬 분위기였다. 대화도 많아졌다. 화제는 교직원 대항 릴레이 때 후지모토의 달리는 모습이 멋있었다는 것, 그리고 체육제 끝나고 한잔하러 어디로 갈 것이냐는 것이었다. 어느 팀이 우승할 것이냐는 얘기 따위는 전혀 나오지 않았다.

가장행렬에 대한 얘기도 나왔다. 옆에서 도시락을 먹던 후지모토가 내게 물었다.

"마에시마 선생님은 주정뱅이 피에로라고 하던데, 진짜로 술을 드시는 거예요?"

"설마. 술병에 물을 담아뒀을 거야."

"그럼 물을 들이켜야 돼요?"

"그건 어쩔 수 없지, 각본이 그렇게 나와 있으니까. 근데 왜?"

"아니, 아까 잠깐 그 얘기가 나왔거든요. 그래서 여쭤본 거예요."

"응⋯⋯."

나는 더 이상 묻지 않았다.

점심식사가 끝나고 게이코가 일러준 대로 곧장 양궁부 부실로 갔다. 벌써 십여 명의 부원들이 모여서 의상이며 소도구의 마지막 점검을 하고 있었다.

부실 앞에는 한 변 1미터 정도의 큼직한 상자가 놓여 있었다. 그림물감으로 화려하게 색칠을 했다. 마술상자라고 만든 모양이다. 옆에 가서 살펴보니 목재로 제법 탄탄하게 만든 것이었다. 어느 틈에 이런 것까지 만들었을까.

"그럴싸하죠, 이 상자?"

게이코가 다가와 말했다. 머리에는 종이로 만든 검은 실크해트를 쓰고 있었다. 차림새로 보아 서커스단 단장 아니면 마술사인가.

"이걸 언제 만들었어?"

"어제요. 선생님은 먼저 집에 가셨잖아요. 그 뒤에 그리스 선생님한테 만들어달랬어요. 종이 바르고 색칠까지 했더니 밖이 컴컴해졌더라고요."

"저런, 그나저나 대체 뭐에 쓰는 상자야?"

게이코는 큭큭 코를 울리며 웃더니 내게 되물었다.

"모르시겠어요?"

"모르니까 물어봤지. 내가 보기에는 마술상자 같긴 한데."

"정답!" 게이코가 손뼉을 따악 치며 말했다. "근데 중요한 건 이 상자에서 뭐가 튀어나오느냐는 거예요. 무엇일 거 같아요?"

"뭔가 튀어나오는 거야? 흠, 상자 크기로 봐서는……."

퍼뜩 머릿속에 떠오르는 것이 있었다. 게이코가 빙글빙글 웃었다.

"엇, 설마."

"네, 그 설마가 진짜예요."

"에이, 농담이지? 나더러 이 상자에 들어가라고?"

"그렇죠. 마술사인 내가 하나 둘 셋 하면 피에로로 분장한 선생님이 상자 속에서 튀어나오는 거예요. 틀림없이 인기 짱일 걸요."

"틀림없이 웃음거리는 되겠네."

나는 팔짱을 끼고 떨떠름한 얼굴을 지었다. 가나에와 다른 부원들도 킥킥거리며 다가왔다. 다들 분장할 준비는 빈틈없이 끝낸 모양이다.

"선생님, 눈 딱 감고 들어가시면 돼요." 가나에가 말했다. "우리 양궁부 가장행렬의 메인이벤트니까."

나는 손을 번쩍 들고 항복했다.

"내가 졌다, 졌어."

"해주실 거죠?"

게이코가 눈치를 살피듯이 내 얼굴을 올려다보았다.

"안 할 수도 없잖아."

아이들은 와아, 하고 단체경기에서 우승이라도 한 것처럼 기뻐했다. 게이코도 웃으면서 내 팔을 잡았다.

"자, 승낙해주셨으니 부실에 들어가시죠. 순서를 설명해드릴게요."

부실 안에는 파란색 빨간색의 화려한 의상이 펼쳐져 있었다. 게다가 달착지근한 향기도 평소보다 더 진한 것 같았다. 아마도 화장품을 가져왔기 때문일 것이다.

한쪽 구석에 여러 개의 박스가 쌓여 있었다. 게이코가 그중에서 하나를 꺼내왔다. 상자 겉면에 매직으로 '피에로'라고 적혀 있었다.

"이게 피에로 의상 세트예요. 이것만 있으면 피에로가 될 수 있어요."

별로 되고 싶지 않은데, 라고 투덜거리며 상자를 열어보았다. 우선 파란 바탕에 노란색 물방울무늬의 옷이 있었다. 그리고 똑같은 무늬의 모자. 모자에는 오글오글한 노란색 털실이 촘촘히 달렸다. 아마 가발로도 쓰는 모양이다. 그 밖에는 파운데이션과 립스틱 같은 화장품이다.

"마지막 종목인 창작댄스가 끝나는 대로 우리는 1학년 교실에서 옷을 갈아입을 거예요. 그 동안에 선생님도 어디서든 옷을 갈아입고 아까 그 마술상자 안에 숨어 계시면 돼요."

1학년 교실은 입장문 바로 옆이다. 분장한 모습을 공연 직전까지 비밀로 하기 위해 그쪽으로 정한 모양이었다.

"나는 혼자서 변장을 해야 돼?"

"우리랑 함께 옷을 갈아입을 수는 없잖아요. 물론 저야 괜찮지만."

말도 안 되는 소리, 라고 쭝얼거리는 내 어깨를 게이코가 툭툭 쳤다.

"정신 바짝 차리고 잘해주세요. 그러려고 메이크업도 미리 연습했잖아요?"

"마술상자는 어디에 감춰둘 거지?"

"1학년 교실 건물 뒤편에 옮겨놓을 거예요. 피에로 분장 세트와 술병도 마술상자 안에 함께 넣어둘게요. 근데요, 괜히 분장한 채로 어슬렁거리다가 사람들에게 들키면 안 돼요."

내가 교사라는 것을 잠시 잊게 해주는 말투였다. 불평을 할 마음도 나지 않아서 "네에, 알았습니다"라고 착실한 척 대답해버렸다.

오후 프로그램은 1시 30분부터 시작되었다.

첫 종목은 높이뛰기 결승이다. 그다음에 스웨덴 릴레이*, 800 미터 릴레이로 이어진다.

나는 게이코와 가나에가 있는 B반 팀 쪽에서 관전하기로 했다. 이 팀은 3위 입상쯤은 가능할지도 모른다고 했다.

"선생님은 좋겠네요, 담임을 안 맡아서. 어떤 반이 우승해도 상관없죠?"

게이코가 물었다.

"뭐, 그렇지. 하지만 담임선생도 순위에는 별로 관심이 없는 것 같던데? 너희 반 담임은 어때?"

"그러고 보니 도키타 선생님이 안 보이시네?"

게이코의 말에 가나에가 입을 삐죽거리면서 대꾸했다.

"흥, 본부석에서 교장과 내빈들에게 손이나 비비고 있겠지."

"아소 선생님은 열심히 응원해주시는데. 저기 봐."

게이코는 응원석 앞 쪽을 가리켰다. 긴 머리를 뒤로 올려 묶은 모습이 보였다. 학생들과 비슷한 흰색 운동복 차림이라서 눈에 잘 띄지 않지만 분명 아소 교코였다.

2시 15분, 내빈과 교직원이 함께하는 찾아오기 경주. 규칙은 간단하다. 달리기 코스의 중간에 놓인 쪽지를 집어 그곳에 적힌 사람이나 물건을 찾아 결승선까지 달려가면 된다. 출전자는 교직원 대항 릴레이처럼 체력이 필요한 경기에는 참여하기가 어려운 사

---

*1천 미터를 4명의 주자가 100미터, 200미터, 300미터, 400미터의 순으로 이어달리는 경기.

람, 즉 나이 많은 내빈이나 교직원들이다.

출발을 알리는 총소리가 울리고 베테랑 교사와 학부모회 임원들이 뛰기 시작했다. 쪽지를 펼쳐보자마자 주위에 있던 학생을 붙잡고 함께 달리는 사람이 있었다. 자신이 찾아야 할 물건을 큰 소리로 부르짖는 사람도 있었다. 그리고 '대걸레' 같은 번거로운 물건을 찾아오라는 지시에 곧장 창고를 향해 내달리는 사람도 있었다.

한바탕 웃어댄 뒤에 1학년의 트로이카 경주가 시작되었다. 타이어에 탄 학생 한 명을 두 명이 로프로 끌고 달린다는 상당히 가혹한 경주다.

"저거 봐요, 에미가 나왔어요."

게이코가 가리키는 방향을 봤더니 미야사카 에미가 타이어에 앉아 몸집 큰 학생 두 명에게 끌려가는 게 보였다. 하얀 이를 내보이며 천진하게 웃는 표정이 상큼했다.

2시 45분, 학생과 교사 대항 장애물 경주를 시작하기 전에 3학년은 전원 입장문 앞으로 모이라는 연락이 왔다. 마지막 종목인 창작댄스를 위한 준비였다.

"다들 한껏 멋을 냈구나."

살짝 놀리듯이 말했지만 게이코는 대답 대신 다시 한 번 다짐을 했다.

"분장 잘하셔야 해요. 실수하시면 안 돼요."

"응, 알았어. 걱정하지 마."

내 대답에도 게이코는 여전히 불안한 표정으로 집합장소로 달려갔다.

3시 정각에 창작댄스 팀의 입장이 시작되었다. 동시에 나는 자리에서 일어섰다. 아이들이 운동장 가득히 퍼져 위치를 잡자 이윽고 창작댄스의 음악이 흘러나왔다. 흐르는 듯한 그 멜로디를 들으면서 나는 총총히 걸음을 옮겼다.

그리고 3시 20분이 되었다. 행진곡과 함께 안내방송이 흘러나왔다.

"오늘의 피날레는 각 운동부의 가장행렬 대회입니다. 여러분, 과연 누가 분장한 모습인지 맞혀볼까요? 우리가 잘 아는 선생님도 참가하셨습니다."

유령들, 인디언과 기병대가 가장 먼저 등장했다. 폭소와 갈채가 터져 나왔다. 피날레에 걸맞게 세이카 여고의 운동장은 흥이 절정에 달했다.

"다음에는 서커스단이 등장합니다. 양궁부의 가장행렬입니다."

화려한 음악과 폭죽 소리를 타고 십여 명의 화려한 단체가 입장하기 시작했다. 선두에 선 사람은 맹수 조련사였다. 한 명이 둥근 고리를 앞에 들자 사자로 분장한 또 한 명은 그 고리를 통과하는 재주를 부렸다. 이어서 레오타드를 입은 세 사람이 뒤를 이었다. 이건 곡예단인 모양이다. 줄타기며 공중그네의 몸짓을 펼쳐 보였다.

그리고 마술사 일행이 나타났다. 모두가 망사스타킹에 검은 턱시도라는 요염한 차림새였다. 게다가 검은 가면을 쓰고 있었다. 객석에서 절찬의 목소리가 터져 나왔다.

마술사들은 큼직한 마술상자를 밀면서 걸어 나왔다. 뭔가 신기한 것이 들어있을 것 같은 상자다. 그녀들은 그 상자를 이용해 뭔가를 하는 것도 없이 한동안 객석을 향해 웃음을 흩뿌리며 트랙을 행진했다.

이윽고 운동장 한복판에서 마술사들은 멈춰 섰다. 그리고 검은 실크해트를 쓴 마술사가 지팡이를 들고 마술상자 옆에 섰다. 그녀는 관객을 향해 사방으로 인사를 한 뒤, 천천히 지팡이를 들어올렸다.

"하나, 둘, 셋!"

그녀의 외침과 함께 마술상자의 뚜껑이 안쪽에서 벌컥 열렸다. 그리고 물방울무늬의 의상을 입은 피에로가 불쑥 튀어나왔다. 틈을 두지 않고 스피커에서 안내방송이 흘러나왔다.

"자, 드디어 피에로가 등장했군요. 이 피에로는 과연 누구일까요?"

얼굴을 하얗게 칠하고 코와 입은 새빨간 피에로다. 게다가 모자를 덮어써서 누구인지 알아보기가 힘들었다. 하지만 여기저기서 학생들이 수군거렸다.

"마에시마 선생님, 연기 잘하신다."

피에로는 한 되들이 술병을 들고 걸음을 옮겼다. '주정뱅이 피에로'라는 설정이기 때문에 갈지자걸음으로 이리 비틀 저리 비틀 휘청거리며 걸어간다. 그 섬세한 연기에 객석에서 다시금 큰 박수와 폭소가 끓어올랐다.

실크해트의 마술사는 그런 피에로를 혼내주려고 뒤쫓아갔다. 하지만 피에로는 잡히지 않고 술병을 든 채 요리조리 피하면서 달아났다.

교직원과 내빈이 자리한 본부석 앞에까지 도망쳐온 피에로는 깊숙이 인사를 건네더니 술병을 높이 들었다. 그리고 천천히 마개를 뽑더니 관객들 앞에서 병나발을 불며 꿀꺽꿀꺽 들이켜는 것이었다. 그 우스꽝스러운 모습에 내빈들도 웃음을 터뜨리고 있었다.

그런데 다음 순간, 기묘한 일이 일어났다.

한 되들이 술병에서 입을 뗀 피에로가 돌연 그 자리에 웅크리고 앉은 것이다. 그리고 목을 부여잡으며 털썩 쓰러지더니 몸부림을 치듯이 팔다리를 버둥거렸다.

그때만 해도 모두가 어릿광대의 연기라고 생각했다.

나도 그랬다.

그의 서비스 정신 넘치는 진지한 연기에 혀를 내둘렀던 것이다.

마술사로 분장한 게이코도 웃으면서 피에로에게 다가갔다. 하지만 피에로는 팔다리를 버둥거리던 것도 멈추고 온몸을 움찔거리고 있었다.

게이코는 그의 손을 잡고 일으키려고 했다. 하지만 그 순간, 그녀의 얼굴빛이 확 변했다. 피에로의 손을 놓고 비명을 지르며 뒷걸음질을 쳤다.

관객들의 웃음이 사라졌다.

나보다 한 발 앞서 뛰쳐나간 것은 후지모토였다. 그는 여장용 드레스 차림의 우스꽝스러운 모습이었지만 아무도 그런 건 눈에 들어오지 않았을 것이다.

"마에시마 선생님, 정신 차리세요!"

피에로를 안아 올린 후지모토의 주위에 사람들이 모여들었다. 나는 전속력으로 그 사람들 울타리 안으로 들어갔다.

"아니, 나 아니야!"

모두가 나를 돌아보았다. 거지 왕초로 분장한 남자가 갑작스럽게 뛰어들자 다들 어리둥절한 기색이었다. 그리고 그게 나인 것을 알고는 하나같이 소스라치게 놀랐다.

나는 숨을 헐떡이면서 외쳤다.

"그 피에로는 다케이 선생이야!"

제5장

1

두 명의 남자가 살해되었다. 한 명은 수학 교사, 그리고 또 한 명은 체육 교사. 인간의 죽음을 맞닥뜨린 것이 이걸로 벌써 두 번째다. 게다가 이번에는 그야말로 인간이 **죽어가는** 모습을 목격했다.

학생들이 패닉 상태에 빠졌다는 것은 말할 것도 없다. 그중에는 울음을 터뜨리는 학생들도 있었다. 하지만 나를 놀라게 한 것은 울고 있는 아이들보다 사체를 보려고 하는 학생들이 더 많았다는 것이다. 관련자 몇 명을 제외하고는 모두 귀가시키기로 했지만 냉큼 돌아가지 않는 아이들이 있어서 교사들은 애를 먹었다.

오타니 형사의 얼굴은 다른 어느 때보다 험악했다. 말투는 엄격하고, 부하 형사에게 지시할 때도 화가 난 듯한 기색이 눈에 띄었다. 역시 제2의 살인은 그도 미처 예상하지 못한 모양이었다.

　본부석 텐트 밑에서 나는 오타니와 벌써 몇 번째나 얼굴을 마주하고 있었다. 하지만 지금까지처럼 학교 측과의 중계자 역할이 아니었다. 사건과 가장 큰 관계가 있는 사람으로서 오타니를 만나고 있는 것이다.

　나는 오타니에게 사건 경위를 간단히 설명했다. 간단히 설명할 수 있는 내용은 아니었지만, 일단 그렇게 했다. 그러자 역시 그는 이상하다는 표정을 드러냈다.

　"다케이 선생이 양궁부 가장행렬에 참가했다는 겁니까?"

　"그렇습니다."

　"그건 또 어째서?"

　"바꿔서 나가기로 한 거예요, 나하고. 원래는 내가 피에로를 연기하기로 했었는데."

　그래도 오타니는 사정을 이해하지 못하는 것 같았다. 그래서 나는 다음과 같이 얘기해주었다.

　점심시간 전에 교직원 대항 릴레이가 끝났을 때, 다케이는 내게 할 말이 있다고 했었다. 그리고 그때 다케이가 서로 역할을 바꾸자고 제안했던 것이다.

　"단순히 창피를 무릅쓰는 것뿐이라면 별 재미가 없잖아요. 기왕이면 아이들을 깜짝 놀라게 해주자고요. 아이들은 피에로의 정체는 당연히 마에시마 선생님이라고 생각하고 있죠. 근데 저하고 역할이 바뀐 채 나타나면 틀림없이 깜짝 놀랄 거예요."

나는 그가 제안한 게임에 응하기로 했다. 그렇다, 나는 그의 젊음에 함께하고 싶었던 것이다.

서로 역할을 바꾸는 것은 어렵지 않았다. 피에로 분장을 한 다음에 1학년 교실 건물 뒤편에 옮겨둔 마술상자에 들어가 기다린다는 순서였기 때문이다. 3학년이 창작댄스 공연을 하는 사이에 다케이를 피에로로 변장시키고 그 상자 안에서 기다리게 해주기만 하면 된다. 메이크업은 내가 해주면 되고, 피에로 의상의 사이즈도 맞는다. 나와 다케이는 얼굴 윤곽이며 체형이 비슷해서 분명 얼핏 봐서는 구별할 수 없을 거라고 생각했다.

다케이가 하기로 했던 거지왕초 역할은 당연히 내가 맡아야 한다. 얼굴을 지저분하게 칠하고 넝마 의상을 걸치면 다케이로 변신할 수 있다. 하지만 함께 입장하는 육상부 부원들의 눈까지는 속일 수 없을 것 같았다.

"선생님은 출연 직전까지 어딘가에 숨어 계세요. 그리고 입장 직전에 육상부원과 합류하시면 됩니다. 혹시 들키더라도 그때는 사실대로 털어놓으면 되니까 오히려 더 재미있을 거예요."

다케이는 진짜로 이 게임을 즐기는 것 같았다.

아무튼 그렇게 해서 피에로와 거지왕초를 뒤바꾸는 데 성공했다. 하지만 그 게임에 무서운 결말이 기다리고 있을 줄은 나도, 그리고 분명 다케이도 상상조차 못했다.

오타니는 연달아 줄담배를 피우면서 내 이야기를 듣고 있었다. 교사의 개구쟁이 같은 짓에 어이가 없었는지 그 얼굴빛은 잔뜩 흐려져 있었다.

"그러면…….." 그는 머리를 쥐어뜯으면서 물었다. "피에로의 정체가 다케이 선생이라는 것은 아무도 몰랐다는 얘기네요, 마에시마 선생 외에는?"

"네, 그런 얘기가 됩니다."

오타니는 코로 짙은 한숨을 내쉬었다. 그리고 오른쪽 팔꿈치를 책상에 얹더니 주먹으로 관자놀이를 꾸욱 눌렀다. 마치 몰려오는 두통을 막으려는 것처럼.

"사안이 아주 중대합니다, 마에시마 선생."

"네, 알고 있습니다."

태연히 대답하려고 했는데 뺨이 파르르 떨렸다. 오타니는 낮은 목소리로 말했다.

"방금 얘기하신 게 사실이라면 오늘 범인이 노린 사람은 다케이 선생이 아니라 마에시마 선생이라는 얘기가 돼요."

나는 고개를 끄덕이면서 마른침을 삼켰다. 꿀꺽 하고 목이 울렸다.

"어떻게 된 거야, 진짜."

오타니는 답답하다는 듯 혼잣말처럼 중얼거렸다.

나는 고개를 저었다.

"나도 모르죠. 하지만……."

흘끗 곁눈질로 구리하라 교장 쪽을 보았다. 교장은 옆의 텐트 밑에서 하릴없는 모습으로 앉아 있었다. 그 얼굴은 부루퉁하다기보다 망연자실한 것처럼 보였다.

나는 전에도 누군가 내 목숨을 노린 적이 있다는 것을 오타니에게 털어놓기로 결심했다. 교장과의 약속은 또 다시 일이 터진다면 그때는 경찰에 얘기한다는 것이었고, 이제 더 이상 그 일을 감춰둘 여유도 없었다.

"실은……." 나는 입을 열었다. 플랫폼에서 누군가 밀치는 바람에 선로에 떨어질 뻔했던 일, 수영장에서 감전사를 당할 뻔했던 일, 그리고 화분이 머리 위로 떨어졌던 일을 가능한 한 자세히, 그리고 객관적으로 설명했다. 말을 하다 보니 그 순간순간의 공포감이 선명하게 되살아났다. 용케도 지금까지 아무 말 않고 꾹 참았구나, 하고 내가 한 일이지만 묘한 감탄을 했다.

오타니는 놀람을 그대로 얼굴에 드러냈다. 그리고 내 말을 다 듣더니 화를 억누르는 듯한 목소리로 비난에 나섰다.

"왜 좀 더 일찍 얘기하지 않았어요? 미리 알았다면 또 다른 희생자를 막을 수도 있었을 거 아닙니까."

"죄송합니다. 그냥 우연한 일인지도 모른다고 생각했어요."

나는 그렇게 대답할 수밖에 없었다.

"이제 와서 나무라봤자 쓸데없는 짓이겠죠. 아무튼 이걸로 마에시마 선생을 노린 일이라는 건 확실해졌네요. 그렇다면 한 가지만 더, 순서대로 얘기해주시죠. 우선 가장행렬 말인데, 그건 해마다 하는 행사였어요?"

"아뇨, 가장행렬은 올해 처음입니다."

나는 체육제의 마지막에는 해마다 다른 주제를 정해 각 운동부가 공연을 한다, 올해는 그게 가장행렬로 정해졌다, 그 결정을 내린 것은 운동부 부회장이다, 라고 알려주었다.

"그렇군요. 근데 마에시마 선생이 지도하던 양궁부의 공연 종목이 정해진 건 언제쯤이었어요?"

"정확한 날짜는 모르겠어요. 내가 알게 된 건 1주일쯤 전이었던 것 같아요."

"선생이 피에로 역할을 한다는 것도 그때에?"

"맞습니다."

"그 역할의 내용은 양궁부 부원 이외에는 비밀이었겠네요?"

"아뇨, 비밀로 하기는 했었는데…….."

대답이 애매해졌다. 그 즉시 오타니가 물었다.

"비밀로 하기는 했었는데, 뭡니까?"

"아마 부원 중에 누군가는 친한 친구 등에게 얘기를 해버린 모양이에요. 내가 피에로 역할을 맡는다는 건 이미 상당히 소문이 퍼져 있었어요. 나뿐만 아니라 다른 선생님들이 어떤 분장을 하는지도 다 알려져서…….."

결국 그게 비극의 원인이 되었다. 범인은 내가 피에로 역할이라는 것을 알고 한 되들이 술병에 독극물을 타자는 생각을 해냈을 터였다. 그리고 그렇게 소문이 퍼져버렸기 때문에 다케이도 내게 역할을 바꿔보자고 제안했던 것이다.

"사정은 대략 알겠습니다. 이번 범행 수법은 누구라도 생각해낼 수 있었다는 얘기군요. 그렇다면 문제는 과연 누가 독극물을 술병에 탈 수 있었느냐는 게 되겠죠. 체육제를 하는 동안 그 술병은 어디에 보관했어요?"

"그 마술상자 안에 넣어서 1학년 교실 건물 뒤편에 옮겨두기로 했어요. 몇 시쯤에 넣었는지, 그건 부원들에게 확인을 해봐야 알겠지만 일단 그 이전에는 양궁부 부실 한쪽에 있었습니다."

"그러면 독극물을 술병에 넣는 데는 두 번의 기회가 있었던 셈이네요. 즉 술병이 부실 한쪽에 있었을 때, 그리고 교실 건물 뒤편에 있었을 때."

"아, 그거 말인데요, 내가 한 가지 알아낸 게 있습니다."

내가 알아낸 것은 술병의 상품명에 관한 것이었다. 점심시간에 부실에 갔을 때 그 술병은 분명 니가타의 명주 고시노칸바이였다. 하지만 다케이가 쓰러졌을 때, 옆에 굴러 떨어진 술병에는 전혀 다른 상품의 라벨이 붙어 있었던 것이다. 즉 범인은 술병 안의 물에 독극물을 탄 것이 아니라 미리 독극물이 든 술병을 준비해뒀다가 빈틈을 노려 원래의 술병과 바꿔치기를 했다는 얘기가 된다.

"또 한 번의 바꿔치기가 있었네……."

오타니는 심각한 얼굴로 말을 이어갔다.

"그게 사실이라면 술병을 바꿔치기한 것은 마술상자를 교실 건물 뒤로 옮긴 다음이라는 얘기군요. 아, 보다 정확한 시간에 대해서는 이따가 학생에게 확인해보기로 하죠."

그리고 그는 뭔가 눈치를 살피는 듯한 기색으로 내 얼굴을 들여다보았다.

"그나저나 동기에 대한 것인데……." 한층 더 목소리를 낮춰 그는 말했다. "선생은 뭔가 짐작가는 건 없습니까? 이를테면 누군가에게 원한을 샀다든가."

단도직입적인 질문이었다. 형사는 상대에 따라 말투를 적절히 바꾼다는 얘기를 들었지만, 나에 대해서는 공연히 빙빙 돌려가며 얘기할 필요가 없다고 생각했는지도 모른다.

"그런 원한을 사는 일이 없도록 항상 조심하기는 했는데……."

그다음에 어떤 식으로 말을 이어가야 할지 나는 한참을 망설였다. 하지만 결국 생각한 그대로 얘기하기로 했다.

"누구나 다 그렇듯이 무의식중에 남에게 상처를 입혔는지도 모르겠습니다."

"오호……. 착한 분이시네, 마에시마 선생은."

슬쩍 놀리듯이 오타니는 말했지만 의외로 비꼬는 투로는 느껴지지 않았다. 그런 다음에 그는 시선을 돌리더니 뭔가 퍼뜩 생각난 얼굴로 이렇게 말했다.

"선생은 분명 작년에 다카하라 요코의 담임을 맡았었지요?"

심장이 크게 두근거렸다. 혹시 얼굴에도 드러나지 않았을까. 나는 애써 태연한 척 오히려 오타니에게 되물었다.

"그 아이가 왜요? 지난번 사건 때 요코에게는 일단 알리바이가 있었잖아요. 물론 호쿄 마사미의 추리가 옳다고 가정했을 경우지만."

이건 내 속셈과는 달리 어딘가 과장스러운 말투로 들렸는지도 모른다.

"분명 그렇긴 하지만, 약간 애매하다는 입장에는 달라진 게 없어요. 더구나 방금 말씀하신 것처럼 완전한 알리바이인 것은 아니지요. 당연히 이번에도 그 학생을 제외하고 넘어갈 수는 없는 문제예요. 다카하라 요코가 어떤 학생이었고 마에시마 선생과는 사이가 어땠는지, 솔직히 얘기해주셨으면 좋겠는데."

오타니는 찬찬히, 수더분하게 얘기하면서 내 눈을 빤히 바라보았다. 망설임과 당혹감이 마음속에 차올랐다. 다카하라 요코가 나에게 뭔가 특별한 학생이었다는 것은 아니다. 하지만 올 봄에 신슈에 함께 가자고 했을 때, 그걸 무시하고 역에서 멀거니 기다리게 한 이후로 나를 바라보는 그 아이의 눈빛에는 명백히 이전과는 다른 뭔가가 있었다. 그건 미움인 것 같기도 하고 때로는 슬픔을 호소하는 것 같기도 했다. 그런 말을 오타니에게 한다고 해도 그게 곧 살인 혐의로 연결되는 일은 없을지도 모른다. 하지만 나는 그 얘기만은 할 마음이 없었다. 최악의 경우 요코가 범인이라고 해도 나와 그 아이의 문제는 내가 직접 해결할 작정이었다.

"다카하라 요코는 내 제자 중의 한 명일 뿐, 그 이상도 이하도 아닙니다."

내가 듣기에도 의연한 말을 했다고 생각한다. 오타니도 그렇습니까, 라고 고개를 끄덕이더니 더 이상 요코에 대한 질문은 하지 않았다.

"그렇다면 원한과는 별도로, 선생을 거치적거리는 존재로 여겼을 만한 사람은 없을까요? 이를테면 선생이 죽으면 이득을 보는 사람, 혹은 선생이 이대로 살아 있으면 손실을 입게 되는 사람이라고 할까요."

선생이 죽으면, 이라는 말에 내 마음은 다시 긴장했다. 그야말로 생과 사가 한순간의 차이였던 것이 생각나면서 그 생생한 공포감이 떠올랐던 것이다.

그런 사람은 없다, 라고 나는 대답하려고 했다. 이런 이야기에서 얼른 벗어나고 싶은 마음뿐이었던 것이다. 하지만 입을 열기 직전에 한 인물의 얼굴이 퍼뜩 뇌리에 떠올랐다. 이런 경우, 당연히 떠올랐어야 할 인물이었다. 그 이름을 입 밖에 내야 할지 말지 나는 다시금 망설였다. 하지만 결국 그 망설임 때문에 오타니는 뭔가 눈치를 챈 모양이었다.

"생각나는 사람이 있죠?"

저녁 해가 역광으로 비쳐서 오타니의 표정은 보이지 않았지만 분명 사냥감을 사로잡기 직전의 사냥개의 눈을 하고 있을 게 틀림없다. 그리고 내가 동요했다는 것을 그의 눈은 정확히 포착했을 것이다. 나는 포기하고 입을 열었다.

"확실하지 않은 억측일 뿐인데……."

그 정도로 오타니가 물러설 리 없었다. 그다음 말을 재촉하듯이 고개를 끄덕였다. 나는 교장 쪽을 흘끗 쳐다본 뒤에 마음을 굳게 먹고 그 이름을 밝혔다. 예상대로 오타니도 적잖이 놀란 기색이었다.

"……아소 선생이?"

"네."

나는 작게 중얼거렸다.

"그 영어 선생이, 왜요?"

그 의문에 답하자면 아소와 교장 아들의 혼담에 대해서 얘기해야 했다. 게다가 입 밖에 내기는 싫었지만 예전에 그녀에게 실연을 당한 K라는 친우 얘기도 할 필요가 있었다. 한마디로, 아소 교코의 남성편력을 유일하게 알고 있는 나 때문에 그녀는 부잣집 며느리가 될 기회를 놓칠 수 있다는 얘기였다.

"그렇군요. 동기는 있었던 셈이네."

오타니는 덥수룩한 수염을 문지르며 말했다. 버석거리는 소리가 들렸다.

"하지만 그게 사람까지 죽일 이유가 될 수 있는지, 좀 의문이에요."

"네, 맞는 말이에요. 하지만 그건 사람에 따라 다른 것이죠."

아소 교코가 과연 어떤 사람이냐, 하는 것이다. 하지만 나로서는 거기까지는 알 수 없었다.

"아, 말이 나온 김에 나도 형사님에게 한 가지 확인해둘 게 있어요."

그건 경찰에서 이번 사건의 범인을 무라하시 살해범과 동일인이라고 생각하느냐는 것이었다. 그걸 어떻게 판단하느냐에 따라서 얘기가 달라지기 때문이다.

내 질문에 오타니는 팔짱을 끼고 심각한 얼굴이 되었다.

"솔직히 쉽게 판정할 수 있는 일은 아니에요. 하지만 의사 얘기로는 다케이 선생도 십중팔구 청산가리에 의한 중독사라고 하는군요. 즉 무라하시 선생 때와 똑같아요. 물론 모방범죄일 가능성도 전혀 없는 건 아니지만, 이번 경우는 동일범이라고 봐도 틀림없을 겁니다."

타당한 추리일 것이다. 누가 보더라도 그렇게 생각할 게 틀림없다. 하지만 그렇게 되면 다시금 아소 교코는 용의자 대상에서 빠지게 된다.

"아소 선생과 무라하시 선생이 특별한 사이였다면, 지난번 사건도 이번과 똑같은 동기가 적용되겠지요? 하지만 그때 당시에 아소 선생은 알리바이가 확실하다고 하셨잖습니까."

수업이 끝나고 그녀는 내내 영어회화 동아리에 참석했다는 얘기였다. 그리고 그걸 알려준 사람은 바로 오타니였던 것이다.

"예, 그렇죠."

오타니는 쓴웃음을 지으며 슬쩍 고개를 젓더니 굵은 한숨을 내쉬었다.

"아소 선생이라는 말을 듣고 가장 먼저 떠오른 게 바로 그 점이었어요. 물론 마에시마 선생이 방금 아주 흥미로운 얘기를 해주셨으니까 다시 한 번 조사해볼 생각이기는 한데…….”

말끝을 흐리는 것을 보니 아소의 알리바이를 깨기는 어렵다는 뜻인 모양이다. 그렇게 되면 공범설, 아니면 지난번 사건과 떼어내서 생각하는 것밖에 없을 텐데 양쪽 다 현재로서는 가능성이 희박한 것이었다.

“그밖에 또 짐작가는 건 없습니까?”

오타니가 물었지만 나는 고개를 저을 수밖에 없었다.

무라하시와 나는 수학 교사라는 것 외에는 아무런 공통점도 없다. 범인이 다카하라 요코도 아니고 아소 교코도 아니라면, 실제 범인은 우리 두 사람의 어떤 점에서 살인의 이유를 찾아낸 것인가. 나는 할 수만 있다면 범인에게 한번 물어보고 싶은 기분이었다.

“오늘은 이 정도로 끝내지요. 뭔가 생각나면 즉시 연락해주세요.”

더 이상은 시간 낭비라고 생각했는지 오타니는 그렇게 나를 풀어주었다. 나도 예의상 조금 더 생각해보겠다고 대답했지만, 사실은 전혀 자신이 없었다.

다음으로 불려온 사람은 게이코였다. 그녀가 오타니와 이야기하는 동안, 나는 조금 떨어진 자리에 앉아서 지켜봤다. 게이코는 얼굴빛이 창백하고 추운 것처럼 약간 몸을 떨고 있었다.

나와 게이코가 학교를 나선 것은 결국 6시가 넘은 시각이었다. 신문 기자의 취재 공세까지 당한 다음이었다. 그런 플래시 세례를 받은 건 처음이다. 한참동안 눈앞에서 잔광이 떠다녔다.

“선생님, 진짜 아슬아슬하네요.”

잔뜩 굳은 표정으로 게이코가 말했다. '아슬아슬하다'라는 장난스러운 말로 긴장을 풀어보려고 하는 것 같았다.

"그런가?"

겨우 그 말을 하는데도 혀가 꼬였다. 그걸 한심하게 생각할 여유조차 나에게는 없었다.

"짐작가는 거, 없지요?"

"그렇지."

"범인에게 직접 물어보는 수밖에 없겠네요."

"그러게 말이다."

걸음을 옮기면서 나는 근처 집들의 창문을 바라보았다. 일요일 저녁나절에 온 가족이 모여 저녁식사나 텔레비전을 즐기고 있으리라. 창문으로 새어나오는 불빛이 평범한 일상의 행복을 상징하는 것 같았다. 대체 내가 왜 이런 일을 겪어야 하는가, 하고 화가 난다기보다 서글픈 기분이었다.

"그나저나 너, 형사하고 꽤 오래 이야기하는 것 같던데?"

"아, 저요? 뭔가 이것저것 물어보더라고요. 우선 마술상자를 언제 양궁부 부실에서 교실 건물 뒤로 옮겼느냐고 했어요. 그래서 점심시간이 끝난 직후였으니까 1시쯤이라고 대답했죠."

그렇다면 술병을 바꿔치기한 건 오후 경기 때였다는 것뿐이고, 그 시간대를 좁히는 데는 거의 도움이 되지 않는 진술이다.

"그밖에는?"

"마술상자를 1학년 교실 건물 뒤로 옮긴다는 것을 알고 있는 사람이 누구누구였냐고 물었어요."

"응, 그래서?"

"당연히 양궁부원들이 알고 있었다, 그리고 우리하고 같이 1학
년 교실에서 가장행렬 준비를 했던 다른 운동부 애들도 알았을 것
이다, 무엇보다 마술상자를 옮기는 장면을 본 사람이 있을 거다,
라고 대답했어요."

결국 이것도 타깃을 좁힐 만한 진술이 아니다. 오타니가 게이
코의 대답을 듣고 머리를 쥐어뜯는 모습이 저절로 머릿속에 그려
졌다.

2

집 앞에 도착한 것은 7시경이었다. 원래는 체육제 끝나고 다른
교사들과 한잔한 뒤에 10시 넘어서나 돌아올 예정이었다. 예상치
못한 빠른 귀가에 유미코가 놀랄 것 같았다. 그리고 그 이유를 듣
고는 아마 몇십 배는 더 깜짝 놀랄 것이다.

현관 벨을 눌렀는데 한참동안 문이 열리지 않았다. 전에 없던
일이다. 어딘가 외출했나 하고 바지주머니에서 열쇠를 꺼내려고
했을 때, 안에서 체인 록이 딸칵 열리는 소리가 났다.

"어서 와. 일찍 왔네?"

유미코는 얼굴이 상기된 것처럼 보였다. 이건 석양빛이 비쳐서
그런지도 모르지만, 숨을 약간 헉헉거린다는 건 분명했다.

"응, 그렇게 됐어."

현관에서 그녀에게 충격적인 소식을 전하는 건 아무래도 망설여졌다. 어디서부터 어떤 식으로 말해야 할지, 전철 안에서 내내 생각해봤지만 결국 좋은 방법을 찾지 못한 채 이렇게 집 안에 들어서고 있었다.

양복 상의를 벗으면서 무심코 거실장 위의 전화를 보고 어라, 하고 생각했다. 수화기가 살짝 어긋나 있었다. 커버도 흐트러졌다.

"통화하던 중이었어?"

내가 묻자 유미코는 상의를 양복장 안에 챙겨 넣으면서 "아니, 왜?"라고 되물었다. 수화기가 잘못 놓였다고 얘기하자 그녀는 당황한 기색으로 얼른 제자리에 맞춰놓았다.

"아까 낮에 엄마한테 전화하고 잘못 내려놨나……. 근데 당신은 저런 자잘한 것까지 잘도 알아보네?"

웬일로 유미코가 부루퉁한 목소리를 냈다. 아닌 게 아니라 내가 신경이 예민해져 있는 건 사실이었다. 훤히 다 안다고 생각했던 집 안 풍경까지 어딘가 평소와 다른 곳처럼 낯설게 느껴졌다.

지나치게 벼려진 그 예민함 때문인지 유미코의 태도도 뭔가 작위적으로 보였다. 하지만 그런 느낌을 굳이 말로 하고 싶지는 않았다.

유미코는 곧장 부엌에 나가 저녁식사를 차리기 시작했다. 내가 저녁을 먹고 온다고 했었기 때문에 별 준비도 못했을 것이다. 평소보다 간단한 반찬이 식탁에 차려졌다.

나는 신문 앞면을 들여다보는 척했다. 오늘 일어난 사건을 어떻게 말해줘야 할지 입이 떨어지지 않았다. 하지만 말하지 않으면 안 된다.

유미코가 식탁 의자에 앉아 밥을 푸는 것을 계기로 나는 입을 열었다.

"오늘 가장행렬을 했는데⋯⋯."

"응, 며칠 전에 얘기했었잖아."

된장국을 담으면서 그녀는 대답했다.

"다케이 선생이 죽었어."

엇 하고 유미코의 손이 멈췄다. 눈이 휘둥그레져서 나를 보고 있었다. 무슨 말인지 이해가 안 된다는 표정이었다.

"살해됐어, 다케이 선생이. 독극물을 마시고."

최대한 감정을 억누르며 나는 말했다. 유미코는 눈도 깜빡이지 못하고 입만 달싹거렸다. 하지만 말소리는 나오지 않았다.

"다케이 선생이 가장행렬에서 피에로 분장을 했어. 그때 술병의 물을 들이켰는데⋯⋯ 그 안에 독극물이 섞여 있었던 모양이야."

"누, 누가 그런 짓을⋯⋯."

가까스로 유미코는 그렇게 물었다. 나는 고개를 저었다.

"아직 모르지. 형사는 무라하시 선생의 살해범과 동일인이라고 생각하는 것 같긴 한데⋯⋯."

"어휴, 무서워라. 또 다른 사람도 노리는 거 아니야?"

유미코는 미간을 찌푸리며 불안한 표정을 보였다. 나는 그녀가 더욱 두려워할 것을 잘 알면서도 어쩔 수 없이 말을 이어갔다.

"다음 차례는 나야."

유미코의 표정이 그대로 굳어버렸다. 밥과 된장국에서 피어오르는 김을 사이에 두고 우리는 잠시 서로를 응시했다. 이윽고 그녀가 머뭇머뭇 입을 열었다.

"그게 무슨 소리야?"

나는 숨을 가다듬은 다음에 말했다.

"그 피에로 역할은 원래 내가 맡기로 했었어. 그러니까 범인이 노린 건 다케이 선생이 아니라 나였어. 이번에 실패했으니까 분명 다시 한 번 나를 노릴 거야."

"설마……."

유미코는 말문이 막힌 모습이었다.

"사실이야. 피에로 역할을 바꾸기로 한 것은 다케이 선생과 나 말고는 아무도 알지 못했어. 당연히 범인도 몰랐을 텐데……."

다시금 침묵이 내려앉았다. 그녀는 잠시 허공을 바라봤지만, 이윽고 약간 붉어진 눈을 내게로 향했다.

"뭔가 짐작가는 건 없어?"

"응, 그런 것도 없어. 그러니 더더욱 해결하기가 어렵지."

"혹시 당신을 미워하는 학생이라든가……."

"아이들은 나를 미워할 만큼의 관심도 없는 것 같은데."

다카하라 요코의 얼굴이 떠올랐다. 오타니 형사는 이번 사건과 관련해서도 요코의 행적을 신중하게 수사할 터였다. 어쩌면 벌써 알리바이를 알아보고 있는지도 모른다.

"그래서 어떻게 할 거야?"

"어떻게, 라니?"

"학교 쉴 거야?"

"아니, 아직 그런 건 신청하지 않았어. 최대한 혼자 다니는 것은 줄일 생각이지만."

"그렇구나……."

너무 놀랄까봐서 내심 걱정했었는데 유미코는 비교적 침착한 편이었다. 그리고 뭔가 생각에 빠진 듯 입을 꾹 다문 채 먼 곳을 보는 시선으로 자신의 손바닥을 지그시 들여다보고 있었다.

9월 23일 월요일.

추분의 날*이다. 공휴일뿐만 아니라 학교가 쉬는 날이면 항상 10시쯤까지 이불 속에서 꼼지락거리다가 느지막이 일어나 아침을 먹곤 했지만 오늘은 7시 반에 일어났다.

간밤에 잠을 못 이룰 것 같아서 미즈와리**를 꽤 많이 마셨던 게 생각났다. 그런데도 곤두선 신경이 가라앉지 않아 밤새 수없이 뒤 척였다. 자정 넘어 2, 3시쯤에나 깜빡 잠이 들었던 것 같은데 다시 새벽녘에 자꾸만 눈이 떠졌던 것이다.

---

*1948년에 제정된 일본의 국정 공휴일. 원래 9월 22, 23일 중 하루였으나 현재는 편의상 9월 세 번째 월요일로 변경되었다.

**위스키에 물이나 얼음을 섞어 부드럽게 마시는 방법.

잠을 제대로 못 잔 탓에 당연히 기분은 최악이었다. 욕실에서 세수를 할 때도 거울에 비친 내 얼굴에서는 전혀 생기가 느껴지지 않았다.

"일찍 일어났네?"

아직 자는 줄 알았던 유미코가 어느새 옷을 입고 나와 있었다. 그녀도 피곤한 얼굴이었다. 뒤로 올려 묶은 머리칼이 몇 가닥 흘러내려서 더 핼쑥하게 보였다.

나는 현관에서 신문을 가져와 거실에 자리를 잡고 우선 3면 기사부터 펼쳐보았다. '피에로를 독살?'이라는 우스꽝스러운 제목으로 내 예상보다 작은 기사가 실려 있었다.

내용은 어제 우리와 인터뷰한 내용을 그대로 전하는 것뿐이었다. 하지만 원래 피에로 역할을 맡은 사람이 나였다는 얘기는 없었다. 당분간 언론 쪽에는 비밀로 하기로 했던 것이다.

빵과 커피로 별다른 대화도 없는 아침식사를 하고 있는 참에 전화가 울렸다. 유미코가 얼른 일어나서 받았지만, 수화기를 들기 전에 흘끔 벽시계에 시선을 던지는 게 눈에 들어왔다.

그녀는 예의바른 말투로 두세 마디 나누더니 송화구를 손바닥으로 가린 채 내게 작은 소리로 말했다.

"여보, 교감선생님 전화야."

마쓰자키의 목소리는 어제와 마찬가지로 힘이 없었다. 판에 박힌 인사로 잠시 내 안부를 염려해준 뒤에 그는 용건을 밝혔다.

"실은 조금 전에 학부모회 혼마 씨가 전화를 해오셨어."

"예에……."

혼마 씨라면 학부모회의 임원을 맡은 사람이다. 이런 때에 무슨 볼일로 연락을 했을까.

"실은 어제 체육제가 한창 진행될 때, 술병을 봤다고 하시더라고."

"술병을 봤다니, 무슨 술병을요?"

"확실한 건 아닐지도 모른다고는 하시던데, 아무튼 범인이 미리 준비한 그 독극물 술병인 것 같다는 게 혼마 씨 얘기야."

"예에? 그걸, 어디서요?"

"창고였대. 어제 혼마 씨가 '찾아오기 경주'에 나갔었잖아. 마침 대걸레를 찾아오라는 쪽지여서 급하게 창고로 달려갔던 모양이야. 그때 거기에 한 되들이 술병이 있는 걸 봤다는 얘기야."

"……."

만일 그게 정말로 독극물이 든 술병이었다면 원래의 병과 바꿔치기한 것은 그 이후라는 얘기가 된다. 즉 범행 시각이 한참 좁혀지는 것이다. 나는 급하게 물어보았다.

"그거, 경찰에 알리셨어요?"

"아니, 아직 안 했어. 실은 그런 이야기를 마에시마 선생이 좀 전해주면 어떨까 하고……."

한 마디로 이번 사건에 관한 번거로운 일은 모두 내게 밀어붙이겠다는 심산이다. 하지만 나로서도 남에게 건너 건너 전해 듣느라 괜한 시간 낭비를 하느니 내가 직접 움직이는 게 편하다.

"네, 알겠습니다. 제가 연락할게요."

내 말에 마쓰자키는 살았다는 듯이 고맙다는 인사말을 늘어놓았다. 나는 한시가 급해서 혼마의 연락처를 물어보고는 서둘러 수화기를 내려놓았다.

S경찰서에 전화해보니 다행히 오타니는 자리에 있었다. 내 목소리를 듣자마자 지금 세이카 여고에 가려던 참이라면서 어제보다는 환한 소리로 웃었다.

나는 마쓰자키의 말을 그대로 전했다. 예상대로 오타니는 반색을 하는 것 같았다.

"엇, 그건 중요한 단서군요. 수사에 상당한 진전을 기대할 수 있겠어요."

그의 말에 담긴 열의가 전화선을 타고 전해오는 것 같았다.

즉시 알아보겠다고 해서 나는 혼마의 연락처를 알려주었다. 내가 알기로 혼마는 자영업을 하는 사람이다. 아마 지금 당장이라도 학교에 나와줄 수 있을 것이다.

전화를 끊고 유미코에게 나도 학교에 가봐야겠다고 말하자 그녀는 허둥거리는 모습을 보였다.

"오늘만이라도 집에 있는 게 좋을 텐데……."

"아냐, 공휴일이잖아, 범인도 오늘은 학교에 안 나타날 거야."

빵을 커피와 함께 입에 몰아넣고 서둘러 나갈 채비를 했다. 하릴없이 집에서 고민하고 있는 것보다 어떻든 몸을 움직이는 게 낫다는 생각이었다.

청바지에 티셔츠를 입고 나서자 마음까지 가벼워지는 것 같았다. 휴일에 출근하는 게 몇 년 만인가, 하고 잠시 기억을 더듬어보기도 했다.

"저녁 전에 들어올게."

그렇게 말하고 구두를 신으려는 참에 거실에서 다시 전화가 울렸다. 유미코에게 맡겨두고 그냥 나가려고 했지만, 통화하는 목소리를 듣고 발을 멈췄다. 본가에서 온 전화인 것 같았다.

"여보, 아주버님이야."

아니나 다를까 유미코가 나를 불렀다. 형이 전화를 하다니, 정말 드문 일이다. 하지만 무슨 일인지는 대강 짐작이 갔다.

수화기를 건네받자 형의 투박한 목소리가 귀에 뛰어들었다. 부루퉁하게 툭툭 내뱉는 것처럼 말한다. 하지만 그 속에 반가워하는 마음이 담겨 있었다.

역시 내 예상대로 오늘 아침 신문 기사에 대한 얘기였다. 너희 학교에서 살인사건이 일어났던데 너는 괜찮으냐. 어머니가 걱정하시니까 가끔 얼굴 좀 보여드려라. 평소에 말수가 적은 형이라서 그런 몇 마디 말이 가슴에 뭉클하게 스며들었다. 나는 전혀 걱정할 것 없다, 라고 대답해두었다.

다시 현관에 나가 구두를 신었는데 또 전화벨소리가 울렸다. 내심 툴툴거리면서 잠시 기다렸다. 하지만 유미코가 나를 부르는 기척은 없었다. 그제야 드디어 문을 열고 집을 나섰다.

다만 계단을 내려가면서 나는 조금 마음에 걸렸다. 세 번째 전화 때만 유미코의 목소리가 유난히 나지막해서 내 귀에 전혀 들리지 않았던 것이다.

3

학교에 도착해보니 주차장에 경찰차 두 대가 와 있었다. 그 외에도 여러 대가 주차되어 있었지만 아마 그것도 경찰 쪽 사람들의 차일 터였다.

운동장에 오타니 일행의 모습은 없었다. 흙먼지를 둘러쓴 마스코트 인형이 어제 그 시간에 그대로 멈춰서버린 것처럼 하늘을 올려다볼 뿐이었다.

1학년 건물 1층에서 하얀 옷을 입은 수사원들이 오락가락하는 모습이 보였다. 제복차림의 경관도 눈에 띄어서 나는 우선 그쪽으로 가보기로 했다.

교실 건물 입구 쪽에 도착하자 깜짝 놀랄 만큼 많은 형사들이 와 있었다. 대형 청소 도구며 운동장을 정지하는 기계 등이 들어 있는 창고 앞이다. 억센 남자들 사이에 작고 여윈 몸집의 학부모회 임원 혼마도 끼어 있었다.

내가 그쪽으로 가려고 하자 즉각 젊은 경관이 앞을 가로막았다. 관계자 외에는 출입금지라면서 위협적인 눈빛으로 이쪽을 내려다보았다. 한순간 주춤 뒤로 물러섰다.

"아, 마에시마 선생님!"

그때 형사들 사이에서 오타니가 팔을 번쩍 들면서 나타났다. 오늘은 평소보다 더 활기가 넘쳐 보였다.

"수고하십니다."

내가 고개를 숙이자 오타니는 아뇨, 아뇨, 라고 손을 내저으며 하얀 이를 내보였다.

"중요한 연락을 해주셔서 우리가 고맙죠. 덕분에 상당한 수확이 있을 것 같아요."

그러더니 그는 옆에 있는 수도장에서 손을 씻기 시작했다.

"방금 혼마 씨의 진술조사가 끝난 참이에요."

오타니는 혼마가 진술한 내용을 간단히 알려주었다. 말을 하면서 손수건을 꺼내 손을 닦았다. 그 손수건이 새하얀 것이 왠지 의외라는 느낌이 들었다.

진술 내용은 마쓰자키가 전해준 것과 거의 동일했다. 찾아오기 경주의 세 번째 조로 출전한 혼마는 '대걸레'를 찾아오라고 지시하는 쪽지를 집었다. 가까이에서 응원하던 학생에게 대걸레가 어디 있느냐고 물었더니 킥킥 웃으면서 창고에 있다고 알려주었다. 그래서 이쪽 창고로 달려와 문을 열게 되었는데 일단 대걸레는 금세 눈에 띄었다. 그리고 창고 한 귀퉁이에 종이가방이 놓여있는 것도 동시에 눈에 들어왔다. 혼마는 "그 종이가방만 유난히 깨끗한 게 마음에 걸렸다"라고 말했다고 한다. 그래서 몇 걸음 더 안으로 들어가 그 종이가방 속을 들여다보았다. 그곳에는 낡은 한 되들이 술병이 들어 있었다. 병 아랫부분에 두 잔 정도의 액체가 담겨 있었다. 혼마는 누군가 짐을 잠깐 갖다둔 모양이라고 생각하고 급히 대걸레를 들고 나왔지만, 나중까지도 그 술병이 이상하게 마음에 걸렸다, 라는 얘기였다.

"프로그램 표를 보니까 교직원과 내빈이 참가한 찾아오기 경주는 오후 2시 15분부터 시작된 것으로 나와 있던데, 실제로도 원래 예정한 그 시각에 경주를 시작했습니까?"

연두색 종이를 들여다보며 오타니가 내게 물었다. 어제 했던 체육제의 프로그램 진행표였다.

"네, 거의 예정 시각대로 정확히 진행됐을 거예요." 나는 대답했다.

"그러면 범인이 술병을 바꿔치기한 게 2시 15분 이후라는 얘기군요. 그나저나 이 창고는 문단속을 어떻게 하고 있죠?"

"문단속은 별로……. 아니, 문단속은 거의 한 적이 없어요. 우선 나부터도 여기에 자물쇠가 채워진 건 본 적이 없습니다."

"그래서 범인도 얼마든지 자유롭게 드나들 수 있었군요."

이해가 된다는 듯이 오타니는 몇 번이나 고개를 끄덕였다.

"아참, 양궁부에서 준비했던 원래의 술병 말인데요, 그건 마술 상자가 놓여 있던 자리에서 몇 미터 떨어진 풀숲에 숨겨져 있었어요. 범인도 그런 큰 술병을 들고 다닐 수는 없었던 모양입니다."

"혹시 지문은?"

"네, 지문이 있었죠, 몇 개는. 하지만 모두 양궁부 부원과 마에시마 선생의 지문뿐일 거예요. 이번 범인이 자신의 지문을 남기는 초보적인 실수를 할 것 같지는 않으니까."

그때 교실 건물에서 나온 제복 경관이 오타니를 불렀다. 그는 대답하는 대신 방금 씻은 오른손을 번쩍 들고 흔들어주더니 내게로 시선을 되돌렸다.

"어쨌든 이쯤에서 꼭 해결하도록 하겠습니다. 제3의 희생자를 막기 위해서라도."

그럼, 이라면서 오타니는 건물 쪽으로 걸어갔다. 나는 그 넓은 등판을 바라보며 그가 말한 '제3의 희생자'라는 말을 되새기고 있었다.

수사원들이 활기차게 돌아다니는 것을 지켜보다가 나는 교무실로 향했다. 딱히 도와줄 일도 없는 것 같고, 나 혼자 조용히 생각해보고 싶은 일도 있었기 때문이다.

교무실에는 아무도 없었다. 휴일에는 학교에 나오지 않는다는 게 내 원칙이었지만, 항상 누군가는 나와서 교무실을 지킨다는 얘기는 들었다. 하지만 오늘은 아무도 일직근무를 원할 마음이 나지 않았던 모양이다.

내 자리에 앉아 우선 서랍을 열고 어제의 체육제 진행표를 꺼냈다. 이 서랍도 오늘부터는 다시 열쇠를 채워두는 게 좋을 것 같다.

진행표를 펼쳐 책상에 올려놓고 나는 한참동안 그것을 들여다보며 어제의 상황을 떠올렸다. 학생들의 땀과 열의가 가득했던 분위기가 서서히 마음속에 되살아났다. 하지만 물론 감개에 젖는 것이 목적은 아니었다.

14:15 내빈과 교직원의 찾아오기 경주

14:30 트로이카 경주 (1학년)

14:45 학생 대 교사의 장애물 경주

15:00 창작댄스 (3학년)

15:20 가장행렬 (운동부)

학부모회 임원 혼마는 찾아오기 경주의 3번째 조로 출전했다고 하니까 창고에서 한 되들이 술병을 발견한 것은 대략 2시 20분경이다. 그리고 나와 다케이가 피에로 변장을 위해 교실 건물 뒤편으로 갔던 것은 창작댄스가 시작되기 직전이었으니까 3시다. 즉 술병을 바꿔치기한 것은 그 40분 사이였다는 얘기가 된다.

바꿔치기에 필요한 시간은……. 나는 머릿속으로 범인의 행동을 예상해보았다. 창고까지 가는 데 2분, 창고에서 교실 건물 뒤편까지는 2분, 바꿔치기한 진짜 술병을 풀숲에 숨기고 태연한 얼굴로 자리에 돌아오는 데까지 3분, 이걸 합하면 7분이 된다. 하지만 실제로는 그런 식으로 순조롭게 진행되지는 않았을 것이다. 남의 눈에 띄어서도 안 되고, 지문 등의 흔적을 남기지 않게 최대한 신중하게 움직이지 않으면 안 된다. 그렇다면 범인은 좀 더 여유 있게, 실행 시간을 15분쯤으로 잡았을 것이다.

그다음에는 범인의 심리를 추측해보았다. 찾아오기 경주는 범인도 지켜봤을 것이고, 그렇다면 당연히 혼마가 창고로 대걸레를 가지러 가는 모습도 봤을 것이다. 범인은 당시 창고에 감춰둔 독극물 술병에 온 신경을 집중하고 있었을 게 틀림없다. 그렇다면 최소한 찾아오기 경주가 진행되는 동안에는 창고에 접근하지 않는 게 좋겠다고 생각하지 않았을까. 또 다시 누군가 물건을 찾으러 창고 안에 뛰어들 수 있기 때문이다.

그리고 내가 변장하는 시각을 범인은 전혀 알지 못했다는 점에도 주목해야 한다. 3시 20분부터 가장행렬이 시작되기 때문에 그전일 거라는 정도만 짐작이 가능할 뿐, 그게 5분 전이 될지 20분 전이 될지는 아무도 알지 못했던 것이다. 그런 점에서 범인은 자신의 안위를 고려해 최소한 30분 전인 2시 15분경에는 술병 바꿔치기를 끝냈다고 보는 게 타당할 것이다. 그렇게 되면 범인이 움직일 수 있는 시간은 찾아오기 경주가 끝난 2시 30분부터 이후 2시 50분까지의 20분 동안밖에 없는 셈이다. 그렇다면…….

범인은 2시 30분 트로이카 경주가 시작된 직후에 행동에 나섰어야 한다. 거꾸로 말하면 이 시간대에 알리바이가 확실한 자는 범인이 아니라는 얘기가 된다.

그렇다면 다카하라 요코는 어땠을까. 요코는 3학년이니까 3시부터 시작된 창작댄스에 출전했을 터였다. 한 경기에 출전하는 자는 그 이전 경기가 시작되기 전에 입장문 앞에 집합해 점호를 받아야 한다. 즉 학생 대 교사의 장애물 경주가 시작된 2시 45분에 요코는 입장문 근처에 있었다는 얘기다. 하지만 그건 최소 15분 차이로 아슬아슬하게 알리바이가 성립하지 않는다.

그 밖의 자세한 것은 요코에게 직접 물어보는 수밖에 없겠구나.

창밖 경치를 바라보며 나는 생각했다. 어제의 그 화창한 날씨가 거짓말이었던 것처럼 오늘은 잔뜩 흐린 하늘이다. 마치 지금의 내 심경을 보여주는 것처럼.

잠이 부족했던 탓인지 의자에 몸을 기대자 스르륵 졸음이 몰려왔다. 한 차례 크게 하품을 했더니 눈이 시큰하면서 눈물이 고였다. 간밤에는 심신이 그토록 지쳤는데도 잠이 안 오더니 왜 이제야, 라고 생각하니 피식 웃음이 터졌다.

잠시 그렇게 끄덕끄덕 졸고 있었지만 갑자기 누군가 복도를 성큼성큼 걸어오는 소리에 눈이 번쩍 뜨였다. 발소리는 교무실 앞에서 멈췄다. 왠지 별 의미도 없이 불안감이 가슴을 스치면서 한순간 더럭 겁이 났다.

문이 벌컥 열리는 바람에 깜짝 놀랐지만 그곳에 서 있는 사람은 제복 경관이었다. 그는 실내를 쓰윽 훑어본 뒤 내게 인사를 하면서 말했다.

"잠시 수사에 협조해주시겠습니까? 여쭤볼 게 있습니다."

시계를 보니 내가 교무실에 들어온 지 한 시간 넘게 지났다. 생각을 더듬어본 것은 아주 잠깐이었으니까 의외로 꽤 오랫동안 선잠을 잔 모양이다. 나는 알겠다고 말하고 눈두덩을 비비며 자리에서 일어났다.

경관을 따라간 곳은 창고 옆에 있는 작은 교실이었다. 학생회위원들의 모임 장소로 쓰이는 곳이다. 사방이 벽으로 둘러싸였을 뿐인 살풍경한 공간이지만 와이셔츠 소매를 둘둘 걷어 올린 형사들의 모습이 묘하게 잘 어울려서 이곳이 학교 안이라는 것을 깜빡 잊어버릴 정도였다.

작은 회의 책상에서 형사 세 명이 머리를 맞대고 뭔가 작은 소리로 이야기를 하고 있었지만 내 모습을 보자 오타니만 남겨두고 다른 두 사람은 밖으로 나갔다. 혼자 남은 오타니는 여유 있는 웃음을 보이며 말했다.

"아, 실은 작은 진전이 있어서 오시라고 했어요."

그가 의자를 권해서 나는 거기에 앉아 급하게 물었다.

"그게 뭔데요?"

"실은 이거."

오타니가 발밑에서 집어든 것은 큼직한 비닐통투에 든 종이가방이었다.

"**어떤 장소**에서 발견되었어요. 말할 것도 없이 그 한 되들이 술병이 들어 있던 종이가방이죠. 조금 전에 혼마 씨에게도 확인해봤는데 분명 틀림없다고 했어요."

"어떤 장소, 라는 건?"

"그건 나중에 말씀드리죠. 그보다 이 종이봉투, 혹시 보신 적이 있습니까? 어딘가에서 누군가 들고 있는 것을 봤다든가."

종이가방은 흰색 바탕에 감색의 가느다란 체크무늬가 그려진 것이었다. 한가운데쯤에 'I LIKE YOU!'라고 작은 글씨가 들어가 있었다. 우리 학교 학생이 들고 다니기에는 너무 심플하다, 라는 느낌이 들었다.

"글쎄요, 본 적이 없는데?" 나는 고개를 저으며 대답했다. "게다가 우리 학교에서는 종이가방을 들고 등교하는 건 금지되어 있어요."

"아뇨, 반드시 학생이 들고 온 것이라고 한정할 필요는 없습니다."

하지만 그렇다고 해도 나는 남의 물건 따위를 주의 깊게 본 적이 없다.

"이건 후지모토 선생에게 문의해보면 좋을 것 같아요. 그가 이런 쪽에는 빠삭하니까요."

"오호, 그렇군요. 나중에 후지모토 선생에게 문의하도록 하죠. 그리고 이건 다른 얘기지만, 이 건물 서쪽 편에도 작은 창고가 있던데요?"

"체육 창고 말인가요?"

갑작스럽게 화제를 바꾸는 바람에 나는 약간 당황스러웠다.

"맞아요. 허들이니 배구공 같은 게 있더군요. 실은 그것 말고도 골판지상자가 10개 넘게 쌓여 있던데, 그건 어디에 쓰는 겁니까?"

"골판지상자?"

되물으면서 나는 아하 하고 고개를 끄덕였다. "그건 쓰레기통으로 쓰려고 준비한 상자예요. 체육제가 끝나면 항상 대량의 쓰레기가 나와서 올해 처음으로 미리 준비한 겁니다."

"오호, 올해 처음이에요? 그걸 학생들도 알고 있었어요?"

"예?"

이상한 질문이었다. 내가 말을 더듬거리자 오타니는 찬찬한 말투로 다시 설명해주었다.

"즉 체육 창고에 골판지상자가 있고 그것이 쓰레기통으로 쓰일 예정이라는 것을 학생들이 알고 있었습니까?"

"아니, 아마 몰랐을 걸요. 쓰레기 담을 상자를 준비했다고 미리 얘기하면 아이들이 아무래도 더 마음 놓고 쓰레기를 마구 내놓을 테니까요. 뭐, 비밀이라고 할 정도로 대단한 건 아니었지만."

"그렇군요. 아, 그나저나 **이거** 말인데요."

오타니는 다시 그 종이가방을 들어 보이며 말했다.

"실은 그 골판지상자 하나에서 발견된 거예요. 그러면 범인이 왜 이걸 거기에 버렸는가. 아마 범인은 이 종이가방 때문에 발목이 잡힐 일은 없다고 생각하고, 가장 손쉽게 버릴 수 있는 곳을 찾아본 것 같아요. 하지만 각 교실이나 교무실은 문이 잠겨 있고 소각로는 좀 멀잖습니까. 그래서 이제 곧 쓰레기통으로 쓰일 골판지상자에 버리기로 했다……. 아마 그렇게 된 거겠죠. 그렇다면 그런 생각을 할 수 있는 사람은 누구냐, 라는 얘기가 됩니다."

"교사……라는 건가요?"

말을 하면서 뺨이 팽팽히 긴장하는 게 나 스스로도 느껴졌다. 동시에 손바닥에는 축축하게 땀이 뱄다.

"성급한 판단을 해서는 안 되겠지만, 나는 일단 학생의 행동 패턴은 아니라고 생각해요."

아소 교코가 머릿속에 떠올랐다. 아마 오타니도 그녀를 염두에

두고 있는 게 틀림없었다.

조금 전 교무실에서 생각해본 범행 추정 시각을 다시 떠올려보았다. 아마추어인 내 추리에 의하면 2시 30분에서 2시 50분 사이의 20분 동안이 범행 추정 시각이다. 그 시간에 아소 교코는 무엇을 하고 있었는가.

허들을 뛰어넘는 아소의 모습이 퍼뜩 떠올랐다. 그렇다, 학생 대 교사의 장애물 경주였다.

"앗, 미안하지만 어제의 체육제 진행표는 어디 있죠?"

한참이나 입을 꾹 다물고 생각에 잠겨 있는가 싶더니 불쑥 그런 질문을 날렸기 때문이리라, 오타니는 당황한 것 같았다. 그래도 서둘러 양복 주머니에서 연두색 진행표를 꺼내주었다.

'14:45 학생 대 교사의 장애물 경주'

나는 진행표에서 얼굴을 들고 오타니에게 그 부분을 짚어주면서 말했다.

"아소 선생은 2시 45분부터 이 경기에 참가했어요. 그렇다면 그 전 프로그램인 트로이카 경주가 시작됐을 때는 입장문 앞에 정렬하고 있었어야 합니다."

오타니도 범행 시각에 대해서는 당연히 추리를 해봤을 것이다. 그게 내 것과는 약간 달랐더라도 지금 내가 어떤 말을 하고 있는지는 충분히 알고 있을 터였다.

"아소 선생은 범인이 아니라는 얘기군요."

그는 무겁게 입을 열었다.

"네, 가능하지 않아요. 적어도 현재로서는."

말을 하면서 나는 뭔가 깊은 불안이 휘감겨드는 것을 느꼈다.

4

9월 24일 화요일.

학교는 마치 계엄령이라도 선포된 것처럼 긴박한 공기가 감돌았다. 평소에는 잡담으로 귀가 시끄러울 정도인 교무실도 다들 조개처럼 입을 꾹 다물어서 숨이 막힐 듯한 분위기였고, 이번만은 학생들도 큰 충격을 받았는지 모든 교실이 으스스할 만큼 고요히 가라앉아 있었다.

단 한 사람, 평소보다 입이 바빠진 사람은 교감 마쓰자키였다. 아침부터 그의 책상 전화가 쉴 새 없이 울렸기 때문이다. 언론사 전화도 있지만, 대부분은 학부모에게서 걸려오는 모양이었다. 상대 쪽에서 무슨 말을 하는지는 들리지 않았지만, 아무튼 마쓰자키는 사과에 사과를 거듭하고 있었다.

그런 상황이었으니 수업이 제대로 될 리가 없어서 교사들은 시작종이 울리면 교실에 들어가 일방적으로 교과서를 설명하다가 끝종이 울리면 나온다는 식이었다.

팽팽히 당겨진 분위기를 더욱더 자극하는 사람들, 즉 형사들이 찾아온 것은 4교시가 끝난 직후였다. 마치 당연한 일처럼 그들은 응접실에 진을 치더니 한 인물을 지목해 진술조사를 요청했다. 그 이름을 듣고 마쓰자키 일행은 아닌 밤중에 홍두깨라는 표정이었지만, 나는 혼자서 가슴이 뜨끔했다. 지목 받은 사람, 즉 아소 교코 쪽을 슬쩍 살펴보았다. 갑작스러운 호출에 명백히 얼굴빛이 헬쑥해진 그녀는 힘없이 자리에서 일어나더니 마치 몽유병자처럼 마쓰자키의 뒤를 따라갔다. 그 몸짓은 왜 하필 나를 지목하는 거냐고 의아해하는 것처럼 보이기도 했다. 하지만 역시 충격을 감추지 못하는 기색이 더욱 강하게 느껴졌다.

입을 꾹 다문 채 아소가 나가는 것을 지켜보던 다른 교사들은 그녀의 모습이 보이지 않게 되자마자 저마다 다양한 억측을 펼치기 시작했다. 그 대부분이 무책임한 험담이어서 일일이 거론할 가치도 없었다. 하지만 단 한 사람, 오다 선생의 말은 내 관심을 끌었다.

오다가 내 옆으로 다가와 다른 사람들에게 들리지 않게 속닥속닥 말했던 것이다.

"어제 느닷없이 형사들이 우리 집에 찾아왔었어요."

"형사들이 오다 선생 집에?"

나는 뜻밖이라는 마음으로 되물었다. 그는 고개를 끄덕였다.

"뭔가 이상한 질문을 하더라고요. 그저께 체육제 때 학생 대 교사 장애물 경주에 나갔다던데, 아소 선생도 그 경기를 함께 뛰었느냐는 거예요. 함께 뛰었다고 대답했더니 그다음에는 입장문에서 미리 정렬했을 때, 아소 선생이 좀 늦게 오지 않았느냐고 묻더라고요. 그런 세세한 것까지는 기억나지 않는다고 대답하려고 했는데, 가만히 생각해보니까 분명 그런 일이 있었어요. 그때 아소 선생이 안 와서 달리는 순서를 바꿔야겠다고 생각했었거든요. 나중에야 겨우 시간 안에 나타나 그냥 넘어가긴 했지만……. 아무튼 그게 이번 사건과 관계가 있었던 걸까요?"

그는 고개를 갸웃거렸고 나도 글쎄요, 라고만 대답했지만 그의 증언이 형사의 수사에 상당히 중요한 의미가 있었다는 건 말할 것도 없다. 어제 오타니와 얘기할 때는 아소 교코의 알리바이가 성립된다고 생각했었는데 오다의 증언으로 그것이 뒤집어진 것이다. 그 결과, 오늘 아소는 형사의 호출을 받게 되었다.

아소가 나가고 10분쯤 지났을 때, 이번에는 교장이 나를 불렀다. 적잖이 무거운 마음으로 교장실에 가자 예상했던 대로 구리하라의 부루퉁한 얼굴이 책상 너머로 보였다.

"대체 어떻게 된 거야?" 신음하는 듯한 목소리로 그는 물었다. "왜 아소 선생이 저 사람들에게 잡혀간 거냐고."

"아뇨, 잡혀간 게 아니에요. 진술조사를 받는 것뿐입니다."

내가 말했지만 구리하라 교장은 울화통이 터진다는 듯 고개를 내저었다.

"지금 그런 말장난을 할 기분이 아니야. 오타니라는 형사가 마쓰자키에게 자세한 사정은 자네한테 물어보라고 말했다더라고. 어서 얘기해봐. 왜 아소 선생이지?"

나지막하게 억누른 말투였지만 머리끝까지 화가 났다는 것은 불그레해진 이마와 귓불을 보면 알 수 있었다. 이런 상황에서 대충 말을 얼버무려봤자 통하지 않을 것 같았다. 나는 마음을 굳게 먹고 모든 것을 털어놓기로 했다. 아소 교코라는 여자의 본모습에서부터 술병을 바꿔치기한 것까지, 모든 것을 숨김없이 이야기했다. 내 얘기로 구리하라 교장의 기분이 더욱더 나빠지리라는 것도 각오했다.

이야기를 듣는 동안에도, 다 듣고 나서도, 교장은 팔짱을 낀 채 눈을 감고 있었다. 고뇌에 찬 표정으로 한동안 움직이지 않았다. 이윽고 입을 열었지만 그때는 분노의 빛은 사라지고 없었다.

"한마디로, 자신의 남자관계를 감추기 위해 살인을 했다는 건가?"

"아뇨, 아직 확정된 건 아니고요."

"어쨌거나 아소 선생의 이력이 내 기대에 어긋난다는 건 분명해."

"……"

"자네는 다 알고 있었으면서도 여태 말을 안 했군. 왜 그랬어?"

"남의 험담을 하고 싶지 않았을 뿐이에요. 게다가 요즘은 아소 선생이 어떤 인간관계를 맺고 있는지, 저도 아직 잘 모릅니다. 게다가 교장선생님이 아소 선생을 상당히 마음에 들어 하시는 것 같아서……."

마지막 말은 비꼬는 소리로 받아들였는지, 그는 얼굴을 찌푸리며 내뱉듯이 말했다.

"뭐, 됐어. 내가 사람 보는 눈이 없었던 거지."

그럼 이만, 이라고 나는 일어서려고 했다. 볼일이 끝났다고 생각했기 때문이다. 하지만 교장은 잠깐만, 이라고 제지했다.

"자네 생각에는 어때, 역시 아소 선생이 범인인 것 같아?"

"아뇨, 잘 모르겠습니다."

그것이 나의 솔직한 의견이었다. 교장의 입장을 배려해서 한 말이 아니다.

"아닌 게 아니라 두 번째 사건에서는 아소 선생이 매우 불리한 입장이에요. 하지만 첫 번째 사건에서는 완벽한 알리바이가 있었습니다. 형사들도 그 점 때문에 고개를 갸웃거리고 있어요."

"흐음, 알리바이라……."

"더구나 이번 사건 역시 해결하지 못한 수수께끼가 많아요. 어째서 범인은 수많은 사람들이 지켜보는 가운데 피에로를 살해하는 그런 대담한 방법을 취했는가, 라는 것도 그중 하나입니다."

내내 마음속에 걸려 있던 의문을 나는 처음으로 입에 올렸다. 악취미라고 할 수밖에 없는 범인의 그런 범행 방법은 아소 교코의 짓이라고 하기에는 도무지 이해가 되지 않는 뭔가가 있었다. 바꿔 말하자면, 그녀가 범인이라면 결코 그런 번거로운 범행 방식은 택하지 않았을 것이라는 얘기다.

"알았어. 아무튼 잠시 상황을 지켜보자고."

교장은 씁쓸한 표정으로, 하지만 역시 교장답게 말했다.

교장실을 나와 교무실로 돌아올 때, 복도 중간의 게시판 앞에 학생들이 몰려 있어서 나도 발을 멈췄다. 게시판을 보고는 가슴이 철렁했다. 어제 오타니가 보여준 그 종이가방 사진이 붙어 있었던 것이다. 사진 옆에는 다음과 같은 문구가 적혀 있었다.

'이 종이가방을 목격한 사람은 S경찰서로 연락해주십시오.'

이것도 일종의 공개수사라고 해야 할까. 같은 학교 안에서 두 번씩이나 살인사건이 일어난 상황이다. 앞으로 경찰의 이런 공개적인 수사는 점점 더 많아질 게 틀림없었다.

모여든 학생들 중에 아는 얼굴이 있어서 나는 그들에게 종이가방에 대해 아는 게 있느냐고 직접 물어보았다. 다들 잠시 고민해줬지만, 역시 생각나는 게 없다는 대답이 나왔다.

교무실에 들어서자 아소 교코의 책상 쪽부터 확인해봤다. 하지만 그녀의 모습은 없었다. 아직도 응접실에서 형사를 만나고 있나 하고 생각했지만, 책상 위가 깔끔하게 정리된 것이 마음에 걸렸다. 나는 후지모토의 자리로 다가가 아소 교코의 행방을 그의 귓가에 대고 물었다. 그러자 그도 주위의 귀를 의식한 듯 작은 소리로 대답했다.

"아까 돌아오기는 했는데 그 길로 조퇴한 모양이에요. 교감선생에게 신청서를 냈다고 하더라고요. 방금 전에 교무실을 나갔어요. 혹시 복도에서 마주치지 않았어요?"

"아니, 나는 못 봤어. 고마워."

나는 그에게 인사를 건네고 일단 내 자리에 가서 앉았다. 그리고 5교시 수업 준비로 손은 볼펜을 놀리고 있었지만 머리가 전혀 따라오지 않았다. 무라하시의 사체, 그리고 다케이의 사체가 스톱 모션으로 자꾸만 머릿속에 떠올랐다가 사라졌다.

나도 모르게 벌떡 일어나 교무실을 뛰쳐나왔다. 복도를 달려갈 때 시작종이 울리는 것 같았지만 그때의 내 귀에는 들어오지 않았다. 나는 곧장 정문으로 향했다.

아소 교코의 뒷모습을 발견한 것은 그 정문 앞이었다. 키 큰 파란색 원피스 모습이 정문 밖으로 나가는 것을 보고 나는 더욱더 걸음을 서둘렀다.

정문을 나선 참에 말을 건넸다. 그녀는 깜짝 놀란 모양이었다. 걸음을 멈추고 뒤를 돌아보는 단정한 얼굴이 놀람으로 일그러져 있었다.

몇 초 동안, 말도 없이 둘이서 마주보고 있었다. 그녀는 할 말을 찾지 못했을 것이고, 나는 그녀를 뒤쫓아온 이유를 나 스스로도 잘 알지 못했던 것이다.

이윽고 그녀가 먼저 할 말을 찾아냈다.

"무슨 일이세요?"

뜻밖일 만큼 또렷한 목소리였다. 아마 그녀로서는 최선을 다해 내뱉은 말일 것이다.

나는 물었다. "아소 선생님이 한 짓이에요?"

그러자 그녀는 천만뜻밖의 말이라도 들은 것처럼 눈을 둥그렇게 뜨더니 피식 웃으려고 했다. 하지만 그 웃음이 중간에 무너지면서 묘하게 굳어버린 분노의 표정으로 바뀌었다.

"마에시마 선생님이 그런 질문을 하시는 건 이상하죠. 형사에게 내 얘기를 한 게 선생님이잖아요?"

"아소 선생에게 나는 거치적거리는 존재였죠. 나는 그런 사실을 진술했을 뿐이에요."

"그렇다면 내가 지금 여기서 나는 범인이 아니다, 라고 하면 그 말을 믿어주실 거예요?"

내가 대답을 망설이는 것을 보고 그녀는 입가를 올리며 웃는 표정을 지었다.

"믿어주시지 않겠죠. 그 형사들도 그랬어요. 너무 억울하지만 나는 나 자신의 무죄를 입증할 방법이 없어요. 그냥 가만히 기다리고 있을 수밖에……."

아소는 눈물 때문에 목이 메어 말을 잇지 못했다. 내가 처음으로 본 그녀의 눈물이었다. 억울한 눈물이 뺨을 타고 흐르는 것을 보고 내 마음은 휘청 흔들렸다.

"지금은 무슨 말을 해도 소용없고, 굳이 말하고 싶지도 않아요. 다만 한마디, 여러분께 충고해둘 게 있어요."

아소 교코는 발길을 돌리면서 말했다.

"나를 추궁해봤자 사건은 해결되지 않아요. 진상은 전혀 다른 곳에 있으니까요."

그녀는 내 대답을 기다리지 않고 걸음을 옮겼다. 힘없이 흐느적 흐느적 멀어져갔다.

내 마음은 불안감에 휩싸였다.

5

그날부터 모든 운동부 활동은 일단 중지되었다. 하교 시각도 당연히 빨라져서 4시 반을 지나면 교내에서 학생들의 모습이 완전히 사라졌다.

교사들도 이런 상황에서는 미적미적 학교에 남아 있기가 어렵다. 평소에는 6시경까지 활기가 돌던 교무실도 일찌감치 괴괴하게 가라앉았다.

힘차게 돌아다니는 것은 형사들뿐이었다. 그들 중 몇몇은 여전히 단서를 찾아 학교 안을 탐색하고 다녔다. 한 젊은 형사는 쓰레기통까지 뒤져보는 것 같았다.

6시가 지나자 나도 퇴근하기로 했다. 오타니 형사에게 인사나 하고 가려고 했지만 어디서도 눈에 띄지 않았다. 경찰서로 돌아갔는지도 모른다.

S역까지 젊은 형사가 배웅해주었다. 나와 별반 나이 차가 나지 않을 텐데도 수없이 위험한 순간을 겪어왔는지 날카로운 눈빛이 역시 일반인과는 달랐다. 그도 이윽고 오타니처럼 사냥개의 눈빛으로 변해갈 것이리라.

시라이시라고 이름을 밝힌 그 젊은 형사에게서 들은 이야기에 따르면, 아소 교코의 알리바이는 결국 성립되지 않았다고 한다. 학생 대 교사의 장애물 경주에 출전하기는 했지만, 오다 선생이 증언했던 대로 입장문 앞의 집합 시간에 한참 늦게야 나타난 모양

270

이었다. 그 이유에 대해 아소는 일단 해명을 했지만 목격 증인이 없는데다 아무래도 부자연스러운 발언이었다.

"화장실에 갔었다는 거예요, 15분씩이나. 물론 절대 말이 안 되는 소리라고 할 수는 없지만 보통 그렇게 오래 걸리지는 않잖아요?"

시라이시의 말은 약간 짜증스러운 투로 들렸다. 아소 교코를 범인으로 확정한 듯한 말투이기도 했다. 이런 걸 두고 젊은 혈기라고 하는지도 모른다.

"하지만 무라하시 사건에서는 아소 선생에게 명확한 알리바이가 있었잖아요."

저녁 해에 길게 늘어난 내 그림자를 보면서 그렇게 물었다. 그러자 옆에 나란히 선 시라이시의 그림자가 고개를 갸우뚱했다.

"네, 그게 문제라니까요. 정황상 이건 틀림없이 동일범인데 말이에요. 이 모순을 해결할 명안으로 범인이 여러 명일 것이라는 설이 나왔는데, 그렇게 되면 공범자는 누구냐는 얘기가 되잖습니까. 뭐, 일단 우리로서는 처음에 일어난 사건에 연연하지 말고 우선 두 번째 사건으로 문제를 좁혀나가기로 방침을 세웠어요."

아소 교코가 자백만 해주면 모든 수수께끼가 풀린다, 라는 자신감을 내비치는 말이었다. 그가 그런 쪽으로 기대를 품는 것은 당연한 일이겠지만, 나는 조금 전에 들은 아소 교코의 말이 계속 마음에 걸렸다. '진상은 전혀 다른 곳에 있다.' 그 말은 허풍을 떠는 것도 아니고 속임수도 아니라고 나는 판단했다. 그러면 '진상'

은 대체 어디에 있는 것인가. 아소 교코는 그것을 알고 있다는 것인가.

S역 앞에서 시라이시와 헤어졌다. 나를 향해 "조심하십쇼"라고 우렁찬 목소리로 말해주었다.

전철 안에서 나는 지금까지 일어난 사건에 대해 다시 한 번 정리해보았다. 너무도 많은 일들이 뒤엉켜서 막상 중요한 것을 놓쳐버렸을 수도 있다고 생각했기 때문이다.

우선 2학기가 시작되면서 누군가 연거푸 내 목숨을 노렸다.

이어서 9월 12일, 무라하시가 교직원용 탈의실에서 독극물에 의해 살해되었다. 탈의실은 밀실 상태였다. 이 사건에서 다카하라 요코가 의심을 받았지만 결정적인 증거는 없었고, 그 뒤에 호죠 마사미가 밀실 트릭을 풀어주고 요코가 그것을 실행하기는 불가능했다는 결론이 나오면서 일단 경찰의 추궁은 면했다.

그리고 9월 22일, 체육제에서 다케이가 살해되었다. 나를 대신해 희생된 것이다. 범인이 가장행렬의 소도구인 한 되들이 술병을 독극물 술병으로 바꿔치기한 것이었는데, 다행히 학부모회 임원인 혼마의 증언으로 범행시각이 대폭 좁혀졌다. 나아가 독극물 술병을 넣어둔 종이가방이 창고 골판지상자 안에 놓여 있었는데 그 골판지상자가 쓰레기통으로 사용된다는 것을 알고 있었던 것은 교사들뿐이었다는 점에서 당연히 그 관여를 의심하게 되었다. 그리고 나의 증언을 통해 아소 교코에게 혐의가 걸려 있다, 라는 것이 현재까지의 경위다.

이렇게 정리해놓고 보니 가장 먼저 생각나는 건 범인상이 아무래도 확실하지 않다는 것이었다. 이를테면 무라하시 사건에 대해 말하자면, 범인은 실로 치밀하게 행동했다. 유류품은 거의 발견되지 않았고 무라하시 자신의 행동에 대해서도 명확하지 않은 점이 많았다. 그에 비해 다케이 사건에서는 범인의 허술한 움직임이 두드러졌다. 나를 살해하는 데 실패한 것은 그나마 기적 같은 우연 때문이었지만, 그렇다고 쳐도 범행의 무대가 범인 스스로에게 위험할 만큼 거창했고 범행 순서를 금세 들켜버리는 등 조잡한 면이 눈에 띄었다.

범인은 아소 교코인가. 만일 아니라면 대체 어떤 자인가. 그자는 나와 무라하시의 어떤 공통점을 찾아내 살인의 동기로 삼았는가.

깊은 생각에 빠져 있다가 퍼뜩 정신을 차리자 전철이 플랫폼에 들어서고 있었다. 나는 당황해서 허둥지둥 차에서 내렸다.

역을 나서자 벌써 날이 컴컴해져서 길가에는 사람도 드문드문 보일 뿐이었다. 이 근처는 상점도 적고 가로등도 적어서 유난히 한적하게 느껴진다.

잠시 걸어가면 민가도 줄어들고 모 중소기업의 공장 옆길이 나온다. 한쪽은 주차장이다. 나는 거기에 늘어선 차를 바라보며 그 길을 지나가려고 했다.

문득 엔진소리가 들려왔다. 그 소리는 등 뒤에서 다가왔다. 나는 길가로 비켜섰다. 그대로 지나갈 거라고 생각하고, 아니, 굳이 그런 생각을 할 것도 없이 습관적으로 비켜섰던 것이다.

뭔가 이상하다고 깨달은 것은 우선 나의 직감이었다. 이어서 이런 밤길에 사람 옆을 지나가는 것 치고는 속도가 지나치게 빠르다고 생각했다.

휙 뒤를 돌아보고는 화들짝 놀랐다. 눈이 부신 상향등을 켠 차가 맹렬한 기세로 나를 향해 달려오는 것이었다. 내 등 뒤로 불과 몇 미터의 위치였을 것이다.

나는 순간적으로 몸을 날렸다. 아마 영 점 몇 초의 타이밍이었을 것이다. 엎드린 내 머리 바로 옆을 자동차 타이어가 지나갔다.

급히 몸을 일으켰지만 상대의 움직임도 빨랐다. 타이어가 미끄러지는 소리를 내며 유턴하더니 다시 전속력으로 달려들었다. 눈에 헤드라이트 불빛이 정통으로 꽂혀서 시야가 하얘졌다.

오른쪽으로 도망칠 것인가 왼쪽으로 피할 것인가, 한순간 망설였다. 그것이 원인이었으리라. 판단이 아주 조금 늦어지면서 왼편 옆구리에 도어 미러가 닿는 것과 동시에 격통이 내달렸다. 나도 모르게 그 자리에 주저앉았지만 그 차는 이번에는 유턴이 아니라 전속력으로 후진을 하고 있었다. 나는 얼굴을 일그러뜨리면서 비틀비틀 일어섰다. 얼얼한 옆구리를 붙잡고 내가 할 수 있는 것은 피하는 게 고작이었다.

후진으로 옆을 스쳐간 뒤, 다시금 공격이 이어졌다. 운전석을 들여다보려고 해도 헤드라이트 불빛 때문에 응시할 수 없었다. 가까스로 차종만은 판별해냈지만, 안에 몇 명이 탔는지도 알 수 없었다.

점점 내 다리도 꼬여왔다. 마치 과격한 트레이닝을 당하는 듯한 꼴이었다. 게다가 옆구리의 격통이 문제였다. 옆쪽으로는 철조망이 길게 이어지고 도망칠 샛길조차 없다는 것도 불리했다. 물론 **적**은 그런 점을 생각해서 이 장소를 선택했겠지만.

나는 결국 비틀거리면서 맨바닥에 손을 짚었다. 차의 불빛이 바로 저 앞까지 닥쳐들었다. 이제 어쩔 수 없다, 라는 생각에 온몸의 핏기가 스르륵 빠져나가는 것 같았다.

그 순간, 나와 차 사이에 크고 빠른 그림자가 끼어들었다. 내 눈에는 그것이 거대한 짐승처럼 보였다. 차를 운전하던 쪽도 깜짝 놀란 모양이었다. 갑작스럽게 핸들을 꺾더니 차체가 옆으로 미끄러지면서 아슬아슬하게 그 **짐승**의 바로 앞에서 정지했다.

나는 검은 그림자를 올려다보았다. 짐승으로 보였던 그것은 오토바이였다. 차에 쫓기느라 다가온 오토바이 소리를 미처 듣지 못했던 모양이다. 그리고 그 오토바이에 탄 사람을 보고 나는 다시금 놀랐다. 검은 라이더슈트 차림의 다카하라 요코였다.

"요코, 네가 어떻게 여기에……."

그때 차체가 기울어졌던 차가 한껏 액셀을 밟았다. 하지만 이번에는 이쪽으로 달려오는 게 아니다. 전속력으로 도망치려는 것이었다.

"다친 데 없어요?"

이런 상황과는 어울리지 않을 만큼 서늘한 목소리로 요코가 물

었다. 나는 옆구리를 부여잡은 채 일어나 망설일 것도 없이 오토
바이 뒷자리에 올라탔다.

"저 차를 쫓아가! 부탁한다."

헬멧 안 요코의 큼직한 눈이 한층 더 둥그레지는 게 보였다. 뭔
가 말하려고 하고 있었다. 나는 큰소리로 고함을 쳤다.

"어서 쫓아가라고! 놓치겠어."

이번에는 그녀도 망설임 없이 액셀을 밟았다.

"꽉 잡아요."

그 즉시 등이 뒤로 쏠리는 듯한 가속을 느꼈다. 나도 모르게 요
코의 허리에 매달렸다.

온몸에 자잘한 진동을 일으키며 오토바이는 밤길을 내달렸다.
큰 길로 나서자 백여 미터 앞에 조금 전 그 차의 미등이 보였다.
거리가 줄어들지 않는 걸 보면 그쪽도 상당히 속도를 내는 것 같
았다.

"차가 막히면 잡을 수 있어요."

헬멧 안에서 요코가 소리쳤다. 하지만 이런 때일수록 차의 흐름
은 원활하다. 2차선 도로에서 요리조리 차 사이로 끼어들며 달려
나갔다.

어린 대나무처럼 유연한 요코의 허리를 붙잡고 나는 어떻게든
그 차의 번호판을 확인하려고 했다. 하지만 번호판에 뭔가를 씌웠
는지 아무리 집중해서 바라봐도 영 보이지 않았다.

"상대는 한 사람이에요."

요코가 말했다. 운전석 쪽에 한 사람뿐이라는 뜻이겠지만 한 패가 뒷좌석에 숨어있을지도 모른다.

이윽고 앞쪽에 신호등이 나타났다. 이미 노란색으로 바뀌어 있었다. 아차 하고 실망한 것도 잠시, 그 차는 신호가 빨간색으로 바뀐 것도 무시하고 사거리를 그대로 뚫고 내달렸다.

이쪽 오토바이가 사거리에 도착했을 즈음에는 반대편 신호가 파란불이 되면서 눈앞으로 차들이 일제히 가로질러 가고 있었다. 그 차의 모습은 보이지 않았다.

"이런 제기랄, 재수가 없네."

내가 내뱉듯이 말하자 그것과는 대조적인 침착한 목소리로 요코는 말했다.

"아무튼 직진으로 가볼게요. 그 차도 어딘가에서 신호에 걸렸을지 모르니까."

신호가 파란색으로 바뀌자 한층 더 큰 엔진소리를 울리며 오토바이는 출발했다. 나는 또 다시 자칫하면 몸이 뒤로 쏠릴 뻔했다.

요코는 아무튼 직진으로 무섭게 내달렸다. 양쪽에 여러 번 옆길이 나타나 그때마다 망설임도 생겼지만 지금은 그런 걸 따질 상황이 아니었다.

오토바이는 잠시 뒤 자동차 전용도로로 들어섰다. 배기음이 더욱더 높아지고 속도계의 바늘이 급상승했다.

정면에서 들이치는 바람 때문에 나는 거의 눈을 뜰 수 없었다. 어떻게든 따라잡으라고 소리쳤지만 요코의 귀에 들어갔는지 말았는지도 미심쩍었다. 게다가 범인이 반드시 앞쪽에 있다고 장담할 수도 없었다. 따라잡을 수 있었다면 벌써 차의 뒤꽁무니쯤은 눈에 들어왔을 것이다, 라는 생각도 들었다.

나는 몸을 한껏 숙이고 있어서 자세한 상황은 알 수 없었지만 교통량은 비교적 적은 것 같았다. 뒤쪽으로 휙휙 밀려가는 라이트가 많은 것을 보면 그래도 차들을 상당히 따돌린 모양이다.

"……."

요코가 뭔가 외치는 소리가 들렸다. 나도 고함을 지르듯이 되물었다. 그러자 잠시 뒤 엔진 회전수가 줄어드는 게 느껴졌다. 주위 경치의 이동도 점점 느려지고 눈도 뜰 수 있었다.

"왜 그래?"

"안 되겠어요. 이 정도만 하죠."

요코는 오토바이를 왼편으로 기울였다. 빨려들듯이 옆길로 들어갔다.

"왜 안 된다는 거야?"

"저 앞에부터 고속도로로 연결돼요."

"그럼 어때? 이렇게 된 이상, 끝까지 쫓아가야지."

"안 돼요, 그 차림으로 요금소를 통과할 수 있을 거 같아요?"

그 말을 듣고서야 깨달았다. 양복차림에 헬멧도 쓰지 않고서는 너무 눈에 띈다. 이런 곳에서는 나만 내리고 요코에게 추적을 떠맡길 수도 없다.

"그놈이 결국 어디선가 우리를 따돌렸네."

분통이 터져서 내뱉었지만, 요코는 여전히 냉정한 목소리로 말했다.

"차는 세리카 더블엑스였어요. 그것만 해도 큰 단서잖아요?"

"그건 그렇지만……. 어렵게 여기까지 왔는데 아쉽잖아."

내 불평에는 대답하지 않고 요코는 온 길을 돌아가기 시작했다. 어느새 상당히 먼 변두리까지 와버린 모양이다. 유난히 논이며 밭이 많은 풍경을 오른편으로 바라보면서 조금 전과는 딴판으로 좁고 한적한 길을 되돌아갔다. 남들 눈에는 드라이브를 즐기고 온 커플로 보였는지도 모른다. 물론 남녀가 뒤바뀌기는 했지만.

풀숲과 먼지 냄새를 느끼며 우리는 밤길을 달렸다. 이따금 샴푸 향기가 헬멧 틈새로 흘러나왔다. 문득 요코가 여자라는 것을 의식하고 내 손바닥에는 땀이 배기 시작했다.

얼마나 달렸을까, 나는 잠시 쉬어가자고 말했다. 이제 조금만 더 가면 도착할지도 모르지만, 나는 요코와 이야기를 나누고 싶었던 것이다.

요코는 대답도 없이 액셀을 늦췄다. 그녀가 선택한 장소는 물이 줄어든 강 위를 건너지른 다리 위였다. 강 양쪽으로는 길고 긴 제방이 이어지고 그대로 시선을 먼 곳으로 향하면 도시의 불빛이 보였다.

나는 오토바이에서 내려 다리 난간에 양쪽 팔꿈치를 짚고 강물을 내려다보았다. 요코도 다리 가에 오토바이를 세우고 헬멧을 벗으면서 천천히 걸어왔다. 지나가는 차도 거의 없고 전철이 달려가는 소리가 이따금 메아리처럼 들려올 뿐이었다.

"오토바이는 처음 타봤네." 강을 바라보면서 나는 말했다. "좋은 경험이 됐어. 역시 속도감이 최고다."

"……최고죠."

요코도 내 옆에 서서 먼 곳을 바라보았다. 나는 그 옆얼굴을 향해 말했다.

"정말 위험한 상황이었는데 도와줘서 고맙다. 그때 조금만 늦었더라면 어떻게 됐을지……. 근데 한 가지 궁금한 게 있어."

"왜 거기에 나타났느냐는 거요?"

"맞아. 물론 네 드라이브 코스 중 하나였다고 한다면 뭐, 그럴 수도 있겠지만."

"여전히 선생님은 말을 빙빙 돌려서 하시네요."

요코가 큰 한숨을 내쉬더니 진지한 얼굴로 말을 이어갔다.

"오늘 선생님에게 얘기할 게 있었어요. 그래서 역에서 기다렸는데, 내내 말을 해야 하나 말아야 하나 망설이던 참이었어요. 선생님이 개표구를 나와 휙 지나가길래 그냥 나중에 얘기하자, 하고 돌아가려고 했죠. 근데 역시 오늘 말하는 게 좋을 것 같아서 다시 뒤따라갔더니……."

"그랬더니 그 위험한 장면을 덜컥 마주친 거였어?"

그녀는 꾸벅 고개를 끄덕였다. 강바람에 짧은 머리칼이 휘날렸다. 살갗에 서늘하게 와닿는 공기는 역시 가을의 것이었다.

"그래서, 뭐였지? 나한테 할 얘기라는 게?"

그녀는 다시 한순간 망설이는 것 같았다. 하지만 이윽고 마음을 정한 듯 내 눈을 응시했다.

"무라하시 선생님이 살해된 날, 내가 탈의실 근처에 있는 것을 누군가 봤다고 했잖아요. 형사가 그거 물어봤을 때는 그냥 옆을 지나갔던 거라고 말했었지만, 사실은 그게 아니었어요. 그때 나는 무라하시 선생님을 미행하던 중이었어요."

"엇, 미행을 했다고? 왜?"

"어휴, 이건 정확하게 설명하기가 너무 어려운데."

요코는 복잡한 전후 사정을 조리 있게 말해야 하는 게 짜증이 난다는 듯 머리를 쥐어뜯는 몸짓을 했다.

"그때만 해도 나는 무라하시가 죽이고 싶을 만큼 미웠어요. 머리칼을 아무렇게나 싹뚝 잘라버리는 게 우리한테 얼마나 자존심 상하는 일인지 그 사람은 알지 못했으니까요. 내가 어떻게든 복수해줄 생각이었어요. 그래서 만들어낸 게 무라하시가 여학생을 성추행했다는 스토리였어요. 그날 방과 후, 무라하시는 학생수첩을 깜빡해서 그걸 가지러 온 학생을 교실에서 마주쳤다. 그 학생을 성추행하려다가 비명을 지르게 했다. 즉 성추행 교사라는 딱지를 붙여주려고 한 거예요."

"학생수첩? 아, 그러고 보니……"

그날 요코는 일단 집에 돌아갔다가 다시 학교에 왔었다. 오타니 형사가 그 이유를 물었을 때, 그녀는 학생수첩을 깜빡 잊어서 그걸 가지러 왔다고 진술했다. 그건 역시 순간적으로 지어낸 거짓말이 아니라 그녀가 미리 만들어둔 스토리의 한 부분이었던 것이다.

"무라하시와 5시에 3학년 C반 교실에서 만나기로 미리 약속을 했었어요. 당연히 그 약속에 관한 건 아무에게도 말하지 말라고 입막음을 해뒀죠. 그리고 일단 집에 돌아갔다가 5시 전에 다시 학교로 갔어요. 근데 3학년 C반 교실에 가기도 전에 무라하시를 발견한 거예요. 남의 눈을 피하는 사람처럼 슬금슬금 교실 건물 뒤로 가고 있더라고요. 나는 잠깐 망설이다가 미행을 해보기로 했어요. 성추행의 무대가 꼭 교실이 아니어도 되니까요. 실은 장소가 어디가 됐든 소란이 일어났을 때 무라하시가 절대로 변명할 수 없게 내가 미리 조치를 해뒀거든요."

"조치를 해두다니, 그건 무슨 얘기야?"

내 질문에 요코는 장난스러운 웃음을 지었다. 오랜만에 내보이는 환한 표정이었다.

"내가 비명을 지르면서 난리를 쳤을 때, 만일 무라하시의 호주머니에서 콘돔이 나온다면 어떻게 될까요?"

"앗, 그러면……."

나는 가벼운 충격을 느꼈다.

"네, 미리 넣어둔 거예요, 점심시간에. 그게 발견되면 무라하시가 어떤 변명을 해도 통하지 않을 테니까."

"그런 거였구나……."

이제야 겨우 그 콘돔의 의미를 알게 되었다. 결국 그건 사건과는 직접적인 관계가 없었던 셈이다. 하지만 그것 때문에 무라하시의 여성관계를 샅샅이 훑었고, 현재 아소 교코가 혐의를 받는 이유 중의 하나가 되었다.

"그래서 그를 미행했는데 어떻게 됐지?"

"무라하시가 그 탈의실로 들어갔어요. 나는 뒤쪽으로 돌아가 일단 안의 상황을 살펴보기로 했죠. 들킬까봐 환기구로 들여다볼 수도 없어서 그 밑에서 귀를 기울였는데 무리하시가 뭔가 말하는 소리가 들렸어요. 누군가 함께 있는 것 같은데 그쪽 목소리는 전혀 들리지 않더라고요. 그러다가 갑자기 조용해졌는가 싶더니……."

요코는 순간 몸을 부르르 떨었다. 그리고 얼굴이 바짝 굳은 채 흥분한 기색으로 말했다.

"신음소리가 들리는 거예요. 희미하긴 했지만 분명 신음소리였어요. 겨우 일이 분 정도였는데 어쩐지 너무 무서워서 그 자리에서 꼼짝도 못하겠더라고요. 잠시 뒤에는 문이 열렸다가 닫히는 소리가 나고 누군가 나가는 것 같았어요."

살인이 일어난 때다, 라고 나는 생각했다. 요코는 그 무서운 순간을 함께했던 것이다.

"내가 선생님에게 말하고 싶은 건 그다음이에요."

요코는 궁지에 몰린 듯한 눈빛으로 나를 보았다.

"그다음이라니, 그게 무슨 소리야?"

"누군가 탈의실에서 나가고 잠시 뒤에 내가 용기를 내서 환기구 너머로 안을 들여다봤어요. 그랬더니……."

애를 태우려는지 요코는 거기서 말을 끊었다. 물론 그런 효과를 노린 것은 아니겠지만.

"그랬더니?"

"빗장이 걸린 게 보였어요."

"응, 나도 사체를 발견했을 때 환기구로 들여다봤으니까 알지. 그래서?"

내가 대답하자 요코는 내 얼굴을 빤히 보면서 물었다.

"아무 느낌도 없어요?"

"느낌이 없다니, 무슨 느낌……."

그러자 요코는 찬찬히 알아듣게 설명해주었다.

"놀랍지 않으냐고요. 나는 그때 뒤쪽, 여성 탈의실 문 앞에 있었잖아요. 분명히 그 문은 자물쇠가 채워진 상태였어요. 그러니까 범인은 남성용 탈의실 쪽 문으로 나갔다는 거예요. 빗장을 걸어놓고."

제6장

1

9월 25일 수요일.

아침 7시에 일어났다. 잠을 이루지 못하는 날들이 이어지고 있다. 더구나 어젯밤에 그런 사건을 겪었기 때문에 도저히 푹 쉴 수 있는 심경이 아니었다.

요코의 오토바이를 타고 자동차의 습격을 받은 자리로 돌아온 나는 그녀를 집에 보내고 즉시 근처 공중전화에서 S경찰서에 신고했다. 10여분 만에 오타니 형사 일행이 달려와 현장 검증 및 진술조사에 나섰다.

나는 요코와의 일은 말하지 않기로 했다. 따라서 추적에 나섰던 것도 밝히지 않았지만, 그것 외에는 모두 사실 그대로 얘기했다. 요코 일을 꺼내면 당연히 왜 갑자기 그 자리에 나타났는지를 물어볼 것이기 때문이다. 그렇게 되면 성추행 조작에 대한 것까지 밝혀야 한다. 게다가 더 이상 요코를 이번 사건에 휘말리게 하고 싶지 않은 마음도 있었다.

습격을 받고 신고하기까지 40분 넘게 걸린 것은 어째서냐고 오타니는 물었다. 나는 차를 추적하려고 택시를 잡아탔지만 그 시점에 이미 놓쳐버려서 정처 없이 여기저기 돌아보는 사이에 시간을 허비하고 말았다고 대답했다. 안 통할까봐 내심 걱정했지만 오타니는 의심하는 눈치를 보이지는 않았다. 그보다 내게 감시 경관을 붙여주지 않은 것만 연거푸 후회하고 있었다.

현장에서는 딱히 중요한 것은 찾지 못한 모양이었지만, 자동차 타이어자국은 판별할 수 있을지도 모른다고 오타니는 말했다. 하지만 그것보다 붉은색 계통의 세리카 더블엑스였다는 내 증언이 더 큰 수확이었을 것이다.

오타니는 여유 있는 태도를 보이며 말했다.

"범인이 초조한 나머지 섣부르게 꼬리를 드러낸 거예요."

정말로 이번 일을 계기로 진범을 찾아주면 좋을 텐데.

실은 내 신경을 다그치는 또 하나의 원인이 있었다. 다카하라 요코가 들려준 그 얘기다.

'범인은 남성용 탈의실 쪽 문으로 나갔어요.'

그건 아주 중요한 의미를 갖고 있는 증언이다. 왜냐하면 지금까지 범인은 탈의실 안의 격벽을 타넘고 여성용 탈의실 출입구를 통해 탈출한 것으로 생각해왔기 때문이다. 여벌열쇠의 가능성도, 호죠 마사미가 간파해낸 밀실 트릭도, 모두 그 전제 조건 아래서 나온 것이었다. 따라서 그 전제가 무너진 지금, 이전의 추리들은 모조리 그 밑바탕부터 뒤집어지게 된다.

그러면 범인은 대체 어떻게 빗장을 걸어놓을 수 있었는가. 무라하시 본인이 빗장을 걸었으리라고는 생각하기 어렵다. 요코의 말에 따르면 범인이 나간 것은 무라하시의 신음소리가 멈춘 뒤였기 때문이다. 분명 범인은 무라하시가 숨을 거두는 것을 확인한 다음에 떠난 것이다.

그렇다면 문 바깥쪽에서 뭔가 농간을 부렸다고 생각할 수밖에 없는데, 오타니 형사가 말했던 것처럼 그 빗장을 바깥쪽에서 거는 것은 도저히 불가능하다.

하지만 범인은 불가능을 가능으로 만들었다. 그건 대체 어떤 방법이었는가.

실은 이것도 아직 오타니에게는 말하지 않았다. 요코에 대한 일은 덮어둔 채 그걸 어떻게든 잘 설명할 수 없을지, 고민하고 있는 참인 것이다.

"당신, 어제부터 뭔가 생각에 빠져서 아무것도 안 보이는 것 같아."

내가 몇 번이나 아침식사의 젓가락을 멈췄기 때문일 것이다. 유미코가 시들한 기색으로 말했다.

"무슨 일 있었던 거 아니야?"

어제 일은 그녀에게는 일절 말하지 않았다. 공연히 걱정만 끼칠 뿐이기 때문이다. 하지만 내 표정에서 뭔가 눈치를 챘는지 유미코는 몇 번이나 무슨 일이냐고 물었다.

"아냐, 아무 일도 없었어."

오늘 아침에도 나는 그렇게 대충 둘러댄 채 얼른 젓가락을 내려놓고 일어섰다.

평소보다 일찍 학교에 도착하자 나는 곧장 탈의실로 갔다. 벌써 2주일 가까이 아무도 들어가지 않은 그곳은 원래의 창고로 되돌아간 것처럼 허름하게 보였다.

나는 신중하게 손을 움직여 남성용 탈의실의 문을 열고 천천히 안으로 들어갔다. 곰팡이 냄새를 풍기는 공기가 코를 찔렀다. 내 동작을 따라 주변의 먼지가 들고 일어서는 느낌도 들었다.

탈의실 한복판에 서서 새삼 주위를 둘러보았다. 환기구, 로커, 여성용 탈의실 측과의 격벽, 그리고 출입구…… 이런 재료들을 사용해 어떤 속임수 장치를 만들 수 있을까. 그건 지나치게 규모가 큰 것이어서는 안 된다. 짧은 순간에 실행 가능하고, 게다가 흔적을 남기지 않을 방법이 분명 있을 터였다.

"아니, 그런 방법이 있을 리가 없잖아……."

나는 혼자 중얼거렸다. 저절로 그런 말이 튀어나올 만큼 이 수수께끼의 벽은 두껍기만 했다.

1교시는 3학년 C반.

학생들이 나를 바라보는 시선이 어제오늘 사이에 크게 달라진 것을 깨닫고 있었다. 어떤 종류의 시선인지, 한 마디로는 표현할 수 없다. 뭔가 관심을 드러내고 있지만 그건 호기심과는 약간 다르다. 아이들은 범인이 노린 사람이 다케이가 아니라 나라는 것을 알고 있었다. 슬쩍슬쩍 훔쳐보는 그 시선은 범인이 어떤 일로 나를 증오하게 되었는지, 이래저래 상상해보면서 즐기고 있는 눈빛 같았다.

바늘방석에 앉은 듯한 기분을 맛보면서 나는 수업을 진행했다. 서로가 팽팽히 긴장하고 있는 탓인지 이런 날일수록 오히려 수업 분위기가 좋다는 게 아이러니하기만 했다.

연습문제 풀이를 하기로 했다. 출석부를 들여다본 뒤에 나는 얼굴을 들었다.

"다카하라 요코, 이 문제 풀어봐."

네, 라고 약간 허스키한 목소리로 대답하고 요코는 자리에서 일어났다. 노트를 들고 곧장 칠판으로 걸어간다. 내 쪽은 돌아보지도 않는 것이 요코다웠다.

흰 블라우스에 감색 스커트를 입은 뒷모습만 보면 그저 평범한 여고생일 뿐이다. 라이더 슈트를 입고 한밤의 고속도로를 질주한다는 얘기는 아무도 믿어주지 않을 것이다.

어제 그 다리 위에서 충격적인 증언을 듣고, 나는 가까스로 마음을 가라앉힌 뒤에 요코에게 다시 질문을 던졌었다.

"그런데 왜 이제야 그런 얘기를 털어놓기로 했어? 여태까지 나를 피하기만 하더니."

요코는 그 질문에는 대답하기 어려운지 얼굴을 스윽 돌려버렸다. 하지만 이윽고 억양 없는 목소리로 입을 열었다.

"그게 그렇게 중요한 일이라고 생각하지 않았거든요. 하지만 마사미가 밀실 트릭을 알아냈다고 하고, 형사와 선생님이 그 추리에 동의하는 것을 보고는 이대로 감춰둬서는 안 되겠다 싶었을 뿐이에요. 근데요, 마사미의 잘못된 추리로 아무튼 내 알리바이도 성립됐고, 무라하시를 죽인 범인 따위는 잡지 않아도 된다는 마음도 있었어요."

하지만, 이라면서 그녀는 머리를 쓸어 올렸다.

"마에시마 선생님을 노리는 것을 알고서는 점점 불안해졌어요. 이대로 내가 사실을 밝히지 않으면 범인은 계속 잡히지 않을 거고, 언젠가 진짜로 선생님이 살해되는 거 아닌가 하고."

"그래도……."

나는 말을 끝맺지 못했다. 뭐가 '그래도'인지는 나 자신도 알 수 없었다.

"선생님을 피했던 건 사실이에요. 나를 구해주지 않았잖아요. 그날, 나하고 함께 신슈에 가주지 않았잖아요. 내가 어떤 심정으로 내내 역 앞에서 기다렸는지 선생님이 알아요? 하긴 알 리가 없죠. 선생님에게는 나 같은 건 그냥 꼬맹이일 테니까."

강물을 향해 외치듯이 요코는 말했다. 그녀의 한 마디 한 마디가 바늘처럼 마음속을 찔렀다. 그 아픔을 견딜 수 없어서 나는 "미안하다"라고 한심한 신음소리를 흘렸다.

"근데 역시 그건 안 되는 일이겠죠."

요코의 말투가 문득 온화해졌다. 나는 흠칫해서 그 옆얼굴을 보았다.

"아무튼 선생님이 살해될지도 모른다고 생각하니까 가만히 있을 수가 없었어요. 진짜 자존심 상하는 짓인 건 잘 알겠는데, 그래도 나도 모르게 달려가고 있더라고요. 바보 같이."

나는 고개를 숙인 채 그런 요코에게 건네줄 가장 좋은 말을 생각해보았다. 하지만 결국 그런 말은 찾을 수 없어서 그저 침묵 속에 몸을 맡기고 서 있었을 뿐이다.

수업이 끝난 뒤, 마쓰자키의 호출을 받았다. 경찰이 교직원의 차를 조사하는 것 같은데 무슨 일인지 아느냐고 물었다. 대답하기가 귀찮아서 나는 모르는 일이라고 둘러댔지만, 벌써 수사에 들어갔구나, 하는 생각에 마음속으로는 바짝 긴장했다.

쉬는 시간에 복도에서 게이코를 만났다. 양궁 연습을 못하게 되어 답답하다고 웬일로 부루퉁한 얼굴을 그대로 드러냈다.

"게다가 사방에 눈빛 험한 아저씨들까지 어슬렁거리니까 학교에 나오기도 싫어요."

형사 얘기다. 어젯밤의 차를 조사하는 중인 형사도 있지만, 피에로 사건의 단서를 찾기 위해 아직도 여러 명의 형사가 교정 안을 돌아다니고 있는 것이다.

"사건이 해결될 때까지만 참으면 돼. 그때까지 좀 봐줘라."

그렇게 다독였지만 내 목소리도 환하지 않았다. 사건이 해결되는 그날이 정말 오기나 할까.

2

9월 26일 목요일.

아소 교코가 체포되었다는 소식을 들은 것은 학교에 도착해 교무실로 향하던 도중이었다. 학생 하나가 "빅뉴스, 빅뉴스"라고 큰소리로 말하는 게 귀에 들어온 것이다.

나는 급히 교무실로 갔다. 문을 연 순간, 그 말이 헛소문이 아니라는 것을 깨달았다.

교무실 안의 공기는 몹시 눅눅하고 답답했다. 그런 분위기는 내가 나타나자 더욱더 팽팽히 당겨지는 것 같았다. 모두가 고개를 숙인 채 하릴없이 책상을 들여다보고 있었다. 내가 자리로 가는 동안 어느 누구도 소리를 내려 하지 않았다.

하지만 내가 자리에 앉을 때, 묵직한 분위기를 깨듯이 후지모토의 유난히 우렁찬 목소리가 울렸다.

"마에시마 선생님, 소문 들으셨어요?"

주위에 있던 몇몇 선생님이 움찔 놀라는 것 같았다. 나는 후지모토 쪽을 보았다.

"방금 복도에서 학생이 얘기하는 거 들었어."

"아이구, 역시 애들이 소식이 더 빠르다니까."

그는 쓴웃음을 짓는 것 같았다.

"체포됐다고 그 학생은 얘기하는 거 같던데."

"아뇨, 체포는 아니고요, 참고인으로 출두한 거예요."

"그래도……." 옆에서 호리 선생이 말을 끼웠다. "실질적으로는 체포나 마찬가지잖아?"

"아니, 그건 좀 지나친 얘기고요."

"그런가?"

"아, 잠깐만." 나는 후지모토에게로 다가갔다. "조금 더 자세히 이야기해봐."

후지모토의 말에 따르면, 오늘 아침 일찍 S경찰서의 오타니가 교무실로 전화를 해서 아소 교사를 참고인으로 출두하게 했다고 공식적으로 알려왔다는 것이었다. 그 전화를 받은 사람은 마쓰자키 교감이었지만, 깜짝 놀라 큰 소리로 통화하는 바람에 교무실에 와 있던 학생에게까지 들켜버렸다는 얘기였다.

"왜 갑자기 그렇게 됐는지는 잘 모르겠어요. 그래서 그냥 우리끼리 이런저런 추측을 해보던 참이에요."

후지모토의 말에 호리는 고개를 움츠리는 몸짓을 보였다.

"하지만…… 역시 아소 선생이었을까요, 범인이?"

하세도 이쪽으로 의자를 돌리면서 말했다.

"마에시마 선생님, 뭔가 짐작하시는 게 있죠?"

호리가 물었다. 내가 아무 대답도 못하고 있자 오다가 자신의 자리에서 차를 마시면서 말했다.

"마에시마 선생은 짐작하는 게 없더라도 호리 선생은 뭔가 알 것 같은데요? 어쨌거나 여자들은 호기심이 강하잖아요."

"어머, 남자들 중에도 그런 사람 많아요."

호리가 그렇게 말했을 때, 문이 열리고 마쓰자키가 들어왔다. 부쩍 여윈 것처럼 보일 만큼 초췌한 표정이었다. 걸음까지 허청거리는 것 같았다.

이윽고 시작종이 울렸지만 조회를 할 기미는 없었다. 학생들을 모아놓고 어떤 말을 해야 좋을지, 지금 마쓰자키는 알 수 없는 심정일 것이다. 구리하라도 교장실에 틀어박힌 채 나타나지 않았다. 분명 답답해서 어쩔 줄 모르는 표정으로 담배만 뻑뻑 피우고 있을 게 틀림없다.

수업을 하러 갔지만 학생들의 반응은 교사들과는 상당히 달랐다. 뭔가 신이 난 것처럼 내가 무슨 얘기를 해줄지 흥미진진하게 기대하는 얼굴인 것이다. 게다가 아소 교코와 나를 연결 지어 뭔가 그 또래 아이들이 좋아할 만한 상상의 나래를 한껏 펼치고 있는 모양이었다.

나는 어떤가 하면, 그저 건성으로 입만 움직이는 수업을 하고 있었다.

오타니 형사 일행은 그 집념과 후각으로 과연 어떤 단서를 포착해서 아소 교코에게 출두 명령을 내린 것인가. 아소는 첫 번째 사건에서는 완벽한 알리바이가 있었는데 그것을 오타니는 어떻게 파악하고 있는 것인가. 그리고 지난번에 아소 교코가 말했던 '진상은 전혀 다른 곳에 있다'라는 것은 대체 무슨 뜻인가. 그런 여러 가지 생각들이 눈이 핑핑 돌 만큼 머릿속을 맴돌아서 도저히 정상적인 수업을 하고 있을 정신 상태가 아니었다.

수업이 끝난 뒤, 나는 마쓰자키에게 넌지시 아소 교코의 일을 물어보았다. 그는 살짝 싫은 내색을 보이며 입을 열었지만, 후지모토가 조금 전에 말했던 것과 거의 똑같은 얘기였다. 마쓰자키 역시 자세한 것까지는 알지 못하는 모양이었다.

내내 마음속에 걸려 있는 가운데 2교시, 3교시가 지나갔다.

그리고 4교시 수업 중에 오다가 교실까지 나를 부르러 왔다. 형사가 와서요, 라고 귀엣말을 했다. 나는 학생들에게 자습을 하라고 얘기해놓고 급히 교실을 나왔다. 평소 같았으면 학생들의 환성이 등 뒤에서 들려왔을 텐데 오늘은 달랐다. 일제히 비밀스러운 이야기를 시작한 듯한 묘한 술렁임이 일어난 것이다.

응접실에서 오타니와 마주앉는 게 대체 몇 번째인가.

"수업 중에 죄송합니다."

회색 양복에 노타이의, 내가 보기에는 전형적인 형사 스타일의 오타니가 머리를 숙였다. 그리고 또 한 명, 젊은 형사가 옆에 있었다.

오타니의 눈은 충혈되어 있었다. 그리고 얼굴에는 기름기가 번들거렸다. 아소 교코라는 용의자를 확보하고 수사가 아연 활기를 띠게 된 것일까.

"아소 선생님이 경찰서 출두 명령을 받은 것은 알고 계시죠?"

"예, 알고 있습니다." 나는 고개를 끄덕였다. "혹시 그저께 내가 차로 습격을 당한 사건과 관련이 있는 게 아닌가, 하고 나 혼자 짐작하고 있었습니다만."

"아뇨, 그게 아니에요."

오타니가 고개를 저었다. 나는 놀랐다.

"아니라고요?"

"아소 선생님을 출두하라고 한 것은 전혀 다른 이유 때문이에요."

"그럼 어떤 이유로……"

"아, 잠깐만요."

급하게 서두르는 나를 제지하듯이 오타니는 느긋한 동작으로 호주머니에서 수첩을 꺼냈다. 페이지를 넘기는 손길도 침착했다.

"어제 우리 쪽 젊은 형사가 학교 소각로에서 소소한 것 하나를 발견했어요. 별거 아니고요, 장갑이에요, 하얀 목면장갑."

소각로는 수사를 이유로 체육제 이후 한 번도 불을 피운 적이 없다. 그의 말을 듣고 생각해보니 어제도 몇몇 형사가 그쪽을 샅샅이 뒤지는 것 같았다.

"그 장갑에 주목한 것은 우리 젊은 형사의 수훈이었죠. 실은 거기에 소량의 그림물감이 묻어 있었거든요."

"그림물감?"

나는 기억을 더듬었다. 이번 사건에서 그림물감이 관련된 뭔가가 있었던가. 하지만 오타니는 굳이 생각해볼 것도 없다는 듯이 말했다.

"잊으셨습니까, 그 마술상자?"

그 말을 듣자마자 생각이 났다. 그렇다, 그러고 보니 그 마술상자는 그림물감으로 색칠을 했었다.

"하지만 그 장갑이 꼭 범인의 것이라고 할 수는 없잖아요?" 나는 반론에 나섰다. "하얀 목면 장갑이라면 아마 체육제 응원전에서도 썼을 거예요. 그러니까 응원을 했던 학생들이 우연히 마술상자에 손을 댔을 수도 있어요."

하지만 오타니는 내가 말을 끝내기도 전에 벌써 고개를 젓고 있었다.

"그 장갑을 자세히 조사해봤는데 안쪽에서도 빨간 도료 같은 것이 말라붙은 상태로 검출됐어요. 극히 소량이지만. 그게 뭔지 아시겠어요?"

"빨간 도료……."

퍼뜩 떠오르는 게 있었다.

"맞아요. 매니큐어였습니다. 즉 학생의 장갑이 아니라는 얘기죠. 그야 요즘에는 학생들도 화장을 하는 경우가 많아요. 하지만 아무리 그래도 그런 빨간색 매니큐어는 안 바르죠."

"그래서 아소 선생을?"

"어젯밤에 아소 선생님을 찾아가 현재 쓰고 있는 매니큐어를 좀 빌려달라고 했었어요. 수사원 얘기로는 그때 아소 선생이 몹시 불안해하는 표정인 것을 보고 역시 범인이구나, 라고 확신했다는 데…… 아, 그건 상관없는 얘기고. 아무튼 장갑에 남은 도료와 비교해봤더니 정확히 일치했다는 보고가 들어왔어요. 그래서 오늘 아침에 아소 선생님을 소환한 거예요."

오타니가 어떤 식으로 아소를 추궁했을지는 대략 짐작할 수 있었다. 우선 체육제 당일 아소의 동선을 세세하게 확인했을 것이다. 그때 그녀의 진술에는 마술상자 근처에 갔다는 얘기나 그럴 가능성에 대한 진술은 한 마디도 나오지 않는다. 그것을 확인한 상태에서 오타니는 장갑을 꺼내 보여준다. 그림물감과 매니큐어. 절대로 있을 수 없는 모순을 눈앞에 들이민 것이다. 아소는 그것에 대해 어떻게 변명했을까.

"변명은 안 했어요. 체념한 모양이더라고요. 한 부분만 빼고는 거의 다 털어놨습니다."

아소 교코가 실토했다……. 이건 나로서는 펄쩍 뛸 만큼 놀라운 얘기였지만 오타니는 덤덤하게 말했다. 그 침착한 말투가 지그시 눌러준 덕분에 나도 흥분하지 않고 그의 말을 들을 수 있었다. 나아가 이런 상황에서도 오타니가 여전히 '아소 **선생님**'이라고 해주는 것도 마음에 걸렸다.

"한 부분만 빼고? 그건 무슨 얘기죠?"

나는 두근거리는 마음을 억누르며 물었다. 그러자 오타니는 또다시 항상 하던 대로 잔뜩 뜸을 들이며 담배를 입에 물더니 후우 하고 뿌연 연기를 길게 토해냈다.

"술병을 바꿔치기한 것은 아소 선생님이죠. 하지만 마에시마 선생을 죽이려고 한 것은 전혀 다른 사람이었다는 얘기예요."

"무슨……."

어이없는 소리냐, 라는 말이 튀어나오려는 것을 꿀꺽 삼켰다. 아소 교코가 죽이려고 했던 게 아니라면 그녀는 대체 무엇 때문에 술병을 바꿔치기했다는 것인가.

"범인에게 협박을 받았기 때문이다, 라는 게 아소 선생님의 해명이에요."

"협박?" 나는 되물었다. "아소 선생이 왜 범인에게 협박을 받는다는 겁니까?"

"이런 자세한 얘기까지 하면 안 되지만 뭐, 마에시마 선생이니까 얘기하기로 하죠."

오타니는 머리를 긁적이면서 그렇게 전제한 뒤에 말을 이어 갔다.

"마에시마 선생이 지난번에 아소와 무라하시가 특별한 사이였던 게 아니냐, 라는 가설을 얘기했었죠? 그 가설이 맞았어요. 올봄부터 둘이 사귀는 사이였다고 하더라고요."

역시 내가 예상했던 대로였다.

"그런데 구리하라 교장의 아들과 혼담이 들어오자 아소가 무라하시와의 관계를 청산하려고 했던 것도 사실이었어요. 뭐, 그 정도는 쉽게 추측할 만하죠. 그런데 무라하시는 그걸 받아들이지 않았어요. 아소는 성인들 사이의 놀이쯤으로 생각했는데 무라하시는 진심이었던 거겠지요."

K 때와 똑같다고 나는 생각했다. 그런 식으로 아소 교코는 여러 남자들에게 상처를 준 것이다.

"더구나 무라하시는 둘 사이의 관계를 보여주는 한 가지 증거를 쥐고 있었어요. 그러니 아소로서도 그를 설득하지 않고서는 어떻게도 할 수 없었다, 라는 얘기예요."

"뭡니까, 그 '한 가지 증거'라는 게?"

"아, 좀 더 들어보시죠. 무라하시는 그 증거를 항상 갖고 다녔어요. 탈의실에서 독살되었을 때도 분명 그가 몸에 지니고 있었을 거라는 얘기죠. 하지만 당시 현장에서는 그런 증거 같은 건 전혀 발견되지 않았잖아요? 콘돔이 그 비슷한 물건이라고 할 수도 있겠지만 그건 둘 사이를 증명할 만한 물건이라고 하기는 어려우니까요. 자, 그러면 대체 어떻게 된 것인가……."

"범인이 가져갔다?"

나는 머뭇머뭇 물어보았다. 그러자 오타니는 크게 고개를 끄덕였다.

"네, 정확히 맞혔어요. 그리고 당연한 일이지만 아소 선생님은 크게 당황했겠죠."

"아, 그러고 보니……."

언제였나, 후지모토가 아소에게서 묘한 질문을 받았다고 얘기했던 적이 있다. 분명 무라하시의 소지품을 범인이 훔쳐간 게 아니냐, 라는 질문이었다. 그녀가 왜 그런 것을 알려고 하는지 나도 뭔가 석연치 않은 마음이 들었는데 이제야 드디어 이해가 되었다.

그런 얘기를 들려주자 오타니도 흡족한 듯 가슴을 젖혔다.

"아소 선생님의 진술에 또 한 가지, 반증이 늘어났군요."

어쨌거나 거기까지 얘기를 듣고 나자 그다음은 나도 추측할 수 있었다. 즉 범인이 그 증거를 미끼로 아소를 협박했다는 것이다. 그리고 그 협박 내용은 술병을 바꿔치기하라는 명령이었다.

"그 협박장을 아소 선생님은 체육제 날 아침, 책상서랍에서 발견했다고 하더군요. 한 되들이 술병을 바꿔치기하는 순서를 상세하게 적고, 만일 그 지시대로 따르지 않으면 무라하시의 사체에서 훔쳐온 것을 공표해버리겠다는 협박으로 끝을 맺은 협박장이에요. 우리는 그걸 아소 선생님의 진술에 따라 그녀의 자택에서 발견했습니다. 아참, 여기 복사해온 게 있어요."

그렇게 말하면서 오타니는 양복 안주머니에서 곱게 접은 종이 한 장을 꺼냈다. 그것은 대학노트 정도의 크기였다. 오타니가 그 종이를 내게 건네주었다.

지렁이가 기어가는 듯한, 이라는 흔해빠진 표현이 딱 어울리는 글씨가 종이 전면에 빽빽하게 적혀 있었다. 얼핏 보자마자 읽어볼 마음이 싹 가시는 기분이었다. 우선 그 글씨에 질려서 저절로 얼굴이 찌푸려진 내게 오타니가 설명해주었다.

"왼손으로 썼거나 아니면 오른손에 장갑을 여러 겹 끼고 쓴 모양이에요. 필적을 감추는데 효과적인 방법이죠."

협박장은 다음과 같은 글이었다.

이 글은 협박장이므로 타인에게 공개해서는 안 된다.

당신은 오늘, 아래의 지시에 따라 행동해야 한다.

1. 양궁부원의 움직임에서 눈을 떼지 말 것.

그들은 가장행렬에 사용할 도구들을 양궁부 부실에서 미리 어딘가로 옮겨둘 것이다. 그때 마에시마의 소도구인 한 되들이 술병을 어디에 보관하는지 알아두는 것이 목적이다.

2. 장갑을 준비하라. 그 장갑을 3의 행동에 들어가기 전에 반드시 손에 껴야 한다.

3. 1학년 교실 건물 1층의 창고로 가라. 그곳에 하얀 종이가방이 있다. 안에 든 술병을 확인한 뒤, 그 종이가방을 들고 즉각 1에서 알아둔 장소로 이동해 원래의 술병과 바꿔치기하라.

4. 원래의 술병은 사람들 눈에 띄지 않는 곳에 버려라. 단 종이가방은 다른 장소에 버릴 것.

5. 위의 작업이 끝나면 신속하게 제자리로 돌아가라. 당신이 특히 주의해야 할 것은 위의 작업들을 절대로 남의 눈에 띄게 해서는 안 된다는 것이다. 물론 이 일을 발설해서도 안 된다. 만일 지시한 대로 따르지 않을 경우, 우리는 제재를 가할 것이다. 우리의 제재는 지난번에 무라하시의 소지품에서 발견한 물건을 공표하는 것이다. 참고로 그 복사본을 첨부한다.

당신의 입장과 장래를 생각한다면 이상의 지시를 충실히 이행하는 게 좋을 것이다.

"만만치 않은 놈이에요, 이 범인."

협박장을 다 읽고 얼굴을 들자 오타니가 한숨을 내쉬면서 말했다.

"남을 이용해 살인을 한다는 건 원격조종 같은 것이라서 직접적인 단서를 얻기가 아주 어렵거든요. 한 되들이 술병과 종이가방, 그리고 이 협박장이라는 단서들이 있지만 결정적으로 범인에 다가가는 건 기대하기 힘들어요."

게다가 범인은 상당히 지능이 높다. 나는 협박장을 읽으면서 그런 느낌을 받았다. 오자나 탈자가 전혀 없고 지시 자체도 논리 정연한 것이다.

"근데 범인이 무라하시 선생님의 소지품에서 훔쳐온 건 대체 뭐였습니까? 이제 어지간히 좀 알려주시죠."

저 오만한 아소 교코가 절대복종하지 않으면 안 될 정도의 협박 미끼라는 게 대체 무엇이었을까. 나는 설령 그것이 사건과 무관하다고 해도 꼭 알고 싶었다.

하지만 내 기대를 꺾어버리듯이 오타니는 고개를 가로저었다.

"사실은 그걸 아직 알아내지 못했어요. 내가 처음에 말했잖습니까, 아소 선생님이 한 부분만 빼고는 다 털어놓았다고. 그 '한 부분'이라는 게 바로 그거예요. 협박장에는 '그 복사본을 첨부한다'라고 적혀 있었는데, 아소 선생님이 그 복사본을 잽싸게 없애버린 모양이에요."

"하지만 그래서는 그녀의 진술을 전면적으로 신뢰할 수 없잖아요?"

모두 그녀가 지어낸 이야기다, 라고 생각할 수도 있는 것이다.

"아니, 아소 선생님의 진술은 신뢰해도 됩니다. 왜냐하면 그저께 밤에 마에시마 선생이 차로 습격당한 시각에 아소 선생님은 자기 방에 있었다는 것이 확인됐으니까요."

"아……."

"그 알리바이는 확실합니다. 아무튼 그날 우리 젊은 형사가 한시도 눈을 떼지 않고 그녀를 지켜봤거든요. 알리바이라고 하면, 앞서도 여러 번 말했었지만 무라하시 사건 때도 아소 선생님은 완벽한 알리바이가 있었어요. 게다가 속임수 협박장을 오래 전부터 준비해뒀다고는 생각하기 어렵잖습니까."

나는 아소 교코의 '진상은 전혀 다른 곳에 있다'라는 말을 떠올렸다. 그게 바로 이런 의미였던 것이다.

"그래서 실제로 움직인 건 아소 선생님이었지만 진범은 따로 있다는 얘기예요. 결국 마에시마 선생은 다시 한 번 범인에 대해 짐작가는 것이 없는지, 고민해보실 필요가 있어요."

나는 힘없이 고개를 저었다.

"그건 전혀……. 나도 좀 더 고민해보긴 하겠지만, 오타니 형사님 쪽의 수사는 어떻습니까?"

"우리도 계속 수사는 하고 있는데……." 그도 이 점에 대해서는 대답이 신통치 않았다. "아무튼 단서가 많은 편이니까 전력을 다해 추적해봐야죠. 그리고 마에시마 선생도 앞으로 어딘가 돌아다니실 때는 최대한 주의해주시고요. 아소 선생님이 자백했다는 게 알려지면 범인도 초조해할 겁니다. 가까운 시일 내에 또다시 선생을 노릴 수 있어요."

각별히 조심하겠다, 라고 나는 순순히 고개를 숙였다.

"그나저나…… 결국 아소 선생은 어떤 처벌을 받게 될까요?"

"그게 좀 어려운 문제라니까요." 오타니는 난처하다는 얼굴을 했다. "협박을 당해서 어쩔 수 없이 한 일이기 때문에 이건 정상참작의 여지가 있을 수 있거든요. 하지만 협박장을 보낸 자가 무라하시를 살해한 자와 동일 인물이라는 게 명백해진 데다가 아소에게 마에시마 선생이 방해가 되는 존재였다는 건 사실이에요. 이렇게 되면 해석을 어떻게 하느냐가 아주 중요해지죠."

"그건 무슨 말씀이신지……."

물어보면서 나는 오타니가 말하려는 게 무엇인지 알 것 같았다.

"미필적 고의가 아소 선생님의 머릿속에 있었느냐 없었느냐, 라는 거예요. 아니, 이 경우에는 좀 더 적극적인 것, 즉 마에시마 선생이 죽었으면 좋겠다는 마음이 작용한 게 아니냐는 의문이 생기게 됩니다. 그렇게 되면 우리 형사들로서는 판단할 방법이 없어요."

최소한 내가 죽어도 상관없다는 생각은 했을 것이다…….

적잖이 우울해지는 기분으로 나는 오타니의 말을 듣고 있었다.

9월 28일 토요일, 방과 후.

오늘부터 운동부 활동을 재개해도 된다는 허락이 떨어졌다. 지금까지 꾹꾹 눌러온 에너지를 한꺼번에 터뜨리듯이 젊은 팔다리가 신나게 운동장을 뛰어다녔다. 각 운동부 지도교사들도 음울한 분위기에서 해방되어 환한 얼굴을 하고 있었다.

양궁부 활동도 시작되었다. 현 대회까지 이제 일주일밖에 남지 않았다. 이제는 무조건 연습에 매달리는 수밖에 없었다.

"이것저것 따져가면서 화살을 쏘고 있을 여유가 없어. 기본을 지키면서 최대한 크게 발사하는 것뿐이야. 잔재주로 대충 때우려고 해서는 안 돼. 연습 때는 그게 통할지도 모르지만 시합에서는 절대로 통하지 않으니까."

오랜만에 둥그렇게 모여선 가운데 게이코의 목소리가 왕왕 울렸다. 기합이 잔뜩 들어간 목소리였다. 고개를 끄덕이는 부원들의 얼굴 표정도 적당히 긴장된 것이어서 시합에는 마침 좋은 상태다. 이런 분위기가 대회 때까지 유지된다면 좋을 텐데, 라고 나는 생각했다.

"선생님, 한 말씀 부탁드립니다."

게이코는 격려 구호를 끝낸 뒤 내게 말했다. 부원들이 일제히 이쪽을 보았다. 나는 침을 꿀꺽 삼키고 입을 열었다.

"자신이 아직 서툴다는 것을 잊지 마라. 서툴다는 것을 알면서도 대회에 도전하는 것이니까 자세 따위는 신경 쓸 것 없다. 자신이 지금 할 수 있는 게 무엇인지, 그것만 생각하면 압박감도 망설임도 없을 것이다."

"감사합니다!"

전원이 한목소리로 외쳤다. 나는 약간 뺨을 붉히면서 고개를 끄덕였다.

지금까지 해왔던 대로 즉각 연습에 들어갔다. 나는 변함없이 부원들 뒤에 서서 자세를 점검했다. 뒤에서 내 눈이 번뜩이고 있으면 시합 때와 비슷한 정도의 압박감을 체험할 수 있다는 게 게이코의 주장이었다.

연습을 시작하고 한참 지났을 때, 나는 양궁장 옆의 궁도장 쪽에서 수상쩍은 남자의 시선을 감지했다. 모르는 사람이 아니다. S 경찰서의 시라이시라는 젊은 형사다.

최근 이삼 일, 나의 행적은 낱낱이 형사들의 감시를 받고 있다. 이따금 눈에 잡히지 않을 때도 있지만, 잊어버릴 만하면 다시 시야 한 귀퉁이에 나타났다. 집을 나섰을 때, 출근할 때, 교내에 있을 때, 그리고 퇴근 때까지 어디에 있든 그들의 그림자가 가까이에 있었다. 그렇게까지 하는데 설마 범인도 섣불리 나서지는 못할 것이다.

하지만 경찰 수사 쪽은 전혀 진척되는 기미가 없었다. 가끔 시라이시 형사를 통해 들어본 바에 따르면, 그 세리카 더블엑스 쪽에서는 범인이 떠오르지 않고 있다는 얘기였다. 당연히 천여 명이 넘는 학생들 중에는 가족이 그런 차를 갖고 있는 경우도 있었다. 하지만 아무리 조사해봐도 이번 사건과 관계가 있는 자는 없었고, 혹시 학생이 범인이라면 운전 가능한 공범이 있었다는 얘기라서 수사는 점점 더 힘들어진다는 것이었다. 그리고 교직원 중에 세리카를 타는 사람은 없었다.

한 되들이 술병을 숨겨뒀던 종이가방은 공개수사를 했었지만 어디서든 구할 수 있는 흔한 물건이라는 것이 밝혀졌을 뿐, 범인의 범위를 좁히는 데까지는 이르지 못했다. 상당히 주의 깊은 범인이라서 이건 거의 예상 가능한 일이었지만.

그보다 내가 가장 마음에 걸린 것은 형사들이 여전히 그 탈의실의 밀실에 대해 오해를 하고 있다는 점이었다. 아직도 열쇠가게에 탐문수사를 하러 다닌다는 걸 보면 역시 범인은 여성용 탈의실 출입구를 통해 탈출했다고 생각하는 것이다.

나는 요코가 얘기해준 것을 결국 오타니에게 말하지 못했다. 그 얘기를 꺼내면 요코가 계획한 거짓 성추행에 대한 것도 말해야 하기 때문이다. 요코가 그 얘기는 하지 말아달라고 했던 것은 아니다. 하지만 나로서는 말할 수 없었다. 요코는 나였기 때문에 그런 얘기를 해줬다고 생각했기 때문이다. 다른 어느 누구도 아니다. 나를 선택해주었다. 아마도 상당한 용기와 결심이 필요했을 것이다. 그런 걸 가볍게 남에게 발설한다는 것은 요코는 배신하는 일인 듯한 마음이 들었다. 게다가 나는 한 차례 요코의 기대를 배반

한 전과가 있었다.

밀실 수수께끼만은 내 손으로 풀어야 한다. 나는 그렇게 굳게 마음먹고 있었다.

그런 생각들에 잠겨 있는데 어느 틈에 게이코가 옆에 와 있었다. 게이코는 시라이시 형사 쪽을 흘끔 바라보더니 웬일인지 얌전한 얼굴로 말했다.

"역시 선생님을 나오시라고 할 일이 아니었나 봐요."

"아니, 그렇지 않아."

"그래도 마음속으로는 얼른 집에 가고 싶으시죠?"

"어디에 있든 위험한 건 마찬가지야. 이런 때일수록 나는 양궁장에 있고 싶어. 자꾸 딴생각이 나서 코치를 제대로 못해주는 게 미안할 따름이지."

그러자 게이코는 살짝 고개를 저으면서 미소를 지었다.

"그냥 여기 있어주시기만 해도 좋다고 했잖아요."

그 뒤에 오랜만에 부원 전체의 슈팅을 관찰했다. 게이코는 변함없이 정확한 릴리스를 했다. 하지만 몸이 열리는 버릇은 고쳐지지 않았다. 지금으로서는 나쁘면 나쁜 대로 그 자세로 일단 현 대회를 통과해보기로 한 모양이라서 나도 따로 지적하지 않고 넘어갔다.

눈이 휘둥그레진 것은 미야사카 에미의 실력 향상이었다. 전에는 활을 당기는 것만으로도 몸이 떨렸는데 이제는 충분히 당긴 뒤에 찬찬히 과녁을 노리는 여유까지 느껴졌다. 이전부터 자세는 반

듯했던 만큼, 적중률이 부쩍 높아졌다. 역시 게이코와 한 팀이 되어 연습해온 성과인가.

에미가 쏜 화살이 과녁의 중심을 맞히는 것을 보고 나도 모르게 "잘했어"라는 말이 튀어나왔다. 에미는 시선을 떨군 채 꾸벅 머리를 숙였다.

"에미, 진짜 잘한다."

탄도*가 한층 낮은 화살을 지켜보는 가나에에게 나는 작은 소리로 말을 건넸다. 이쪽은 1학년 때부터 아무튼 거칠고 힘이 넘치는 발사 방법으로 일관하고 있다.

가나에는 그새 이마에 송골송골 맺힌 땀을 닦으면서 대답했다.

"네, 맞아요. 점심시간마다 연습을 했었는데 에미는 하루하루 실력이 늘더라고요. 뭔가 비결이 있느냐고 물어봐도 그냥, 이라고만 한다니까요."

"그렇다면 정신적인 것이겠네. 기껏해야 양궁, 이라는 마음을 가졌을 때 저런 사격 방식도 가능하지. 저건 일종의 재산이야."

"저도 그런 마음은 분명 갖고 있는데⋯⋯."

"아니, 양궁을 가볍게 보는 것과는 다르지."

나는 웃으면서 그 자리를 떠났다.

연습한 지 한 시간쯤 지난 무렵일까, 차가운 것이 얼굴에 투두둑 떨어졌다. 빗방울은 점차 굵어져서 순식간에 발사장이 검은 점

---

*彈道. 발사된 화살이 과녁에 꽂히기까지 그려지는 선.

들로 채워졌다.

어떡해, 라는 탄식을 하며 부원 몇 명이 원망스러운 눈빛으로 하늘을 올려다보았다. 그 심정은 충분히 이해가 되었다. 그야말로 오랜만에 합동연습을 할 수 있었는데, 라는 안타까움일 것이다.

"신경 쓸 거 없어, 비가 쏟아져도 시합은 하니까."

게이코의 엄격한 꾸지람이 날아왔다. 아닌 게 아니라 맞는 말이었다. 양궁 시합이 비 때문에 중지되는 일은 없다고 해도 좋다. 유일하게 '비나 안개 등으로 과녁을 보기가 곤란한 경우에만 중지한다'라는 규약이 있지만, 그건 예외 중의 예외라고 해도 좋을 것이다.

빗속에서는 체온이 떨어져 근육이 굳는데다 평소보다 더 강한 집중력이 필요하다. 게다가 활의 현은 물을 머금으면 반발력이 급격히 줄어들기 때문에 탄도(彈道)도 당연히 달라진다. 그야말로 체력과 테크닉, 양쪽이 요구되는 것이다.

본격적으로 비가 쏟아지자 그런 실력 차가 분명하게 드러났다. 게이코는 약간 흐트러진 모습을 보였지만 곧바로 안정된 점수를 확보했고, 가나에의 파워 양궁은 비의 영향이 적다. 미야사카 에미는 여기에서도 호조를 유지하고 있었다. 하지만 다른 부원들은 탄도가 일정하지 않아 미스 슛을 연발했다.

잠시 그런 상태로 연습을 강행했지만 누군가의 화살이 과녁을 크게 벗어나는 것을 보고 게이코는 철수를 지시했다. 더 이상 계속하는 것은 자세를 무너뜨릴 뿐만 아니라 감기에 걸릴 우려도 있었기 때문에 나도 찬성이었다.

옷을 갈아입은 뒤, 체육관 귀퉁이를 빌려 웨이트트레이닝을 하기로 했다. 나는 여벌 운동복이 없어 그 길로 양복으로 갈아입었지만, 그래도 체육관에 따라 나가 트레이닝 모습을 지켜보았다.

실내에서의 가장 효과적인 트레이닝은 '빈 활 당기기'다. 테니스나 야구에서 공 없이 쳐올리는 연습을 하듯이 양궁에서도 이게 가장 좋은 연습법으로 알려져 있다.

부원들이 나란히 서서 빈 활을 당기는 것을 한동안 벽에 기댄 채 지켜보다가 게이코에게 양해를 구하고 나는 잠시 체육관을 나왔다. 한쪽에서 농구부와 배드민턴부도 땀을 흘리며 뛰고 있다. 그들이 내뿜는 후끈한 열기 속에 서 있으려니 머리가 멍해지는 것 같았기 때문이다.

입구 로비에서 시라이시 형사가 벤치에 앉아 신문을 읽고 있었지만 내 모습을 보자 서둘러 일어서려고 했다.

"아니, 잠깐 바깥바람 좀 쐬고 오려고요."

내가 그렇게 말하며 제지하자 그는 다시 자리에 앉았지만 내가 나가는 것을 빤히 지켜보고 있었다.

비는 점점 더 세차게 쏟아졌다. 운동장에도 학교 건물 주위에도 인적이라고는 없고, 온통 흑백사진처럼 색깔을 잃었다. 나는 한 차례 심호흡을 했다. 시원한 바람이 콧구멍을 지나갔다.

오른편 옆에서 인기척이 느껴져서 나는 확 돌아보았다. 하지만 착각이었던 모양이다. 그곳에는 아무도 없었다.

그렇다, 그때도…….

전에도 이 비슷한 일이 있었다. 그때는 착각이 아니었다. 그곳에 다카하라 요코가 서 있었던 것이다. 우산을 어깨에 댄 채 요코는 교사용 탈의실을 가만히 바라보고 있었다. 이제 와서 생각해보면 요코도 나름대로 밀실에 대한 추리를 하고 있었던 게 아닐까. 호죠 마사미의 추리가 틀렸다는 것을 그 시점에는 오로지 요코만 알고 있었다. 하지만 그걸 어느 누구에게도 말할 수 없었던 것이다.

나는 옆의 우산받침대에서 내 우산을 뽑아 펼쳐들고 천천히 걸음을 옮겼다. 체육관 뒤편으로 돌아가 그때의 요코처럼 탈의실을 가만히 바라보았다.

체육관 안에서는 부원들의 운동화가 바닥을 쓰는 소리, 구령 소리 등이 새어나왔다. 하지만 그것이 어딘가 먼 곳에서 나는 소리인 것처럼 탈의실 주위는 괴괴한 분위기에 휩싸여 있었다.

생각할 수 있는 것은 모두 다 생각해봤다…….

오늘까지 대체 몇 번이나 이 수수께끼에 뛰어들었던가. 여성용 탈의실 출입구를 이용하지 않고 탈출하는 방법이 대체 뭘까. 꿈속에서까지 고민했을 정도다. 직접 안에 들어가 생각해보기도 했다. 하지만 아직까지도 적합한 답은 생각나지 않는다.

얼마나 그렇게 서 있었을까. 내가 퍼뜩 정신을 차린 것은 체온이 떨어져 등에서 오싹하는 한기를 느꼈기 때문이다.

그만 들어가자고 생각하며 몸을 돌린 참에 나는 발을 멈췄다.

다시 한 번 해보고 싶은 것이 생각났기 때문이다.

무라하시의 살해 장면을 처음 목격했을 때의 일을 떠올리면서 다시 한 번 그때와 똑같이 움직여보자……. 그런 생각이 난 것이다.

우선 그때처럼 문을 밀어보았다. 하지만 꿈쩍도 하지 않았었다. 그래서 뒤편으로 돌아가 환기구를 통해 안을 들여다봤던 것이다.

그래, 그때처럼 환기구를 통해 안을 들여다보자.

내 키로 간신히 들여다볼 수 있는 위치에 환기구가 있다. 아마 요코라면 한껏 발돋움을 해야 가까스로, 라는 정도일 것이다.

나는 그날처럼 거기서 안을 들여다보았다. 여전히 먼지 냄새가 코를 찔렀다.

어슴푸레한 가운데 입구 쪽 문이 희미하게 보였다. 그날은 그중에서도 특히 문 안쪽의 빗장이 부옇게 보였던 것이 기억났다.

그 빗장을 바깥에서 거는 것은 불가능하다고 오타니 형사는 말했었다.

그 순간 내 머릿속에 섬광이 내달렸다. 어쩌면 우리는 중대한 오류를 범한 게 아닐까?

1, 2초의 짧은 동안에 내 기억력과 사고력이 풀가동했다. 눈앞이 피잉 도는 현기증과 가벼운 구토감이 몰려왔다. 하지만 다음 순간, 이 밀실 수수께끼를 푸는 대담한 추리가 만들어졌다.

아니, 그럴 리가 없어.

나는 고개를 저었다. 내 의지와는 상관없이 만들어져버린 그 추리는 전혀 내 마음에 들지 않았다. 그럴 리가 없다. 내 머리가 돌아버린 모양이다.

나는 그 자리에서 도망치듯이 뛰어나왔다.

4

10월 1일 화요일.

'점심시간에 옥상에서 봐요.'

4교시가 시작되기 전에 다카하라 요코와 복도에서 마주쳤을 때, 살짝 건네받은 쪽지에는 그렇게 적혀 있었다. 요코의 호출을 받은 것은 올해 봄 이래로 두 번째다. 물론 이번에는 여행을 함께 가자는 건 아닐 테지만.

우리 학교는 원칙적으로 학생이 옥상에 올라가는 게 금지되어 있다. 그래서 평소에는 아무도 없지만, 이따금 학생들이 비밀 얘기를 나눌 때 몰래 이용한다는 얘기는 들었다.

점심식사를 마치고 내가 옥상에 도착했을 때도 학생 세 명이 구석 쪽에서 뭔가 이야기판을 벌리고 있었다. 내 모습을 보자마자 혀를 쏙 내밀더니 목을 움츠리며 우르르 내려갔다. 그나마 나한테 들켜서 다행이라고 가슴을 쓸어내렸는지도 모른다.

요코의 모습은 보이지 않아서 나는 철제 난간에 몸을 기대고 학교 전체를 내려다보았다. 교실 건물들의 형태며 배치가 손에 잡힐 듯 파악되었다. 이 학교에 부임한 이후, 이렇게 몸을 숙이고 내려다본 것은 처음이었다.

"……답지 않은데요?"

문득 뒤에서 말을 건네는 바람이 깜짝 놀랐다. 돌아보니 감색 스커트에 회색 재킷 차림의 요코가 서 있었다. 오늘부터 춘추복으로 바뀐 것이다.

"응? 뭐라고 했어?"

내가 되물었다.

"옥상에서 아래를 굽어다보다니, 선생님답지 않다고요. 심심풀이라고 해도 그건 악취미예요."

"그럼 어떻게 하는 게 나답지?"

그러자 요코는 살짝 고개를 갸우뚱하며 말했다.

"먼저 와서 기다리는 것도 선생님답지 않아요. 선생님은 항상 남을 기다리게 하잖아요?"

대꾸할 말을 찾을 수 없어서 나는 별 의미도 없이 하늘을 올려다보았다.

"그나저나 무슨 일이냐?"

감정의 흐트러짐을 얼버무리려고 우선 그렇게 물었다. 그녀는 상쾌한 듯 바람을 맞더니 뒤로 날려가는 머리칼을 잡으며 오히려 내게 되물었다.

"수사는 어떻게 됐어요?"

"어떻게 됐는지 나도 잘은 모르지. 하지만 아직 범인을 잡지 못했다는 건 확실해."

"세리카 더블엑스 쪽은요? 경찰이 그것도 수사 중이잖아요."

"응, 수사는 하는 모양인데 현재로서는 그쪽도 별 수확이 없는 것 같아. 이상한 얘기지만."

"그 뒤로 범인이 선생님을 노린 일은요?"

"없었어. 형사가 옆에 딱 붙어 있으니까 범인도 섣불리 나서지 못하고 있을 거야."

"한마디로 진전은 없다는 거네요?"

"그런 얘기가 되겠지?"

나는 하늘을 향해 한숨을 쉬었다.

잠시 틈을 두었다가 요코는 말했다.

"그 뒤에 나도 고민을 좀 해본 끝에 생각해낸 게 있어요."

왠지 약간 망설이는 듯한 기색이어서 나는 요코의 옆얼굴을 보았다.

"뭔데?"

"아마추어의 생각인지도 모르지만." 그녀는 그렇게 전제한 뒤에 말을 이어갔다. "무라하시가 살해되었을 때, 현장은 밀실이었던 거잖아요. 근데 왜 꼭 밀실로 했어야 할까요?"

"흠……."

요코가 무슨 말을 하려는지, 나는 곧바로 알아들었다. 나도 생각해본 일이었기 때문이다.

"단순하게 말한다면, 자살인 것처럼 보이게 하려고, 라는 게 되겠지."

"하지만 범인의 행동을 생각해보면, 꼭 그런 건 아니라는 느낌이잖아요? 남성용 탈의실과 여성용 탈의실 사이의 격벽 위를 누군가 넘어간 것처럼 위장했고, 여성용 탈의실 로커의 일부를 축축하게 적셔두기도 했고."

"즉 그 잘못된 밀실 트릭을 유도하는 게 노림수였다는 건가?"

"네, 제 생각에는 그래요."

요코는 딱 잘라 말했다.

"아무리 자살인 것처럼 꾸며봤자 경찰에서 그런 건 금세 알아낸다고 범인은 생각했을 거예요. 그래서 또 다른 위장을 하기로 했다는 식으로 생각해볼 수는 없을까요?"

"응, 충분히 고개를 끄덕일 만한 얘기야."

오타니 형사가 탈의실 뒤에서 발견한 작은 체인을 추적하던 끝에 효죠 마사미와 똑같이 잘못된 답을 찾아내게 된 경위를 나는 요코에게 들려주었다. 그 체인도 어쩌면 범인이 일부러 떨어뜨려놓은 것일 터였다.

"문제는 왜 범인이 군이 그런 미끼 트릭을 준비했느냐는 거야. 어떤 형태로든 밀실이 깨어진 이상, 경찰은 살인사건이라고 판단하고 본격적인 수사에 들어가게 돼. 그건 범인으로서는 그리 환영할 만한 일은 아닐 텐데 말이야."

"하지만 그 시점에 범인은 아주 유리한 입장에 서게 되죠."

요코의 말투에는 자신감이 담겨 있었다.

"유리하다고?"

"유리하죠. 그 미끼 트릭 덕분에 진범이 용의 대상에서 제외되는 거예요."

그 말을 듣고 나는 호죠 마사미가 풀어낸 밀실 트릭을 떠올려보았다. 분명 이런 것이었다.

1. 호리 선생이 여성용 탈의실 출입구의 자물쇠를 열고 안으로 들어간다. (그때 자물쇠는 열린 상태로 문고리에 걸어둔다.)

2. 범인은 문 앞으로 몰래 접근해 문고리에 걸린 자물쇠를 준비해온 가짜 자물쇠로 바꿔치기한다. (4시경)

3. 호리 선생이 탈의실을 나와 가짜 자물쇠로 문단속을 한다.

4. 무라하시가 오기 직전에 범인은 여성용 탈의실 문의 가짜 자물쇠를 열고 들어가 격벽을 타넘고 남성용 탈의실에서 범행을 한다. (5시경)

5. 범인은 남성용 탈의실 출입문에 빗장을 걸어둔 뒤, 다시 격벽을 넘어와 여성용 탈의실 출입구를 통해 탈출한다.

6. 여성용 탈의실 출입구에 원래의 자물쇠로 문단속을 한다.

그것이 잘못되었다는 것을 알고 있는 지금도, 버리기에는 아까운 느낌이 드는 트릭이다. 게다가 범인은 그것을 '버림돌*'로 사용했다는 것이다. 대체 무엇 때문에? 무슨 목적으로?

"생각해보세요, 나는 그 잘못된 트릭 덕분에 알리바이가 증명됐어요. 그렇다면 범인도 그런 식으로 이용할 계획이었다고 생각할

---

*바둑 용어로, 고의적으로 내주어 더 큰 이득을 얻으려고 두는 돌. 사석(捨石).

수 있잖아요?"

"……아하, 그러네."

드디어 요코가 무슨 말을 하는지 알아들었다. 이건 알리바이 공작이었던 것이다. 그 잘못된 트릭을 실행하기 위해서는 호리 선생이 탈의실에 들어가는 3시 45분경에 범인은 그 근처에 반드시 숨어 있어야 한다. 따라서 범인은 그 시간대의 알리바이가 없을 것이다, 라고 생각하게 된다. 요코에게는 4시에 집에 있었다는 알리바이가 있었다.

"즉 범인도 그때 어디에 있었는지, 알리바이가 확실한 거예요. 그걸로 경찰의 의심을 피할 수 있었겠죠."

"거꾸로 말하면 그때의 알리바이가 확실한 사람이 오히려 수상하다는 얘기가 되겠네."

"그렇죠."

"오호, 아주 훌륭한 추리야. 네가 그런 혜안을 가졌다는 건 솔직히 생각을 못했어."

공치사가 아니었다. 호죠 마사미나 오타니 형사가 잘못된 트릭에 사로잡힌 것이 단순한 우연이라고는 생각하지 않았지만, 그것이 알리바이 공작 계획의 일부였을 줄은 생각도 못했다.

"그야 뭐, 내가 그 트릭 덕분에 알리바이가 증명되었으니까 그런 쪽으로 생각해내기도 쉬웠죠."

웬일로 요코는 약간 수줍어하는 몸짓을 보였다.

"하지만 경찰도 전문가인데 아마 그 정도는 이미 눈치를 챘을걸요. 무라하시가 살해되기 직전에 내가 봤다는 거, 형사에게 얘기했지요?"

그녀는 스스럼없이 물었다. 하지만 내가 대답을 머뭇거리는 것을 보고는 그 즉시 목소리가 거칠어졌다.

"얘기 안 했어요? 왜요?"

나는 얼버무리듯이 시선을 저 먼 곳으로 향한 채 대답했다.

"그건 됐어, 나도 나름대로 생각하는 게 있어."

"되긴 뭐가 돼요? 뭣 때문에 내가 선생님에게 그 얘기를 했는지 모르시는 거 아니에요?"

말투가 거칠어진 뒤, "아, 그거네"라고 뭔가 생각난 듯 요코는 고개를 끄덕였다.

"내가 지어낸 그 거짓 성추행 작전이 드러날까 봐서? 쳇, 그건 걱정하실 거 없어요. 어차피 다들 그렇고 그런 애라고 생각해요, 나를. 그런 것보다 지금은 진범을 찾는 게 더 중요하다고요."

"……."

"왜 아무 말도 안 해요?"

침묵하고 있었던 것은 대답할 수가 없었기 때문이다. 아닌 게 아니라 처음에 경찰 쪽에 그 얘기를 하지 않았던 것은 요코의 거짓 성추행 작전에 대한 것이 밝혀지는 것을 원치 않았기 때문이다. 하지만 그 뒤로도 계속 내 입을 틀어막은 또 하나의 중대한 사태가 터졌다.

즉 진짜 밀실 트릭을 내가 **풀었는지도 모른다**, 라는 것이다.

지난주 토요일, 빗속에서 나는 트릭의 힌트를 깨달았다. 충격적인 순간이었다. 섬광처럼 떠오른 그 생각을 나는 어떻게든 잊어버리려고 했다. 떨쳐버리려고 머리를 휘휘 내저었다. 하지만 일단 마음속에 싹튼 의혹은 내 의지와는 다르게 맹렬한 기세로 뿌리를 뻗어가는 것이었다.

이 사건은 내 손으로 정리할 것이다, 라고 그때 나는 결심했다.

요코는 이상하다는 듯 내 얼굴을 올려다보았다. 아마도 내 얼굴은 쓸쓸함으로 가득 차 있었을 게 틀림없다. 마침내 내놓은 말도 더듬더듬 무거운 것이었다.

"일단 나를 믿어줄래? 내가 어떻게든 해결할 테니까. 요코, 너도 그때까지는 절대 외부에 이런 얘기는 하지 마라. 부탁한다……."

분명 이유를 알 수 없는 부탁이었을 것이다. 하지만 요코는 더 이상 캐묻지 않았다. 내 일그러진 얼굴을 구해주려는 듯 희미한 미소를 지으며 고개를 끄덕였다.

그날 밤, 오타니 형사가 집으로 찾아왔다. 평소에는 느슨하던 넥타이를 단단히 조이고 그 나름의 예의를 표해준 것이 인상 깊었다.

"마침 근처에 온 김에 들렀습니다."

별일 아니라는 점을 오타니는 몇 번이나 강조했다.

현관 앞에서 잠깐 얘기하고 가겠다는 그를 설득해 우리는 거실

322

에서 마주 앉았다. 거실이라고 해봤자 3평도 안 되는 공간에 테이블이 덜렁 놓였을 뿐이다. "시원한 집이군요"라고 오타니는 난감한 칭찬을 했다.

유미코는 갑작스러운 형사의 방문에 크게 놀란 모양이었다. 어색한 손놀림으로 차를 내왔지만 어쩔 줄을 모르고 있었다. 결국, 부인도 옆에 계셔도 괜찮다는 오타니의 말에도 냉큼 침실로 들어가버렸다.

"아이는 아직 없는 것 같군요. 결혼은 언제 하셨어요?"

"3년 전입니다."

"그럼 이제 아이를 가질 때가 됐군요. 너무 늦어지면 이래저래 힘드니까요."

생활수준을 가늠해보려는지 둘레둘레 살피면서 오타니는 쓸데없는 말을 했다. 유미코가 이 자리에 없기를 다행이다. 그녀 앞에서 아이 얘기는 금기사항이다.

"근데 오늘은 무슨 일로……."

재촉하듯이 내가 먼저 말을 꺼냈다. 급한 볼일은 아니라고 했지만 역시 마음에 걸렸다. 그러자 오타니는 새삼스럽게 방석 위에서 앉음새를 바로잡으면서 말했다.

"본론에 들어가기 전에 한 가지만 약속해주시죠. 오늘 나는 형사가 아니라 한 남자로서 이야기하도록 하겠습니다. 그러니 선생도 피해자가 아니라 한 남자로서…… 아니, 가능하면 교사로서 들어주셨으면 합니다. 괜찮을까요?"

그의 말투는 의연했지만 어딘가 애원하는 듯한 울림도 느껴졌다. 그의 진의는 알지 못했지만 나로서는 거절할 이유가 없었다. 괜찮습니다, 라고 승낙했다.

오타니는 유미코가 내준 차를 잠깐 마시더니 정중한 목소리로 물었다.

"여고생이 누군가를 증오한다면 그건 어떤 때일까요?"

한순간 이 사람이 농담을 하는 건가, 라고 생각했다. 하지만 여느 때 없이 공손한 태도를 보고는 진지한 질문이라고 인식했다. 나는 약간 당황하면서 대답했다.

"갑자기 어려운 질문을 하시는군요. 그건 도저히 한 마디로 표현할 수 없는 일인데요."

오타니도 약간 표정이 누그러들면서 고개를 끄덕였다.

"네, 그렇겠죠. 실은 성인 간의 일이라면 그리 복잡할 것도 없어요. 온갖 사건들이 날마다 3면 기사를 장식하지만 대부분은 치정과 욕심과 돈, 그 3원칙으로 거의 다 설명이 되거든요. 하지만 여고생의 경우에는 그런 원칙이 전혀 적용되지 않는 것 같아요."

"당연히 그렇죠." 나는 즉각 답했다. "오히려 그 세 가지는 여고생들과는 가장 거리가 멀지 않을까요?"

"그럼 무엇이 가장 중요할까요?"

"글쎄요, 나도 좀 자신이 없습니다만……."

나는 한 마디 한 마디를 스스로 확인하면서 다음과 같이 말했다. 이야기하는 동안 몇몇 제자들의 얼굴을 머릿속에 떠올리기도 했다.

"아이들에게 중요한 것은 아름다운 것, 순수한 것, 거짓 없는 것일 겁니다. 그건 때로는 우정이나 사랑이기도 하죠. 자신의 몸이나 얼굴일 경우도 있어요. 아니, 좀 더 추상적으로 추억이나 꿈을 소중하게 여기는 경우도 많습니다. 거꾸로 말하면, 그런 소중한 것을 파괴하려고 하는 것, 그 아이들에게서 빼앗으려고 하는 것을 가장 증오한다는 얘기가 되겠지요."

"그렇군요, 아름다운 것, 순수한 것, 거짓 없는 것……."

오타니는 정좌한 채로 팔짱을 꼈다.

"그나저나 무슨 일입니까? 뭔가 하실 말씀이 있는 것 같은데요."

그러자 오타니는 다시 한 번 찻잔을 입에 가져갔다.

"그 전에 수사 진척 상황부터 얘기해야겠어요. 오늘은 그것도 알려드릴 겸 찾아왔으니까요."

그런 전제를 한 뒤에야 오타니는 이야기를 시작했다. 사건의 전모를 낱낱이 외우고 있는지 중간에 두어 번 메모를 들여다봤을 뿐, 수사 상황을 그야말로 조리 있게 설명해주었다. 그의 말을 요약하면 다음과 같다.

무라하시 독살 사건에 대해.

범인의 유류품은 안타깝게도 거의 발견되지 않았다. 유일하게 작은 체인이 남아 있었지만, 그 자물쇠 세트는 인근 슈퍼 등에서 얼마든지 구입할 수 있는 것이라서 그것을 통해 범인을 찾아낸다는 것은 거의 절망적이다. 지문 또한 마찬가지여서 실내와 문짝 등에서 몇 개가 검출되기는 했으나 당시 이용한 사람 외에는 모두 오래된 것뿐, 범인의 것으로 보이는 지문은 발견되지 않았다(물론 당시 이용자 중에는 범인이 없다는 전제에 따른 것이다). 다음으로 수사원들이 목격자를 찾아다녔는데 이것도 거의 수확이 없는 상태다. 다만 학생 한 명이 탈의실 근처에서 다카하라 요코를 목격했다고 증언했다. 다카하라 요코는 그것에 대해 '그냥 옆을 지나갔을 뿐'이라고 진술했지만 아직 확인은 되지 않고 있다.

물증에 관한 것이 그런 상황이었기 때문에 오타니는 동기 쪽에 주력해보았다. 무라하시가 학생지도부장이었던 점에 주목해서 최근 3년 동안, 어떤 형태로든 처분을 받은 학생들을 철저히 조사했다. 그리고 여기에서도 다카하라 요코의 이름이 나오자 그녀에 대한 진술조사에 들어갔다(이미 잘 아실 테니, 라면서 진술조사의 구체적인 내용은 생략했다). 그 직후 밀실 수수께끼가 풀렸고, 그것에 의해 다카하라 요코의 알리바이도 성립되었다. 이 트릭을 통해 수사본부는 범인상을 다음과 같이 추정했다. (1) 탈의실의 배치 상황, 호리 선생의 문단속 때의 버릇 등을 잘 알고 있는 자, (2) 4시 전후(자물쇠 바꿔치기를 한 시각)의 알리바이가 없고, 또한 5시 전후(무라하시의 사망 추정시각)의 알리바이가 없는 자, (3) 트릭을 실행하기 위해 가짜 자물쇠를 준비한 자, (4) 무라하시에게 원한을 품은 자. 위의 네 가지 사항을 바탕으로 수사원들은 세이카 여고의 학생 및 교직원을 천 명 이상, 즉 거의 전원을 조사해봤지만 유감스럽게도 이렇다 할 인물이 부각되지 않았다. 오타니가 오래도록 놓지 못했던 것은 다카하라 요코에게 공범이 있다는 설이었지만, 이것도 단순한 착상의 영역을 벗어나지 못했다. 그러던 참에 연달아 피에로 살인사건이 일어났다.

다케이 독살사건에 대해.

목숨을 노리는 대상이 나라는 것은 초기단계에 밝혀졌기 때문에 동기도 무라하시와 나의 공통점을 찾아보는 것이 되었다. 내가 아소 교코의 이름을 밝혔고, 다양한 우여곡절 끝에 그녀가 범인의 협박에 따라 움직였다는 것이 밝혀지기까지의 경위에 대해서는 새삼 말할 것도 없을 것이다. 문제는 진범 체포를 위한 수사다.

범인의 유류품은 바꿔치기한 한 되들이 술병, 그것을 넣어둔 종이가방, 아소 교코 앞으로 온 협박장까지 3점이다. 당연한 일처럼 지문은 전혀 검출되지 않았다. 한 되들이 술병, 종이가방, 협박장에 사용된 편지지 등은 모두 시중에서 흔히 구할 수 있는 물건으로, 그 입수경로를 통해 범인을 찾아내는 건 거의 절망적이다. 또한 이 사건에서 범행을 실행한 것은 아소 교코였기 때문에 실제 범인의 족적을 파헤치는 것도 힘들다. 다만 수사본부에서 주목한 것은 범인이 언제 술병이 든 종이봉투를 창고에 감췄는가, 또한 언제 협박장을 아소 교코의 책상서랍에 넣었는가, 라는 점이었다. 하지만 이것에 관해 상당히 면밀한 탐문수사를 했는데도 결국 범인을 목격했다는 정보는 얻을 수 없었다.

끝으로 내가 차로 습격당한 사건에 대해.

차종을 알고 있기 때문에 처음에는 쉽게 해결될 것으로 생각했다. 먼저 세이카 여고 학생과 교직원 전원의 차에 대해 알아보았다. 해당 차량을 소유한 자는 교직원 중에는 없었고, 가족이 소유한 경우로서 학생 15명의 목록이 만들어졌다(나이 든 사람에게는 적합하지 않은 스포츠카 타입이어서 의외로 숫자가 적었다고 오타니는 말했다). 하지만 그 15대의 차량 중에서 내가 증언했던 '붉은 계통의 색깔'에 해당하는 것은 4대뿐이었고, 그 4대는 모두 그날 밤의 알리바이(라는 것도 좀 이상한 표현이지만)가 확실했다. 그 밖에 렌터카나 지인의 차를 빌렸을 가능성도 있었지만, 이것에 대해서는 현재 조사 중이다. 다만 이 사건에서 주목할 만한 것은 범인이 차를 운전할 수 있다는 것, 혹은 그런 공범자가 있다는 것이었다. 둘 중 어느 경우든 '학생의 단독범'이라는 설을 수정할 수밖에 없게 되었다.

말을 오래 하다 보니 목이 말랐는지 오타니는 남아 있던 차를 단숨에 마셨다.

"범인이 영악한지 아니면 우리가 어리석은지, 아무튼 범인과의 간격이 도무지 좁혀지지를 않는군요. 이만큼 수사를 했는데도 모두 중간에 벽에 가로막히는 겁니다. 이건 완전히 미로에 빠진 것 같아요."

"웬일로 마음 약한 말씀을 하시고."

주방에서 포트를 가져와 나는 찻주전자에 물을 따르면서 말했다. 하지만 '미로'라는 건 딱 맞는 표현인지도 모른다. 밀실 트릭이 그 좋은 예다. 범인이 유도한 대로 엉뚱한 길로 접어들어 아직도 그 안에서 헤매고 있는 것이다.

"네, 서론이 너무 길어졌군요."

오타니는 손목시계를 보더니 다시 앉음새를 바로잡았다. 나도 저절로 등을 꼿꼿이 세웠다.

"우리가 최선을 다해 수사 중이라는 건 아셨겠지요? 다만 이번 수사에는 매우 중요한 요소가 빠져버렸고, 그런 탓에 결정적인 첫걸음을 내딛지 못하고 있어요. 그게 뭔지 아십니까? 바로 동기예요. 이건 어디를 어떻게 파헤쳐봐도 아무것도 나오지 않았어요. 무라하시의 경우에는 학생지도부장이었기 때문에 동기가 전혀 없는 건 아니었지만, 문제는 마에시마 선생이에요. 우리도 나름대로 선생 주위를 조사해봤죠. 하지만 아무것도 없었어요. 정말 씻은 듯이 깨끗해요. 마치 학생과의 접촉을 피해온 것처럼 특별한 게 하나도 없더라고요. 선생이 담임을 맡았던 학생들에게도 물어봤습니다. 평판이 아주 좋더군요. 결코 간섭하는 일이 없다는 게 그 이유였어요. 별명은 티칭머신, 줄여서 머신. 그야말로 철저히 관여를 안 하는 성격이라서 오히려 상쾌하다고 어떤 학생이 말하더라고요. 선생은 교사로서가 아니라 양궁부 코치로 고용된 것이라고 얘기한 학생도 있었습니다."

"요즘 학생들은 교사를 신뢰하지도, 기대하지도 않아요."

"네, 그런 것 같더군요. 다만 한 가지 재미있는 얘기가 나왔어요."

오타니는 잠시 틈을 두었다가 말했다.

"딱 한 명, 선생이 사실은 인간적인 분인지도 모른다고 말한 학생이 있었어요. 얘기를 들어보니 작년 등산 행사 때 발목을 삔 아이가 있었는데 선생이 그 학생을 업고 산을 내려왔다는 거예요. 그리 심각한 부상도 아니었는데 선생은 '절뚝거리는 모양새로 산을 내려가면 다리가 미워져서 안 된다'면서 업고 내려왔다더군요. 자기가 '머신'이라서 우리를 인간으로 봐주는 것 같다, 라고 그 학생은 내게 말했습니다."

등산 행사란 일종의 소풍 같은 것이다. 얘기를 듣고 보니 그런 일이 있었다. 누군가를 업고 산길을 내려왔던 게 기억났다. 그게 누구였던가……. 그 순간, 선명하게 그 장면이 떠올라 나는 앗 하는 소리를 낼 뻔했다.

그렇다, 그때 발목을 삔 것은 다카하라 요코였다.

왜 요코가 나에게 특별한 마음을 품었는지, 이제야 나는 깨달았다. 그녀는 겨우 그런 일로 나의 다른 결점들을 모두 눈감아준 것이다.

"그때 일이 생각나신 모양이군요."

내가 어떤 표정을 지었는지 모르겠지만, 오타니가 속마음을 정확히 맞히는 바람에 순간 얼굴이 뜨거워졌다.

"선생의 목숨을 노릴 이유가 전혀 없다고 생각하던 참이었는데,

실은 그 얘기를 듣고는 내가 새로운 추리를 해봤어요. 사소한 일로 선생을 다시 보고 호의를 품은 사람이 있었다면 당연히 그 반대의 경우도 있을 수 있다. 즉 뭔가 사소한 일로 선생을 미워하는 경우도 있었을 것이다……."

"당연히 그런 경우도 있겠지요."

여고라는 데는 그런 일들이 수없이 일어나는 곳이라는 게 내 생각이다.

"그렇다면 그것이 살인으로 연결될 가능성은 어떨까요. 선생은 가능성이 있다고 생각하십니까?"

오타니는 진지한 눈빛으로 물었다. 너무도 어려운 문제였다. 하지만 나는 생각한 그대로 대답했다.

"네, 가능성이 있다고 생각합니다."

"그렇군요."

오타니는 생각에 잠긴 것처럼 지그시 눈을 감았다.

"즉 조금 전에 말했던 아름다운 것, 순수한 것, 거짓 없는 것을 빼앗겼을 때라는 얘기군요. 내가 잠시 생각해봤는데, 만일 그런 이유로 살의를 가졌을 경우, 우정 때문에 범행을 도와주는 경우도 있을까요?"

"……공범이라는 말입니까?"

오타니는 천천히 고개를 끄덕였다.

"청소년의 마음이 법이나 사회 규범을 능가할 만큼 강한 힘에 좌우되는 경우가 있다는 것은 나도 몇 번 경험해봐서 알고 있어요. 이번 수사가 이렇게까지 궤도에 오르지 못하는 이유도 바로 그런 점에 있는 것 같아요. 목격자나 증인이 거의 나오지 않고 있 잖습니까. 틀림없이 누군가는 뭔가를 알고 있을 텐데 그걸 적극적 으로 알려주는 사람이 없어요. 그렇다고 학생들이 범인이 누군지 알면서도 감싸주고 있는 건 아니겠지요. 이를테면 누군지는 알지 못하지만 일단 범인이 체포되는 것은 원하지 않는 거예요. 아마 범인의 절실한 고통을 본능적으로 알고 있기 때문이겠죠. 그렇다 면 이건 일종의 공범이에요. 나는요, 세이카 여고 전체가 진실을 감추려고 하는 듯한 느낌이 들어요."

심장에 화살이 날아와 쿡 박히는 듯한 기분이었다. 얼굴빛이 창 백해지는 것을 나 스스로도 깨달았다.

"그래서 말인데요, 이건 선생에게 달려 있어요. 범행 동기를 짐 작할 수 있는 사람은 마에시마 선생밖에 없다는 얘기예요."

"아뇨." 나는 고개를 저었다. "내가 그걸 짐작할 수 있었다면 진 즉에 말씀드렸겠지요."

"다시 한 번 생각해봐주세요."

가슴이 철렁해질 만큼 절박한 목소리로 오타니는 말했다.

"조금 전 선생의 말씀이 정곡을 찌른 것이었다면 그건 이런 얘 기가 되겠지요. 마에시마 선생과 무라하시 선생, 두 분이 학생 중 누군가의 아름다운 것, 순수한 것, 거짓 없는 것을 빼앗아버렸고 그것 때문에 미움을 샀다는 겁니다. 그러니 부디 기억을 더듬어보 세요. 틀림없이 선생의 기억 속에 답이 있을 테니까."

그런 말에도 나는 머리를 쥐어뜯을 수밖에 없었다. 오타니가 조용히 말을 이어갔다.

"지금 당장 답을 찾아내라는 건 아닙니다. 하지만 우리는 지금 지푸라기라도 잡고 싶은 심정이에요. 꼭 신중하게 기억을 더듬어 찾아봐주세요."

그렇게 말하고 그는 자리에서 일어섰다. 그야말로 몸이 천근만근인 듯한 동작이었다. 나도 일어섰다. 마음이 무겁기만 했다.

5

10월 6일 일요일. 시민운동장에서. 날씨 맑음.

"근데 바람이 너무 강해서 큰일이에요."

도구를 조립하면서 게이코가 말했다. 흰 모자가 바람에 날아가려고 해서 이따금 눌러주고 있었다.

"생각하기 나름이야. 강풍으로 전체적인 점수가 낮아지면 우리한테도 기회가 생길 수 있어."

가나에가 옆에서 말했다. 날씨에 좌우되지 않을 자신이 있는 모양이다.

"그게 우리 맘대로 되겠니? 상위권 애들은 웬만한 바람에는 흔들리지도 않아. 중위권에게는 짜증나는 바람이지만."

대회에 익숙해진 이 두 사람만 여유가 있는 것 같았다. 둘 다 이번 대회가 고교 시절의 마지막 기회인데도 그런 긴박감은 거의 느껴지지 않았다. 1학년은 그렇다 쳐도, 마음 편하게 할 수 있을 터인 2학년 쪽이 오히려 더 긴장하는 것 같았다.

모두 다 도구 조립을 끝내자 운동장 한 귀퉁이에서 체조를 했다. 그다음에는 둥글게 다 같이 어깨를 꼈다. 나도 그 안에 들어갔다.

먼저 게이코가 말했다.

"기왕 여기까지 온 거, 걱정해봤자 별것도 없어. 그냥 마음먹고 쏴보자. 그동안 연습해온 결과를 마음껏 보여줘!"

이어서 내가 얘기할 차례였다.

"따로 할 말은 없다. 열심히 해라."

세이카 여고의 응원구호를 외친 뒤 원진(圓陣)은 풀렸다. 오늘 시합이 끝날 때까지 더 이상 집합할 일은 없다. 말 그대로 고독한 싸움이 시작된다.

시합은 50미터와 30미터의 총 득점으로 경쟁한다. 2분 30초 동안에 세 개의 화살을 발사하고, 이것을 50미터에서 12회, 30미터에서 12회 반복한다. 즉 도합 72발, 720점 만점을 향해 겨루는 것이다.

대회에 출전한 여학생 수는 백여 명, 그중에서 전국대회에 출전할 수 있는 건 겨우 다섯 명이다. 작년에 게이코는 7위였다. 그런 만큼 올해는 기회라고 할 수 있었다.

"얼마나 집중할 수 있느냐에 달렸네요."

가나에의 양궁 케이스에 앉아 과거의 전적을 들여다보고 있는데 게이코가 다가와 말했다.

"어제 연습은 어땠어?"

나는 노트에 시선을 떨군 채 물어보았다.

"그럭저럭 괜찮았어요. 선생님이 보셨으면 어땠을지 모르지만."

그녀의 말에는 은연중에 나를 비난하는 여운이 있었다. 그럴 만도 했다. 지난 2, 3일 동안 나는 제대로 연습에 나가지 않았다. 방과 후에는 곧장 퇴근해버리고 그쪽에는 얼굴도 내밀지 않다가 오늘 대회를 맞이했다.

"나는 너희들을 믿어."

기록 노트를 내려놓고 나는 일어섰다. 그리고 대회 본부석 쪽으로 향했다. 너희들을 믿는다……. 그 말의 또 다른 의미를 게이코는 알아들었을까.

본부석에서는 이제 곧 시작될 시합에 대비해 하나하나 꼼꼼하게 점검하는 회의가 한창이었다. 특히 주의를 기울이는 것은 기록 담당이다. 1, 2점을 다투는 경기인 만큼 사소한 실수 하나가 큰 영향을 끼치기 때문이다.

이번 대회는 득점을 상대선수가 기록하는 방식이다. 일반적으로 개인전에서는 한 과녁에 한 명이 아니라 두세 명이 공유하게 된다. 같은 과녁을 발사하는 선수들끼리 서로 득점을 기록해준다. 물론 그것만으로는 공평한 기록이 되지 않는다. 꽂힌 화살의 득점을 둘러싸고 기록하는 측과 기록당하는 측의 의견이 일치하지 않는 경우가 있기 때문이다. 이를테면 화살이 꽂힌 위치가 10점과 9점의 경계일 때가 있다. 경계선에 조금이라도 닿으면 높은 쪽의 득점을 기록한다는 규칙이 있지만, 어느 쪽이라고도 하기 어려운 경우가 이따금 발생한다. 사수는 당연히 높은 쪽의 득점을 주장하고, 기록자는 적의 입장이라서 낮은 쪽을 주장한다. 이런 때 등장하는 것이 과녁 담당, 말하자면 심판이다. 과녁 담당은 그 화살을 보고 몇 점인지를 판정해서 알려준다. 사수도 기록자도 반론권이 없다는 것은 말할 것도 없다.

기록자는 2회에 한 번씩, 6발의 합계 점수를 본부석의 기록 담당에게 보고한다. 기록 담당은 그것을 득점판에 기록하고, 중간 경과 등을 발표하게 된다.

"마에시마 씨."

본부석 텐트 아래에서 말을 건네온 것은 R고교의 이하라였다. 작은 키에 뚱뚱한 편이지만 예전에 양궁선수로 이름을 날렸던 만큼 까무잡잡한 얼굴에는 다부진 구석이 있었다.

"세이카 여고가 올해는 최강의 멤버라던데요?"

3년 연속 전국대회 출전이라는 성과를 거둔 자신감 때문인지 이하라는 그렇게 운을 뗐다. 나는 씁쓸하게 웃으면서 손을 내저었다.

"예전에 비해 그나마 괜찮다는 정도죠."

"아뇨, 스기타 게이코가 있잖아요. 올해는 틀림없을 걸요? 그리고 아사쿠라 가나에의 파워도 대단해요."

그렇게 말하면서 그는 옆으로 바짝 다가왔다. 재빨리 주위를 둘러보더니 목소리를 낮춰서 슬쩍 물었다.

"올해 세이카 여고는 기권하는 거 아니냐는 얘기가 있었는데, 운동부 활동은 별 영향이 없었던 거예요?"

신문과 TV 뉴스로 사건에 대해 알고 있는 것이리라. 하지만 노리는 대상이 나라는 것까지는 모를 테지만, 만일 알게 된다면 얼마나 놀랄까. 걱정스러운 듯한 그의 얼굴이 우스꽝스럽게 느껴졌다.

이하라와 몇 마디 대충 나누다가 나는 운영위원 쪽으로 인사를 하러 갔다. 다들 시합 얘기는 제쳐두고, "큰 사건이 터졌다던데요"라고 호기심 가득한 시선으로 이쪽을 쳐다보았다. "나는 잘 모르겠습니다"라는 말만 거듭하다가 일찌감치 자리를 떴다.

경기가 시작된 것은 9시 정각이었다. 50미터 시험 사격 3발을 쏘고, 1회째 시합에 들어갔다.

개인전의 경우, 같은 학교 선수끼리는 거리를 두고 쏠 수 있게 배치한다. 나는 가나에가 선 자리의 뒤쪽에 자리를 잡고 관전하기로 했다.

가나에가 벌써 3발째를 쏘는 것이 보였다. 발사 후에 고개를 갸우뚱하더니 쌍안경으로 화살의 행방을 확인하고는 떨떠름한 얼굴로 돌아왔다.

"9점과 7점, 마지막은 6점이에요. 너무 힘을 줬나?"

"22점이네. 그럭저럭 괜찮아."

나는 고개를 끄덕여 보였다.

"30초 전."

방송이 흘러나왔다. 이때쯤에는 대부분의 선수가 발사를 마치고 물러선다.

"저거 봐요, 이번에도 또······."

가나에가 가리키는 쪽을 봤더니 게이코가 마지막 한 발을 느릿 느릿 겨누고 있는 참이었다. 주위에는 아무도 남아 있지 않았다. 시간 외 발사일 경우에는 꽂힌 화살 중 최고득점이 깎인다.

"별 수 없는 녀석이네."

입 속에서 그렇게 중얼거렸을 때, 게이코가 날카롭게 릴리스했 다. 타악 하고 과녁에 화살이 꽂히는 소리가 들렸다. 그와 동시에 술렁거림과 박수소리가 일어나는 것을 보니 나이스 슈팅이었던 모양이다. 혀를 쏙 내밀고 게이코는 슈팅라인에서 물러섰다.

12시 10분, 50미터가 끝나고 40분간의 휴식시간이다.

여자 1위 야마무라 미치코(R고교), 2위 이케우라 마요(T여 고)······, 4위 스기타 게이코(세이카여고)······.

거의 기대했던 만큼의 성과라고 할 수 있었다. 게이코는 만족스 러운 듯 웃으면서 샌드위치를 덥석덥석 먹고 있었다.

"가나에, 너도 8위니까 기대해볼 만해. 세 사람만 잡으면 되잖아."

"그렇지? 근데 30미터가 요즘 영 별로야. 실수나 하지 않게 쏴 야지. 그보다 에미, 대단하다. 1학년이 14위라니, 우리 양궁부 창 설 이래 처음이야."

"아이, 그냥 우연히 그런 거예요. 오후에는 떨어질 걸요, 틀림없이."

미야사카 에미는 가느다란 목소리로 겸손하게 말했지만, 최근 에 부쩍 실력이 늘었다고는 해도 그걸 시합 때까지 유지한다는 건 놀랄 만한 일이다. 어디서 그런 정신력이 생겨나는지 궁금해질 정도다. 저렇게 가녀린 몸매인데.

30미터가 시작된 뒤에도 세 사람의 컨디션은 떨어지지 않았다. 다만 이때쯤에는 상위 선수들이 크게 무너지는 일은 거의 없기 때문에 우리 쪽 순위가 갑작스럽게 올라가는 건 기대하기 어렵다.

"이대로 가면 기껏해야 6위겠네요."

후반에 접어들자 가나에의 목소리도 점점 힘을 잃어갔다.

"나머지를 전부 10점에 맞히면 대 역전이야."

"그야 그렇지만……. 아, 그보다 선생님, 게이코 쪽은 안 가보셔도 돼요? 조금 전에 5위로 떨어지는 것 같던데."

이미 알고 있었다. 지금까지 5위였던 선수는 30미터가 주특기인 것으로 유명하다.

"게이코는 괜찮아. 내가 봐준다고 뭐가 달라지는 것도 아니고."

"그래도 여태까지 계속 내 뒤에만 계시고 게이코는 전혀 봐주지 않았잖아요. 무슨 일 있었어요?"

"아무 일도 없었어. 괜히 딴생각하지 말고 발사에만 집중해."

내 목소리가 엄격해지자 가나에는 더 이상 얘기하지 않았지만, 당연히 내 행동이 이상하게 보였을 것이다. 하지만 지금은 이렇게 할 수밖에 없다.

"엇, 그보다 화살을 바꿔야겠네."

가나에는 화제를 바꾸듯이 화살집을 열고 새 화살을 꺼냈다. 그녀가 지금까지 쓰던 화살은 깃이 흔들거렸던 것이다.

"이제 됐어요. 자, 그럼 열심히 하겠습니다."

가나에는 환한 목소리로 말하고 화살집을 열어둔 채 오늘 몇 회째인지의 발사에 나섰다.

나는 무심코 가나에의 화살집에 시선을 떨구고 있다가 문득 마음에 걸리는 물건을 그 안에서 발견했다.

그것은 내가 가나에에게 준 마스코트 화살이었다. 내가 준 것이니까 가나에가 갖고 있어도 이상할 건 없다. 문제는 그 화살에 적혀 있는 번호였다.

양궁 선수는 자신의 화살 하나하나에 번호를 매겨둔다. 각각의 화살 상태를 파악해 시합 때 가장 좋은 것을 쓸 수 있도록 하기 위한 것이다. 마음에 걸린 것은 그 번호였다. 왜냐하면 그 번호의 마스코트 화살을 가나에가 갖고 있다는 건 이상한 일이었기 때문이다.

왜 이 화살을 가나에가 갖고 있는가. 나는 그 의미를 생각해보았다. 별 의미는 없는지도 모른다. 하지만 가슴이 거칠게 술렁거리는 것이 느껴졌다. 이 화살이 어떻다는 것인가. 이 28.5인치의 화살이……

그 순간 뭔가가 심장에 턱 막혔다. 숨쉬기가 힘들어지면서 두통이 몰려왔다.

28.5인치…….

마음속에 강풍이 휘몰아쳤다. 바람이 휘날려 짙은 안개가 걷혀가는 것을 나는 숨을 죽이고 응시하고 있었다.

제7장

1

10월 7일 월요일.

짙은 회색 그림물감으로 온통 칠해놓은 듯한 하늘이다. 지금 나에게는 이런 날씨가 오히려 더 잘 어울리는지도 모른다.

3교시는 빈 시간이다. 수업을 하러 가는 교사들에 섞여 교무실을 나왔다.

세이카 여고의 양호실은 교무실 바로 아래층에 있다. 시가라는 베테랑 양호교사가 담당하고 있다. 항상 흰 가운에 금테안경을 쓰고 있어서 그런 이미지 때문에 올드미스라고 뒤에서 수군거렸다. 하지만 실제로는 초등학교 1학년 딸아이를 둔 엄마다.

내가 갔을 때 다행히 시가 선생 혼자였다. 책상을 마주하고 있다가 내 모습을 보고 인사를 건넸다.

"웬일이야, 숙취 약이라도 필요하신가?"

그녀는 의자를 빙 돌려 이쪽으로 향했다. 나보다 한 살 많아서 그런지, 항상 이런 식으로 말한다.

"아뇨, 오늘은 중요한 볼일이 있어서요."

나는 복도에 인기척이 없는 것을 확인하고 급히 문을 닫았다.

"사람 놀라게 왜 그래?"

그녀는 침상 옆의 둥근 의자를 가져다주면서 말했다. 약품과 코롱이 섞인 듯한 향기가 코끝을 스쳤다.

"그래서 뭐야, 중요한 볼일이?"

"실은……."

나는 한 차례 마른 침을 꿀꺽 삼켰다. 그리고 신중하게 언제쯤의 어떤 일에 관한 것인지 말했다.

"꽤 오래 전 이야기네."

그녀는 다리를 꼬면서 말했다. 그 몸짓과 말투가 어딘지 작위적인 것 같아서 마음에 걸렸다.

"그때 우리가 알지 못하는 상황에서 무슨 일이 있었지요? 시가 선생과 그 아이들만의 비밀스러운 뭔가가."

"질문이 좀 이상한데?" 시가는 배우처럼 과장스럽게 양팔을 펼치며 고개를 저었다. "뭔 얘긴지 나는 전혀 모르겠어. 그보다 누구야, 그 아이들이라니?"

"그 아이들은……."

나는 이름을 하나하나 입에 올렸다. 그러면서 시가의 표정 변화를 지켜보았다. 그녀는 곧장 대답하지 않고, 책상 위에 있던 핀셋을 만지작거리고 창밖을 내다보기도 하다가 이윽고 입가에 웃음을 지으면서 물었다.

"왜 이제 새삼스럽게 그런 게 궁금한 거야?"

그 눈빛이 여유를 잃은 것을 나는 놓치지 않았다.

"꼭 필요해서요. 지금은 그 말밖에 할 수 없네요."

"그래?"

그녀의 얼굴에서 웃음기가 사라졌다.

"마에시마 선생이 이렇게 심각한 얼굴로 묻는 걸 보면 그 사건, 두 분 선생님이 살해된 사건과 관계가 있는 건가? 내가 보기에는 그때 일이 이번 살인사건과는 아무 관계도 없는 것 같은데."

"그때 일이라고요?" 나도 모르게 진한 한숨을 내쉬었다. "역시 뭔가 있었군요."

"있었어. 하지만 그건 평생 내 가슴속에만 묻어둘 생각이었어."

"그래도 얘기해주십쇼."

"솔직히 그런 건 묻지 말고 그냥 돌아가줬으면 좋겠는데……."

그녀의 어깨가 크게 흔들렸다. 깊게 숨을 들이쉬고 토해낸 것이었다.

"어떤 근거로 그때 무슨 일이 일어났다고 생각했는지, 그리고 그걸 왜 나한테 물어보러 왔는지, 그런 건 따지지 않기로 할게. 마에시마 선생이 짐작한 그대로야. 그때, 작은 사건이 있었어. 아니, 얼핏 보기에는 아무것도 아닌 일 같지만 속내를 살펴보면 꽤 큰 사건이었지."

시가는 그 '사건'에 대해 자세히 이야기해주었다. 분명 그건 엄청난 내용이었다. 지금까지 아무도 알지 못했다는 것이 이상할 정도였다. 하지만 그녀는 왜 그것을 자신의 가슴속에만 묻어두기로 했었는지도 말해주었다. 물론 그건 충분히 이해할 만한 이유였다.

나는 그 얘기를 듣고 경악과 동시에 깊은 절망감에 휩싸였다. 지금까지 내 마음속에서 모락모락 연기만 피우던 생각들, 내 생각이 제발 틀리기를 바라면서 차곡차곡 조립해온 추리의 마지막 퍼즐 조각이 지나칠 만큼 정확하게 맞춰져버린 것이다.

"기대하던 대답이 됐는지 모르겠네." 그녀는 고개를 갸우뚱하면서 물었다. "마에시마 선생이 알고 싶은 것의 본질이 뭔지, 나는 상상도 못하겠지만."

"네, 됐어요."

나는 암울한 심정으로 고개를 숙였다. 탁한 앙금 같은 것이 마음 밑바닥에 쌓여갔다.

"명탐정의 추리가 맞아떨어진 것 치고는 얼굴빛이 별로 좋지 않은데?"

"그렇죠?"

나는 몽유병자처럼 자리에서 일어섰다. 그리고 내 다리가 아닌 듯 허청거리는 걸음으로 출구로 향했다. 문을 잡고 뒤돌아보면서

"아, 근데요"라고 입을 열었다.

그러자 시가는 금테안경을 손끝으로 슬쩍 밀어올리고 처음의 부드러운 표정으로 되돌아와 말했다.

"응, 걱정 마. 이 일은 아무한테도 말 안 할 테니까."

나는 인사를 건네고 양호실을 나왔다.

4교시 수업 50분 동안, 교과서 연습문제와 준비해간 프린트 문제를 풀어보라고 했다. 아이들이 툴툴거리는 소리가 나지막하게 울렸다.

나는 그 50분 동안 창밖을 내다보며 생각에 잠겼다. 머릿속에서 열심히 엉킨 실을 풀어나갔다. 하지만 그것도 이제 아주 조금 남았을 뿐이다.

수업 끝 종이 울리자 프린트를 거둬들이고 차렷, 경례.

교실을 나올 때 "저 선생, 왜 저래?"라고 누군가 거침없이 욕을 하는 소리가 들렸다.

점심시간이 되자 나는 도시락을 반쯤만 대충 입에 떠넣고 일찌감치 자리에서 일어섰다. 후지모토가 뭔가 말을 걸었지만 적당히 맞장구를 치며 흘려들었다. 그 대답이 엉뚱한 것이었는지 후지모토는 의아한 표정을 짓고 있었다.

건물 앞을 나서자마자 교정이 벌써 예전의 화사함을 되찾았다는 것을 깨달았다. 잔디에 삼삼오오 앉아서 담소하는 학생들의 모습은 한 달 이전과 전혀 다른 데가 없었다. 다른 것이라고는 교복이 춘추복으로 바뀌었다는 것과 나무에 단풍이 들기 시작했다는 것 정도일까.

나는 그 아이들 옆을 지나 체육관 쪽으로 걸어갔다. 내 모습을 알아본 학생들이 즉각 비밀스런 이야기를 소곤거리기 시작한다. 들리지 않아도 어떤 내용일지는 대략 짐작이 갔다.

체육관 앞에 도착하자 나는 왼편을 돌아보았다. 그 탈의실이 건물 너머에 있었다. 이번 사건 때문에 수없이 찾아왔던 장소다. 하지만 이제 더 이상 그럴 필요는 없다. 답은 나왔다.

체육관 안의 계단을 올라서면 어슴푸레한 복도가 나오고 그 양쪽 편으로 두 개의 공간이 있다. 하나는 탁구장, 그리고 또 하나는 검도장이다. 살짝 문이 열린 채 불빛이 새어나오는 곳은 검도장이었다. 입구 가까이 다가가자 안에서 인기척이 느껴졌다. 죽도를 내려치는 소리, 그리고 발이 바닥을 쓰는 소리가 들렸다.

나는 천천히 문을 열었다. 넓은 도장 한가운데서 혼자서 죽도 휘두르기 연습을 하고 있는 뒷모습이 보였다. 죽도를 내려칠 때마다 머리칼이 휘날리고 하의 옷자락이 출렁였다. 그 내려치기는 날카롭고도 삼엄했다.

호죠 마사미는 점심시간에도 도장에서 죽도를 휘두른다……. 그녀에게 잘 어울리는 상징적인 소문 중 하나지만 그게 단순한 소문이 아니라는 것이 참으로 대단하다.

같은 검도부원이라고 생각했는지 문이 열리고 닫히는 소리를 듣고서도 마사미는 한참동안 휘두르기 연습을 멈추지 않았다. 이

읽고 자신을 지켜보는 기척이 다르다는 것을 알았는지, 문득 죽도
를 멈추고 이쪽을 돌아보았다.

의아한 듯 호죠 마사미는 눈이 둥그레졌다. 겸연쩍게 웃는 얼굴
은 전교 수석이나 검도부 주장일 때와는 다른 얼굴이었다.

"잠깐 할 얘기가 있어서 왔어."

마음이 팽팽히 긴장한 탓인지 톤이 높은 목소리가 나왔다. 넓은
도장에 한순간 메아리쳤다.

마사미는 조용히 이쪽으로 걸어오더니 우선 죽도를 죽도집에
넣었다. 그리고 내 앞으로 다가와 돌연 정좌하더니 "네"라고 말하
면서 이쪽을 올려다보았다.

"그렇게 격식 차리지 않아도 돼."

"저는 이게 더 편합니다. 선생님도 앉으시지요."

"아, 응, 그러자."

기선을 제압당한 기분을 맛보면서 나는 그 자리에 양반다리를
하고 앉았다. 바닥의 차가움을 느끼면서, 참으로 특이한 학생이라
고 생각했다.

"자, 그러면……."

나는 작게 심호흡을 했다. 마사미는 내 말을 냉철한 표정으로
기다리고 있었다.

"할 말이라는 건 다름이 아니라 그 밀실 트릭에 대한 거야."

"뭔가 모순이 있었다는 말씀입니까?"

호흡 하나 흐트러지는 일 없이 받아치고 들어왔다.

"아니, 모순은 없어. 매우 훌륭한 추리였어."

그렇겠지요, 라는 듯이 그녀는 고개를 끄덕였다. 그 자신감이 넘치는 얼굴을 향해 나는 말했다.

"다만 이해가 되지 않는 점이 있어."

그녀는 얼굴빛이 약간 바뀌었다.

"어떤 것입니까?"

"그건…… 너의 혜안이 너무 지나치게 예리했다는 거야."

그러자 마사미는 입가를 가리며 피식 웃음소리를 냈다.

"무슨 말씀을 하시려나 했더니만. 선생님의 특기인 완곡한 표현으로 칭찬해주시는 겁니까?"

"그게 아냐. 내 말은 그 추리가 부자연스러울 만큼 예리했다는 얘기야."

"부자연스럽다고요?" 그리고 이번에는 흥 코웃음을 쳤다. "무슨 뜻이신지요."

명백히 불쾌함이 담긴 말투였다. 항상 전교 수석을 놓치지 않았고 교사들도 한 수 높이 쳐줬던 만큼, 자신의 추리에 시비를 거는 것은 자존심 상하는 일이었을 것이다. 나를 바라보는 마사미의 눈빛이 검도장 바닥처럼 차갑게 변해 있었다.

하지만 범인은 마사미의 그런 자존심을 계산에 넣었는지도 모르는 것이다. 나는 말했다.

"그 사건에 관해 너는 국외자였어. 유일한 연결고리는 의심을 받은 다카하라 요코와 중학교 때부터 친구였다는 것이었어. 따라서 사건에 대한 정보도 당연히 적었을 거야. 그런데도 너는 훌륭한 추리를 펼쳤어. 수많은 관계자와 주위 사람들이 머리를 쥐어짰는데도 풀지 못했던 트릭을 말이지. 이건 부자연스러운 일이 아닐까?"

하지만 마사미는 동요하지 않았다. 단정히 정좌한 채 오른손을 들더니 눈앞에 검지를 번쩍 들고 침착한 모습으로 대답했다.

"남성용 탈의실 문을 통해 탈출하는 것은 불가능하다. 그 정보 하나면 충분합니다. 여성용 탈의실 쪽의 문단속 방법, 탈의실의 구조 등에 대해서는 제가 얼마든지 알아볼 수 있었으니까요."

"물론 꼭 필요한 사항은 얻을 수도 있었겠지. 하지만 추리를 짜맞추기 위해서는 주변 사정도 파악하지 않고서는 어렵지 않을까? 이를테면 호리 선생님의 작은 버릇이 있어. 그것을 너는 알고 있었던 게 아니라 짐작했다고 말했어. 과연 그런 게 가능할까? 나는 보통사람은 도저히 불가능한 일이라고 생각해."

"일반적인 추리력으로는, 이라고 말씀해주시면 좋겠군요."

"너의 추리력은 일반적이 아니라는 건가?"

"선생님 말씀에 따르자면 그런 얘기가 되겠지요."

"나는 그건 아니라고 생각해."

"그건 아니라니, 그러면 뭡니까. 추리가 아니라면 무엇이라는 말씀이시죠?"

마사미는 짜증을 억누르듯이 낮은 목소리로 천천히 물었다. 등을 꼿꼿이 세우고 손은 무릎에 얹은 채 검은 눈을 지그시 내 쪽으로 향하고 있었다. 나는 그 승부욕 강한 눈을 향해 말했다.

"그걸 너에게서 들어보려는 거야."

2

방과 후.

대회 다음날에는 연습을 쉬기로 하고 있다. 그래서 양궁 발사장
에 나가도 아무도 없었다. 옆의 운동장에서 다른 운동부의 구령
소리가 들려왔지만, 이 공간만은 기묘한 고요함에 감싸여 있었다.

나는 발사장을 가로질러 양궁부 부실로 가서 내 도구를 꺼냈다.
활을 조립하고 체스트가드, 암가드, 퀴버 등의 액세서리를 몸에
채웠다. 그리고 슈팅라인에 서자 뭔가 금속 심지 같은 것을 넣은
것처럼 몸도 마음도 반듯해지는 게 느껴졌다.

드디어……

마음은 이상하게도 고요히 가라앉았다. 더 이상 뒤로 물러설 수
없는 상황으로 나 자신을 몰아넣었다는 것을 깨달았기 때문인지
도 모른다. 깊이 숨을 들이쉬고 가볍게 눈을 감았다.

그때 바사삭 풀을 밟는 소리가 들려서 나는 뒤를 돌아보았다.
교복 차림의 그 아이, 게이코가 발사장 옆을 지나 부실 쪽으로 가
는 참이었다. 게이코는 살짝 손을 흔들며 "일찍 오셨네요?"라고
인사를 건넸다. 나도 손을 흔들며 답했지만 잔뜩 굳은 표정을 감
출 수 있었는지, 자신이 없었다.

게이코는 무거운 가방을 안고 부실 안으로 사라졌다. 문이 탁 닫히는 소리가 흠칫할 만큼 마음속에 번졌다.

"오늘 방과 후에 뭔가 예정이 있냐?"

5교시가 끝난 뒤, 게이코를 불러 물어보았다. 별다른 일은 없다고 그녀가 대답했기 때문에 그렇다면 함께 활이나 쏘자고 말했다.

"웬일이래, 선생님이 먼저 그런 말을 해주시고? 저야 물론 오케이죠. 당연히 전국대회를 위한 일대일 코치도 해주실 거죠?"

앞선 현 대회에서 게이코는 결국 끝까지 5위를 지켜냈던 것이다. 가나에는 8위, 미야사카 에미도 13위로 잘 싸워서 세이카 여고 양궁부는 나름대로 큰 성과를 거두었다. 지금 나에게는 별 의미도 없는 일이지만.

"그것도 좋겠지. 가능하면 방해하는 사람이 없었으면 하던 참이니까."

자연스럽게 말한다고 했는데 어색한 말투가 나왔다. 하지만 게이코는 이상하게 생각하는 기색은 없었다.

그럼 수업 끝나고, 라는 말을 남기고 게이코는 교실로 돌아갔다.

주사위는 던져졌는가. 그 등을 바라보며 나는 생각했다.

닫힌 양궁부실의 문을 멍하니 지켜보며 나는 과연 이게 옳은 방법인지, 아직도 망설이고 있었다. 이렇게까지 할 필요가 있을까. 이대로 가만히 있다가 시간이 흐르고 흐른 뒤에 아, 예전에 그런 일도 있었지, 라고 추억을 떠올리면 되는 거 아닌가. 지금 여기서 내 방식대로 밀고 나가봤자 어느 누구도 구원받지 못하고 어느 누구도 기뻐하지 않는다. 그런 생각을 하니 마음이 한층 더 무거워지면서 이대로 도망쳐버리고 싶었지만, 그 반면 역시 진상을 알아내고 싶다는 생각이 마음속을 지배하고 있는 것도 사실이었다.

이윽고 양궁부실의 문이 열리고 운동복 차림의 게이코가 나타났다. 한 손에 활을 들고 허리춤의 퀴버를 덜컥덜컥 울리며 이쪽을 향해 걸어왔다.

"오랜만이네요, 둘이서만 활 쏘는 거. 와아, 긴장되네."

장난스럽게 목을 움츠리는 게이코에게 나는 말했다.

"우선 50미터에서 쏴볼까."

짚 기둥에 과녁을 붙이고 우리는 50미터 라인에 섰다. 과녁을 향해 오른쪽으로 게이코가 섰기 때문에 내 쪽에서는 그녀의 뒷모습을 보게 된다.

그리고 둘이 나란히 쏘기 시작했다. 거의 대화도 없는 가운데 각자 여섯 개의 화살을 발사했다. 내뱉은 말은 몇 차례 "나이스 슈팅!"이라고 서로에게 칭찬을 건넨 정도였다.

"시합 다음 날에 연습을 안 하기로 한 것은 별로 좋은 생각이 아닌 거 같아요."

화살을 다시 주워 슈팅라인으로 돌아오는 중에 게이코가 말했다.

"시합 때는 아무래도 자세가 흐트러지잖아요. 그런 건 한시바삐 바로잡아야죠. 그러니까 시합 다음날에는 연습을 하고 그 다음 날에 쉬기로 하는 게 좋지 않을까요?"

"응, 생각해볼게."

나는 건성으로 대답했다.

그 뒤에도 몇 차례 발사를 거듭했다. 나는 거의 쏘지 않고 코치를 해주는 척했지만 실은 머릿속으로 내내 한 가지 생각만 하고 있었다.

어떻게 얘기를 꺼낼 것인가…….

그리고 50미터의 마지막 회.

"와아, 어제보다 기록이 잘 나올 거 같은데요?"

스코어 노트를 호주머니에 넣으면서 게이코는 환한 목소리를 냈다. 잘했어, 라고 대답은 했지만 만일 그때 게이코가 뒤를 돌아봤다면 잔뜩 굳어버린 내 얼굴을 의아하게 생각했을 것이다.

그녀는 화살을 끼우고 천천히 활을 당겨나갔다. 진지한 옆얼굴이 보였다. 활의 움직임이 정지하는가 싶더니 클리커*가 달칵 울리고 화살은 한순간에 허공으로 날았다. 공기를 가르는 위이이잉 소리, 과녁에 꽂히는 타악 소리가 이어서 들려왔다. 해시계 바늘처럼 화살 그림자가 과녁의 중심에서 길게 늘어졌다.

"게이코, 나이스 슈팅!"

"고맙습니다."

게이코는 기분 좋게 두 번째 화살을 끼웠다. 1학년 때는 가느다

*화살의 당겨짐이 일정한 길이에 달했을 때 소리를 내게 한 얇은 금속판.

랗던 그녀의 등이며 어깨가 이제는 상당히 늠름하게 보였다. 3년 동안 몸도 마음도 어른이 됐구나, 하고 한순간 전혀 상관없는 생각을 했다.

다시 그녀가 활을 당기고 있었다. 호흡을 가다듬으려는 것이 보였다. 그리고 날카로운 시선을 과녁 쪽으로 향했다.

지금밖에 없다, 라고 나는 생각했다. 지금 말을 꺼내지 못하면 영원히 못할 것이다. 왠지 그런 마음이 들어서 나는 마음을 굳게 먹고 이름을 불렀다.

"게이코."

세트업하려던 그녀의 팔이 움찔 멈췄다. 정신의 긴장이 피시식 빠지는 게 느껴졌다. 몸을 편안히 풀고 내게 물었다.

"왜요?"

"나한테 얘기해줬으면 하는 게 있어."

"네."

게이코는 건너편을 향한 채로 다음 말을 기다렸다. 내 입은 그 몇 초 사이에 바짝바짝 타들어갔다.

그 입을 혀로 적시고 숨을 가다듬은 뒤 나는 중얼거리듯이 말했다.

"무섭지 않았어? 사람을 죽이는 거."

그 말의 의미가 즉시 그녀에게 전해졌는지 어떤지는 분명하지 않았다. 어쨌든 반응 비슷한 것을 보여줄 때까지 약간의 틈이 있었다.

길고 굵은 숨을 토해낸 것이 그녀가 내보인 첫 번째 반응이었다.

"무슨 말인지 모르겠는데요?"

평소와 똑같은 어조로 대답하고 게이코는 내게 되물었다.

"그건 그러니까, 이번 사건에 대한 얘기예요?"

"맞아, 이번 사건에 대한 얘기야."

그러자 그녀는 명랑하게까지 느껴지는 목소리로 농담처럼 받아넘겼다.

"와아, 그렇구나, 내가 범인이라는 거네요?"

내 쪽에서 얼굴은 보이지 않았지만 아마 장난치는 표정이었을 게 틀림없다. 그런 여자애다.

"신고할 생각은 없어. 그냥 진실을 알고 싶을 뿐이야."

내 말에 게이코는 잠시 침묵하고 있었다. 어떻게 피해야 할지 궁리하는 것 같기도 하고 나의 느닷없는 질문에 당황한 것 같기도 했다. 어느 쪽인지, 나는 알 수 없었다.

그녀는 대답 대신 천천히 활을 들었다. 그리고 조금 전처럼 시간을 들여 당기더니 단숨에 화살을 날렸다. 바람을 가르는 소리와 과녁을 뚫는 소리. 하지만 화살은 중심에서 왼쪽으로 비껴간 자리에 꽂혔다.

"말해보세요, 왜 내가 범인이죠?"

릴리스 자세에서 딱 멈춰버린 채 게이코는 물었다. 여전히 재미있다는 듯한 말투라는 게 나로서는 놀라웠다.

"그 밀실을 만들어낼 사람은 너밖에 없기 때문이야. 너를 범인이라고 생각할 수밖에 없어."

"이상한 말씀을 하시네. 마사미의 추리에 따르면 누구라도 가능한 단순한 트릭이었잖아요. 그 얘기를 해준 건 선생님이었을 텐데요?"

"분명 그 트릭이라면 누구라도 가능하지. 하지만 그건 미끼였어. 실제로는 그런 트릭은 없었어."

다시 게이코는 침묵했다. 충격을 받은 기색을 감추려 하고 있다, 라고 나는 생각했다.

"재미있고 대담한 발상이군요. 그럼 어떤 트릭을 썼다는 거죠?"

여유 있는 척하는 말투였지만, 그런 대답을 하는 것 자체가 이번 사건과 관계가 있다는 반증이었다. 나는 다시금 절망감을 느끼면서 입을 열었다.

"그 속임수를 알게 된 것은 범인이 여성용 탈의실이 아니라 남성용 탈의실 문을 통해 탈출했다는 확신을 가졌기 때문이야. 왜 그런 확신을 가질 수 있었는가. 네가 알지 못하는 어떤 증인이 나타났거든. 그 증인은 사건 때 탈의실 뒤쪽에 있었는데 여성용 탈의실 문으로는 아무도 나오지 않았다고 증언했어. 즉 그 증언에 따르면 마사미의 수수께끼 풀이는 성립되지 않아. 범인은 남성용 탈의실 출입구를 통해 나간 거였어. 그렇다면 밀실 트릭의 주안점은 단 한 가지로 좁혀지겠지. 바깥쪽에서 빗장을 거는 게 가능하냐는 점이야. 이것에 대해 경찰은 초기 단계에서부터 검토했었어. 답은 안 된다, 라는 거였지. 발견된 빗장 각목에서는 뭔가 속임수를 쓴 듯한 흔적이 발견되지 않았고, 각목 자체의 길이와 굵기, 형태, 휘어지는 정도 등을 조사해본 결과도 바깥쪽에서 원격조종으로 빗장을 거는 것은 불가능하다는 것으로 나왔어."

"근데 그 결과가 잘못되었다는 말씀이에요?"

목소리가 약간 삐끗했지만 침착한 말투에는 변함이 없었다. 나는 게이코에게 보이지 않을 것을 잘 알면서도 고개를 저었다.

"경찰이 내린 결과에 틀린 건 없었어. 그런 만큼 나도 고민을 많이 했고. 하지만 실제로는 경찰도 나도 전혀 의미 없는 시행착오를 거듭했던 거였어. 그 빗장 각목을 바깥쪽에서 거는 것은 불가능하지. 하지만 **다른 막대**라면 어떤가, 라는 건 검토하지 못했어."

게이코의 등이 움찔 흔들렸다.

"다른 막대?"

그리고 그녀는 그것을 얼버무리려는 듯이 유난히 큰소리로 되물었다.

"무슨 말이죠, 그게?"

"이를테면 실제로 사용된 것이 좀 더 짧은 막대였다면 어떨까? 발견된 막대는 문에 걸렸을 때, 바닥과 약 45도의 각도를 이루는 길이였어. 그걸로 빗장을 걸자면 상당한 힘이 필요하기 때문에 원격조종은 불가능하다는 거였지. 하지만 만일 그것이 거의 0도에 가까운 각도가 되는 길이의 막대였다면 그다지 큰 힘을 들일 필요도 없고 바깥쪽에서 조작하는 것도 가능했을 거야."

마치 물리 수업 같다. 게이코는 어떤 마음으로 내 설명을 듣고 있을까. 다만 그녀의 어깨가 가늘게 떨리기 시작한 것만은 알 수 있었다.

"뭐, 그런 막대라면 가능할 수도 있겠죠. 하지만 실제 빗장은 그 각목이었어요. 선생님도 보셨잖아요?"

"응, 봤지. 그때 네가 알려준 대로 환기구를 들여다봤을 때, 분명 그 각목 빗장이 걸린 게 보였어."

"근데 왜……."

"아니, 좀 더 들어봐. 분명 그건 나도 봤지만, 그렇다고 또 다른 빗장이 없었다고 단언할 수는 없어."

"……."

"왜 그러지?"

말문이 막힌 듯 숨을 죽이고 있는 게이코에게 나는 물었다.

"아니, 아무것도 아니에요. 그래서요?"

"한 마디로 이런 방식이라면 어떨까. 우선 범인은 두 개의 빗장을 준비했어. 하나는 살인 현장에서 발견된 것, 즉 바깥쪽에서 원격조종이 불가능한 각목이야. 이걸 1번 빗장이라고 해보자. 또 하나는 길이나 휘어지는 정도 등을 봐서 그게 가능한 막대야. 이걸 2번 빗장이라고 하자. 범행 뒤에 범인은 우선 2번 빗장 쪽에 튼튼한 끈이나 철사를 감아 그 끝을 문과 벽 틈새를 통해 밖으로 빼낸다. 그리고 사람이 겨우 지나갈 정도만 문을 열고 두 개의 막대를 문짝 안쪽에 기대놓은 뒤에 밖으로 나와 신중하게 문을 닫는다. 그러면 두 개의 빗장은 문 안쪽에 살짝 걸린 상태가 되겠지? 여기서 조금 전에 꺼내둔 끈 혹은 철사를 조종해서 2번 빗장으로 단단히 문을 고정하는 거야. 1번 빗장은 문을 고정하는 게 목적이 아니었으니까 그대로 둬도 괜찮아. 그리고 마지막에 끈 혹은 철사를 잘라내는 거야."

사체를 발견하던 당시, 환기구를 통해 들여다봤을 때 문에 채워진 굵고 긴 빗장은 어슴푸레한 가운데 하얗게 떠보였다. 실은 그건 1번 빗장, 즉 미끼였던 것이다.

"와아, 상상력이 대단해요!"

게이코는 과장스럽게 고개를 흔들었다. 그 큰 몸짓은 부르르 떠는 것처럼 보였다.

"근데요, 문짝에 그 '1번 빗장'을 댄 흔적이 분명하게 남아 있었다고 했잖아요? 그건 어떻게 되죠?"

"간단해. 그런 흠집을 미리 만들어두기만 하면 되니까. 그 반대로 2번 빗장은 흔적을 남기면 안 되니까 이건 막대 끝에 가죽이나 천 같은 것을 씌워둘 필요가 있었을 거야."

"……뭐, 이론적으로 틀린 얘기는 아니군요."

그녀는 세 번째 화살을 퀴버에서 뽑아내더니 신중한 손놀림으로 활에 끼웠다. 그렇게라도 동요하는 마음을 가라앉히려는 것이라고 나는 생각했다.

"하지만 아직도 중요한 문제가 남아 있어요. 방금 선생님의 말이 사실이라면 우리가 탈의실 문을 부수고 안으로 들어갔을 때, 그 2번 빗장이 안에서 발견됐어야 하잖아요?"

드디어 올 것이 왔구나, 라고 나는 작게 한숨을 내쉬었다. 그게 이 트릭의 가장 중요한 문젯거리였고, 동시에 조작의 실행자가 게이코라는 것을 보여주는 증거였다. 그런 만큼 당연히 게이코도 마지막에는 그걸 방패로 삼을 거라고 예상했던 것이다.

"분명 그게 큰 걸림돌이었어. 실내에 그런 빗장이 없다는 건 다름 아닌 내가 증언했었으니까. 다만 당시에 문을 부수고 안에 들어갔을 때, 나는 순간적으로 무라하시의 사체 쪽에만 정신이 팔려 있었어.

그 잠깐의 빈틈을 노려 범인이 그 증거품을 챙겨갔다면 그건 내 눈에 띄지 않았다는 얘기야. 자, 그럼 증거품을 챙겨갈 수 있었던 사람은 누구인가. 안타깝게도 게이코, 너밖에 없었어."

그녀는 얼어붙은 듯 움직이지 않았다. 어떤 얼굴로 내 얘기를 듣는지도 알 수 없었다. 하지만 나는 다시금 쐐기를 박았다.

"물론 너는 이렇게 말하겠지. 그런 긴 빗장 막대를 한순간에 감춰둘 수는 없다, 당연히 내가 수상하게 여겼을 것이다, 라고. 물론 보통 때라면 그렇겠지. 하지만 너는 감춰도 전혀 이상하지 않은 것을 2번 빗장 막대로 선택했어."

게이코가 살짝 얼굴을 들었다. 뭔가 말하려고 숨을 들이쉰 것 같았지만, 역시 입을 열지 않았다.

"괜히 뜸들일 것도 없겠지? 그건 바로 화살이야. 퀴버 안에 넣어버리면 아무도 눈치채지 못할 테니까. 하지만 네 화살이라면 너무 짧아. 트릭에 사용한 것은 내가 준 마스코트 화살이었을 거야.

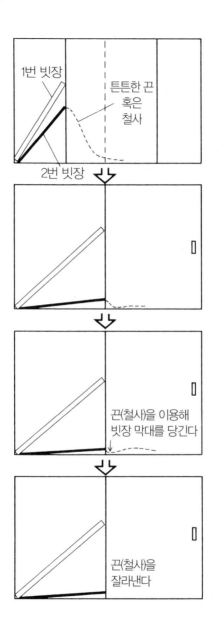

1번 빗장

튼튼한 끈
혹은
철사

2번 빗장

끈(철사)을 이용해
빗장 막대를 당긴다

끈(철사)을
잘라낸다

길이는 28.5인치. 센티미터로 치면 72.4센티미터나 되지. 실제로 시험해봤는데 그 길이라면 탈의실 문에 빗장을 걸 수 있었어. 거의 필요 최저한의 길이였으니까. 그럴 경우, 조금만 힘을 줘도 문을 고정할 수 있을 뿐만 아니라 버팀목처럼 문의 레일에 끼는 상태가 되니까 멀리서 봐서는 알아보기 어렵다는 장점도 있어. 알아보기 어려운 건 그 화살의 색깔도 영향이 있었겠지? 어슴푸레한 실내의 문 레일 틈새에 가느다란 검정색 화살이 가로놓여 있으면 어느 누구도 알아채지 못하지. 더구나 1번 빗장 막대라는 시선을 끄는 미끼까지 있었으니까 말이야."

단숨에 얘기한 뒤, 나는 게이코의 반응을 기다렸다. 이쯤에서 체념하고 내게 모든 것을 털어놓을지도 모른다고 기대했던 것이다. 더 이상 꼬치꼬치 추궁하고 싶지 않았기 때문이다.

"증거가 있어요?"

내 기대와는 달리 게이코는 감정이 담기지 않은 목소리로 툭 내뱉었다.

"아주 잘 짜인 추리인 건 맞아요. 두 개의 빗장이라니, 너무 재미있네요. 하지만 증거가 없으면 그냥 재미로 끝날 얘기죠."

상당히 큰 충격을 받았을 텐데도 여전히 그렇게 되받아칠 수 있다는 것에 나는 솔직히 감탄했다. 하긴 그 정도의 정신력이 아니고서는 이번 사건을 일으키지도 못했을 것이다.

"증거도 있어."

게이코에게 지지 않을 만큼 냉정한 목소리로 나는 말했다.

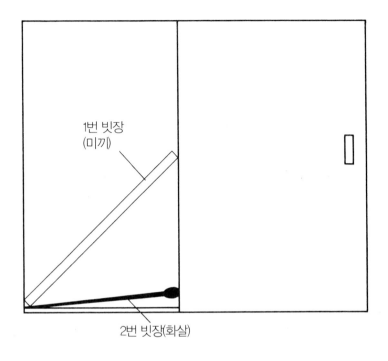

1번 빗장
(미끼)

2번 빗장(화살)

"네가 지금 가진 마스코트 화살의 번호를 볼까? 아마 12라는 숫자가 적혀 있을 거야. 하지만 내가 너에게 준 화살은 분명 3번이었어. 그리고 그 3번 화살은 왜 그런지 가나에가 갖고 있더구나. 자, 왜 그렇게 됐을까? 나는 이렇게 추리해봤어. 밀실의 빗장으로 사용한 것은 12번 화살이야. 3번은 물론 네가 갖고 있었지. 그리고 사체 발견 직전에 그 3번은 내 도구 케이스에 돌려놓고, 탈의실 문을 부순 순간에 레일에 낀 12번을 챙겨다가 네 퀴버에 넣은 거야. 원래는 나중에 12번과 3번을 다시 한 번 바꿨어야 했는데 너는 그걸 하지 않았어. 아마 내가 화살 번호까지 기억할 거라고는 생각하지 못했기 때문이겠지. 그런데 가나에가 마스코트 화살을 갖고 싶다면서 3번 화살을 골라간 거야."

어제 현 대회에서 'KANAE'라는 이름이 적힌 화살이 3번이라는 것을 알았을 때, 나는 그때까지 계속 외면해왔던 가설을 무시할 수 없게 되었다. 그리고 그것을 계기로 모든 수수께끼가 연쇄반응처럼 술술 풀렸던 것이다.

"그런 얘기였어요?" 게이코는 다시금 활을 세트업하면서 말했다. "근데 그것 역시 추리에 지나지 않아요. 그거라면 내가 얼마든지 해명할 수 있거든요. 우선 나는 그날, 양궁부에서 계속 선생님과 함께 있었잖아요?"

크게 활을 휘둘러 게이코는 에이밍에 들어갔다. 근육의 긴장이 높아져간다. 그것이 절정에 다한 무렵을 노려 나는 중얼거렸다.

"밀실을 만든다는 건 네가 맡은 역할이었어. 그리고 무라하시를 살해하는 역할은 미야사카 에미였지."

그 순간 파시싯 하는 거센 파열음이 나면서 게이코의 활시위가 눈앞에서 끊겼다. 단숨에 풀려난 활은 평소와는 반대방향으로 젖혀지면서 게이코의 손바닥 안에서 크게 날뛰었다.

3

게이코가 활에 시위를 거는 동안, 나는 말없이 먼 곳으로 시선을 던지고 있었다. 그러자 양궁장 그늘에서 여전히 나를 경호하는 시라이시 형사의 모습이 눈에 들어왔다. 그는 이쪽을 쳐다보며 크게 하품을 하고 있었다. 오늘도 '이상 없음'이라고 보고할 테지만, 이쪽에서 어떤 이야기가 오고 가는지를 알게 된다면 분명 소스라치게 놀랄 것이다.

"다 됐어요, 얘기 계속하세요."

게이코는 다시 슈팅라인에 섰다. 이런 상황에서도 아직 활을 쏠 생각인 모양이다. 아마도 나에게 얼굴을 내보이고 싶지 않은 것뿐만 아니라 뭔가 이유 없는 고집 같은 것으로 나에게는 느껴졌다.

나는 목이 바짝 마른 것을 의식하면서 천천히 입을 열었다.

"너의 공범, 아니, 직접 손을 댄 사람이니까 주범이라고 해야겠지. 그게 미야사카 에미라고 단정한 데는 당연히 여러 가지 근거가 있어. 다만 이중 빗장의 트릭을 간파한 시점에 그런 사람이 양궁부 안에 있을 거라고 확신한 건 사실이야. 그 이유 중 하나는 너에게 완벽한 알리바이가 있었다는 거야. 그리고 또 하나는 그날만 네가 연습 중의 휴식시간을 연장했다는 것이야. 연습 시간에 엄격한 네가 평소에는 10분이던 휴식시간을 분명 5분 넘게 연장했었지? 즉 그 15분 동안 주범은 무라하시를 살해하고, 조금 전에 말했던 트릭으로 탈의실을 밀실로 만들어둔 뒤에 돌아왔던 거야. 처음에는 10분 예정이었는데 그 주범이 돌아오지 않으니까 슬쩍 5분을 연장했던 거지?"

게이코는 대답하지 않았다. 과녁을 지그시 응시한 채 내 얘기를 재촉하듯이 그 자세를 무너뜨리지 않았다.

"너희가 왜 그렇게까지 밀실에 집착했는가. 그건 한 마디로 알리바이 공작 때문이라고 나는 추측하고 있어. 즉 너희의 가장 큰 노림수는 경찰의 잘못된 밀실 트릭 추리를 유도하는 것이었어. 그 미끼 트릭에 따르면 범인은 자물쇠를 바꿔치기하려고 호리 선생이 탈의실을 이용한 4시 전후에 탈의실 근처에 숨어 있었어야 하니까. 당연히 그 무렵에 연습 중이었던 양궁부원은 모두 의심을 피할 수 있겠지. 물론 경찰을 이 미끼 트릭으로 유도하기 위해 너희는 몇 가지 속임수 증거를 만들어뒀어. 격벽을 타고 넘어간 듯한 흔적을 만들고, 출입구와 가까운 로커는 물을 뿌려서 쓰지 못하게 해두고, 똑같은 모양의 자물쇠 세트의 체인을 일부러 떨어뜨려둔 거야. 하지만 그런 미끼들로 경찰이 꼭 잘못된 추리를 펼쳐준다는 보증은 없어. 그래서 너희는 좀 더 확실하게 미끼 트릭을 해명해줄 사람을 찾아냈어. 그게 바로 호죠 마사미였지."

갑작스럽게 게이코가 딸꾹질 같은 소리를 냈다. 활을 잡은 팔에 지나치게 힘이 들어가 있었다. 나는 그런 그녀의 모습을 보며 이제 그만 모든 걸 멈추고 싶었다. 사디스트도 아니고, 이게 무슨 짓인가.

하지만 나는 진상을 향해 계속 말을 이어갔다. 그것은 나 스스로는 억누를 수 없는 충동이었다.

"내 추리로는, 당초 계획에서는 미끼 트릭의 해명은 네가 맡기로 했을 거야. 하지만 마사미가 친구인 요코의 의심을 풀어주려고 기를 쓰고 있다는 내 얘기를 듣고 그녀에게 그 역할을 대신하게 하기로 했겠지. 조금 전에 마사미를 만나서 그런 내용도 확인했어."

검도장에 정좌한 채 호죠 마사미가 들려준 말은 다음과 같았다.

"호리 선생님의 문단속 때의 습관을 알게 된 것은 게이코 덕분이었습니다. 나한테 직접 얘기해준 게 아니라 내 옆자리 친구에게 얘기하는 걸 우연히 듣게 됐습니다. 하지만 트릭의 해명에 이르게 된 것은 제 머리에서 나온 것입니다."

"하지만 우연히 듣게 된 게 아니었어. 게이코 네가 일부러 마사미의 귀에 들어가게 일을 꾸민 것이었지. 게다가 자존심 강한 마사미의 성격상 남에게서 엿들은 얘기에서 힌트를 얻었다는 건 밝힐 리가 없다고 예상했을 거야. 그렇게 미끼 트릭은 마사미에 의해 공개적인 해명과 함께 유력한 추리로 받아들여지게 됐어."

내가 말을 멈추자 게이코는 "계속하세요"라고 중얼거렸다. 가슴이 철렁할 만큼 나지막한 목소리였다.

"그렇게 나는 무라하시를 살해한 범인이 너와 양궁부원 중의 누군가, 즉 두 명이라고 결론을 내렸어. 그러면 당연히 피에로 살인 사건도 마찬가지가 되겠지. 아소 선생을 협박해 한 되들이 술병을 바꿔치기하게 한다. 상당히 잘 짜인 계획이었어. 그런데 나로서는 도무지 알 수 없는 게 있었어. 범행 동기야. 너희와 무라하시 사이에 어떤 갈등이 있었건 결코 나한테까지 살의를 품지는 않을 거라는 믿음이 있었기 때문이야. 하지만 피에로는 살해됐어. 그 사실은 인정하지 않으면 안 되겠지. 동기가 무엇이었는가. 나도 내 나름대로 고민했어. 기억의 이 끝에서 저 끝까지 모두 되짚어봤지. 하지만 답은 나오지 않았어. 그러다 보니 또 다른 의문이 튀어나왔어. 왜 가장행렬이라는 규모가 큰 자리를 범행 장소로 선택했느냐는 것. 그래서 나는 이렇게 추리해봤어. 너희가 나를 죽일 이유는 없었지만 피에로를 죽일 이유는 있었다, 라고. 그 순간, 한 가지 끔찍한 생각이 번쩍 떠올랐어."

나는 잠시 틈을 두었다가 천천히 말을 이어갔다.

"너희가 노린 건 내가 아니었어. 불운한 희생자로 생각했던 다케이 선생이 원래의 표적이었던 거야."

이 대담한 추리를 듣고서도 게이코는 얼어붙은 채였다. 다만 뒷목이 불그레해져가는 것은 분명하게 눈에 들어왔다.

"피에로를 바꿔치기하자는 아이디어는 네가 다케이 선생에게 알려준 거였어. 그는 나한테 서로 역할을 바꾸자고 제안했을 때 유난히 자신 있는 표정이었지. 양궁부의 가장행렬 준비가 어떤 순서로 진행되는지 잘 알지도 못하는 그가 왜 그렇게 자신만만한지, 나는 그때 의심했었어야 했어. 다케이는 네가 뒤에서 도와주기로 했기 때문에 그렇게 자신만만했던 거야. 그리고 체육제가 시작되기도 전에 가장행렬에서 어떤 교사가 어떤 분장을 한다는 게 이미 소문이 나버렸지만, 나는 그것도 너희가 꾸민 짓이라고 생각해. 왜 그런 소문을 퍼뜨렸는가. 첫째로는 피에로 살인을 계획할 수 있는 사람을 특정하지 못하게 하기 위해서, 그리고 또 하나는, 다케이 선생에게 피에로 역할을 바꿔보라고 제안할 구실을 만들기 위해서였겠지."

게이코가 한순간 고개를 돌려 내 쪽을 보려다가 흠칫 멈췄다. 거친 숨소리가 들려오는 것 같았다.

"그쯤에서 나는 생각나는 게 있었어. 그건 이번 2학기가 시작된 뒤로 내가 몇 번이나 생명의 위협을 느꼈다는 거야. 플랫폼에서 누군가 밀치는 바람에 선로에 떨어질 뻔했고, 감전사를 당할 뻔했고, 머리 위에서 화분이 떨어지기도 했고……. 나는 그때마다 아슬아슬하게 화를 면했고 그걸 행운이라고 생각했었지. 하지만 사실은 그것도, 범인이 노리는 건 나고 다케이와는 관계가 없다는 것을 보여주기 위한 포석이었어. 그러면 왜 그런 상황이 필요했는가. 경찰의 수사에 혼선을 주기 위해서, 라고 해버리면 간단하겠지만 단지 그 이유 때문이라고 정리하기에는 너희의 움직임은 너무도 공들여 짠 것이었어. 실은 바로 그 점에 이번에 일어난 두 사건의 가장 큰 포인트가 숨겨져 있었던 거야. 너희는 범행을 위해 다양한 트릭을 생각해냈지만, 가장 깊이 고민해서 짜낸 것이 바로 그것, 즉 표적은 무라하시와 다케이가 아니라 무라하시와 나, 두 사람이라고 착각하게 하는 것이었지?"

게이코는 다시 퀴버에서 화살을 뽑아내 그것을 활시위에 끼우려고 했다. 하지만 손끝이 떨렸는지 화살이 손을 벗어나 그녀의 발밑에 떨어졌다. 그녀는 그것을 집으려고 했다. 하지만 중간에 덜컥 무릎이 꺾이면서 슈팅라인에 주저앉았다. 그리고 천천히 이쪽으로 고개를 돌려 나를 올려다보았다.

"역시 선생님은 머신이네요."

게이코의 얼굴에 희미한 웃음이 떠오르는 것을 보고 나는 온몸의 힘이 스르륵 빠져나가는 무력감을 느꼈다. 동시에 밀려오는 허탈함을 느끼면서 손을 내밀었다. 게이코는 그 손을 잡고 몸을 일으켰다.

"여기로 나오라고 하셨을 때부터 이미 각오는 했었어요. 선생님이 요즘 자꾸 나를 피하는 것 같았으니까. 하지만 솔직히 말해서 이렇게까지 알아내실 줄은 생각을 못했네요."

게이코의 손을 잡고 그 눈을 지그시 들여다보며 나는 말을 이어갔다.

"너희가 노린 것은 무라하시와 다케이, 두 사람이야. 하지만 단순히 그 두 사람을 살해하는 것뿐이어서는 자칫 들킬 우려가 있었어. 왜냐하면 그 두 사람의 공통점을 파고 들어가면 너희가 용의자라는 건 금세 드러나기 때문이야. 그러면 그 두 사람의 공통점은 무엇인가. 수학교사이자 음습한 성품의 무라하시, 체육교사이자 쾌활한 다케이, 그 두 사람에게 공통점이라고는 전혀 없는 것처럼 보이지. 그런 만큼 유일한 공통점이 더 두드러졌어. 그건 이번 여름방학 합숙훈련 때 그 두 사람이 함께 야간 순찰을 했다는 것이었어. 분명 그날 밤이었지?"

게이코는 고개를 끄덕였다.

"네, 그날 밤이었어요."

"그날 밤, 분명 뭔가가 일어났어. 그것이 뭔지 알아보려고 나는 그 무렵의 양궁부 일지를 들춰봤어. 그랬더니 그다음 날에 미야사카 에미가 연습에 참가하지 않았다는 게 기록되어 있었어. 그때 당시의 이유는 '생리'라는 것이었지만 실은 손목을 삐었기 때문이었다는 게 나중에 드러났지. 꽤 오랫동안 붕대를 감고 있었으니까. 나는 그 점에 주목했어. 손목을 삔 그 일과 뭔가 관계가 있는 게 아닌가 하고. 아니, 정말로 손목을 삔 것뿐인지도 의심스러웠어. 그래서 양호실의 시가 선생을 찾아가 캐물었어. 손목을 치료해준 사람이 시가 선생이라면 뭔가 알고 있을 것 같았으니까. 결과는 내 예상대로, 아니, 그 이상이었다고 해야 할까."

조금 전에 양호교사 시가가 들려준 이야기는 다음과 같은 것이었다.

"그날 밤 11시쯤이었던가, 눈에 띄지 않게 조심조심하는 기색으로 스기타 게이코가 내 방에 찾아왔었어. 같은 방의 미야사카 에미가 몸이 좀 안 좋은 것 같으니까 잠깐 봐달라는 거였어. 그래서 급히 달려갔는데 방에 들어서자마자 깜짝 놀랐어. 피 묻은 천이며 화장지가 여기저기 흩어져 있더라고. 그리고 에미는 제 손목을 붙잡고 웅크리고 있고. 실수로 우유병을 깨뜨렸는데 그 파편에 손목을 다쳤다는 얘기였어. 일이 너무 커질까봐서 아까는 잠깐 거짓말을 둘러댔다, 라고 게이코가 얘기하더라고. 그래서 서둘러 응급처치를 해줬는데, 이 일은 제발 비밀로 해달라고 둘이서 신신당부를 하는 거야. 상처도 그리 깊지 않았고, 괜히 시끄럽게 해봤자 아이들에게도 좋을 게 없겠다 싶어서 나도 입을 다물기로 했던 거야."

하지만 그 일을 얘기한 뒤에 시가는 한참을 망설인 끝에 다음과 같이 덧붙였다.

"근데 내가 보기에는 에미가 자살을 시도했던 것 같아. 그 상처는 면도날 같은 걸로 그은 것이었어. 사실은 그냥 넘어가서는 안 될 일이었는데, 게이코가 옆에서 달래주고 있었고, 아무튼 그날 밤은 조용히 자게 해주는 게 좋겠다고 생각했었어. 그 뒤에도 에미가 내내 마음에 걸렸지만 딱히 달라진 모습은 없는 것 같아서 마음을 놓고 있었는데……."

그날 밤, 내가 알지 못하는 곳에서 자살미수 사건이 있었던 것이다. 그건 내 예상을 뛰어넘는 충격적인 일이었다. 그리고 그 사실이야말로 이번 사건의 발단이었고, 게이코의 공범(주범이라고 해야겠지만)이 미야사카 에미였다는 것을 확신하게 해주는 일이었다.

"범인이 무라하시와 다케이를 노린 것으로 나왔다면 경찰은 합숙훈련 때 두 사람이 같이 야간순찰을 했다는 점에 일찌감치 주목했을 거야. 그리고 분명 합숙훈련에서 어떤 일이 있었는지 철저히 조사했겠지. 그렇게 되면 시가 선생의 입에서 자살미수 얘기가 나오는 건 시간문제였어. 이윽고 경찰은 너와 에미를 지목했을 거야. 너희는 그것을 염려했어. 그래서 생각해낸 것이 범인이 노리는 것은 다케이가 아니라 나인 것으로 위장하는 트릭이었어. 나한테 이런저런 공들인 짓을 한 끝에 그 피에로 사건이 있었어. 꼭 내가 아니더라도 다들 속아 넘어갈 만했지. 그리고 그건 오늘까지 성공적이었어."

게이코는 검은 눈동자로 나를 멍하니 쳐다보면서 듣고 있었다. 그리고 내가 말을 마치자마자 시선을 딴 데로 스윽 돌리면서 혼잣말처럼 중얼거렸다.

"에미가 살기 위해서는 그 두 사람이 죽어주는 수밖에 없었어요. 그래서 나도 도와주기로 했고."

"……."

"무라하시를 그 탈의실에서 살해하기로 한 것은 선생님이 추리한 그대로예요. 알리바이를 만들기 위해서, 그리고 경찰 수사에 혼선을 주기 위해서였죠. 지금까지 읽어본 추리소설 같은 데서 힌트를 얻은 거지만 절대 들키지 않을 자신이 있었는데……. 그날 에미는, 탈의실로 나오라고 적은 쪽지를 무라하시의 양복 윗도리 주머니에 슬쩍 꽂아뒀어요. 시각은 5시. 그래서 나도 거기에 맞춰서 양궁 연습시간을 조정해 5시부터 휴식시간에 들어갔던 거예요."

남자 교사들은 날이 더울 때는 양복 상의를 로커실에 넣어두곤 했다. 로커실은 교무실 옆이지만 물론 누구나 드나들 수 있었다. 남의 눈을 피해 슬쩍 쪽지를 건네기에 좋은 방법이라고 할 수 있다.

"하지만 무라하시가 실제로 탈의실에 나올지, 나는 좀 미심쩍었어요. 그 쪽지에 보내는 사람의 이름을 적지 않았다고 했으니까 분명 수상하게 생각할 거라고 예상했거든요."

분명 에미의 쪽지만으로는 무라하시는 탈의실에 가지 않았을지도 모른다. 하지만 그날은 다카하라 요코가 그전에 무라하시와 만나기로 약속했던 날이다. 그것도 똑같은 '5시'였을 터였다. 그는 쪽지를 보고 요코가 만나는 장소를 바꾼 거라고 착각했던 것이다.

게이코의 말이 이어졌다.

"그래서 솔직히 에미가 새파랗게 질린 얼굴로 돌아왔을 때는 나도 다리가 벌벌 떨렸어요. 이제는 돌이킬 수 없겠다고 생각했으니까요. 밀실 트릭에 대해서는 선생님의 추리가 다 맞으니까 다시 설명할 필요는 없겠죠?"

"청산 독극물은 어떻게 된 거지?"

내 질문에 게이코는 잠시 머뭇거리는 모습을 보인 뒤에 대답했다.

"그건 에미가 오래전부터 갖고 있었던 거예요. 아는 사람 중에 사진가가 있어서 거기서 가져온 모양이에요. 청산가리를 사진의 발색에 사용한다는 거, 선생님도 알고 있었어요? 그걸 가져온 게 올봄 무렵이었는데 그 뒤로는 한 번도 그 사진가를 찾아간 적이 없으니까 그 청산가리 때문에 발목이 잡힐 일은 없다고 생각했어요."

"올봄?" 나는 다시 물었다. "왜 올봄에 청산가리가 필요했어?"

"도통 뭘 모르신다니까." 게이코는 김이 빠진다는 듯이 하얀 이를 내보였다. "사람을 간단히 죽일 수 있는 약이 있다면 나도 아마 갖고 싶었을걸요? 언제 필요할지 모르잖아요. 어쩌면 나 자신한 테 쓰게 될지도 모르고."

그리고 게이코는 작은 소리로 "우린 그런 나이예요"라고 중얼거 렸다. 그 목소리는 얼음물을 주르륵 부은 것처럼 내 등줄기를 오 싹하게 했다.

"자기를 불러낸 사람이 에미라는 걸 알고 무라하시가 깜짝 놀랐 대요. 하지만 얌전하고 성적도 좋은 우등생이니까 안심했겠죠. 에 미가 권한 주스를 별 의심 없이 마셨다고 하니까요."

문제아 다카하라 요코의 호출인가 했더니 1학년 미야사카 에미 였다. 무라하시가 안심할 만도 했다.

"그렇게 첫 번째 계획에는 성공했지만 거기서 뜻밖의 부산물이 있었어요. 그건 에미가 그 쪽지를 무라하시의 양복 호주머니에서 꺼내오려고 했을 때, 우연히 발견한 한 장의 사진이었어요. 어떤 사진이었을 것 같아요? 네, 폴라로이드 사진인데, 찍혀 있는 사람 이 틀림없는 아소 선생님이었어요. 침대에 누워 있는 사진. 도저 히 입 밖에 낼 수 없는 그런 꼴이었어요. 어떻게 된 건지 금세 눈 치를 챘죠. 무라하시와 아소는 그렇고 그런 사이였고, 이 사진은 무라하시가 아소 몰래 찍은 것이다, 라는 거."

그제야 나는 이해가 되었다. 무라하시는 그 사진을 빌미로 아소 교코를 협박하며 관계를 질질 끌고 있었던 것이다.

"이걸 이용하지 않을 이유가 없다고 생각했죠. 두 번째 계획에 서 딱 한 가지, 아주 큰 도박을 해야 하는 게 있었기 때문이에요.

한 되들이 술병을 바꿔치기하는 거예요. 마술상자를 양궁부실에서 교실 건물 뒤로 옮기기 전에는 다른 부원들의 눈이 있어서 바꿔치기를 할 수 없잖아요. 그러면 오후 경기 중에 바꿀 수밖에 없는데, 그런 큰 술병을 들고 있으면 너무 눈에 띄고, 자칫 바꿔치기하는 장면을 들키기라도 하면 끝장이죠. 그래서 아소 선생님에게 그 위험한 일을 떠맡기기로 했어요. 협박장에 대한 건 선생님도 아시죠? 체육제 전날, 마침 에미 반이 교무실 청소 담당이어서 빈틈을 노려 슬쩍 아소 선생님 책상 서랍에 넣어둔 거예요. 그렇게 피에로 살인을 밀어붙였는데 결과는 대성공이었어요. 아소 선생님이 너무 일찍 잡혀간 건 계산 밖이었지만, 경찰에서는 그 사건이 마에시마 선생님을 노린 일이라고 믿어버린 모양이라서 우리 쪽은 의심하는 기척도 없었으니까요. 이제 다 끝났다, 에미는 앞으로 행복하게 살 수 있고 나도 마음 놓고 졸업할 수 있다. 그렇게 생각했었어요."

게이코는 애써 냉정한 척 말을 이어갔지만 거기서 뭔가 뭉클하게 치밀어 올랐는지, 몸을 홱 돌리더니 다급한 손놀림으로 화살을 시위에 끼웠다. 그리고 세트업에 들어가려고 했지만 어깨가 파들파들 떨려서 마음먹은 대로 몸이 움직여지지 않는 것 같았다.

나는 그 떨리는 어깨를 잡아주면서 귓가에 대고 물었다.

"동기는 무엇이었어? 이제 얘기해줘도 되잖아?"

게이코는 두어 번 크게 심호흡을 했다. 그리고 숨을 가다듬더니 다시 조금 전의 또렷한 말투로 대답했다.

"그날 밤에 나는 선생님과 식당에 있었죠. 그동안 에미는 방에 누워 있었어요. 에미 얘기로는, 그때 누군가 방을 몰래 들여다봤다는 거예요. 문이 조금 열리고 인기척이 있었대요. 그래서 급히 문을 닫으려고 할 때 무라하시와 다케이가 복도를 걸어가는 게 보였다고 했어요."

"몰래 들여다봤다?" 나는 망연해져서 그녀의 어깨에서 손을 내렸다. "그게 동기라고?"

"어른들이 보기에는 별일 아닌지도 모르죠. 요즘 여고생은 매춘까지 할 정도, 라는 식으로 생각하는 사람들이 많으니까. 하지만 그것과 이건 전혀 다른 문제예요. 나도 그런 짓을 해버릴까 하고 한때 생각했던 적이 있었지만, 아무 경계도 하지 않는 내 모습을 누군가 몰래 들여다봤다면 죽기보다 싫었을 거예요. 그건 마음속에 흙발로 마구 들어서는 것 같은 짓이에요."

"하지만 그렇다고 죽일 것까지는……."

"그럴까요? 하지만 만일 누군가 몰래 들여다봤을 때 에미가 자위를 하는 중이었다면 어떻죠?"

직접 내 뇌를 쿡 찌르는 듯한 날카로운 말이었다.

"뭐라고?"

나도 모르게 되물었다.

"에미는 너무 창피하고 분해서 자살까지 하려고 했어요. 그걸 나는 나무랄 수 없었죠. 나 역시 그랬을지도 모르니까. 내가 방에 올라갔을 때, 에미는 피투성이가 된 채 그냥 죽게 해달라고 애원을 하더군요. 그 두 사람이 이 세상에 있는 한, 앞으로 살아갈 용기가 없다고……. 나는 에미를 격려해줄 말 따위, 함부로 내뱉을 수 없었어요. 어떤 말도 그저 그런 뻔한 소리일 뿐이잖아요. 그냥 에미를 껴안고 죽지 말아달라고 빌었어요, 울음을 멈출 때까지 몇 시간이든 기다릴 생각으로. 그렇게 겨우겨우 마음을 돌려준 거예요."

그날 밤에 그런 일이 있었으리라고는 나는 꿈에도 생각하지 못했다. 그 다음날 마주쳤을 때도 게이코는 그런 말은 한 마디도 내비치지 않았다.

"근데요, 에미의 불행은 그걸로 끝이 아니었어요. 아니, 그게 시작이었죠."

나지막하게 부르짖듯이 게이코는 말했다.

"2학기가 시작되고 어느 날, 에미가 나한테 전화를 했었어요. 선배님, 지금 눈앞에 청산가리가 있는데 먹어도 될까요? 그런 전화였어요. 깜짝 놀라서 왜 그러느냐고 물었더니 엉엉 울면서 더이상 견딜 수가 없다는 거예요. 에미가 뭘 그토록 견딜 수 없었는지, 선생님이 아세요? 에미는요, 그 두 인간의 눈빛이 고통 그 자체였어요. 그자들이 나를 바라보는 눈빛은 다른 친구들을 보는 눈과는 전혀 다르다, 그날 밤의 망측한 모습을 떠올리며 실컷 즐기는 눈빛이다, 그들이 머릿속에서 나를 어떤 식으로 갖고 놀고 마구 짓밟고 있을지, 생각하면 미쳐버릴 것 같다……. 에미가 그런 미칠 듯한 심정을 뭐라고 말했는지 아세요? 날이면 날마다 일분

일초마다 시선으로 성폭행을 당하는 것 같다고 했어요."

"시선으로 성폭행……."

"그런 **폭행 방법**도 분명히 있는 거예요. 또 다시 죽음을 결심한 에미의 마음이 나는 진심으로 이해가 됐어요. 실제로 그때 수화기 너머에서 에미는 금세라도 독약을 삼킬 듯한 상태였어요. 그래서 내가 말했죠, 죽어야 하는 건 네가 아니라 그자들이 아니냐고. 자살을 막으려고 순간적으로 튀어나온 말이긴 했지만 반쯤은 진심이었어요. 다행히 에미가 마음을 돌려줬어요. 그리고 결심했던 거예요."

하지만 그들 두 사람이 '눈빛으로 성폭행'을 했는지 어떤지는 분명하게 밝혀진 사실이 아니잖아. 그렇게 말하려다가 나는 입을 다물었다. 에미는 어쨌든 그렇게 생각했던 것이다. 이 아이들에게 중요한 것은 그렇게 생각했다는 사실인 것이다.

게이코는 활을 당겨 다섯 번째의 화살을 쐈다. 지금까지 중에서 가장 예리한 자세였다. 거의 직선에 가까운 포물선을 그린 화살은 과녁의 거의 한복판을 맞혀서 이미 그곳에 꽂혀 있던 화살과 마주치는 금속음을 올렸다.

"범행 계획을 세운 건 나였어요. 하지만 내가 에미에게 말했었어요, 이걸 실행할지 어떨지는 네 결정에 달려 있다, 내가 도와줄 수 있는 건 탈의실 문을 부순 뒤에 빗장 막대 대신 걸어둔 마스코트 화살을 챙겨오는 것뿐이다, 라고요. 근데 에미는 그걸 기어코 해냈어요. 그렇게 해서 한 뼘 두 뼘 부쩍 성장한 거예요."

그 말을 듣고 보니 최근 몇 주 동안 미야사카 에미는 크게 달라졌다. 기껏해야 양궁. 그렇다, 에미는 그런 경지에 이르렀다고 해도 이상하지 않을 정도였다.

"두 가지만 더 물어봐도 될까?"

"그러세요."

"체육제 끝나고 나를 차로 공격했던 것도 너희였어? 그건 나로서는 정말로 죽일 작정이었던 것으로 느껴졌었는데."

게이코는 잠시 뭔가를 망설이는 것 같았다. 하지만 이윽고 푸훗 웃는 소리를 냈다.

"나는 잘 모르는 일이지만, 아마 에미가 그랬겠죠. 피에로 사건 이후에도 최소한 한 번쯤은 마에시마 선생님을 노리는 척해두는 게 좋다고 말했었으니까. 하지만 차를 이용했다니, 정말 대담한데요? 누구한테 운전을 부탁했는지 모르겠네."

그러다 나쁜 놈들과 엮이기라도 하면 큰일인데, 라고 게이코는 걱정스러운 듯이 말했다.

"자, 이제 마지막 질문이야."

나는 침을 꿀꺽 삼킨 뒤 새삼 정색을 하고 물었다.

"동기가 뭐였는지는 알겠어. 이해할 수 있도록 노력해볼게. 하지만 살인은 두렵지 않았어? 네가 쳐놓은 덫에 걸려서 사람이 죽어가는 것을 보고도 아무 느낌도 없었던 거야?"

게이코는 고개를 갸우뚱했다. 그리고 약간 머뭇거리면서, 그러면서도 또렷하게 말했다.

"나도 에미에게 물어봤어요, 무섭지 않았느냐고. 에미는, 눈을 꾹 감고 지난 16년 동안 살아오면서 즐거웠던 일과 기뻤던 일을 떠올려보고, 그다음에 그 합숙훈련 때의 일을 찬찬히 되새겨봤더니 이상할 만큼 **침착한 살의**가 내 안에서 끓어올랐다, 라고 대답하더라고요. 나도 충분히 알 것 같았어요. 우리에게는 목숨을 걸고서라도 지키지 않으면 안 되는 것이 있다는 걸."

그리고 그녀는 고개를 돌려 나를 보았다. 그 얼굴은 주눅 든 데라고는 없는, 평소의 명랑한 게이코로 돌아와 있었다.

"뭐, 다른 질문은 없죠?"

나는 살짝 압도되었다는 척하면서 등줄기를 꼿꼿이 세우고 대답했다.

"없어."

"그래요? 그럼 얘기는 여기까지 하죠. 약속대로 저, 가르쳐주세요. 화살이 이제 한 개밖에 없으니까."

그렇게 말하고 게이코는 활을 천천히 들어올렸다. 그리고 쭈우욱 당기는 것을 보고 나는 빙글 몸을 돌려 걸음을 뗐다.

"너희에게는 이제 가르칠 게 없어."

그렇게 입속에서 중얼거렸을 때, 휘익 릴리스하는 소리가 들려왔다. 역시 게이코 아닌가, 분명 한복판에 명중했을 게 틀림없다. 하지만 나는 뒤돌아보지 않았다. 그녀도 나를 불러 세우지 않았다.

이렇게 하나의 사건이 끝났다.

4

"여보세요? 응, 유미코? 나야. ……그래, 좀 마셨어. M역까지 나왔다가…… 응, 나 혼자야. 오늘 기분이 좀 그랬어. ……형사? 없어. 중간에 따돌려버렸지. 지금? H공원이야. 응, 바로 집 근처의 그 공원. 여기서 우리 집이 보이네. ……응, 조금만 더 쉬다가 술 좀 깨면 들어갈게……. 걱정하지 마, 이제 다 깼어. ……무슨일 있었느냐고? 뭐, 굳이 얘기할 것도 없는 일이야. 아무튼 걱정할 거 없어. 자, 그럼……."

몸을 내던지듯이 공중전화 박스의 문을 밀치고 나오자 얼어붙은 바람이 화끈거리는 뺨을 쓰다듬었다. 비틀거리는 걸음으로 근처 벤치에 쓰러지듯이 주저앉았다. 눈앞이 어지럽고 머리가 지끈거리고 속이 울렁거린다. 기껏 마셨는데 끔찍한 술이 되고 말았다.

벤치에 누워 잠시 공원 안을 바라보았다. 평일 밤이면 아무도 없다. 게다가 한가운데 오줌싸개 소년의 동상 하나만 덜렁 서 있는 시들한 공원이다.

그나저나 많이도 마셨다.

모두 잊어버리고 싶어서 연거푸 술잔을 기울였다. 이번 사건뿐만이 아니다. 교사가 된 다음의 일은 모조리 잊어버리고 싶었다.

"시시해."

입 밖에 내어 말해보았다. 나 자신의 삶에 내던진 말이었다.

갑자기 졸음이 쏟아졌다. 그런데도 눈을 감으면 핑핑 돌면서 속이 울렁거렸다. 최악이다.

몸의 균형이 무너지지 않게 조심조심 자리에서 일어서자 뜻밖에도 마음이 편안해졌다. 휘적휘적 발을 하나씩 던져가며 걸음을 옮겼다. 아하, 이게 술주정뱅이 걸음인가, 하고 비웃어보기도 했다.

집 쪽을 향해 공원을 나섰을 때, 좁은 길에 차 한 대가 들어왔다. 강한 헤드라이트 불빛에 눈앞이 하얘졌다. 아니, 그보다 왠지 속이 뒤집히면서 금세 토할 것 같았다. 몸을 틀어 공원 울타리를 붙잡았다.

그 차는 내 눈앞에서 멈췄다. 하지만 헤드라이트를 끄려고 하지 않았다. 이상하네, 라고 생각하는 사이에 문이 열리고 한 남자가 내려섰다. 조명을 등지고 있어서 얼굴을 알아볼 수 없었다. 게다가 아무래도 선글라스를 쓰고 있는 것 같았다.

남자가 다가오는 것을 보고 나는 뭔가 이유를 알 수 없는 공포감에 휩싸였다. 울타리를 더듬더듬 붙잡고 옆으로 이동하려고 했다. 하지만 그 순간, 남자가 덮쳐들었다. 나보다 키가 크고 몸집도 큰 남자였다.

그자가 날린 일격이 내 배에 그대로 들어왔다. 그 순간, 마비되는 듯한 뜨거움을 배에서 느꼈다. 크윽 하는 소리가 목구멍에서 새어나온 것 같다. 하지만 뒤를 이어 숨도 컥 막히는 아픔이 몰려왔다.

남자가 나를 홱 밀치고 풀쩍 물러섰다. 남자의 손에 칼 같은 것이 쥐어져 있었다. 아무래도 그걸로 나를 찌른 모양이라고 생각한 순간, 무릎의 힘이 빠져서 나는 길바닥에 나동그라졌다. 배를 움켜쥐자 미끈한 감촉이 손바닥에 남았다. 비릿한 피 냄새가 코를 찔렀다.

"세리자와 씨, 빨리!"

내가 길가에서 버르적거리고 있는데 차 안에서 여자 목소리가 났다. 그 목소리를 듣자마자 나는 통증을 잊어버릴 만큼 큰 충격을 받았다. 목소리를 죽이려고 낮게 부르짖었지만 그건 틀림없는 유미코의 목소리였다.

유미코가, 왜?

남자가 차에 타고 문을 탁 닫는 소리가 들려왔다. 이어서 엔진의 울림이 아스팔트를 타고 전해졌다. 헤드라이트 불빛이 교차하는가 싶더니 차는 방향을 돌려 방금 왔던 길을 돌아가기 시작했다. 나는 그 뒷모습을 보고서야 생각이 났다. 언젠가의 그 차. 세리카 더블엑스……

차가 떠나버린 뒤, 나는 여전히 벌레처럼 버르적거리고 있었다. 소리를 내보려고 해도 숨을 토해낼 힘이 나지 않았다. 팔다리는 마비되고 끈적거리는 핏물에 몇 번이나 미끄러졌다.

띄엄띄엄 의식이 사라졌다. 하지만 그 틈을 누비듯이 나는 냉정하게 추리를 하고 있었다.

분명 세리자와라고 했다. 확실하게는 기억나지 않는다. 하지만 내 기억이 틀림없다면 그건 유미코가 일하는 슈퍼마켓의 점장의 이름이다. 몸집이 크고 아직 마흔이 안 된 정도일까……. 아하, 그렇구나, 유미코가 그 남자와…….

지난번에 차로 습격당했던 것은 누군가 내 목숨을 노린다는 얘기를 유미코에게 들려준 직후였다. 그 두 사람에게는 나를 죽일 수 있는 최고의 기회였던 셈이다. 범인은 지금까지 나를 노렸던 자와 동일인이라고 생각할 것이기 때문이다. 그렇다, 그 일만은 게이코나 에미와는 아무 관계도 없었던 것이다.

나는 여태까지 누군가 나를 노린다고 생각해왔다. 하지만 이용당한 것뿐이었다. 그것을 알게 된 날에 이런 식으로, 더구나 내 아내가 나를 노리다니, 얼마나 우스꽝스러운 일인가.

나는 결국 유미코의 손에 죽는 건가……. 고통 속에서 나는 생각했다.

죽을지도 모른다……. 그게 답이었다.

나는 그녀에게 아무것도 해주지 않았다. 아니, 그러기는커녕 빼앗기만 해왔다. 자유, 즐거움, 그리고 아이. 헤아려보자면 한이 없을 정도다. 그녀가 원하는 것을 해주는 남자가 나타난 것이라면 나를 거치적거리는 방해물로 생각하는 건 당연한지도 모른다.

의식이 뭔가에 빨려들듯이 꺼져가려고 했다.

하지만 나는 죽을 수 없다. 여기서 내가 죽어도 아무것도 남지 않는다. 유미코를 살인범으로 만들 뿐이다.

아스팔트 위에서 나는 누군가 지나가기만을, 오로지 그것만을 기다렸다. 기다리는 것쯤은 나도 할 수 있다.

기나긴 방과 후가 될 것 같구나, 라는 생각도 해가면서.

히가시노 게이고, 첫 작품의 강렬함

『방과 후』는 제31회 에도가와 란포 상 수상작이자 히가시노 게이고가 작가로서 처음으로 공식적인 인정을 받은 첫 작품, 이른바 데뷔작이다. 작가마다 데뷔작이란 그 의미가 크게 마련이다. 여기서부터 시작해서 히가시노 게이고는 35년 가까이 수많은 명작을 차례차례 발표하고 이제는 추리소설계의 거장으로 손꼽히는 대작가가 되었다.

20대 후반의 나이에 미스터리 소설에 대한 열의를 품고 이 작품을 쓰고 또 썼을 젊은 히가시노 게이고를 생각하면, 그의 작품과 함께 해온 독자로서, 그리고 번역자로서 깊은 감회가 없을 수 없다. 한 작가가 오랜 세월에 걸쳐 쌓아온 노력과 명성, 그리고 때로는 좌절과 체념의 시간을 그 처음의 먼 과거로 단숨에 타임 슬립해서 접하는 듯한 아찔함이 있었다.

모든 통과의례가 원래 어려운 법이지만, 작가 지망생이 문단의 눈에 들기란 그리 쉬운 일이 아니다. 정말로 가능성이 있는 신인인 것인가, 라는 기성 문단의 엄격한 잣대를 만족시킬 만큼 정통 작법의 높은 실력을 보여주면서도 한편으로는 그것을 깨뜨리는 신선한 파격 또한 담아내야 한다. 이를테면, 보수적이면서도 진보적이어야 한다. 『방과 후』를 찬찬히 되새겨볼수록 추리작가를 꿈꾸는 한 젊음이 그런 통과의례의 공식에 준하여 정통과 파격의 지점을 그야말로 모범적으로 구현해내고자 노력한 작품이라는 것을 알 수 있었다.

장소는 사립 세이카 여자고등학교. 2학기에 접어든 9월 10일 화요일부터 10월 7일 월요일(혹은 이날 자정이 지난 뒤)까지 약 한 달 동안의 사건을 날짜별로 기록해나간다. 학교라는 공간을 무대로 설정한 만큼 그 안의 일반적인 요소들을 빠짐없이 담아냈다. 일본 독자들 사이에서는 사학의 특성, 교사들의 직급에 따른 관계, 사제 간에 오고 가는 진심어린 정과 그 반대의 경우, 학교 연례행사에서의 흥분, 최선을 다하는 학생들의 순수한 열의 등등, 학교 현장의 모습이 생생하고도 치밀하게 그려진 것에 대해 공감하는 목소리가 높았다고 한다.

등장인물의 설정에 있어서도 일관성을 확보하는 데 성공하고 있다. 그들은 각자 정해진 뚜렷한 개성을 처음부터 끝까지 일정하게 유지하면서 반복적으로 등장해 서서히 독자들과 낯을 익혀간다. 어느덧 우리가 잘 아는 사람, 우리 주위에 있음직한 사람이라는 느낌을 갖게 된다. 즉 시간과 공간과 등장인물이라는 기본 얼개에서 어설픈 구석이라고는 찾아볼 수 없이 탄탄하게 잘 짜인 안

정감 있는 작품을 만들어냈다. 작가로서의 노력과 실력이라는 밑바탕이 확인되는 것이다.

양궁이라는 소재를 도입하고, 살인 동기와 트릭 자체, 그것을 풀어나가는 방식에서는 신선한 파격을 보여주고 있다. 히가시노 게이고의 소설에서는 스포츠와 과학이 단골 소재로 쓰이지만, 데뷔작에서부터 벌써 그 조짐이 강하게 드러난다. 활시위가 서서히 당겨지면서 팽팽히 긴장하고, 과녁을 정확히 겨냥하며 그 긴장이 절정에 달한 순간, 일이 초쯤 멈춘 끝에 마침내 화살을 날리는 양궁의 전 과정이 살인사건의 수수께끼 풀이, 등장인물들 사이의 갈등 과정과 겹쳐지면서 추리의 재미를 수십 배 증폭시키는 효과를 낳고 있다.

언제부터인지 소설가에게는 '문약(文弱)'이라는 이미지가 생겨난 것이 못내 아쉬웠는데, 히가시노 게이고는 그야말로 문무겸비라고 할까, 스포츠가 없어서는 글쓰기도 어려웠던 게 아닐까 싶을 만큼 운동에 열중하고, 작품에도 그것을 충분히 반영하는 '특이한' 작가다. 추리소설이라는 장르를 읽으면서 갖게 되는 모종의 늪 같은 어두움, 음산한 기(氣) 같은 것을 이 작가의 작품에서는 거의 볼 수 없는 것은 스포츠에 뛰어드는 그 단순 활달한 성향 덕분이 아닐까 하는 생각까지 든다. 치밀하지만 그것이 소심이나 내향으로 치우치지 않고, '선이 굵은 대범함'이라는 미덕을 가진 이야기를 풀어가는 것도 스포츠로 정신의 음기 같은 것을 날려버리기 때문인지도 모른다. 이건 수많은 독자들이 그의 작품을 좋아하는 이유이기도 하다.

주인공 마에시마 선생은 사건의 진상을 밝히기 위해 '생각할 수 있는 것은 다 생각해봤다'라고 말한다. 수수께끼 풀이가 반전에 반전을 거듭하는 가운데, 독자들은 마에시마 선생과 함께 생각하거나 그 생각에 깜빡 속아 넘어가는 추리소설의 재미를 마음껏 즐길 수 있을 것 같다. 마에시마 선생님은 학생들에게 일절 관여하지 않는 무심한 '티칭 머신'으로 그려져 있지만, 아주 조금씩 그가 제자들에게 가진 진심이 '마음으로' 느껴지는 것도 이 소설이 가진 큰 장점이었다. 그러나 그가 저지른 비인간적인 행동이 그의 발목을 잡는 대반전이 기다리고 있었다. 이건 작가의 인간에 대한 진심이 힘껏 잡아챈 발목이라고 해야 할까.

"머신이라서 우리를 인간으로 봐주는 것 같다."

다카하라 요코가 전해준 그 말이 유난히 큰 울림으로 다가왔다. 편견에 의해 의심을 받을 때 얼마나 깊은 상처를 입는지, 그리고 끝까지 신뢰해준 이에게 얼마나 깊은 감사를 보내는지 알 수 있는 문장이었다. 인간이 가장 원하는 것은 '인간을 인간으로 봐주는 것'인지도 모른다.

양윤옥

방과 후

2019년 7월 10일 1판 1쇄 발행
2025년 3월 4일 1판 14쇄 발행

저   자 히가시노 게이고
옮 긴 이 양윤옥
발 행 인 유재옥

이   사 조병권
출판본부장 박광운
편집 1팀 박광운
편집 2팀 정영길 조찬희 박치우
편집 3팀 오준영 이소의 권진영 정지원
디자인랩팀 김보라
콘텐츠기획팀 박상섭 강선화
디지털사업팀 김경태 김지연 윤희진
라이츠사업팀 김정미 이윤서
영업마케팅팀 최원석 윤아림
물류팀 허석용 백철기
경영지원팀 최정연
발 행 처 ㈜소미미디어
등   록 제2015-000008호
주   소 서울시 마포구 토정로222, 502호(신수동, 한국출판콘텐츠센터)
판   매 ㈜소미미디어
전   화 편집부 (070)4164-3960 기획실 (02)567-3388
            판매 및 마케팅 (070)8822-2301, Fax (02)322-7665

ISBN 979-11-6389-807-8 03830